Imprenta Babel

Novela

Andreu Carranza

Imprenta Babel

temas'de hoy.

El papel utilizado para la impresión de este libro es cien por cien libre de cloro, está calificado como **papel ecológico** y ha sido fabricado a partir de madera procedente de bosques y plantaciones gestionadas con los más altos estándares ambientales, garantizando una explotación de los recursos sostenible con el medio ambiente y beneficiosa para las personas.

Ediciones Temas de Hoy es un sello editorial de Ediciones Planeta Madrid, S. A.
Paseo de Recoletos, 4. 28001 Madrid (España)
www.temasdehoy.es

Diseño de la cubierta: Compañía
Ilustración de la cubierta: Ullstein Bild
Fotografía del autor: © J. M. Biarnés
Primera edición en Colección Booket: abril de 2010

Depósito legal: B. 9.528-2010
ISBN: 978-84-8460-836-3
Impresión y encuadernación: Litografía Rosés, S. A.
Printed in Spain - Impreso en España

Biografía

Andreu Carranza (Ascó, 1957) es un referente en el panorama literario catalán. Muestra de ello son los premios que ha recibido a lo largo de su prolífica carrera: el Ribera d'Ebre, el Vila d'Ascó de narrativa o el prestigioso Sant Joan, concedido en el año 2000 por su obra *Anjub. Confessions d'un bandoler*. Autor de una aplaudida producción literaria (el libro de relatos *Aigua de València*, las novelas *El desert de l'oblit* o *L'hivern del tigre* y el poemario *A mumpare*, entre otros), Andreu Carranza conquistó al gran público en 2007 con la novela escrita, junto a Esteban Martín, *La clave Gaudí*, que se convirtió en un éxito nacional e internacional (vendida en más de diez países, Estados Unidos entre ellos).

BARCELONA 2009

I

Las imágenes se diluyen en la niebla de aquella mañana de otoño de 1961, cuando llegué a la casa de mis tíos. Acababa de cumplir siete años y no podía hablar. Antes de ese momento sólo conservo zarpazos en el aire, instantes atrapados en una lluvia de espejos.

Guardo pocos recuerdos del convento en el que viví hasta que mis tíos fueron a buscarme: las paredes blancas, los techos altos de un lugar que ya no existe, algunos rostros difuminados y la sensación de que el tiempo transcurría muy deprisa; años que apenas duran unos minutos en una memoria que se mantiene esquiva. Las monjas les dijeron que no podía articular ningún sonido porque había olvidado las palabras: oía, comprendía —aseguraron—, pero no articulaba los sonidos. Según el diagnóstico médico, había sufrido un shock traumático y por ese motivo, a pesar de no ser ni sordo ni mudo, mi cerebro había bloqueado el complejo mecanismo del lenguaje. Sin embargo, aquellas buenas mujeres estaban seguras de que, con paciencia y con mucho cariño, podría volver a hablar.

Al principio, mis tíos no sabían qué hacer conmigo; se desesperaban. Todo comenzó a cambiar una mañana: tío Luis me acercó una gran caracola. Me explicó que aquello era el cuerno que utilizaban los navegantes del río, para orientarse los días de niebla. Entones me la puso en la oreja y me susurró:

—Escucha el sonido. Son palabras.

Cuando vio mi cara de sorpresa al oír el rumor que se desprendía de aquella concha, supo que había emprendido el buen camino. Un día tras otro me aproximaba la caracola al oído para que pudiera escuchar las voces. Me hablaba de las palabras, de lo que podría conseguir con ellas, y después me las enseñaba sobre el papel. No se cansaba de mostrarme la forma de las letras, las serifas, los palos secos, sus líneas dibujando el mapa de un tesoro que debía descubrir por mí mismo.

Yo le miraba fascinado sin comprender qué estaba diciendo. Por aquel entonces mi tío era un hombre joven (apenas estrenaba la cuarentena) y fornido, y sus gafas siempre pegadas a la nariz le daban un aspecto inteligente; pese a todo, a mí me parecía una especie de loco inofensivo que esgrimía, a veces tranquilo, otras apasionado, sonidos ininteligibles.

Tantos años después, a base de atesorar retazos de conversaciones con él y con tía Magdalena, soy capaz de imaginar su discurso hasta recrearlo sin fallo:

—Las palabras son mundos que están vivos, como tú, como yo… Ése es el tesoro más preciado… la vida. Escucha el susurro… Es el mar, pero también un bosque cuyos árboles nos hablan con el rumor de las hojas; es una ciudad. Escucha las voces, las risas, clamores, llantos, emociones, silencios… Son los sentimientos, convertidos en palabras, de hombres y mujeres que ya no existen, que se han perdido en el olvido. Todas estas historias palpitan dentro de la caracola. Toma. Escúchalo.

Todo cambió, por fin, el día que mi tío me subió al desván y me enseñó la imprenta Babel.

Tío Luis era tipógrafo y aquella imprenta Babel existía de verdad. Estaba escondida en el desván de la casa. Lo cierto es que era una vieja imprenta de la familia, casi de la época de Gutenberg: nada tenía que ver con las máquinas que mi tío empleaba en su día a día en el taller: un pequeño local a pie de calle, al lado de nuestra casa. En letra gótica, el rótulo repicaba contra la fachada en las noches de viento:

Gráficas Albión

Cuando mis tíos se hicieron cargo de mí, ya vivían en el pueblecito de Tarragona a orillas del río Ebro donde tantos años pasé a su lado. Sin embargo, tío Luis era descendiente de la familia Albión, una de las estirpes de impresores más antiguas de Barcelona. Yo le escuchaba hablar de su padre o de su abuelo, también tipógrafos, y no podía evitar preguntarme por mis raíces, por los recuerdos olvidados.

Me habían dicho que mis padres murieron, que pasé varios años en un convento que hacía las veces de orfanato al sur de Barcelona, y que en cualquier caso fue derribado poco después de que mis tíos consiguiesen mi custodia. Pero por más que insistí para que me contaran quiénes era mis padres y por qué murieron, la respuesta siempre era la misma:

—No lo sabemos. Murieron. Nunca supimos nada sobre ellos. Te quedaste huérfano. Nosotros no podíamos tener hijos y te adoptamos, fuimos a buscarte al convento de monjas. Ya lo sabes: no eres nuestro hijo, pero te queremos como si lo fueras, o aún más. Y ahora, basta de preguntas. Debes concentrarte en los estudios.

Y no había nada más que hablar, así que me resigné a no preguntar más. Desistí. Me di por vencido, cerré esa parte de mi vida. No quería saber nada, incluso con el tiempo llegué a olvidarlo por completo.

Sin embargo, hace tan sólo unos meses apareció de nuevo el duende de mi infancia. A partir de ese momento supe que tenía que reconstruir la historia, llegar al fondo y descubrir quién era mi familia. Sin darme cuenta se puso en marcha el voluble juego de la memoria que siempre presenta los recuerdos desordenados, dando saltos en el puzle del tiempo.

He intentado completar y comprender los vacíos de mi vida. Más de una vez he tenido la sensación de que estaba persiguiendo fantasmas que me alejaban del objetivo. Y cuando se desvanecían los espejismos, cuando creía que ya no podía seguir adelante, aparecía en mi imaginación la imprenta Babel convertida en una nave, o quizás en una isla inalcanzable que me impulsaba a seguir adelante. Sin darme cuenta me he convertido en un viajero que recorre las huellas de los recuerdos.

Unos meses atrás, un notario de Barcelona me convocó a su despacho. Allí me entregó una carta que en ese mismo instante se transformó en una puerta abierta al pasado.

En seguida reconocí la letra de tío Luis, redonda, proporcionada, con los rabos de los palos ondulantes, exagerados.

—La última voluntad de don Luis Albión... —dijo el notario.

Hacía meses que mi tío y yo no hablábamos. Debía de estar cerca de cumplir los noventa, pero la noticia de su muerte me produjo una sensación extraña. Sentado frente a la mesa del despacho, con la mirada fija en el sobre que tenía en la mano, no podía ver la cara de desconcierto de aquel hombre que, impaciente, no tuvo más remedio que llamarme la atención un par de veces:

—Ha de firmar estos documentos... Aquí tiene la llave de la casa.

—Sí, claro, usted perdone...

Salí del despacho. No tardé en llegar al piso y abrir la carta:

Querido Pol:

Tendría que haberte llamado, pero ya sabes que sólo lo escrito conserva la eternidad de lo que se dice, y lo que he de decirte no quiero que lo olvides nunca. Estoy muy enfermo y no creo que tarde mucho en morir. Ahora la casa de tu infancia te pertenece; es todo cuanto me queda: haz lo que quieras con ella. Sólo te pido una última voluntad: regresa al pueblo y encuentra la imprenta Babel. Sé que aún existe.

Las letras bailaban ante mis ojos: ¿encontrar la imprenta? La última vez que la vi fue el día en que salí del pueblo rumbo a Barcelona. No ignoraba el deseo tantas veces expresado en palabras de mi tío Luis, y tampoco que tras mi partida las cosas cambiaron tanto que ni siquiera tuvo ánimo de buscarla. Por conversaciones telefónicas sabía que tía Magdalena intentaba animarle mientras yo estudiaba primero en Barcelona, después en Estados Unidos. Pero cuando mi tía murió, él se vino abajo. Se encerró en la casa, deseaba desaparecer, seguir los pasos de ella... Aún la sobrevivió más de dos décadas, pero sin tía Magdalena mi tío jamás volvió a ser sino una sombra del que era. Después de que Agustín, su ayudante, dejara el pueblo y tras la muerte del padre Isidro, allí ya no le quedaba nadie.

Pol, sé que te debo una explicación sobre tu origen, pero prometí que nunca te diría quiénes eran tus verdaderos padres y no lo voy a hacer. Sólo quiero que sepas que esa máquina es la única joya de la familia que nos queda, es nuestra seña de identidad. No sientas que no tienes pasado. La imprenta es nuestro linaje.

Luis Albión

Posdata: sé que Anna te ha tratado muy bien durante todos estos años. Confía en ella. Ojalá un día descubras la verdad y puedas comprendernos a todos.

Doblé la carta y sostuve en las manos las llaves de la casa. A modo de llavero, mi tío las había unido con una fina tira de varios hilos, de los que Agustín usaba para coser los pliegos en el taller, y en el otro extremo oscilaba ante mis ojos una pequeña letra dorada, la equis minúscula de una familia de tipo elzevir. Tío Luis sabía que aquélla era la letra que más me gustaba; la que marcaba la altura del resto y abría la puerta a tantos recuerdos…

Sentí el dolor de la pérdida y al tiempo una gran decepción: las últimas frases de la carta me resultaban tremendamente enigmáticas. ¿Por qué mi tío mencionaba ahora a «mis verdaderos padres»? Dudaba de todo. Las preguntas que me hice durante la infancia y que habían quedado sumergidas en la inconsciencia flotaban ahora en la superficie… ¿Quién soy? ¿Quiénes eran mis padres? ¿Mis tíos me engañaron durante todos esos años?

Ojalá un día descubras la verdad…

Frustración, desengaño, incluso impotencia. Me rebelé por despecho contra el pasado, contra el silencio que habían mantenido. En algún momento de aquella tarde pensé que si había podido vivir sin esa parte de mi historia, tal vez no me hacía ninguna falta mediada la cincuentena, en el atardecer de la vida, incluso podía afectarme negativamente. Quizás lo mejor sería vender la casa y continuar ignorándolo todo. Era una salida, la más fácil. Sin embargo, un fuerte sentimiento me arrastraba hacia la imprenta Babel.

II

Quizás la aversión a los espacios pequeños y cerrados me venía de esa época borrosa, de los primeros meses en la casa de mis tíos. Siempre recordé con una sonrisa en los labios el temor visceral que sentía a las escaleras que bajaban al taller y a la calle, y las que subían al desván, ya que con el tiempo el temor se convirtió en placer.

Poco a poco me fui familiarizando con el espacio. Lentamente me adaptaba al comedor, la cocina, la habitación, ésa era mi guarida. Tía Magdalena se esforzaba por ganarse mi confianza. Tío Luis me hablaba muy despacio, siempre gesticulando. Aún no había pronunciado ni una sola palabra y creo que fue en esos momentos cuando por primera vez tuve conciencia de que el silencio hacía que me sintiera recluido en una cárcel.

Al cabo de unos meses, el fruto de la perseverancia maduró. Tímidamente empecé a comprender las reglas del juego. Esperaba a mi tío en el comedor con la caracola pegada a mi oído. Él subía del taller de impresión cansado tras una dura jornada de trabajo y aún enfundado en su bata oscura manchada de tinta. Al verme sonreía, su cara se iluminaba y empezaba aquellos locos discursos en los que utilizaba palabras que yo no entendía y gestos de sus manos, sus ojos y su boca que me hacían sonreír.

A mí me gustaba, y escuchaba atónito todas aquellas explicaciones. Poco a poco fui comprendiendo algunas cosas, sobre todo cuando hablaba de la imprenta que tenía guardada en el desván: la imprenta Babel. Entonces se ponía aún más contento, se animaba y, con muecas muy exageradas, me contaba historias de aquella máquina. Me había hablado tantas veces de aquella vieja imprenta que para mí era una especie de monstruo, un autómata capaz de hacerme volar o de lanzarme al peor de los infiernos.

Fue una tarde de cielos revueltos y lluvias intermitentes, hacia el final del invierno, cuando tío Luis me subió al desván y consiguió hacerme salir de la guarida. Estábamos jugando y en mitad de uno de los juegos se dirigió hacia las escaleras del fondo y me esperó. Me volví y allí en la cocina estaba tía Magdalena. La miré aterrorizado, pero ella sonrió e hizo un ademán para que lo siguiera. No sabía cómo reaccionar, tenía mucho miedo, pero al fin di un paso, dos, tres..., temblando y cogido de la mano de tío Luis, subí esas escaleras.

Conforme mis ojos se fueron habituando a la poca luz, vi que en el desván estaban todas las máquinas y piezas en desuso que subían del taller de impresor, los utensilios rotos, mesas, muebles..., todo iba a parar a la buhardilla.

Tío Luis, haciéndome una señal con el dedo índice sobre los labios, me condujo con tiento hasta el ala oeste. Nos adentrábamos en un lugar sagrado y por eso, antes de seguir avanzando, me pidió que nunca, jamás dijera a nadie que en el desván guardábamos lo que me iba a enseñar. Era un secreto entre tía Magdalena, él y yo. Entonces giré el rostro y pude ver un gran arcón de madera que me atraía, me llamaba. Sin resistirme, me aproximé, tiré de los pequeños pomos que sobresalían y vi que cada cajón estaba lleno de letras de metal, tipos móviles perfectamente ordenados, a punto para lanzarse como ejércitos de soldaditos de plomo a las páginas de un libro.

—¿Te gusta, Pol? Es un chibalete.

Atesoré esta nueva palabra en silencio, como tantas veces antes.

Desde la parte alta, por una ventana redonda, entró el único rayo de sol que se escurría entre los nubarrones y proyectó su luz radiante sobre una montaña de sábanas blancas, junto al chibalete.

Me quedé quieto, temblaba de miedo, deslumbrado por el resplandor de aquel monte de nieve que emergía desde el fondo de las penumbras. Sentí una mezcla de terror y de curiosidad. Mi tío me lanzó una mirada de complicidad mientras decía:

—Ha llegado el momento…

Avanzamos unos pasos con mucho sigilo hasta situarnos delante. En ese momento, el hombre tiró de las sábanas y ¡chas!, apareció una extraña máquina…

—¡Ahhhh!

De mi pecho, de mi garganta, salió un grito de admiración. No pronuncié ninguna palabra, pero era la primera vez que escuchaba el sonido de mi propia voz. Mi tío corrió a abrazarme.

—¡Grita, grita, grita todo lo que quieras!

Yo ya no podía decir nada más: había caído bajo el hechizo de ese animal de hierro del que tanto me había hablado. La extraña máquina estaba perfectamente engrasada, pulida, y bruñía con destellos azulados. Había bajado alguna vez al taller en el que mi tío trabajaba junto a su ayudante, Agustín, y allí había visto otras imprentas, pero eran mucho más ligeras, mucho más modernas y funcionaban desde la mañana hasta la noche gracias a la corriente eléctrica. No se parecían a aquel artefacto que magnetizaba mi mirada y cuyo influjo lo convertía en un artilugio familiar, íntimo, como si fuera una parte de mi propia vida. Me atraía y al mismo tiempo me provocaba escalofríos.

Mi tío me miró a los ojos. Intentaba sacarme un suspiro más, pero yo no podía reaccionar. Entonces se dirigió a la máquina y, casi con una reverencia, exclamó en tono ceremonioso:

—Ésta es… ¡la imprenta Babel!

Incluso la acarició con la mano como si fuera un ser vivo. Después se aproximó al arcón de madera y de uno de los cajones cogió una pequeña letra de metal, un tipo móvil, lo sujetó entre los dedos y me dijo:

—Las letras son seres vivos… Contempla su forma, su belleza. Necesitan unirse unas a otras para formar las palabras que habitan dentro de nosotros.

Se acercó aquella preciosa P a los labios, aspiró una gran bocanada de aire y la pronunció. Después cogió mi mano y la puso delante de su boca para que yo notara el aliento de esa letra que emprendía el vuelo como un pájaro invisible que busca su nido en los cajones del chibalete.

—Ahora tú. Ve y tráeme una O.

Asentí con la cabeza y al minuto había encontrado la letra que mi tío me pedía.

—Ahora una L…

Una vez tuvo todas las letras, las colocó al revés en una regleta que introdujo en una especie de ventana de hierro.

Al ver mi cara de desconcierto, me dijo mientras depositaba el gran marco sobre la plancha:

—ESTO ES LA RAMA… CABEN HASTA DIECISÉIS PÁGINAS, EN OCTAVOS.

Tío Luis sonrió y en ese momento pronunció uno de aquellos discursos que tanto le gustaban. Era como un profesor a quien todo el mundo toma por chiflado porque explica las cosas a los niños como si fueran sabios y gesticula con la mirada perdida en sus pensamientos. Yo no podía comprender los motivos de esas disertaciones, pero sí captaba el sentimiento, me gustaba verlo bracear con la cara seria, porque sabía que estaba actuando para mí.

—Sin palabras no hay recuerdos, no somos nada. La imprenta es una inmensa memoria donde todos los hombres y mujeres pueden imprimir sus vidas, sus emociones, pensamientos, aventuras y desventuras. La imprenta convierte las palabras en eternas para que la posteridad pueda recordar las gestas, las hazañas, los sentimientos de esos hombres y mujeres que ya no existen, pero que dejaron su legado en los libros.

Nos separamos unos pasos y la contemplamos un instante, fascinados. Los dos conteníamos el aliento... En las entrañas estaba preparado el papel, las letras de metal, cada una en su sitio, fundiéndose, combinándose entre sí para completar una palabra que pronto, muy pronto cobraría vida.

Antes de sumergirse en el océano nocturno, el sol del ocaso había venido a contemplar la máquina. Mi tío me observó y luego me acompañó lentamente hacia la imprenta. Entonces levantó mi mano y la llevó hasta la palanca...

El monstruo mecánico se puso en marcha y al cabo de unos instantes apareció el papel impreso. Era pura ilusión contemplar las letras con la tinta brillando, húmeda, como diminutos seres recién nacidos de las mismísimas entrañas de un ser venido del país del ensueño y la fantasía.

—Léelo.

—Ppppol...

—¡POL! ¡Pol eres tú, hijo mío! —gritó tío Luis, vencedor.

—POL, POL, POL... —yo no dejaba de repetir el ensalmo, de sonreír. No podía apartar la mirada de aquel hombre que, por primera vez, me había llamado «hijo».

III

Me dormí con la carta del notario entre las manos. Esa noche cruzaron mis sueños ideas extrañas y cuando desperté me sentía vacío por dentro. Durante la mañana, frente a la página en blanco del ordenador, era incapaz de concentrarme, iba creciendo en mi interior una sensación de inquietud. Ahí delante, sobre la mesa, tenía la llave de la casa. No sabía qué hacer con ella. Me sentía mal. A mi edad, tenía la impresión de que necesitaba resolver un asunto pendiente conmigo mismo, con mi pasado.

El cursor parpadeaba delante de mis ojos como el tictac del reloj de pared de mis tíos, que yo consideraba un aliado en aquellos días, cuando aprendía a escuchar los latidos del corazón.

Había algo que me hacía regresar una y otra vez al sueño confuso, que me remolcaba hacia algún lugar lejano, un recuerdo vago, impreciso... Fragmentos de una excursión, una soleada mañana de febrero de 1962. Tía Magdalena me cogía de la mano. Tío Luis llevaba debajo del brazo un libro de poemas que aquella tarde, después de comer, me prometió que leería en la alameda, junto al río. Ésa fue la primera vez que vi las tapas de aguas moradas. Las vería en cientos de ocasiones más, en cientos de libros que mi tío me iría pasando a lo largo de los años... aquellos libros de tapas moradas...

Cruzamos la plaza y por una calle tortuosa descendimos hasta el embarcadero. Miraba a mi alrededor con los ojos muy abiertos: las casas, un perro vagabundo. Algunas gentes subían. Mis tíos saludaban. Yo apretaba la mano de tía Magdalena muy fuerte porque tenía miedo de que me soltasen y ella me miraba con ternura, con orgullo; paseábamos por primera vez los tres juntos.

Pasamos el río con la vieja barca. Ésa debió de ser también la primera vez que visitaba aquella zona del embarcadero, con las naves amarradas, los mástiles de las velas balanceándose al compás de la corriente, con todo el bullicio de los navegantes de agua dulce que comerciaban por el río, todo ese mundo que después me fascinó por completo. Pero la agitación que sentía, el miedo en realidad, no me dejaba ver el paisaje. Hasta que desembarcamos en la otra orilla.

Después, los tres solos nos desviamos por el camino de la ribera, atravesamos el bosque de chopos y fue allí donde me sentí más tranquilo, recuperé la calma y me pareció que aquel bosque era como el de los cuentos que cada noche me contaba mi tío.

Casi de golpe, escuché como el clamor de la corriente se apoderaba de la atmósfera. En mi cabeza ya resonaban las espadas de los caballeros, el canto de una princesa de largas trenzas, el rugir de un dragón que vomitaba bocanadas de fuego, conjuros de magos, el zumbido de una bruja montada en su escoba dando vueltas a las almenas puntiagudas de un castillo de tejas rojas como rubíes. Los personajes que nacían en la vieja imprenta me acompañaban, flotaban a mi alrededor. Pero había algo más, una sombra rasgaba la sonrisa de tía Magdalena, algo se escondía detrás de esa mirada que no acababa de comprender.

Los versos que leyó tío Luis sentado en la hierba, bajo los álamos, tenían una fuerza irresistible, capaz de desvanecer los fantasmas que me perseguían, el espectro del horror que intuía bajo la compasiva sonrisa de mi tía...

Yo no sé muchas cosas, es verdad.
Digo tan sólo lo que he visto.
Y he visto:
que la cuna del hombre la mecen los cuentos,
que los gritos de angustia del hombre los ahogan los cuentos,
que el llanto del hombre lo taponan los cuentos,
que los huesos del hombre los entierran con cuentos,
y que el miedo del hombre...
ha inventado todos los cuentos.
Yo no sé muchas cosas, es verdad,
pero me han dormido con todos los cuentos...
y sé todos los cuentos.

Con el tiempo supe que era un poema de León Felipe, «Sé todos los cuentos», pero aquella primera vez, cuando la voz de mi tío lo arrancó del libro de aguas moradas, no necesité saberlo para que su belleza me tranquilizara.

Sentado ante la mesa de mi despacho, mi recuerdo dio otro salto en el tiempo. Volví al pasado, donde la voz de mi tía resonaba como un eco lejano. Era la última vez que hablamos.

Había regresado de mi viaje a Estados Unidos, donde permanecí bastantes años, primero estudiando y después trabajando como profesor. No les había anunciado mi visita, simplemente cogí un taxi en el aeropuerto y me presenté en su casa. Llegué una noche del mes de febrero de 1986. Estaba cansado de viajar y ni siquiera busqué los cambios que había sufrido el pueblo. Hacía años que me había ido. Demasiados. Deseaba quedarme una larga temporada.

Los dos se sorprendieron muchísimo al verme. Su aspecto había cambiado, aunque nunca me detuve a pensar en ese detalle. El paso del tiempo. Yo los recordaba tal como los vi por última vez, años atrás. Después del primer momento de abrazos y lágrimas, de palabras entrecortadas por la emoción, les comenté que venía para quedarme. Tía Magdalena reaccionó de una manera que no me esperaba:

—Quédate esta noche, unos días… Voy a arreglarte tu habitación… Pero tienes que seguir tu propio camino. Te lo hemos dado todo. Éste no es tu lugar, Pol… Márchate. Aquí no puedes quedarte. Viaja a otros lugares, conoce gente, lee y sobre todo escribe, escribe… Confiamos mucho en ti… Pero no vuelvas a este pueblo. Márchate…

Me fui sin abrir las maletas.

Vi el taxi aparcado en la plaza. El taxista que me había traído al pueblo estaba cenando en el bar, así que fui a buscarlo y cuando terminó regresé con él a Barcelona. Me sentía terriblemente defraudado. Sin embargo, nadie tenía la culpa de aquella situación. Hacía años que me había independizado, desde que me marché a estudiar a Barcelona. Mientras viví allí, de tanto en tanto, ellos venían a verme a la ciudad, pero nunca me visitaron en Estados Unidos.

Comprendí y acepté que era mejor así. Nuestros mundos eran diferentes y yo debía seguir mi propio camino sin remordimientos. Tras aquel encuentro me instalé definitivamente en Barcelona, en el barrio de Guinardó, en la calle Mare de Dèu de Montserrat, número 44, 2.º-1.ª, cerca del parque Güell. Pocos días después de mi visita, tía Magdalena murió fulminada por un ataque al corazón. Agustín, el ayudante de tío Luis en Gráficas Albión, me comunicó la noticia. Sin dudarlo un instante, cogí el coche y me lancé a la carretera. Era un día de invierno.

Mi regreso al pueblo donde había vivido durante la infancia y la adolescencia adquirió un sentido especial: pasé todo el camino recordando a mi tía mientras sentía correr las lágrimas por las mejillas. Me detuve un instante en la cima del puerto, antes de descender por la ondulante calzada hasta el pueblo, junto al río. Me dolió haber terminado así con ella, sin un último abrazo, sin unas últimas palabras.

La niebla densa, espesa, un mar de algodón, cubría bancales de olivares y viñedos en una multitud de pequeñas terrazas de piedra seca y sólo se suavizaba al fondo del valle, en las fértiles tierras de aluvión. Hacia el final de la primavera y durante el verano se disipaban las últimas nieblas y bajo un sol radiante aparecía el paraíso: un paisaje con todos los tonos del verde reluciendo intensamente, plagado de huertas, pequeñas masías, norias, pozos, balsas y una o dos palmeras, convertidas en inmensos embudos que destilaban la miel del sol abrasador del verano.

Me hallaba de pie, contemplando aquel inmenso lago de color gris que cubría la depresión, cuando me di cuenta de que me estaba despidiendo para siempre del paisaje de mi infancia.

Subí de nuevo al coche y no tardé en sumergirme en las brumas que emanaban del río. Aunque no podía verlo, lo presentía, allá abajo, palpitando al fondo de la depresión, como un inmenso dragón con escamas de hojas de olivo verdes y plateadas. Evoqué los felices años de mi niñez, la cabaña que Rana tenía en la base del tronco del chopo padre, el más viejo, escondido en un denso bosque de cañas americanas y enormes tamariscos cuyas ramas colgaban sobre la corriente. Desde lo alto nos lanzábamos desnudos, de cabeza, en bomba, de pie, chapoteábamos en el agua turbia. Fabricábamos barcas, arcos, pescábamos... El río era el jardín del edén estival, las vacaciones, un vergel que ocultaba sus tesoros en el frondoso bosque, pero también se transformaba en una divinidad terrible cuando las aguas crecían y bramaban enfurecidas.

Seguí por la vieja carretera y las primeras casas aparecieron delante de mis ojos, fantasmagóricas. Bajé la ventanilla y escuché el sordo murmullo de las aguas. Aún entonaban aquella hipnótica melodía y recordé cómo nos atraía con una fuerza irresistible en las calurosas tardes de verano, y cómo a pesar de la prohibición (recreando el cuento del flautista de Hamelín que tía Magdalena me leía durante la siesta) todos los niños del pueblo, hipnotizados por su melodía, nos entregábamos a su conjuro... y como cada año el flautista se llevaba consigo una vida para siempre.

No había pasado el tiempo. La bruma se apoderaba del pueblo durante las largas épocas invernales y conservaba intactos los escenarios de mi infancia y adolescencia.

Aparqué el coche y me dirigí a la plaza. Justo en aquel momento sacaban el ataúd de la iglesia, llegué tarde a la ceremonia. Me puse junto a tío Luis y lo miré de reojo; estaba desfigurado. Toqué levemente su mano. Cruzamos la plaza. La farola aún estaba allí en medio, donde tenía parada el autobús municipal. La atmósfera era tan densa que me costó reconocer a algunos vecinos, los pocos amigos de la familia. Todos en silencio. Los años habían barnizado las caras, las expresiones, con una capa blanquecina, casi irreal, que parecía fundirse con la misma niebla. La plaza, las casas, todo aquel entorno me pareció simulado, ilusorio.

Tío Luis y Agustín se dirigieron al cementerio municipal. Sin decir nada me puse al lado de Agustín, que ya no vivía en el pueblo, pero que había venido a acompañar a mi tío. Nadie más nos seguía.

El enterrador cerró el nicho en el mismo instante en que se alzó el viento. La niebla se disipaba. Las ráfagas arremolinaban el vaho de humedad, formando pequeños torbellinos que arrancaban sin piedad las hojas secas de las coronas y las flores marchitas depositadas en los nichos y las cruces. Tío Luis dijo algo, pero la ventisca convirtió sus palabras en un susurro incomprensible que se confundía con el fragor de la hojarasca revuelta. Ésta se alzaba y cubría el cielo sombrío de las tumbas.

Agustín tenía que marcharse. Dejó el coche aparcado a las afueras y se despidió frente al taller, cerrado unos años atrás. Había cambiado mucho. Había desaparecido de su rostro, de sus ojos, aquella chispa pícara que recordaba tan bien de las tardes en las que bajaba al taller. Agustín me dejaba ayudarle con las máquinas: la minerva, la prensa, la componedora… sobre todo cuando imprimíamos los carteles de las fiestas mayores, con dibujos de globos de colores, monigotes y el tiovivo.

Antes de cruzar el umbral de la casa, al lado de la entrada del taller, tío Luis se giró de repente. En su cara había esculpida una extraña máscara:

—Márchate de este pueblo, Pol, no vuelvas... Hoy hemos enterrado a tu tía Magdalena, pero si te quedas te enterrarás en vida. Todos se marchan, ya quedan muy pocas familias, se van a la parte nueva. Hicimos lo que era mejor para ti. Ella deseaba lo mismo que yo: que te alejaras de aquí para siempre. Ésta es su última voluntad. Márchate, no cruces la puerta. Vete. Este pueblo está maldito.

Tío Luis me abrazó, me besó en la mejilla y me susurró al oído con la voz entrecortada:

—Prométeme que nunca más volverás...

No sabía qué contestarle. La emoción, la tristeza ahogaban mis palabras.

—Lo prometo.

Permanecí de pie frente a la puerta del taller, aturdido. No sabía cómo reaccionar, lloraba, deseaba lanzarme sobre la puerta y llamar con todas mis fuerzas, quería compartir su dolor, soportar su carga, su angustia. Entonces sonó la campana. Miré hacia arriba la torre altísima, orgullo del pueblo. Por fin, Gregorio, el sacristán, había conseguido su objetivo: una campana nueva que repicase con la voz de los ángeles. La vibración duró unos segundos y me arrastró consigo hacia el pasado, pero en aquella reverberación había también algo siniestro. Era como la voz de una historia que estaba más allá del tiempo. Di media vuelta y me marché.

Pasadas unas semanas le llamé por teléfono. Discutimos. Me repitió que no quería verme por allí, que me alejara del pueblo para siempre. Había hecho una promesa y era mi turno de cumplirla: debía respetar la última voluntad de tía Magdalena. Nunca antes nos habíamos hablado así. Me pareció que era otro. Al final de la larga discusión cambió bruscamente de tema y me habló de una editora amiga de la familia, Anna Britges.

—Si por fin algún día escribes tu propia novela, vete a ver a Anna. Te ayudará.

Durante esos primeros meses en la ciudad, antes de buscar trabajo como profesor y reemprender mi nueva vida, decidí finalizar un proyecto que me rondaba por la cabeza. Tenía los andamios de una historia que había comenzado en Estados Unidos, pero que nunca pude terminar, y había llegado el momento de hacerlo. Me lancé en cuerpo y alma a escribir. Eso me sirvió de refugio para olvidar, distanciarme, construir mi nuevo futuro. Muy a menudo paseaba por mi barrio, Guinardó, acompañado por mi perrita, una bóxer albina. Durante aquellos meses, mientras escribía, era mi compañía. Cerca de casa, justo delante, vivían unas amigas, las primeras que hice en el barrio: Inma y Concha. Charlábamos a menudo e, incluso, leyeron el primer borrador de la novela.

Cada mañana iba al bar Tosta, el cual regentaban tres hermanos de Lérida, de Bellpuig. En seguida encontré un ambiente familiar, acogedor. Justo a finales del verano de 1987 terminé mi primera novela. Ya estaba inscrito en las listas de profesores como interino y según me dijeron me llamarían muy pronto. Uno de aquellos días de ese compás de espera, con el libro terminado y guardado en un cajón, leí en el periódico la noticia que absorbía todas las portadas de la época: la firma del acuerdo entre Gorbachov con su perestroika y Ronald Reagan, el presidente actor de los Estados Unidos, para eliminar las armas nucleares. Cuando husmeé por las páginas de cultura, un nombre en una columna atrajo mi atención: el periodista entrevistaba a la editora Anna Britges. Al momento recordé las palabras de tío Luis.

Un año después de la muerte de tía Magdalena, justo cuando acababa de cumplir los treinta y tres y ya me habían llamado para empezar a trabajar en un instituto de la periferia de Barcelona, viví un momento muy especial, trascendente, porque cambió por completo mi vida. Anna me llamó por teléfono, quería verme: le había gustado mi novela y quería publicarla.

Ya imaginaba mi libro en las librerías, en las listas de los más vendidos. Paseaba por las calles, por las Ramblas, por el puerto, y todo me parecía bonito. En mi cara se instaló una sonrisa, pensaba en tantas cosas. Me reconciliaba con todos los fantasmas de mi infancia. Sentía que estaba viviendo quizás uno de los momentos más felices de mi vida. Recuerdo que en silencio había abierto un espacio en mi mente donde conversaba, dialogaba con mis tíos...

«Por fin, mi gran ilusión... ver publicado mi libro. En todas la librerías... El sueño de mi vida... Compartimos ese sueño. Fuiste tú quien me lo enseñó todo. Mi amor por los libros. Sé que, aunque no quieras verme, te alegras por eso. Y tú también, tía Magdalena, estés donde estés. Ahora más que nunca os tengo presentes en mi pensamiento, en mi alma... Quiero compartir con vosotros este momento de felicidad.»

Mi primera novela se publicó en febrero de 1988, hace ahora veintiún años, y fue un éxito. Dejé el trabajo como profesor, que había durado tan sólo un par de meses, y mi vida experimentó un cambio inesperado. La rueda se puso en marcha, había que girar y girar... Ya no tenía tiempo de mirar atrás. Pronto me convertí en un escritor de éxito. Mi primera novela se tradujo a multitud de lenguas y abrió camino a las siguientes. Viajes, hoteles, promociones, entrevistas. Nunca dejé el piso, me sentía a gusto. Ya conocía mucha más gente. Sacaba a pasear a *Nona* al parque de Hiroshima, donde formé un grupo de amigos, y la perrita también. En el barrio tenía a mis amigas, Inma y Concha, con las cuales nunca he perdido el contacto y reciben puntualmente todos mis libros firmados. Ellas me cuidaban a *Nona* cuando yo tenía que viajar para las promociones.

Anna Britges era la mejor editora que un escritor puede desear: una mujer con gran cultura y enorme sensibilidad. Tan delicada y precisa a la hora de sugerirte algún cambio que los textos en sus manos parecían tesoros impresos en papel de seda. Teníamos una conexión especial. Si me sentaba a su lado mientras ella revisaba algún capítulo de mi último manuscrito, sólo con mirarme, casi sin palabras, era capaz de señalarme un error o lanzarme alguna idea capaz de mejorar la obra. Era la última de su especie y todo el mundo la respetaba.

Junto a ella siempre me sentía a gusto, seguro. Sus ojos grandes te absorbían y su pelo corto y liso le daba un aire inmaculado que se posaba sobre todo lo que tocaba. Últimamente, cuando me decía que quería retirarse, me sentía perdido. Entendía que a sus más de setenta años estuviera cansada de todo, pero... yo no imaginaba la escritura sin mi mejor lectora.

Hacía tanto que la conocía... La primera vez que la vi, ella ya tenía canas y yo empezaba a madurar; la última, cuando le entregué el manuscrito de *Alpha,* me llamó la atención el brillo de su pelo blanco y la energía que aún mostraba a pesar de la edad. Supongo que ella también debió de ver reflejado en mi cuerpo y en mi caminar el paso del tiempo.

Ella siempre afirmaba que había aprendido al lado del mejor: Josep Janés, uno de los editores más importantes que conoció nuestro país. Anna fue su asistente durante bastante tiempo. Entonces, avanzados los cincuenta, él la acogió como aprendiz en su editorial. En menos de dos años, esta mujer que ahora mostraba la templanza del tiempo se hizo imprescindible en el universo diario del editor.

En más de una ocasión había oído de sus labios cuántos problemas habían tenido para publicar en aquella época: sin papel, con cortes de electricidad, con una censura ominosa. Sin embargo, al lado de Janés aprendió a crecerse en los momentos más difíciles, y cuando hablaba de él recordaba el dolor que sintió al conocer su muerte. Fue en un accidente de coche. Dejaba tras de sí un legado de más de tres mil títulos publicados y una forma de hacer que después muchos imitarían, pero a Anna, sobre todo, le había enseñado un oficio y un amor imperturbable a los libros y a los escritores.

IV

Ahora ambos estábamos metidos en cuerpo y alma en el lanzamiento de mi último proyecto literario. La editorial tenía previsto lanzar mi nueva novela, *Alpha,* en la primavera de 2009. Faltaban sólo unos meses, pero la muerte de tío Luis y la visita al notario habían alterado mi vida. Las palabras de esa carta eran el detonante de un proceso interior que se había puesto en marcha casi de forma inconsciente. No podía detener mi pensamiento, mi mente volaba al pasado. Recordaba cosas, escenas desordenadas, saltos en el tiempo.

Durante aquella semana, sentado delante del ordenador, tecleé más de mil veces:

> *No sientas que no tienes pasado. La imprenta es nuestro linaje.*
> *No sientas que no tienes pasado. La imprenta es nuestro linaje.*
> *No sientas que no tienes pasado. La imprenta es nuestro linaje.*
> *No sientas que no tienes pasado. La imprenta es nuestro linaje.*
> ...

Y justo cuando sonaron las doce del mediodía en el reloj, me levanté. Había tomado una decisión.

Días más tarde tenía programada una cita con mi editora en

su despacho; se acercaba la fecha de la publicación y había que resolver algunos temas. Sin pensarlo más, la llamé para intentar adelantar la cita. Quería verla cuanto antes, esa misma tarde, ya... Había llegado a la conclusión de que sólo ella podría ayudarme. Ella tenía que saber algo sobre mi familia, sobre mi pasado…

No fue posible: su secretaria me dijo que Anna estaba de viaje y no regresaría hasta la semana siguiente. Durante todo ese tiempo no dejé de pensar en la carta de mi tío, en volver a la casa, en empezar la búsqueda de la imprenta Babel, pero a medida que se acercaba el día de la cita, las palabras de tío Luis cada vez cobraban más sentido: *confía en ella*. Ya lo había hecho años atrás, ella había sido mi mejor guía. Así que dejé pasar los días hasta que llegó la mañana del encuentro, cuando cerré la puerta de mi casa y acudí a la cita con la carta de mi tío en la mano.

—¡Pol!, ¿cómo estás? —me saludó la recepcionista. El enorme edificio de la sede editorial estaba ubicado en una zona céntrica de Barcelona.

—Bien, por aquí ando. Tenía una cita con Anna.

—Sí, me ha avisado. Me ha dicho que ya le has entregado la novela... Tengo muchas ganas de leerla.

—Espero que te guste.

—Con que me sorprenda tanto como la última… Sube tú mismo mientras yo la aviso. Hasta luego.

Cuando salí del ascensor, Anna me estaba esperando. La vi más amable que nunca, más tierna, más comprensiva, y pese a que me confesó su cansancio tras el viaje que la había tenido fuera de casa una semana, yo la encontré jovial y animada como siempre.

Entramos en el despacho, estábamos solos y, tal y como acostumbraba, fue directa al grano:

—Bien… Tengo que hacerte una propuesta para este nuevo libro.

—Anna, antes tenemos que hablar.

—¿De qué?

—He recibido esta carta.

Alargué el brazo y por primera vez desde hacía una semana me desprendí de aquel trozo de papel. La cara de mi editora se transformó.

—Tu tío ha muerto…

—Hace unos días me llamó el notario.

—Pero...

—Sí, no dijo nada a nadie. Yo tampoco pude ir al entierro, ni siquiera le vi antes de morir.

Anna se quedó callada. Apoyó el brazo en la mesa e intentó levantarse y sólo entonces me pareció una anciana; como si el peso de los recuerdos, de los años, le hubiera caído encima.

—No sé qué debo decirte.

—Pues...

—Ahora no puedo decirte nada... —me cortó imperativa—. Déjame pensar. No puedo...

En ese momento, alguien llamó a la puerta y entró. Se trataba de Gema, la encargada de márquetin, una chica joven y encantadora con la que ya había tenido oportunidad de hablar en alguna otra ocasión. Anna la invitó a sentarse y trató de quitarle hierro a la situación.

—¿Estáis seguros de que queréis que me quede? —preguntó Gema.

Anna me miró y dejó que yo tomase la decisión.

—Sí, Gema, siéntate —le pedí—. Hemos recibido la carta de un editor americano que no manda muy buenas noticias, pero vamos, nada que tenga importancia. Hablemos de nuestro lanzamiento.

Rápidamente retomamos el curso de la reunión.

—Anna me ha pasado el manuscrito —decía Gema en ese momento— y tengo que decirte que me ha gustado muchísimo. Es muy diferente, y por eso queremos presentárselo a los lectores de una forma muy diferente.

La editora no podía quitarme los ojos de encima. Vi cómo cruzaba los dedos de la mano en un gesto que yo ya conocía: lo hacía siempre que se concentraba para encauzar una propuesta y presentarla de forma estructurada para hacerla más atractiva. Un gesto inconsciente que yo conocía bien. Era entonces cuando ponía en marcha toda su capacidad, su inteligencia, su persuasión...

—Cuando vimos que era una novela de ciencia ficción nos quedamos desconcertados. Es un salto al vacío en tu carrera, todo un desafío. Nunca habías escrito novela de género y ahora, Pol... un cambio radical en tu estilo, en tus temas. Pero en seguida nos dimos cuenta de que necesitas esta ruptura y queremos ayudarte a que todo en el lanzamiento de este nuevo libro sea también innovador.

—Hemos meditado y valorado todas las posibilidades —apuntó Gema—. Nos la vamos a jugar, pero si sale bien, todos habremos ganado. Ha llegado el momento de hacer algo nuevo y tú vas a ser el primero.

—Me tenéis intrigado.

—La novela, la propia obra, el tema, la trama... todo nos ha parecido excelente —aseguró entusiasmada la encargada de márquetin.

—Tu novela va a ser el primer libro de una nueva era —sentenció mi editora.

—¿De qué me estáis hablando?

—De momento va a ser un gran secreto que debe guardarse celosamente. Pero eres el autor y confiamos en tu discreción. Según ha podido saber Gema, las editoriales de la competencia también están rumiando cómo empezar, pero quien da primero da dos veces y tu libro es perfecto para convertirse en la primera piedra de este proyecto de futuro. Gema, por favor, explícaselo.

—Bien. Hace unos años que trabajamos en diversos prototipos con una gran multinacional informática. Al fin lo hemos conseguido. Nosotros tenemos todos los derechos del LEC... Tu novela será el primer lanzamiento en edición digital. Un lanzamiento masivo.

—¿Edición digital?

—LEC. Libro Electrónico Comercial. Es como leer en un libro de verdad, de papel, la pantalla es especial para la lectura. La luz no cansa la vista. Tiene un formato estándar, de dimensiones de bolsillo, pero es liviano. Muy fácil de utilizar, cómodo, práctico... Va a ser un éxito, está garantizado. Vamos a revolucionar el sector del libro. Había que dar el paso antes de que la competencia se nos adelantara. Somos conscientes de que habrá una etapa de transición que creemos que será muy corta, en la que coexistirán en el tiempo ediciones digitales y de papel, pero el progreso, el futuro, es imparable... Por eso elegimos *Alpha* para que se convierta en la primera novela en edición digital. Naturalmente, también se distribuirá en Internet.

Mientras Gema hablaba con entusiasmo miré a Anna, que hacía rato sobrevolaba con la mirada los tejados de Barcelona.

—Muy pronto tendremos un modelo del LEC… Tienes que verlo. Es realmente cómodo, práctico, fácil de utilizar. Incluso las tapas tendrán un diseño especial, son pantallas con el título y el nombre, los créditos. Haremos un pequeño vídeo, tendremos que grabarte…, ya pensaremos en una fecha. De momento estamos buscando un escenario sugerente, ya te avisaremos. El libro digital tiene algunos servicios que pueden utilizarse mientras se lee: vídeos, hipertextos, diccionarios, música especialmente diseñada para la obra, pueden escogerse varias versiones. El ritmo lo marca el propio usuario a medida que avanza páginas, capítulos… Hay imágenes, acceso a la web, y además crearemos una comunidad virtual de lectores de la novela en Internet donde se podrán compartir experiencias de lectura a tiempo real. Los tiempos cambian, Pol. El libro en dos mil años se ha ido adaptando a cada época. Pero, naturalmente, lo que de verdad importa es la historia, el contenido, las palabras son las mismas, qué importa que estén esculpidas en piedra, madera, arcilla, papiro, pergamino, papel o energía… ¿No te parece magnífico?

—Sí, claro…

—Además, el nuevo libro electrónico tiene capacidad para almacenar cien novelas… Pero la tuya será la primera de la colección.

—No sé qué decir…

—Vamos a hacer una edición especial, estamos trabajando con diferentes traducciones simultáneas. El LEC tendrá la opción de reproducir la versión original de la novela en varios idiomas a la vez…, ¡la tuya encaja en el proyecto!

Gema seguía hablando con un discurso febril. Era una mujer de una tremenda inteligencia y olfato para las nuevas oportunidades de mercado, y aquel artilugio encendía su imaginación.

Yo, sin embargo, ya no la escuchaba, pensaba en tío Luis. Lo vi sonriendo frente a la vieja máquina del desván. No creo en coincidencias. Yo me crié en las entrañas de una imprenta y ahora me convertía en el primer autor digital; al final las cosas acaban encajando en alguna trama, aunque sea caótica, incomprensible. Bajo la realidad se tejen y destejen los argumentos de todas las historias, pensaba, mientras Gema seguía adelante con su exposición.

Me sentía aturdido, eran demasiadas noticias al mismo tiempo. ¿Una novela digital? ¿El primer Libro Electrónico Comercial? ¿Varias lenguas al mismo tiempo? ¿Música al ritmo de la lectura? No sabía qué pensar. Era todo demasiado nuevo.

Unos años atrás había comenzado la digitalización masiva de textos, bibliotecas, archivos... Libros que podían leerse en los ordenadores o en las pantallas de los móviles, a través de Internet, e incluso existían varios modelos de procesadores especiales para la lectura, pero aún no se había conseguido el traspaso definitivo del libro clásico, de papel, al formato digital. A pesar de todo, en el ambiente se respiraba el momento del gran cambio. En cierto modo tenían razón, si no era su grupo editorial, sería otro, la competencia, el tema estaba ahí, a la vuelta de la esquina.

En mi novela hablaba de un mundo en el que la lectura y la escritura eran digitales. Se había perdido la escritura a mano. *Alpha* recreaba una sociedad de un futuro no muy lejano, pero la realidad se había adelantado y ahora tenía una sensación nueva, extraña, desconcertante: era como si mi propia vida se mezclase con la novela. Realidad y ficción se paseaban cogidas de la mano. Y sin embargo, ahora sólo había una cosa que de verdad me preocupaba.

Gema se dio cuenta de que me había distraído y acabó diciendo que hablaríamos con más calma de los detalles en otro momento.

Me costó reaccionar.

—Muy bien... —dije débilmente, casi sin aliento, con los ojos clavados en la carta doblada sobre la mesa.

—¿Vas a meditar sobre la propuesta? —me preguntó antes de salir de la sala.

—Te lo prometo.

—Muchas gracias, Pol. Espero que te guste, estamos muy ilusionados.

Gema nos miró rápidamente a mí y a Anna. Comprendió que había algo, un tema, una conversación pendiente entre los dos y se despidió con discreción.

Nos quedamos solos, en silencio.

—Pol, recuerdo tu primera obra. Hace ahora unos veinte años.

—Hemos trabajado juntos durante todo este tiempo y ahora parece que con esta novela vamos a cerrar una etapa —le contesté, un poco disgustado, frío. Ella sabía perfectamente en qué estaba pensando, mi mente, mi atención estaban en la carta y en todo el misterio que encerraba.

Anna seguía sin decir nada, me miró a los ojos:

—La decisión ya está tomada, cuando tu novela esté funcionando, calculo que dentro de seis meses... Bueno...

—No me lo creo —sabía qué iba a decir, pero no quería oírlo. Y menos aquel día—. Ya lo has dicho antes y sabes que...

—Esta vez sí, estoy cansada... Éste será mi último proyecto. Quiero descansar, viajar, leer... ¡Son ya setenta y cinco años, Pol! Me llevo un archivo lleno de buenos recuerdos, son tantos años publicando libros, ayudando a alumbrar historias... Las recuerdo todas y ahora que tendré tiempo quiero volver a leerlas, con calma, disfrutando de la lectura y también de los momentos que pasé junto a ese libro cuando aún no era nada. Quiero recordarlo todo, saborear cada momento. Este mundo de la edición ya no es para mí. Estoy segura de que nos va a traer excelentes oportunidades y no debes perdértelo, pero yo ya no estoy preparada.

—Me vas a dejar solo, entonces.

—No. Te voy a acompañar hasta el final.

—¿Hasta el final de todo?

De nuevo Anna apartó la mirada. Me levanté de la silla bruscamente y recogí el sobre con la carta. Estaba muy claro. La conocía muy bien. Cuando quería era la mujer más testaruda del mundo: no tenía nada que hacer, no le sacaría nada.

—¿Cuántas veces te he preguntado, Anna? Y nunca, nunca me has querido contar nada de mi familia. Me habéis mentido. Mis tíos y tú. Durante todos estos años... No lo comprendo... ¿Por qué? Ahora mis tíos ya están muertos, ¡cuéntame la verdad!

—Escribe, Pol... Escribe todos tus recuerdos... Y llámame... Entonces hablaremos.

Fue Anna quien se marchó, no yo: se puso en pie y me dejó solo en su despacho. La sensación de vacío que había sentido los últimos días se apoderó de mí otra vez, pero esas palabras quedaron suspendidas en el aire y me provocaron desconcierto y también esperanza.

Cuando salí de la editorial pensé que aquella conversación con mi editora ya la había imaginado mucho antes de que ocurriera. Incluso sabía que sus palabras me estaban esperando desde hacía mucho tiempo...

Escribe, Pol... Escribe todos tus recuerdos...

EL DÉCIMO

I

Esta historia, como todas, empieza en el fondo de una concha donde el nácar va recubriendo las impurezas de la memoria.

Olores, luces resplandecientes, ecos lejanos de golpes en las tinieblas... Son huellas, rastros de aquella primera época en la casa de mis tíos. Vestigios de algún recuerdo que había quedado dentro de mí y por alguna razón no alcanzaba a vislumbrar.

Busqué, sondeé, volví a ellos una y otra vez. Insistí hasta la saciedad. Cerré los ojos y muy despacio, casi conteniendo el aliento, percibí, sentí que había algo más. Esos impactos que me despertaban los sentidos llevaban consigo imágenes, palabras, escenas que se escurrían, se diluían rápidamente.

Tenía que intentarlo de nuevo y volví a cerrar los ojos, me dejé llevar... El aroma fuerte, penetrante, de alcohol de noventa grados se apoderaba de mí. Al principio me sentí desconcertado, pero muy pronto apareció la cama, sudores, fiebres, estampas de caras que no reconocía con precisión daban vueltas a mi alrededor. El gusto del cristal en mi boca. Un gusto sin sabor que al principio era frío y rápidamente se mezclaba con la saliva caliente, húmeda... ¡El termómetro! Me di la vuelta y vi la pequeña llama azul, temblando en la mesita, justo a mi lado, dentro de una caja de metal, negra, alargada. De ahí emanaba el olor, alguien estaba quemando la aguja de la inyección.

Voces, sombras, perfumes familiares se disolvían otra vez porque el alcohol era mucho más intenso, más fuerte. A través de ese olor, del gusto sin sabor, del tenue fuego azul que encendía mi rostro, por fin estaba entrando en mi primera evocación.

Estuve muy enfermo. Recuerdo que mi tía me lo contó años después:

—Gracias a la penicilina, el doctor te salvó la vida...

Odiaba ese olor. Siempre precedía la imagen de una cara que en este instante apareció nítida, viva, delante de mí. Era el doctor, don Paco, un señor que yo veía muy grande, con un maletín negro de cuero. La cara redonda, rubicunda, y el bigote retorcido en las puntas, muy fino, como las agujas que quemaba en la caja. Le tenía pánico. Tío Luis me sujetaba mientras aquel hombre me auscultaba, me abría la boca e introducía en ella una cuchara.

Eso no era lo peor, el doctor sonreía, de pie junto a mi cama, como un gigante, mirando fijamente la aguja que clavaba en la parte superior de una pequeña ampolla. Después colocaba la aguja hacia arriba, la miraba con un aire grave, concentrado, y le iba dando golpecitos al cristal de la jeringa con la uña, grande y blanca. Unas gotas se escurrían y caían en picado hacia mí, a cámara lenta, y nunca llegaban a la cama, mientras el sonido sordo, apagado, de la uña contra el cristal crecía y crecía dentro de mis sienes... Y de repente todo se apagaba cuando el pinchazo fuerte y doloroso me hacía llorar en silencio. Y el alcohol otra vez inundándolo todo, mares de alcohol a mi alrededor me sumergen otra vez en el aturdimiento y la escena, como un sueño, se quemaba entre llamas azules, en la mesita de noche, justo al lado de mi cama.

Me restablecí. Estaba muy débil, cansado y por primera vez salí de la habitación. Puedo evocar al detalle cada rincón del comedor, la mesa cuadrada en el centro, aquella gran lámpara de cristal colgada del techo que parecía una especie de araña adormecida, amenazante. Escucho el leve tintineo de aquellas largas patas muertas cuando la brisa entraba por el balcón que daba a la plaza. Sentía escalofríos.

Veía las sillas de respaldos altos, acolchadas con una tela verde oscura. Y al otro lado la ventana de la parte trasera que daba a unos corrales y el campo abierto. Había cuatro puertas. Una daba a la cocina, siempre estaba abierta, junto a ella las escaleras que subían al desván, oscuras y sin ningún olor particular. Las otras tres estaban juntas enfrente. La del medio descendía a la calle y al taller... El ruido de la imprenta y el olor de la tinta subían por aquellas escaleras, las mismas por las que aparecía mi tío cuando caía la tarde. A mano izquierda estaba mi habitación y a la derecha, la de mis tíos.

El viejo reloj de pared. Manso, tranquilo. Era capaz de quedarme horas contemplando el balanceo del péndulo, que yo seguía con la cabeza de un lado para otro. Me escondía en su regazo, en el pequeño hueco que había debajo. Él me arropaba, me protegía, allí me sentía seguro. Era mi lugar de escondite preferido, mientras contemplaba con miedo aquella alimaña de cristal colgada del techo que se balanceaba sobre la mesa. Cuando me veía dentro del reloj, tía Magdalena siempre me decía:

—Sal de ahí, Pol...

El comedor iba cambiando de luz durante el día. Mi tía siempre dejaba el balcón y la ventana abiertos, sólo cerraba los postigos cuando nos íbamos a dormir. Había que ahorrar electricidad y el resplandor de la farola de la plaza iluminaba el comedor con tonos de luna llena.

Una noche, cuando yo ya me encontraba en la cama, llamaron a la puerta de la calle. Escuché el eco lejano de los golpes que retumbaban por toda la casa y me quedé paralizado. Tío Luis, que estaba sentado en el butacón, aprovechando la luz de la cocina para leer el periódico o un libro, levantó la cabeza y miró de una forma extraña a tía Magdalena. No esperaban a nadie y en el pueblo la gente se acostaba pronto, había que madrugar. ¿Quién podía ser?

Hablaron entre ellos, en susurros. Tía Magdalena cerró las contraventanas y todo se quedó a oscuras unos instantes. No sabía qué estaba pasando y en mi cabeza aún resonaban los golpes en la puerta. De repente, la araña de cristal, con sus lágrimas, segmentos de fino vidrio tallado en pequeños hexágonos alargados, resplandeció con intensidad. Me estremecí. Salté de la cama y me escondí en el reloj, en mi hueco bajo el péndulo.

Mis tíos estaban nerviosos, nunca antes los había visto así. Se olvidaron de mí. En seguida asomó tío Luis con dos hombres, a los que abrazó sin mediar palabra. Todos parecían contentos y muy tristes al mismo tiempo; alguna cosa los unía, algo que les causaba un sentimiento de dolor, de pena.

Los observaba desde mi escondite. Aquellos dos hombres devoraban como lobos hambrientos el pan y la sopa que les ofreció tía Magdalena. Después estuvieron hablando muy bajito. Todos se habían olvidado de mí. Sentados a la mesa, farfullaban y miraban en derredor como si alguien los estuviera vigilando. De vez en cuando se quedaban en silencio y se miraban los unos a los otros mientras mi tía se santiguaba y exclamaba: «Dios bendito, Dios bendito... ¿cuándo se va a acabar todo esto?».

Aquellos hombres sacaban libros, papeles, algunos escritos a mano y otros con letra de imprenta. Uno de ellos sacó una pistola y la dejó sobre la mesa. Tío Luis se enfadó mucho; sin gritar, le dijo algo y el hombre se la guardó. Tía Magdalena se volvió, miró hacia el reloj y me sorprendió allí dentro con los ojos abiertos, aterrado, con la caracola pegada a mi oído, pertrechado con todo aquello que me ayudaba a expulsar el temor que sentía en todo momento.

Cuatro pares de ojos se posaron sobre mí. Uno de aquellos hombres se levantó despacio. Llevaba un abrigo largo, oscuro, raído. Yo temblaba de miedo, pero había algo en aquella cara, en aquellos ojos, algo que me era muy familiar y que al mismo tiempo me causaba terror. No quería que se acercase a mí, no, no... Tío Luis lo detuvo...

—Espera, Carlos, el niño aún está afectado, se está recuperando...

—Nunca, nunca debe saberlo... —contestó aquel hombre mientras se limpiaba la cara, una lágrima le corría por la mejilla. Sus ojos..., esa expresión me persiguió durante largas noches. Me puse a llorar. Después sólo recuerdo los brazos de tía Magdalena, el temblor, el castañetear de mis dientes, el llanto desesperado... Y por fin el canto dulce, aquella melodía que me tarareaba en ocasiones para calmarme y rendirme al sueño.

Durante unos días, por las noches no vino tío Luis a contarme cuentos. Él subía al desván y yo desde mi habitación, que estaba justo debajo de la buhardilla, escuchaba ruidos extraños.

Imaginaba cosas, todas relacionadas con aquellos dos hombres. Tía Magdalena entraba en el cuarto y era ella la que me leía historias antes de dormir. Algunas veces tenía la sensación de que ya me las sabía. Estaba completamente seguro de que alguien me las había contado antes, pese a que no recordaba la voz, la cara, quién, cuándo, cómo, pero me sabía el final, en silencio me anticipaba a las palabras.

Pasaron las semanas hasta que una noche oí como se repetía la llamada del puño contra la madera: tres golpes secos, dos rápidos. Esta vez se trataba de dos mujeres, una mayor y otra joven, con dos grandes cestos. Yo corrí a esconderme. Mis tíos me dijeron que estaban esperando a dos primas.

Las dos mujeres cenaron y después subieron al desván; al cabo de un buen rato bajaron al comedor. Mi tía estaba conmigo, esperando, con los postigos de la ventana y el balcón cerrados. Ambas mujeres me abrazaron y murmuraron alguna cosa. Una de ellas me dio un trozo de chocolate que yo no acepté: me negué a cogerlo y me escondí detrás de tía Magdalena.

En la mesa del comedor cubrieron las cestas con hierbas, algunos tomates, cebollas y se fueron esa misma noche.

Todos estos meses están encerrados para mí en una especie de nebulosa. Recuerdo detalles, fragmentos imprecisos, espanto, terror. Mi tío subía al desván casi cada noche. Algunas veces lo observaba, sentía curiosidad, pero nunca me atreví a seguirle.

2

Aquel otoño de 1961 aún no había salido de casa, y si me llevaron a alguna parte, no lo recuerdo con precisión, porque era tal el terror que tenía a la calle, al mundo exterior, que sólo pensarlo mi pensamiento se bloqueaba.

¿Por qué tenía tanto miedo a todo? Los ruidos, las caras, los colores, las luces, todo me daba miedo y aunque pronto aprendí a superarlo, nunca sabré por qué en aquella época vivía con pavor.

Empecé a acostumbrarme a la presencia de una vecina, la señora Rita; una amiga de tía Magdalena que muchas tardes venía a visitarla. Yo nunca me atreví a ponerme delante de ella. Para todos los que venían a casa yo debía de ser como una especie de alimaña, un niño salvaje que huye de todo el mundo. Lo cierto es que las personas me daban miedo. Cuando la señora Rita llegaba, yo corría a esconderme. Algunas veces me quedaba mucho tiempo mirándola fijamente, intentando descubrir algo en su cara, en su voz.

De igual modo venían por casa otros hombres y mujeres, vecinos del pueblo. Al que más miedo le tenía era al señor de negro, el padre Isidro, el cura. Tía Magdalena le besaba la mano y a mí me obligaba a hacerlo también. El padre Isidro siempre le decía lo mismo:

—Este niño tiene que venir a misa, tienes que llevarlo contigo, Magdalena, tiene que ir al catecismo, tiene que hacer la comunión, ya es mayorcito... ¿Cuántos años tiene?, ¿siete? No puede ser bueno que esté siempre encerrado en casa. ¿Sigue sin hablar?

—Está en manos de don Paco, es demasiado pronto. Pero nos ha dicho el doctor que no es sordo ni mudo —le contestaba tío Luis, que tenía otro trato con el cura: nunca le miraba a la cara, hablaban distanciados. Y cuando el padre Isidro avanzaba un paso hacia él, mi tío le rehuía, bajaba la vista avergonzado por algo y se iba al taller, siempre tenía cosas que hacer.

Tía Magdalena, sin embargo, se ponía muy contenta con sus visitas. Sacaba una copita y la botella de anís del Mono. El cura dejaba una peladilla en el borde de la mesa y cuando se despistaban yo corría, la cogía y me refugiaba otra vez en el regazo de mi tía. Ellos dos hablaban mucho rato y después el cura se iba y siempre le decía:

—Los tiempos han cambiado, Magdalena, nunca olvidaré lo que hizo Luis por mí, nunca, pero tendría que venir a misa, al menos por Semana Santa... Sabes que a muchos descarriados se los obliga a ir a misa. Con Luis siempre hago excepciones y eso me pesa, me pesa, Magdalena. En el pueblo todo se sabe y hay algunos que hablan demasiado...

La primera persona externa a la familia a la que toleré fue a Agustín, un hombre jovial y siempre risueño. Cuando subía a la vivienda o cuando iba al desván en busca de cajas, papel y otros utensilios para la imprenta, si se topaba conmigo se quedaba como una estatua de piedra, después me buscaba lentamente con la mirada y me guiñaba un ojo. Pronto aprendí a devolverle el guiño y me escondía a toda prisa en el reloj.

Durante aquellos días sucedió algo que estancó mi proceso de adaptación al pueblo, a la casa y a mi nueva vida: hubo una espectacular crecida del río. Durante toda la tarde escuché el sonido del cuerno de los navegantes que llegaban al embarcadero. Yo cogía la gran caracola e intentaba hacerla sonar. Pero aquella noche desperté sobresaltado. El clamor de las aguas enfurecidas retronaba por las calles vacías del pueblo. En medio de aquel ruido insoportable escuchaba un chasquido infernal, unos golpes rítmicos, como una especie de estruendo metálico que me hacía temblar. Creía ciegamente que venían a buscarme. No sabía quién o qué, ni por qué, pero estaba seguro de que venían a por mí.

No podía gritar, no podía llorar, me sentía solo en la oscuridad de la habitación. Poco a poco las tinieblas se iban apoderando de mí, sudaba y sentía frío bajo las mantas. Temblando, logré levantarme y corrí, corrí en una carrera loca en medio de la oscuridad. Me golpeé contra la mesa y la silla, situadas al pie de la cama.

Tía Magdalena fue la primera en llegar. Me encontró en el suelo con los ojos fuera de las órbitas, respirando con dificultad. El sobresalto era tan grande que ni siquiera sentía el dolor de la herida que me había hecho en la frente.

—¡Madre de Dios bendito! ¡Hijo mío!...

Me abracé a ella. Tío Luis entró después, me curaron la herida y me acostaron en su cama en medio de los dos. Yo tenía las manos cogidas a ellos y sólo al alba, cuando repicó la campana con un sonido seco, como el carraspeo de la tos de una garganta de latón, pude conciliar un sueño corto.

A partir de ese día y durante un tiempo me acosté con ellos. Poco a poco, el río bajó de nivel y por las noches ya dejé de escuchar ese ruido infernal que me aterraba.

3

Tiempo después, tía Magdalena me explicó que debía dormir solo en mi habitación. Al principio exigí que dejaran la puerta abierta, al menos podía ver el resplandor de la farola de la plaza. Las noches de invierno eran muy largas y los cuentos de tío Luis, muy cortos.

Me despertaba sobresaltado, no me atrevía a gritar o a salir de la cama. Por la mañana, la niebla del río cubría todo el pueblo y los alrededores. Me dejaban dormir. Era la única medicina que me había recetado don Paco: «En estos casos, Magdalena, hace más el dormir que el comer».

Me levantaba tarde y me sentía exhausto. No tenía ganas de hacer nada, sólo miraba por la ventana que daba a los corrales. Aquella blancura impenetrable me atraía. Sentía ganas de lanzarme al vacío, pensaba que podía flotar y viajar, volar y volar, escaparme, hasta perderme, y que nadie podría verme.

Con la llegada de la primavera se produjo el cambio. Gracias a la imprenta Babel, las palabras empezaron a salir de mi boca como si siempre hubieran estado ahí, esperando el momento. Durante aquellos meses jugaba a componerlas con la imprenta y cada vez que cogía una letra, un tipo móvil de metal, tenía que pronunciar su sonido y después la palabra completa. Así íbamos formando los moldes y yo aprendía a hablar. Luego tío Luis pasaba el rodillo de tinta sobre las letras. Yo le ayudaba, me gustaba, pronto empecé a anticiparme a lo que iba a hacer. Él se daba la vuelta sorprendido y me decía:

—Aprendes más rápido a imprimir que a hablar. Lo llevas en la sangre…

Mientras trabajaba no perdía la ocasión para enseñarme:

—La lengua artificial, así fue conocida la imprenta cuando Gutenberg inventó el tipo móvil hacia 1450, en la ciudad alemana de Maguncia. Hasta esa fecha las copias las realizaban los monjes a mano en las abadías. Algunos ni siquiera sabían leer; copiaban sin comprender nada.

Recuerdo que cuando me contó esta historia levantó una pequeña letra y la sostuvo casi con ternura en la yema de los dedos. La miró fijamente, sus ojos brillaban, eran luciérnagas, chispas en la penumbra del desván, y después prosiguió:

—Ése fue el verdadero descubrimiento de Gutenberg, la aleación de metales para el tipo móvil: básicamente un setenta por ciento de plomo, por su maleabilidad; un veinte por ciento de antimonio, por la dureza; y otro cinco por ciento de estaño para evitar su oxidación. Gutenberg procedía de una familia de orfebres. Muchos siglos antes, los chinos habían inventado la xilografía: una especie de imprenta, pero con letras de madera que se desgastaban y se rompían en seguida. La xilografía llegó a Europa con el papel, hacia el siglo XIII. Se hacían impresiones con moldes de madera y se podían reproducir imágenes de letras o de santos, estampas de naipes, etcétera. Gutenberg dio un paso más: utilizó la xilografía con moldes de metal, tipos móviles más resistentes y duraderos, incluso adaptó una prensa de vino para imprimir. Revolucionó el mundo de los libros. Él es el fundador de nuestro oficio. El primer gran tipógrafo de la historia. La famosa Biblia de cuarenta y dos líneas, la Biblia Gutenberg que se publicó en 1456, se considera la primera obra de la imprenta y es un trabajo realmente extraordinario.

Sonreía, estaba orgulloso de su oficio, de que tuviera alguien que le escuchara atentamente, en cuerpo y alma. Allí aprendí los nombres de las máquinas y utensilios del oficio:

—Esto es el chibalete, viene del francés *chevale,* que quiere decir «caballete» —decía señalando el gran arcón, el mueble de madera que servía para guardar las cajas divididas a su vez por cajetines de tamaños diferentes según la utilización de las letras—. Ésta es la caja alta con las mayúsculas. ¿Lo ves? Está situada aquí, en la parte de arriba del chibalete, a mano izquierda. Y ésta es la caja baja, aquí están las minúsculas, signos, números, espacios... y aquella de allá es la contracaja, donde están los símbolos y letras menos utilizadas... En un taller de imprenta siempre se sigue el mismo orden, todo está perfectamente organizado. Cada cosa en su sitio. Cada cual sabe cuál es su función.

Ahora que han pasado tantos años, creo que la mirada de mi tío, su forma de hablar, su voz, sus palabras, aquel desmesurado entusiasmo fueron fundamentales para que yo despertara a la vida. Desprendía algo más que vocación o pasión, era verdadero amor por su oficio. Ésa es la gran lección. Aquella fuerza, aquella energía concentrada en el trabajo, en la imprenta, en todo su universo.

—Esta máquina es muy antigua, utiliza planchas para imprimir como se hacía en las primeras épocas, pero las del taller de abajo ya utilizan rodillo y no tenemos que andar cambiando planchas. Agustín la hace funcionar como nadie. Verás los comodines y otros chibaletes con tipos móviles más prácticos, la componedora. La linotipia parece una máquina de escribir, pero en realidad es una fundición en miniatura de donde salen las líneas completas. Las matrices, una vez utilizadas, se reciclan, vuelven a la fundición. ¿Sabes que aun ahora muchas veces tenemos que imprimir como en la época de Gutenberg? No hay plomo, ni antimonio, ni estaño... Esta maldita posguerra nos ha dejado sin nada. No podemos utilizar la linotipia, así que aquí me tienes, como un impresor del Renacimiento... Lo hago todo, componer, revisar, encuadernar... Sólo me falta fabricar papel. Y no te creas, algunas veces estoy tentado de hacerlo yo mismo, estoy harto de las restricciones, del papel paja, que es tan malo que en poco tiempo está más amarillo que un periódico. Es de una calidad pésima, no resiste el paso del tiempo.

Su sonrisa penetraba en mi interior, en mi espíritu, captaba toda mi atención.

—Venga, ahora te voy a enseñar una operación delicada, tengo que sacar las líneas de texto del componedor y dejarlas en la galera. Todas las líneas, formando el molde y unidas por un cordel. ¿Lo ves? Así de fácil. Así es como trabajaban los primeros impresores alemanes de la ciudad de Maguncia, hasta que fue asaltada por las tropas de Adolfo de Nassau y entonces todos los talleres de impresores de la cuenca del Rin se dispersaron, viajaron hasta Italia: Venecia, Roma, el Vaticano, el centro del mundo medieval... Allí surgió una nueva generación de tipógrafos. Se abandonó la letra gótica. Ya no trataban de imitar la copia de manuscritos de las abadías. La tipografía, la impresión alzaba el vuelo. Especialmente con Aldo Manucio, el gran impresor humanista de aquellos tiempos. El nuevo modelo de letra que utilizaron se llamó «romana» porque era una copia de las inscripciones de la columna trajana.

»En nuestro país, los primeros libros los imprimieron los alemanes hacia el año 1472 o 1473. No se sabe si fue en Segovia, en Valencia, en Barcelona... Como en aquella época no se ponía fecha de impresión, no se sabe con seguridad qué ciudad fue la primera.

Yo le miraba casi aturdido, y él no dejaba de instruirme. Me lo explicaba todo como si fuera un adulto, un amigo o un alumno. No le preocupaba que yo en aquel momento quizás no comprendiese la mayoría de las cosas que estaba diciendo, porque sabía que aquellas lecciones las repetiría una y otra vez a lo largo de los años, como así fue, hasta que penetraron, hasta que formaron parte de mi propia vida.

Ese desván era nuestro lugar. Sin embargo, y a pesar de que yo sabía que no debía decir nada de lo que ocurría allí arriba, mi tío nunca me contó qué guardaba en el armario que había detrás del chibalete, donde algunas veces le sorprendí escondiendo las páginas que imprimía por la noche.

Lo que sí me contó una y otra vez fue ese mundo de impresores que viajaban de un lugar a otro, de una ciudad a otra, con todas sus máquinas, con todos sus secretos a cuestas, en carromatos destartalados, como buhoneros o malabaristas ambulantes. Muchas veces perseguidos, porque ellos eran los difusores de la Reforma, del humanismo, de toda aquella cultura profana que tenía su origen en Grecia y Roma. Y cuando se marchaban de una ciudad, dejaban la simiente de los libros, las ideas, los pensamientos, las palabras impresas eran la memoria viva, el recuerdo que ya no se perdía en el olvido.

Todo ese mundo de letras, de tinta, fue de alguna manera mi cuna en ese segundo nacimiento de mis recuerdos, de mi voz. La vida me ofrecía una oportunidad y fue tío Luis con su vieja imprenta el que guió mis primeros pasos.

Desperté por fin de aquel estado en donde la realidad y el sueño se confundían mezclando escenas, luces, rostros sin tiempo. Todo era nuevo para mí, y a medida que fui recuperando las palabras, a medida que iba aprendiendo a hablar, mi memoria también despertaba y lo absorbía todo. Cada cosa, cada conversación o cada texto que aprendía o que leía era capaz de recordarlo después con una precisión de detalles asombrosa.

4

Mis tíos estaban contentos, les oía hablar y reír. Incluso bromeaban conmigo. Empecé, tímidamente, a pronunciar algunas frases fuera del desván. Me asomaba al balcón del comedor y veía la plaza con la gente paseando arriba y abajo. El Ayuntamiento enfrente, con la bandera en la ventana, y el alguacil o la pareja de la Guardia Civil que entraban y salían. La farola en medio y los hombres con carros y mulas cuando volvían del campo. A los lados de la plaza había grandes arcadas de piedra donde estaban las tiendas y algunos bancos donde se sentaban los viejos. De vez en cuando veía niños correteando, jugando a la pelota. Tenía ganas de saltar detrás de ellos.

La iglesia destacaba en la plaza no sólo porque era el edificio más grande, sino porque parecía de otro mundo. Sobre todo me gustaba mucho contemplar el reloj de sol redondo, con números romanos grabados en la piedra. Debajo había una inscripción con pintura negra que decía: «Mártires de la Cruzada que lucharon y murieron por Una Grande Libre, arriba España, arriba Franco», y una lista con nombres de lugareños caídos en la guerra a manos de los rojos. Intentaba leer aquellos nombres, muy despacio, letra a letra, y cuando me cansaba, alzaba la vista y contemplaba fascinado la torre altísima del campanario de piedra que era el orgullo del pueblo. Sólo había una cosa que desentonaba en aquella impresionante atalaya coronada por una veleta, y era el destemplado sonido de la campana. Recuerdo que cuando escuché por primera vez la campana me desilusionó: parecían ladridos de perro ronco, como una tos seca...

Una mañana, al rayar el día, tía Magdalena me levantó de la cama y me llevó a misa con ella. Debió de aprovechar mi aturdimiento para sacarme de casa. La campana, que a esa hora sonaba muy deprisa, parecía un largo carraspeo.

—Venga, Pol, que tocan el tercero y va a empezar la misa.

Lo cierto es que la vi a ella muy contenta y supongo que no quise desilusionarla.

Cuando salimos, todo estaba oscuro, sólo brillaba la farola del centro de la plaza. Ella llevaba en la cabeza aquel velo transparente que siempre se ponía y que le cubría hasta media cara. Me sorprendió el templo; el interior no era tal como lo imaginaba cuando lo contemplaba desde el balcón de la casa. Me pareció mucho más grande y todo muy extraño. Al acercarnos al altar mayor, a medida que avanzábamos por el pasillo central entre los bancos de madera, mi mirada se elevó, atraída por la imagen de la Virgen Inmaculada, que se hallaba sobre una nubecita blanca, justo detrás del altar. Parecía flotar en aquella atmósfera de claroscuros, con las llamas de las velas titilando como luciérnagas.

El padre Isidro salió por una puerta lateral y se dirigió hacia el altar mayor, al tiempo que iniciaba un canto. Le seguían dos monaguillos vestidos de rojo. El cura llevaba una especie de capa blanca con dibujos de colores dorados, rojos y verdes. Hablaba y hablaba, y la gente, la mayoría mujeres, contestaba cosas que yo no comprendía. Las palabras fueron acunándome hasta que me quedé dormido. Cuando desperté, unos ojos me miraban desde la oscuridad de una capilla lateral. Pertenecían a un hombre que no conocía y al que nunca había visto pasear por el pueblo. Mi mirada buscó la imagen de la Inmaculada y allí se quedó clavada hasta que terminó la misa.

A partir de ese día, tía Magdalena comenzó a llevarme a misa primera. Los ladridos de la campana quedaban ahogados cuando soplaba el viento, porque el gallo de veleta chirriaba como los cerdos que el carnicero arrastraba con un gancho por la plaza los jueves, el día de la matanza. Siempre me pasaba lo mismo: al poco de haber entrado en la iglesia, me quedaba dormido contemplando la Virgen Inmaculada.

Un día desperté sobresaltado; había tenido un sueño horrible, allí en el banco. Mi tía me acarició. Estaba de rodillas mientras el cura levantaba las dos manos y el sacristán, Gregorio, un hombre bajito, regordete y calvo, que vestía con una americana negra muy vieja, tiraba de una cuerda que había detrás del altar mayor y hacía sonar la campana. Desde dentro de la iglesia casi ni se oía, parecían golpes de martillo muy lejanos.

Mi tía siempre me despertaba justo cuando ya se había terminado la misa y aparecía el sacristán, que llevaba entre las manos una larga vara en cuyo extremo había una especie de campana. Con ella apagaba la llama de las velas encendidas de la iglesia y salía una columna de humo negro. Siempre me quedaba embobado contemplando a aquel hombre que parecía hacer un gran esfuerzo, incluso se detenía de tanto en tanto para recuperar el aliento y enjugarse el sudor de la frente.

A la salida del templo, junto a una de las pequeñas pilas de agua bendita donde los feligreses se santiguaban, había una caja de madera con una ranura y un cartel que decía: «Recolecta para la nueva campana de la iglesia».

Cuando se marchaban, mi tía y muchas otras mujeres siempre depositaban un céntimo en la caja. Pronto tía Magdalena me dejó hacerlo a mí. Al caer la moneda resonaba dentro de la caja, que siempre parecía estar vacía. En ese momento me daba la vuelta y el sacristán, con el apagavelas humeante entre las manos, hacía una pequeña reverencia y sonreía. Mi tía también le contestaba del mismo modo. Siempre pasaba lo mismo, cada vez que alguien tiraba una moneda, el sacristán reaccionaba así: aunque estuviese en el otro lado del templo, levantaba la cabeza y miraba hacia la puerta. Parecía que aquel hombre llevase la cuenta de los céntimos que caían en la caja.

Una mañana, al salir del templo, mientras cruzábamos la plaza, mi tía me explicó:

—El sacristán es hijo de un campanero. Su padre era uno de los mejores, hacía campanas preciosas que tenían sonidos distintos. ¿Sabes que hizo una de las campanas del Vaticano? La que teníamos antes en el pueblo era la que mejor repicaba de todas, se oía desde muy lejos. Parecía el canto de un ángel bajado del cielo.

Me giré hacia el campanario y lo vi muy alto, puntiagudo, y en aquel momento sonó la campana con su tono de latón oxidado.

—Ésa no es la voz de un ángel —le contesté yo. Mi tía se echó a reír y me contestó:

—Esta que tenemos ahora la trajeron de una antigua ermita. Pero la que había antes de la guerra era maravillosa... Los rojos la bajaron y la fundieron para hacer balas y bombas. Por eso Gregorio está haciendo ahora una recolecta y todo el pueblo, cuando va a misa, colabora con lo que puede. Cuando tenga mucho dinero, él mismo comprará el metal y hará una nueva que, según me han dicho, va a repicar igual que la que teníamos antes de la guerra. Con un sonido profundo y dulce a la vez, ya lo verás...

—¿El sacristán también es campanero?

—Su padre le enseñó el oficio. En su casa, a las afueras del pueblo, tiene un gran horno.

Después de lo que me había contado tía Magdalena, cuando íbamos a misa miraba a Gregorio con respeto y admiración; me parecía que su cuerpo abombado era como una campana humana.

Un día, cuando el sacristán apagaba las velas, el padre Isidro nos hizo pasar a la sacristía. Mientras se quitaba las ropas de la misa, se lavaba las manos y encendía un cigarro, me preguntó:

—¿No te gustaría ser monaguillo?

Yo no supe qué contestar. Veía a mi tía muy contenta, pero yo no sabía qué tenía que decir. El cura se sentó ante la mesa y sacó un catecismo.

—Me ha dicho tu tía que tienes una memoria prodigiosa. Que ya eres capaz de recitar páginas enteras de libros sólo con leerlas una vez.

Yo bajé la cabeza y me puse rojo como un tomate.

—Es muy tímido, pero es verdad, a veces por casa recita poemas enteros.

—Bien, muchacho, Dios te ha dado un don y debes darle las gracias, debes rezar cada noche. Toma, este catecismo es para ti. Un regalo. Léelo y apréndetelo de memoria. Cuando pase por el taller te preguntaré a ver si ya te lo has aprendido. Y como premio, voy a darte libros muy buenos: historias de santos, de hombres píos... te van a gustar.

Cogí el catecismo, le di las gracias y besé el anillo de su dedo, tal como me había dicho mi tía. Después me aparté en seguida.

—Venga, hombre —insistió el padre Isidro—, ¿cuándo quieres empezar como monaguillo? Tendrás un traje rojo muy bonito. Además, el día que haya boda comerás un pedazo de tarta y tendrás propina.

La idea no me hacía ninguna gracia. Ya me había despertado varias veces en mitad de la misa y siempre había sentido la mirada intensa de aquellos ojos que me contemplaban desde una de las capillas laterales.

—Pol estará bien muy pronto y entonces será monaguillo, ¿verdad? —respondió por mí tía Magdalena.

—Pablo, Magdalena... El chico se llama Pablo.

—Sí, claro... Pablo.

Yo asentí con la cabeza, pero no me gustó que me cambiara el nombre. El padre Isidro, exhalando grandes bocanadas de humo, me dio una palmadita cariñosa en la cara.

—Anda, Pablito, a ver si te aprendes muy pronto el catecismo.

5

Y llegó el día de ir a la escuela. Sólo pensar que tenía que pasar toda la mañana sin mis tíos era para mí una tortura. Llevaba todo un año viviendo con ellos y hasta el momento únicamente había salido de casa con tía Magdalena para ir a la iglesia o con los dos para dar algún paseo por el embarcadero, pero aquello era muy distinto. Querían dejarme en un lugar en el que pasaría toda la mañana solo, enfrentándome a gente desconocida, y eso me causaba pavor.

Ya en la puerta de la casa me agarré con las dos manos a la falda de tía Magdalena. Empecé a gritar que quería mi caracola y que si no, no saldría de allí. Mi tía era capaz de percibir mi angustia, sentía mi desesperación y me abrazaba, incluso habló con tío Luis para que me quedara en casa y empezara otro día las clases, pero él se mostró firme: yo ya había cumplido ocho años y no se podía demorar más; tenía que ir a la escuela.

—Pol, no puedes ir con la caracola al colegio —dijo mi tío—. Es más grande que tu mano. Los niños se van a reír de ti si te ven pegado a ella y además, mientras estés en clase, tienes que atender al profesor, no te puedes distraer con los sonidos de la caracola.

Yo no reaccionaba y no dejaba de llorar. Entonces, tío Luis sacó de su bolsillo unas cuantas letras de metal y las hizo relucir delante de mis ojos llorosos. Las reconocí en seguida. Me pasaba horas jugando con los tipos móviles.

—Voy a contarte una historia —tío Luis me cogió en brazos, me sentó en la mesa del comedor y allí, mirándome fijamente, siguió hablando—: Hace mucho tiempo, en un barrio de una ciudad muy lejana llamada Praga, vivía un hombre sabio llamado León. Los vecinos del barrio estaban atemorizados por el constante ataque que recibían de los habitantes de otros barrios, que saqueaban sus casas e insultaban a sus mujeres. Un día decidieron pedir consejo a León: «¿Qué podemos hacer?». Y éste, después de mucho pensar, decidió crear un monstruo de barro, un ser descomunal que cada noche vigilaría la entrada a la ciudad. Pero una noche que el sabio se encontraba fuera, el monstruo enloqueció, se revolvió contra sus propios protegidos y, en lugar de guardar la paz de los vecinos, empezó a destruirlo todo: destrozó casas, quemó muebles. Nadie podía detenerlo. Los vecinos fueron en busca del sabio León, pues era el único que conseguía gobernar al monstruo.

Mi tío se quedó callado de repente y miró las letras que tenía en la mano.

—Pol, a ver si adivinas cuál era el secreto para calmar al monstruo...

Tía Magdalena, que también estaba escuchando el cuento, sonreía. Yo no sabía qué contestar, y mi tío me dijo:

—Lo tienes ahí, delante de tus ojos.

Entonces, tímidamente, secándome las últimas lágrimas de las mejillas, le dije:

—¿Las letras?

—Exacto, Pol. El sabio León había creado un monstruo, al que llamaron Golem, y le dio vida con las palabras, y con ellas lo gobernaba, ése era su secreto. Conocer las palabras. En su frente, el monstruo llevaba grabadas cuatro letras: *emet,* que significa «verdad» en hebreo.

—¿Y qué pasó?

—El sabio León borró una letra...

En ese momento miré hacia abajo y leí la palabra que mi tío había compuesto sobre la mesa con los tipos móviles.

—*¿Met?*

—Muy bien, Pol. Esta palabra significa «muerte» en hebreo, y así el monstruo se detuvo y obedeció a su creador. El Golem se quedó quieto, convertido en estatua de barro, pues es lo que era. Y ahora escúchame bien, Pol. A ti te pasa lo mismo que a los pobres habitantes de Praga: ellos tenían miedo del monstruo y tú tienes miedo de ir a la escuela, ¿no es verdad?

—Sí.

—Pero tú tienes las palabras, conoces el nombre de las cosas, sabes el abecedario. En el desván, con la vieja imprenta, con los tipos móviles has aprendido a leer y a escribir...

—Sí...

—Entonces ¿de qué tienes miedo? Tú eres como el sabio de Praga: puedes gobernar al monstruo porque conoces su nombre. Guarda estas letras en el bolsillo y, si tienes miedo, cógelas. Ellas te van a hacer fuerte. Las palabras te van a hacer fuerte. Con ellas podrás hablar y, si puedes hablar, nada debes temer.

Aún con cierto recelo, salí a la calle cogido de la mano de mi tía. Notaba en mi pierna, dentro del bolsillo, las letras de metal que me había dado tío Luis y eso me daba seguridad, eran como mi talismán. En aquel momento pensaba que mi tío era el hombre más sabio del mundo, mucho más que aquel de la historia que me había contado. Un cuento que años más tarde devoré: la aventura del rabino León de Praga: un cabalista judío que creó al Golem para proteger a su comunidad de la intolerancia religiosa de aquella época.

Don Sebastián, el maestro, me recibió sentado en la silla. Iba vestido con su traje negro, la camisa azul, corbata del mismo color, estrecha y con el nudo pequeñito. Cuando entré me saludó muy atentamente, con una gran sonrisa, como si fuera una persona mayor:

—Buenos días, señor Albión…

Después se puso en pie. Como cojeaba de una pierna, se sujetó con las manos en la mesa y, dirigiéndose al resto de la clase, dijo:

—El nuevo alumno se llama Pablo Albión.

—Buenos días, señor Pablo… —contestaron todos a una.

—Señor Albión, busque un pupitre libre y siéntese.

Me costó unos días adaptarme a mis compañeros. Lo primero que aprendí fue a formar en el patio de la escuela y a cantar el *Cara al sol* cada mañana antes de entrar a clase. Los chicos nos colocábamos a un lado y las chicas a otro, separados por unos metros. Siempre nos dirigía un muchacho que se llamaba Ricardo y parecía el preferido, el mimado del maestro. Cantábamos de cara a la bandera que estaba justo al lado de la puerta de entrada de la escuela.

El primer día de clase, el maestro me hizo copiar la letra de la canción y aprendérmela de memoria, cosa que hice en pocos minutos. Cuando ya me la sabía, me levanté del pupitre. La clase estaba en silencio y el maestro me miró con cara sorprendida:

—¿Qué le pasa, señor Albión?

Temblaba de miedo y con la voz ahogada le dije:

—Ya me la sé.

—¡Alto y claro! Venga, acérquese. Si he entendido bien, ¿dice que ya se sabe la canción? ¡Vaya, hombre! No puede ser, si sólo ha tenido tiempo de leerla una vez.

Yo asentí con la cabeza. El maestro me dijo:

—Adelante, le estamos esperando.

La recité sin cantarla, de carrerilla, y creo que esto impresionó mucho al maestro y a todos los alumnos porque, según oí decir, muchos se sabían la letra porque la cantaban.

El hombre se quedó sorprendido.

—Muchacho, usted ya sabía la letra. Todo el mundo la sabe. No me engañe. Un engaño así no lo consiento.

—No, no, señor... Antes no la sabía.

—¿Qué trata de decirme? ¿Que leyéndola una sola vez ya se la sabe de memoria?

Toda la clase estalló en una carcajada. Cuando me di cuenta de que se burlaban de mí, me entraron ganas de llorar. El maestro, al advertirlo, mandó callar a la clase y me dijo:

—Venga aquí, señor Albión... Vamos a ver si es capaz de lo que dice. Tenga. Coja este libro de historia de España. Ahora le daré una página para que memorice algunas frases.

La clase entera dijo:

—¡Las guerras carlistas! ¡Las guerras carlistas!

—¡Silencio! ¡Silencio! Está bien, sus compañeros quieren oírle. Las guerras carlistas.

La clase estalló en gritos...

—¡Silencio! No quiero oír ni una mosca o se van a enterar.

El maestro esperó unos segundos y me dio el libro:

—Tenga, lea esta página.

La clase prorrumpió en otra tanda de vítores y aplausos desmesurados. Yo cogí con fuerza el libro. Sentía mucha vergüenza.

—¡Cállense de una vez! Y usted, señor Albión, siéntese y cuando se sepa tres frases de memoria, me avisa.

Todos en clase se reían, se burlaban de mí. Incluso oí que alguno decía:

—Albión, memorión…

Me senté. El maestro levantó la vara y dio un golpe contundente en la mesa:

—¡No les quiero oír más! El señor Albión tiene que concentrarse.

Leí. Tuve que hacerlo un par de veces, porque estaba nervioso, pero al cabo de unos minutos me levanté de nuevo. El maestro, los alumnos, todos me observaban boquiabiertos. Don Sebastián movía la cabeza de un lado a otro.

—¿Qué?, ¿se da por vencido? ¿Va a confesar que ya se sabía el *Cara al sol*? Mal empezamos, señor Albión.

Yo apreté con las manos los tipos móviles que me había dado mi tío por la mañana y negué con la cabeza.

—El memorión va a probar el jarabe de palo… —decían unos.

—¡Huy!… No sabe la que le espera… —comentaban otros, mientras se aguantaban con una mano la risa.

El maestro me miró muy serio. Me dijo que me acercara de nuevo a la tarima. Ahora todos me miraban con cara de extrañeza. Don Sebastián también tenía los ojos muy abiertos.

—Cuando quiera —dijo el hombre, al tiempo que se iba dando golpecitos con la vara en la palma de la mano.

Recité toda la página y sólo me equivoqué al final, con un nombre: «Zumalacárregui». No lo olvidaré nunca porque creí que el maestro me iba a castigar por no pronunciarlo bien. Mientras yo recitaba de memoria, don Sebastián leía la página y cada vez se hundía más en la silla. En la clase reinaba un silencio total, expectante, no se oía ni una mosca. Cuando acabé, el hombre no daba crédito, no salía de su asombro. Todos me aplaudieron, se pusieron en pie. Incluso el maestro me felicitó.

—El señor Pablo Albión tiene una memoria prodigiosa... Nunca había visto una cosa así. Me parece que usted va a llegar muy, pero que muy lejos. Y ahora, siéntese.

—Pol, me llamo Pol... —dije tímidamente.

—¿Pol? Me parece que este nombre no está en el santoral... Pero vamos a hacer una excepción. Sí, señor, se lo merece. Siéntese, señor Pol.

Me puse colorado. No sabía adónde mirar, me temblaban las piernas.

Aquel día en el patio algunos compañeros me preguntaban. Yo temblaba y tartamudeaba un poco. Incluso oí que decían:

—El nuevo es tartaja.

Prácticamente no me relacionaba con nadie, siempre andaba solo. Me consideraban un bicho raro.

A la hora del recreo todos salían de la clase en tromba, gritando, dando saltos de alegría, incluso don Sebastián parecía disfrutar rebajando la severa disciplina y contemplaba con una sonrisa de satisfacción esa explosión de rebeldía, de entusiasmo, de todos los chicos corriendo como locos hacia el patio. Se jugaba a la pelota, las canicas, las chapas o al churro, media manga, manga entera. Yo salía el último, despacio. Algunas veces me quedaba a leer en la clase. El maestro desaparecía, se iba a hablar con la maestra y regresaba cinco minutos antes con el silbato colgando del cuello, para dar la señal que indicaba el final del recreo.

Algunas veces se organizaban peleas. Eso atraía mi atención. Se formaba un círculo y, en el centro, los dos contendientes se enfrentaban. Valía todo menos arañar o tirar del pelo, porque eso era de niñas. También estaba prohibido dar patadas en el bajo vientre. Cuando esto pasaba, se formaba una terrible algarabía:

—¡Cobarde! ¡Traidor!

«¡Ríndete!» era la palabra clave que decía quien tenía ventaja, pero la pelea sólo se detenía cuando uno de los dos exclamaba: «¡Me rindo!». Ésa era la palabra mágica que muchos pronunciaban por los pasillos o en los servicios cuando algún grandullón abusaba de su fuerza.

Rana era uno de los chicos que siempre destacaban, de los que mejor peleaban: nadie podía con él. Con un par de movimientos tenía suficiente para derribar al contrincante. Una vez lo tenía en el suelo, se lanzaba encima y le rodeaba el cuello con los brazos mientras apretaba con todas sus fuerzas. Al vencido, rojo como un tomate, sin aliento, apenas se le oía decir:

—Me rindo —pronunciado con una vocecita entrecortada, de ahogo, que provocaba la hilaridad general.

Cuando don Sebastián tocaba el silbato, todos formábamos alineados para entrar otra vez en clase, en orden y en silencio.

El maestro imponía respeto con su vara de madera. También gritaba, insultaba, castigaba, pero a mí, algunos días, durante el patio me dejaba leer en la clase, me trataba con benevolencia y eso provocaba envidias.

De vez en cuando levantaba los ojos y lo veía renquear de un lado a otro con su pata coja, o poner en fila a algunos niños con las palmas de las manos hacia arriba, extendidas, para propinarles varazos. Todas estas guerras no iban conmigo. Yo sólo sonreía tímidamente cuando el maestro sacaba las grandes orejas de burro del armario y se las encasquetaba a algún alumno mientras le reprendía:

—¡Burro, más que burro! ¡Será zoquete!

Mis compañeros de clase me miraban de una forma muy rara, como si fuera un extraño.

Yo me refugiaba en la lectura. Cuando acababa uno de esos libros de tapas moradas, mi tío me daba otro. Siempre tenía un libro entre las manos. *La vuelta al mundo en ochenta días,* de Julio Verne. ¡Cómo recuerdo esa novela! Empecé a leerla con mi tío, pero después no podía esperar a que él subiera de la imprenta y en cuanto llegaba a casa después del colegio, me metía en mi habitación y empezaba a correr por las páginas. Cuando mi tío subía le contaba la historia.

—¡Phileas Fogg conoce todo el mundo! «No había sitio, por oculto que pudiera hallarse —recitaba yo de carrerilla con los ojos como platos y la voz algo engolada—, del que no pareciese tener un especial conocimiento. A veces, pero siempre en pocas breves y claras palabras, rectificaba los mil propósitos falsos que solían circular en el club acerca de viajeros perdidos o extraviados, indicaba las probabilidades que tenían mayores visos de realidad y a menudo sus palabras parecían haberse inspirado en una doble vista; de tal manera que el suceso acababa siempre por justificarlas. Era un hombre que debía de haber viajado por todas partes, a lo menos, de memoria.»

—Tú sí que tienes memoria —me decía mi tío, dándome un achuchón cariñoso.

6

La culpa la tuvo Rana. No me atrevo a decir que fue mi primer amigo porque él era libre, hacía lo que le venía en gana. Nada ni nadie le ataba. Era un líder nato, el capitán de una pandilla que se llamaba el Décimo.

El padre de Rana era un borracho. Eso era al menos lo que decían todos, pero Rana defendía el honor familiar con los puños y era especialista en romper narices. Delante de él a nadie se le ocurría pronunciar la palabra «borracho», aunque nada tuviera que ver con su padre. Hasta don Sebastián le respetaba y, según se decía, sólo le había pegado una vez con su vara de madera, que manejaba igual que un caballero una espada.

Rana era especial, siempre se salía con la suya. Nunca se había dirigido a mí, aunque algunas veces le sorprendía mirándome fijamente.

A finales del invierno del 63 también tuvimos días primaverales intercalados entre las nieblas persistentes y las heladas. Una mañana que lucía un sol radiante cambié de pupitre y me puse junto a la ventana: quería ver el patio, los árboles, el paisaje. Yo sabía que en ese lugar se sentaba un chico mayor que yo al que todos llamaban Pastor, aunque su verdadero nombre era Eleuterio. Era pelirrojo, hijo de un pastor, y tenía muy malas pulgas, pero como en los últimos días faltaba mucho a clase e incluso había oído rumores de que ya no volvería porque estaba trabajando, ocupé su lugar. Pastor, un muchachote muy desarrollado para su edad, era el jefe de la pandilla de la montaña. Además, era la mano derecha de Roberto, un joven del pueblo que siempre iba con la camisa azul y el cabello empapado de brillantina y que, a su vez, era el jefe del Frente de Juventudes Falangistas del pueblo: los flechas y los pelayos.

Hacía tan sólo unos días que Roberto y el alcalde, don Tomás, se habían presentado en el colegio y nos habían dado una clase sobre una nueva organización llamada OJE a la cual, nos dijeron, podíamos apuntarnos para hacer excursiones, campamentos, incluso abrirían un local en el pueblo donde podríamos jugar al ping-pong y a juegos de mesa. Al final Roberto y el alcalde nos enseñaron el traje, el escudo, que era una cruz roja con un león, y, muy emocionado, el joven con el pelo engominado gritó el nuevo lema de la OJE:

—¡Vale quien sirve!

Nadie le comprendió. Tras unos momentos de silencio, de desconcierto, Pastor y toda su pandilla se levantaron espontáneamente con el brazo extendido y gritaron:

—¡Arriba España!

Todos seguimos su ejemplo. Roberto, el alcalde y don Sebastián se miraron como diciendo «¿qué hacemos?», hasta que el maestro cogió las riendas y ordenó:

—¡Roberto, dirige el coro!

El muchacho se puso delante de todos y, como si fuese un director de orquesta, igual que hacíamos cada mañana, nos dio la señal para cantar el *Cara al sol*.

A la hora del patio, las chicas comentaron que también habían venido unas representantes de la Sección Femenina a darles un discurso, pero ellas no cantaron el himno de la Falange.

Cuando entramos en clase, después del silbato del maestro, el Rana se me acercó lentamente. Don Sebastián estaba en la puerta a punto de entrar, hablando con la joven maestra de las niñas, doña Catalina, que era mucho más alta que él y muy delgada.

—Oye, tú, nuevo… Éste es el pupitre de Pastor.

Permanecí inmóvil, sin decir nada. Rana sostenía entre las manos un pote y me observaba con gesto divertido, así que me armé de valor y le contesté:

—Es que me han dicho que ya no viene…

Rompió a reír.

—De ése no te puedes fiar, pero nadie se puede sentar en su pupitre. Tiene muy malas pulgas.

Me estremecí.

—Cálmate, nuevo.

Luego, en tono confidencial, añadió:

—Puedes quedarte en el pupitre, no te pasará nada, pero tienes que hacerme un favor. Tienes que guardarme este pote, después ya te lo pediré. Es que en mi sitio ya no cabe, lo tengo lleno de libros. No te preocupes, nuevo… Cuando Pastor se entere de que me haces favores, que eres mi amigo, no te hará nada, te lo aseguro.

Temblando, cogí el pote. Mis manos se pringaron, incluso me manché los pantalones cortos y las piernas, y por mucho que tratara de limpiarlas, el pringue no desaparecía.

Aquella mañana, don Sebastián daba clases de historia de España. Explicaba, como siempre, las mismas batallitas de las guerras carlistas.

—Zumalacárregui, el general carlista de las Vascongadas, fue el más destacado guerrero que se enfrentó a las tropas de Isabel II. Mi bisabuelo combatió con él... Ricardito, ¿de qué color eran las boinas carlistas?

—Rojas, don Sebastián.

—Muy bien... Rojas como la sangre.

El maestro se pasaba la mayor parte del tiempo sentado, pero solía levantarse cuando faltaba poco para el final de la mañana.

Ese día estábamos a punto de salir y el hombre, como siempre, se dispuso a incorporarse. Apoyó las manos sobre la mesa para ponerse de pie. Lo probó varias veces, pero en seguida se dio cuenta de que no podía. Estaba pegado a la silla.

Todos guardamos silencio. Algo anormal estaba pasando. El rostro de don Sebastián se puso de color morado. Empleaba todas sus fuerzas, empujando su cuerpo hacia arriba, pero era imposible. Toda la clase estalló en una carcajada incontenible.

—¡Silencio! —exclamó el pobre hombre.

El maestro levantó la vista, los ojos enfurecidos, y dio tal golpe de vara sobre la mesa que la partió en dos. Entonces, con un gran esfuerzo, logró ponerse en pie con la silla pegada a sus pantalones. Nos mondábamos de risa. El hombre se tambaleaba. Su aspecto era realmente grotesco.

—¡Ayudadme! Ricardito, Javier, Ramón... —gritó, reclamando la ayuda de los tres que se sentaban en la primera fila.

Dos alumnos lo sostenían, otro agarraba la silla y también tiraba mientras el maestro, con el cuello tenso y las manos sobre la mesa, intentaba despegar sus pantalones. Pronto, muy pronto, se descubrió la treta. El ungüento que le había adosado a la silla era muérdago blanco, una especie de cola con la que alguien había embadurnado el asiento.

Como Rana era el mayor experto cazador de pajarillos y toda la clase sabía que los atrapaba con esta pasta que extraía machacando el muérdago que crecía en los pinos, algunos se volvieron hacia él con un guiño de complicidad. Pero Rana abría los ojos e iba negando con la cabeza al mismo tiempo que hacía un gesto hacia mi lado que yo no entendía. La risa iba contagiándonos a todos. Hacía tiempo que yo mismo no me reía de tal modo; tanto que llegó un momento en que me quedé solo riendo, a pesar de los gritos desaforados del maestro.

—¡Cállense!... ¡Cállense de una vez!

Al final, con los pantalones desgarrados, don Sebastián consiguió desasirse de la silla. Estaba de pie, mirándome fijamente. Se acercó renqueante y a medio camino recogió un pedazo de la vara partida. Cuando estuvo delante de mí me miró las manos y los pantalones. Los tenía manchados de aquella cola. Vi como los ojos se le salían de las órbitas, despidiendo chispas. De su nariz salieron vaharadas, resoplidos de toro enfurecido. Sin pensarlo, me agarró por el cuello y me levantó a plomo del pupitre:

—¡Que te calles de una vez, Albión!

Me dejó caer de golpe en la silla, pero no acerté y caí por el suelo. El maestro levantó con la punta de la vara el pupitre y... ¡sorpresa!, allí estaba el pote de muérdago.

—¡Ya hemos descubierto al bromista! ¿Conque ésas tenemos? Y yo, que creía que eras una mosquita muerta. Cuando hable con tu tío te vas a enterar. Ahora levántate del suelo. Esta gamberrada no te la perdono aunque tengas la memoria más grande de España... ¡No te la perdono, Albión!

Nada más incorporarme, cogió la regla y descargó sobre mis pantorrillas una tanda de garrotazos que chasqueaban como bofetadas. El dolor me hizo llorar. Conforme descargaba varazos sobre mis piernas, me conducía hacia su mesa. Entonces fue al armario, sacó las orejas de burro de cartón y me las encasquetó en la cabeza. Después me puso de rodillas, me obligó a extender los brazos con las palmas hacia arriba y me atizó unos cuantos varazos más antes de ponerme encima las enciclopedias.

—¡Te vas a enterar! ¡No sabes con quién estás jugando! Un mes sin recreo... A partir de hoy se te acabó la inmunidad. Y vosotros... Todos de pie... Hoy no sale nadie. ¡Todos castigados!

Aquel mismo día tío Luis habló con don Sebastián. No sé lo que le dijo, pero el maestro me perdonó.

El pote era de Rana, pero yo no le delaté. Me había engañado; sin embargo, al mismo tiempo me había hecho reír y llorar. Rana era como el río. Podía ser aterrador y venir cada año a reclamar un tributo de carne, pero al mismo tiempo era el mismísimo dios de la diversión y la aventura. A partir de ese día me convertí en su protegido. Incluso me dijo:

—Nuevo, si quieres formar parte del Décimo, tendrás que pasar la prueba. Aunque me parece que eres un mocoso...

—¿La prueba?

Le miré fijamente y él me sonrió:

—¿Sabes nadar?

—No...

El chico se rió a carcajadas. Otros muchachos estaban a su alrededor, todos eran de la pandilla.

—Te enseñaremos a nadar. Ahora el agua está fría, pero dentro de un mes ya nos bañamos. Todos los miembros del Décimo nadamos como anguilas, no como los de la pandilla de la montaña... Nosotros somos los dueños del río y ellos, los del monte. ¿Quieres que te enseñe a nadar?

—Sí, sí, claro...

Todos me dieron palmaditas en la espalda, me felicitaron. Rana los hizo callar:

—Pero esto es un secreto... Los del Décimo sellamos los secretos con sangre.

—Guardaré el secreto.

—Bien, dame el dedo gordo de la mano derecha.

Estaba nervioso y le di el de la mano izquierda. Todos se reían al verme temblar.

—Tienes que aguantar el dolor.

Rana sacó del bolsillo una pequeña navaja. Me la puso delante de los ojos. Cuando la vi, me arrepentí rápidamente de haber aceptado. Quería irme, pero el resto de la pandilla me cerraba el paso por todas partes y al mismo tiempo cubría a su jefe.

—¡Aguanta, nuevo!

Sentí una punzada aguda y en seguida vi como brotaba la sangre.

—Chúpatela y jura... ¡Por el Décimo!

Hice lo que me pedía y juré. El resto de la pandilla clamaba:

—Décimo, Décimo, Décimo...

Rana se guardó la navaja:

—Prepárate... Te voy a enseñar a nadar como los peces. Vas a ser el mejor, nuevo.

La hemorragia cesó y entonces pude ver la pequeña marca que me había hecho en la yema del dedo gordo. Era una equis. Ésa era la marca del Décimo.

Rana me presentó a los miembros de la pandilla:

—Éste es Conejo; éste, Rata… Gallo, Perdiguero, aquel de ojos grandes, Búho y el que está a su lado es Mulo, y faltan Mariposilla y Hormiga. Ellas vienen con nosotros a escondidas; sus padres y el cuervo les tienen prohibido acercarse al Décimo.

—¿El cuervo?

—El cura… Nuevo, me parece que tienes mucha memoria, pero aún no sabes nada.

Ellos se reían y yo los miraba a todos, uno a uno, y en aquel momento ciertamente me pareció que en su cara, en su expresión, había alguna cosa que los relacionaba con sus nombres de animales.

Antes de que se fuera, le contesté:

—A mí no me gusta que me llames nuevo… Me llamo Pol.

—Tu nombre de verdad no vale…

Normalmente el apodo solía surgir de forma espontánea y eran otros los que te bautizaban. Además, todos los del Décimo tenían nombres de animales.

Rana me dijo:

—Me caes bien, pero aquí nadie se llama por el nombre del bautismo. Nosotros somos los que bautizamos. Sin embargo..., antes de ponerte un nombre tienes que pasar la prueba.

Al terminar movió la cabeza afirmativamente y después escupió al suelo y dijo:

—Y de esto nada de nada a nadie. ¡A nadie! ¿Me has comprendido?

—Sí… —yo también escupí y él continuó:

—Es secreto. La pandilla de la montaña y su jefe, Pastor, no tienen que saberlo, y en tu casa ni se te ocurra contar nada.

7

Por Semana Santa el pueblo vivía una agitación especial. El sacristán forraba la campana con ropa para que no sonase cuando el viento la moviera, porque durante aquellos días, además de no poder comer carne, también estaban prohibidos la música y el sonido de las campanas.

Por las calles, los monaguillos anunciaban los actos religiosos con las matracas: unos artilugios sobre los que se repicaba con mazos de madera. El pueblo se llenaba de procesiones solemnes y silenciosas que mostraban la espiritualidad de los vecinos y la jerarquía que los dominaba: abría la marcha el padre Isidro bajo palio; detrás de él, el alcalde don Tomás seguido de don Bruno. Los hombres más viejos, tocados con boinas rojas, precedían a la pareja de la Guardia Civil vestida de gala para la ocasión. Luego los pasos y las cofradías acompañados por encapuchados; tres enormes cruces de madera soportadas por hombres cuyos rostros permanecían ocultos, penitentes descalzos, personas arrastrando cadenas. Cerraba la procesión la imagen de la Dolorosa, escoltada por las señoras principales y por el resto de las mujeres del pueblo que las seguían.

Cuando acababa la Semana Santa llegaba el primer día de Pascua y entonces, por fin, el pueblo recobraba la vitalidad. A las diez en punto de la noche, todo el mundo acudía al templo para celebrar la misa de Pascua. La mayoría de las personas llevaban en la mano vejigas de cerdo conseguidas en las matanzas. Las hinchaban de aire y las ataban por la punta como globos.

A las doce, que era la hora en la que se cumplía el plazo de tres días de luto, las campanas ya podían repicar otra vez porque Cristo había resucitado. Justo después del repique, la gente dejaba las vejigas en el suelo y las aplastaba, lo que daba lugar a un fenomenal estruendo, sumado al bullicio de las campanas que todo el mundo llevaba en la mano.

—Por cada vejiga que estalla, un judío muerto —decían a mi alrededor, mientras todos sonreían y se abrazaban.

Durante la Semana Santa los niños teníamos que ir a la iglesia en horas diferentes a las de las niñas, era obligatorio. Cuando iba con don Sebastián, si me quedaba dormido, el profesor me daba un coscorrón para que me despertara y atendiera a lo que decía el cura.

Así fue como, en una de aquellas tardes, puse toda la atención que pude en descubrir de quién era esa mirada que surgía desde la penumbra de una capilla situada justo al lado del altar; aquella mirada que me había estremecido el primer día que fui a misa con la tía. Estaba sentado en el mismo sitio que ocupaba cuando iba a misa con mi tía, en los bancos centrales. La luz del día empezaba a clarear tras los vitrales de la parte alta del templo. Al cabo de un rato, cuando los destellos comenzaron a ganar la partida a las penumbras, vi por primera vez a aquel hombre acompañado de la que parecía su esposa. Estaban en la capilla, arrodillados en reclinatorios de terciopelo. La mujer, una señora peinada con un moño alto y que adornaba su cuerpo con colgantes, pulseras de oro y piedras preciosas, tuvo que avisar varias veces a su marido para que dejara de mirarme, pero él apenas apartaba los ojos de mí. Me asusté y en seguida bajé la mirada.

Aquel mismo día pregunté a mis compañeros quién era ese matrimonio y ellos me contestaron que se trataba de los señores de Senmenat, los principales del pueblo, los más ricos. El hombre se llamaba don Bruno y la mujer, doña Aurora. Ella, según decían, era una santa que ayudaba a muchos pobres del pueblo sin que lo supiera su marido.

Poco a poco fui fijándome en que el matrimonio no faltaba a ninguna ceremonia religiosa: misa primera, rosario, novenas... El padre Isidro siempre les daba la comunión en privado antes de dirigirse al centro del altar para que comulgaran los parroquianos.

Don Bruno vestía a diario un traje negro y una camisa blanca impoluta. En su cara, como en la de otros muchos hombres del pueblo, destacaba un bigotito estrecho muy de moda en esa época. Según pude saber, el hombre era propietario de muchas tierras, molinos y de una gran flota de barcas. La señora Gloria, hermana pequeña del señor de Senmenat, estaba casada con don Tomás, el alcalde del pueblo, y eran los padres de Mariposilla. Don Tomás, además de ser administrador de la hacienda del señor de Senmenat, era jefe de la Falange y del Movimiento y siempre vestía una camisa azul impecable.

Al parecer, durante la guerra los rojos mataron al hijo mayor de don Bruno. Los primeros días del Alzamiento, los anarquistas de la CNT, un grupo de maleantes incontrolados capitaneados por un facineroso llamado Fresquet, tomaron el Ayuntamiento y fueron a buscar a todos los de derechas. Los de la FAI llegaron en un ómnibus con calaveras pintadas. Venían de Gandesa y de Falset, donde habían asesinado a decenas de hombres. En el pueblo todo el mundo estaba estremecido. Los de la calavera llevaban una lista, que les había entregado un hombre del mismo pueblo, y el primer nombre era don Bruno. Él, su esposa y su hija pequeña habían huido unos minutos antes rumbo a la ribera, donde los aguardaba una barca. Sin embargo, Javier, el hijo mayor, se entretuvo un momento y eso le perdió. Algunos decían que se había quedado allí, en la casa, para despistar a los rojos y para que sus padres y su hermana pequeña pudieran huir. Los anarquistas llamaron a la puerta y el muchacho, desde arriba, los insultó y les disparó con la escopeta de caza. Los retuvo el tiempo justo. Al final los rojos tiraron la puerta abajo, entraron y prendieron a Javier. Encerraron al muchacho en el calabozo del Ayuntamiento, lo molieron a palos y lo tuvieron allí hasta que se cansaron. Antes de irse a otro pueblo con el ómnibus de la muerte lo sacaron del calabozo y Fresquet, escoltado como siempre por dos de sus hombres, sacó el revólver y le puso el cañón dentro de la boca, entonces le voló los sesos en medio de la plaza del pueblo, obligando a todos los vecinos a contemplar la brutal escena. El hijo de don Bruno estuvo esos dos meses gritando y llorando; sus gemidos se oían por todo el pueblo, donde aún se le consideraba un mártir, un santo. De vez en cuando lo iban a visitar y le pegaban hasta hartarse. El día que lo sacaron para matarlo fue todo un espectáculo dantesco. El muchacho lloraba, no podían sujetarlo y tuvieron que darle varios tiros de gracia mientras se arrastraba por el suelo de la plaza manchado de sangre.

Ahora los señores de Senmenat vivían en nuestro pueblo, solos. Hacía algo más de una década que su hija pequeña se había marchado a un convento de monjas de clausura.

Los mozos y las gentes del pueblo aún recordaban la belleza de la hija de don Bruno y doña Aurora; una joven «que tenía el mismísimo rostro de la Virgen que hay sobre el altar mayor», esa imagen que tanto me atraía y que parecía flotar en la atmósfera de la iglesia. De vez en cuando pescaba al vuelo comentarios, unos decían que se había marchado de casa cuando cumplió los dieciocho porque no se entendía con el viejo; otros, que era misionera en África. Corrían muchas leyendas sobre la hermosa hija de los Senmenat, pero en casa de mis tíos o delante de ellos era un tema del que nunca se hablaba.

8

Con el buen tiempo, las tardes se alargaron y empecé a salir a jugar a la plaza, delante de casa. Siempre topaba con algún compañero del Décimo y yo sabía que estaba a salvo, había una especie de lazo invisible, de camaradería, que me hacía sentir orgulloso y contento.

La plaza era el centro de la vida del pueblo. Allí vi pasar entierros, funerales de tercera, segunda y primera categoría (estos últimos eran de gente importante en la zona: tres curas asistían la ceremonia y se engalanaba el carro del enterrador, tras el que iba a pie un grupo de mujeres vestidas de negro, con velos que les llegaban a los pies). También vi pasar bautizos y casamientos donde tiraban peladillas y caramelos.

Allí, en la misma plaza, se encontraba nuestra casa y el taller de impresión. Tío Luis era un hombre respetado por su oficio y muchas veces pienso que salvó su vida, la de tía Magdalena y la mía gracias a eso: era uno de los mejores tipógrafos del país. En aquella época trabajaba casi exclusivamente para la Iglesia. Cada semana, el padre Isidro se acercaba a la imprenta y revisaba las hojas dominicales que imprimía mi tío y que la diócesis repartía por todas las parroquias. También se imprimían catecismos, misales, devocionarios y otros libros religiosos. Con ayuda de Agustín, que sólo venía cuando había trabajo, tío Luis lo hacía todo: componía, imprimía, revisaba las galeradas, encuadernaba... Y los viernes de cada semana, con el autobús municipal que tenía la parada junto a la farola del centro de la plaza, salían las hojas dominicales.

De tanto en tanto, tío Luis realizaba encargos para gente importante que ya le conocía de antes de la guerra, de cuando su familia tuvo el taller en Barcelona. Un coche negro venía a traer cajas repletas de revistas. En realidad eran revistas de mujeres, encargos especiales de gente de la capital que tenía mucho dinero. Agustín me contó que había gente muy rica a la que le gustaba la lectura de autores extranjeros y que sus mujeres leían revistas de moda. En algunas ocasiones, si les gustaban mucho, las traían a la imprenta para que mi tío las encuadernase.

Tío Luis cortaba las tapas originales, después ordenaba las hojas y las cosía con un hilo especial que embadurnaba de cola; luego encuadernaba esos libros gordos con tapas de cartón duro, forrado de telas de seda, terciopelo, con letras de hilos de oro. Cuando acababa, contemplaba sus obras: parecían cofres del tesoro, relucientes y perfectos.

Al cabo de pocos días volvía a aparecer el coche negro y aquellos dos hombres bien vestidos con sus trajes recién planchados y sus sombreros se maravillaban del trabajo.

—Excelente, don Luis. Su fama es merecida, si Pablo Iglesias hubiera vivido en esta época, habría aprendido con usted.

Y el otro hombre, mientras encendía un cigarrillo, siempre chasqueaba la lengua y pronunciaba unas palabras que yo nunca entendí:

—Una verdadera lástima, don Luis, los tiempos han cambiado, ahora mandamos nosotros. Ganamos la guerra.

Mi tío se ponía muy nervioso, simulaba no oírle y volvía al trabajo. Nunca le pagaban estos encargos pese a que a veces el cumplir los plazos le costaba largas horas robadas al sueño de la noche.

Yo entraba y salía del taller. Estaba familiarizado con todas las máquinas, pero más que ayudar enredaba. El olor penetrante de la tinta, el ruido de la imprenta de rodillo, la plancha, la minerva... Todo aquel ambiente me encantaba. Aquello era para mí el corazón de todas las historias que leía, la mismísima caverna en donde se guardaba el secreto de los libros.

—Anda, sal de en medio. Vete a jugar a la plaza —me decía mi tío sonriente. Incluso se asomaba a la puerta a tomar el fresco, y mientras se enjugaba el sudor y se limpiaba la grasa o la tinta con el pañuelo de cuadros blancos y azules, miraba como correteaba yo con algunos compañeros.

Por las tardes, al ocultarse el sol, la plaza era un hormiguero de gente. Allí estaba el bar del centro, bajo las arcadas de piedra, y también el quiosco donde vendían tabaco, periódicos, revistas y tebeos. Algunas veces mi tío me compraba algunos, pero nunca me apasionaron demasiado. Muchos niños hacían colecciones, se los cambiaban y esperaban cada mes la llegada de sus héroes. Yo devoraba los libros que me iba dando tío Luis.

Juan, el cartero, era una de las personas que frecuentaban puntualmente cada semana el quiosco y no sólo por la correspondencia que dejaba en el establecimiento, sino porque era también un lector voraz. Este hombre, algo más joven que mi tío, no paraba de leer aquellas novelas pequeñas y populares del Oeste, de unas cien páginas en octavilla. Su autor preferido era Marcial Lafuente Estefanía. Tenía cajas repletas de novelas de este escritor. El cartero era todo un experto a la hora de andar leyendo por las calles del pueblo mientras repartía las cartas. A veces tropezaba, se caía, se equivocaba de buzón, pero todo el mundo se lo perdonaba porque las cartas, de una forma u otra, siempre llegaban a su destinatario con buenas o malas noticias, pero con las historias que conectaban a las gentes de un pequeño pueblo con el mundo.

Frente al taller de impresión, al otro lado de la plaza, se encontraba el cine del pueblo. A mi tío no le gustaba mucho, siempre decía que al final las películas acabarían con los libros. Pese a todo, algunos domingos por la tarde me llevaba al cine. Antes de entrar, compraba un puñado de cacahuetes al señor Manuel, que los vendía en la puerta, sentado en una sillita con un capazo enorme entre las piernas. A mí sí me gustaba mucho el cine: lloraba, reía, tenía miedo, saltaba de la silla cuando los buenos por fin llegaban. Las películas me absorbían completamente a pesar del jolgorio que se montaba cada tarde, mientras mi tío roncaba medio recostado en la silla. El local se llenaba de humo de tabaco, con el ruido de fondo de los cacahuetes devorados por toda la concurrencia y las continuas interrupciones de la salida al lavabo, una puertecilla que daba a un patio exterior y que cada vez que alguien la abría dejaba entrar un chorro de luz vespertina que nos cegaba la vista.

—¡Puerta! —era el grito unánime que retumbaba por todo el local, mientras con la mano nos cubríamos a modo de visera los ojos deslumbrados.

A pesar de todas estas interrupciones, yo seguía pendiente de la película. Me parecía que el cine era la cosa más parecida a leer un libro de aventuras. Incluso a veces, cuando estaba en casa con una novela entre las manos o en la puerta de entrada del taller, después de leer una escena que me había gustado, levantaba la vista e imaginaba que mi cabeza era una pantalla de cine donde se proyectaban las peripecias de los personajes.

Una de las películas que nos obligaron a ver fue *Raza.* Decían que el argumento era del propio Franco, el Caudillo, y eso provocaba en todos nosotros una mezcla de sentimientos indefinibles: miedo, respeto, admiración, perplejidad... Después, en la escuela nos obligaron a escribir redacciones sobre esta película. A todos nos gustaban estas clases, porque era de las pocas veces, como en el mes de mayo, en que juntaban chicos con chicas. Recuerdo algunos títulos de aquella época: *Bienvenido,* mister *Marshall, Calabuch, El cochecito;* y otra que vimos en esa misma sala unos años después, *El verdugo,* quizás la única que le gustó a mi tío. Pero durante aquellos años la mayoría de las historias eran del Oeste, películas extranjeras.

Juan pronto se dio cuenta de que yo era de los suyos, de los que no podían parar de leer libros. Cuando entraba a dejar la correspondencia en el taller, cerraba la novela del Oeste que sostenía con una sola mano y me miraba con un aire cómplice.

—Don Luis, me parece que muy pronto voy a leer las novelas de su sobrino Pol. Se lo veo en la cara, este muchacho va para escritor. Ganará el Nadal.

Mi tío sonreía y le contestaba:

—Antes que cura tiene que ser monaguillo.

—Si escribe de curas no le voy a leer. Yo prefiero los pistoleros y los indios... —le contestaba el cartero, que ya tenía los ojos en la página del wéstern y se perdía por una de las calles laterales de la plaza.

A veces, mientras se alejaba, yo veía como se le iban cayendo algunas cartas. Su despiste o, mejor dicho, su concentración en lo que leía era tan absoluta que aunque le gritaras que había perdido un sobre, ni se enteraba.

—¡Señor Juan, señor Juan! —le llamaba desde lejos con alguna carta en la mano—. ¡Que se deja este sobre!...

Yo no podía evitar leer el nombre de los destinatarios y de los remitentes: doña Julia, carta de Barcelona; don Sebastián recibía correo de Francia. Todos aquéllos eran mundos lejanos que no me cabían en la cabeza. Al día siguiente, cuando Juan regresaba por la plaza, me acercaba hasta él y le devolvía los sobres que había ido perdiendo.

Así, casi sin darme cuenta, empecé a conocer a las gentes de aquel pequeño cosmos local. Un pueblo que, como el resto del país, vivía inmerso en aquellos años difíciles en los que el fantasma de la guerra civil continuaba presente, como si ayer mismo hubiera recorrido las calles del pueblo. Yo aún no había cumplido los nueve y en mi mente de niño los relatos que contaban los viejos en los bancos de la plaza donde tomaban el sol eran leyendas fantásticas, historias de libros terroríficos en los que aparecían personas del pueblo, familias enteras muertas, nombres de lugares conocidos, el embarcadero, el río rojo como la sangre de los soldados muertos porque su cauce era la línea que separaba a republicanos y fascistas, la iglesia convertida en corral, el día que los rojos bajaron la campana para transformarla en balas y bombas... De todas aquellas pequeñas historias de la guerra, la que siempre me producía escalofríos era la que había ocurrido a las afueras del pueblo, donde aquel grupo de la FAI que comandaba Fresquet, después de asesinar al hijo de don Bruno, quemaron vivos, con gasolina, a algunos hombres cuyos nombres callaban, bajo las boinas negras, cuando aparecía la pareja de la Guardia Civil o el cura. Más tarde supe que los nombres de todas esas personas eran los que había escritos en la pared de la iglesia, bajo el reloj de sol con números romanos.

—¿Por qué miras a los viejos? —me decían mis amigos—. Anda, siempre estás con libros y con viejos. Vamos a jugar a la pelota.

Yo empezaba a sentirme uno de ellos. Además, Rana me protegía y muy pronto formaría parte de la pandilla del Décimo, aunque para serlo de pleno derecho me faltaba pasar la prueba. En cualquier caso, yo jugaba a diario con todos mis amigos y hasta con Mariposilla y Hormiga, las chicas que nos acompañaban a escondidas de sus padres de tanto en tanto.

Un día estábamos en la plaza todos juntos, mirando a un personaje singular de esos con los que convivíamos.

—Es María de la O. ¡Dicen que es bruja!

La mujer cruzó la plaza. Hablaba sola y parecía muy convencida de sus palabras. Hablaba en tono serio con un fantasma invisible que parecía tener siempre delante.

—Mañana viene... Sí, me ha escrito una carta, está en el frente...

Tenía un aspecto muy raro: despeinada, el pelo cano, iba ataviada con una especie de hábito de monja de color indefinido, remendado con tela de saco, que le cubría de los hombros a los pies. Llevaba un bastón y un cesto repleto de hierbas que desprendían aromas de la montaña. Algunas vecinas de la plaza bajaban a la puerta y se acercaban a ella con un mendrugo de pan, una manzana... María de la O se ponía muy contenta y les daba las hierbas que pedían mientras continuaba su conversación con la voz muy dulce:

—Me ha escrito... Está en el frente... Mañana, sí...

La seguí un rato con la mirada. Allí, sin hacer nada más, junto a mis amigos Rata y Rana y las chicas. Mariposilla, de ojos verdes y cabellos castaños revueltos, era hija del alcalde don Tomás y de doña Gloria, la hermana de don Bruno; Hormiga, de pelo y ojos negros, siempre la acompañaba. Estábamos unos pasos detrás de la loca, callados, escuchando aquella conversación, aquella voz de persona normal, incluso me pareció que lo que decía era cierto. Hasta que se dio la vuelta de repente, enfurecida, con los ojos inyectados en sangre y gritó con otra voz:

—¡Mañana viene...!

La carcajada que soltó me pareció horrible. Corrimos hasta la plaza, nos reímos, pero disimulamos un extraño miedo que nos recorría todo el cuerpo. Era una clase de temor muy distinto al que se siente cuando uno está completamente solo.

Cuando Rata y Rana se marcharon, Mariposilla me dijo:

—Ya te he visto en el patio, siempre estás leyendo. A mí también me gusta mucho leer, mis preferidos son los Cinco, pero ahora estoy leyendo *Corazón,* de Edmundo de Amicis... No sé si le conoces. Es fantástico.

—Sí, es de llorar. A mí la historia que me gusta más es la de Marco —dijo la otra niña, y añadió—: Si quieres podemos intercambiar libros... ¿Vale, nuevo?

Sí que parecía una hormiga: su pelo negro, sus ojos oscuros, incluso su cuerpo. La imaginé como una hormiga enorme, bajo tierra, dentro de un laberinto de túneles y galerías, una verdadera biblioteca subterránea.

Las dos niñas se fueron riendo y cantando. Mariposa se volvió un momento y nuestras miradas se encontraron. Hasta ese momento nadie me había mirado así. Sentí que me atravesaba con los ojos y me quedé un poco desconcertado. Ella sonrió. Yo no sabía cómo reaccionar. Pero a partir de ese día, cada vez que la veía, aunque no me mirara, mis ojos, mi atención, se sentían atraídos por ella. A veces la contemplaba en el patio. Me gustaba ver cómo jugaba con otras niñas, cómo se le acercaban chicos mayores y le decían cosas. Ella salía corriendo, o los insultaba, o se reía.

Su verdadero nombre era Alba y cada vez que la veía, no podía evitarlo, mi corazón empezaba a galopar dentro del pecho.

Me ruborizaba, tenía que irme corriendo. Nunca me atreví a decirle nada, pero le hablaba en silencio, soñaba con prestarle alguno de los libros que yo leía, los mejores, aquellos con los que había disfrutado. Quería compartir con Mariposilla mis lecturas preferidas, pero siempre me faltó valor para hablarle.

Me encantaban mis amigos y a pesar de que las cosas que se decían de Rana eran horripilantes, a mí me gustaba estar con él.

—Los del Ayuntamiento, el cura, alguien tendría que hacer algo, Magdalena... Ese niño no puede andar tan solo, necesita una familia normal... Parece un salvaje. ¿No podrían hacerse cargo las autoridades? —decía Rita, la amiga de mi tía.

—Su padre, el pobre Juanín, me da lástima.

—Una desgracia, su mujer era una gran persona.

—El Juanín no pudo soportar la muerte de Isabel en el parto del niño.

—Dicen que el muchacho hace la comida de su padre, le lava la ropa... Allá en la alameda, con la humedad, las nieblas de invierno, los mosquitos... Don Paco ha dicho que este año habrá fiebres.

—Imagínate cómo deben de vivir. ¿Cómo puede llevar la casa un niño? Es un desastre. El señor cura, el padre Isidro, le recoge algunas noches en su casa, sobre todo en invierno y cuando sube el río.

—Vivir en una cabaña junto al río... Peor que gitanos, Magdalena, te lo digo yo. Ya puedes tener cuidado con Pol, que sabes que el río es traidor y Rana se los lleva a la alameda... Y cada año hay una desgracia.

—Rita, estoy preocupada, el crío ya empieza a salir y a jugar con los otros niños, mi marido está muy contento, pero ahora llegan los peligros del verano.

Mis tíos no debían saber que yo pertenecía al Décimo, ni que muy pronto iría al río y aprendería a nadar. Y aunque Rana me dijo que no me preocupara, tenía que estar preparado. Cualquier tarde vendría a buscarme con el resto de la pandilla.

Semanas antes de fin de curso, descubrí por qué Rana tenía ese nombre. Era la primera vez que contemplaba la competición en el patio del colegio. Yo estaba leyendo *La isla del tesoro* bajo un árbol de una zona apartada y vino Búho a buscarme.

—Nuevo, venga, Rana se bate en duelo con Pastor. Deja el libro y ven, que hay que apoyarlo; ya están allí todos los de la pandilla de la montaña y nos jugamos el honor contra nuestros enemigos.

Me metí el libro en la cintura, por dentro del pantalón, y corrí tras él. Cuando llegué vi a los dos, a Rana y a Pastor, en cuclillas. Alguien hizo una raya en el suelo con un palo.

—A la de tres... Uno, dos y tres...

Los dos saltaron a un tiempo, impulsándose con los pies y las manos hacia arriba y después hacia delante...

—¡Rana! ¡Ha ganado Rana!... ¡Es una rana!

Todos los de la pandilla del Décimo lo celebramos como locos entre gritos y bailes. Pastor y su banda nos miraban con rencor, incluso uno me puso la zancadilla; menos mal que Mariposilla estaba cerca y me agarró:

—¡Gracias! —le dije, y ella en seguida se apartó para que no la vieran allí con nosotros.

Mirándola, pensaba que algún día podría ir con ella a una isla desierta y descubrir un tesoro. Me imaginaba junto a mis amigos, zarpando en un barco hacia lo desconocido. Rana tendría el mapa del tesoro y yo me enfrentaría a los piratas.

9

Un día, Rana, Búho y Mulo se pasaron por la plaza. Los vi de lejos, apoyados en una de las pilastras de las arcadas, enfrente de mi casa. Fui al taller a dejar el libro que leía.

—¿Dónde vas, Pol?

—Con unos amigos.

—No te alejes de la plaza, sabes que a tu tía no le gusta.

Aquella tarde, Agustín estaba trabajando con mi tío y, como siempre me defendía, levantó la cabeza y dijo:

—¡Déjelo, hombre! Todos hemos sido niños. A usted también le gustaba corretear por los campos de trigo.

—Los campos de trigo no me preocupan. Es el río, Agustín. Tú mismo sabes lo que pasa.

—Hay que vigilar los cortes de digestión, por lo demás, creo que Pol va a ser un buen nadador, ya lo verá —decía mientras me guiñaba un ojo.

—No te acerques al río, es traicionero, muy peligroso, los remolinos son capaces de engullir a una persona antes de que te des cuenta. Este próximo verano te enseñaré a nadar yo mismo.

—Sí, tío, no se preocupe.

—Anda, vete ya, que te están esperando.

Rana me hizo un gesto con la cabeza. Los seguí a cierta distancia. En seguida me di cuenta de que no se dirigían al río, sino en dirección contraria. Justo tomaron la calle que llevaba a la escuela. Corrí unos metros y me puse a su altura. Rana me miró de reojo.

—¿Dónde vamos ahora? —le pregunté intrigado.

Los tres me miraron con una sonrisa pícara. Antes de llegar al patio de la escuela nos desviamos por una callejuela estrecha que quedaba cortada por unos campos de siembra. Nos agachamos y atravesamos aquel bancal, escondidos bajo el trigo verde que nos llegaba hasta la cintura. Rana arrancó alguna espiga y con una habilidad prodigiosa mordió el grano tierno y escupió la piel. Por las afueras fuimos bordeando los patios de las últimas casas. Nos detuvimos un momento a mirar la chimenea del horno de fundición del campanero, en medio de un patio. Al borde de aquella era, distanciada del horno, se alzaba la última casa del pueblo y al lado un pequeño huerto donde Gregorio estaba arrancando las malas hierbas.

—¡Eh, mirad al sacristán! Me ha dicho mi padre que muy pronto va a empezar la campana nueva.

—Tendremos que venir a verlo. Le van a ayudar los de la Falange. El horno necesita calentarse mucho y han de estar más de un día metiéndole leña seca y carbón, hasta que funda los metales. Pero primero tienen que hacer el molde de la nueva campana y después echan el hierro candente, líquido. Lo dejan enfriar unos días y sacan la campana.

Rana me miró y me dijo:

—Gregorio iba para cura. Sabe hablar muchas lenguas, pero es más tonto que Abundio.

Los demás se rieron.

—¡Silencio, imbéciles!, que el sacristán sea bobo no quiere

decir que sea sordo, y se va rápido de la lengua. Se lo cuenta todo al cuervo.

Nos agachamos, esperamos un momento y, sin que nos viera, cruzamos al otro lado. Desde allí caminamos hasta los muros que delimitaban el cementerio municipal. Tres cipreses asomaban por encima de las tapias blancas. En ese momento levanté la vista y vi una libélula que salía del camposanto. Era grande, de alas transparentes que reflejaron por un instante el color del arco iris. Rana nos ordenó detenernos con la mano en alto:

—¡Todo el mundo quieto!

Señalando el insecto, murmuró en voz baja:

—Que nadie se mueva. Es el alma de un muerto que vuela al otro mundo.

Después de este pequeño incidente, que me impresionó sobre todo por la reacción de Rana, continuamos como si nada hasta cruzar al otro lado, donde había un callejón estrecho, sin casas, con corrales, que daba justo a la parte de atrás de la escuela.

Entramos por un agujero de la tela metálica oxidada de la verja del patio. Después, Búho y Mulo, sin decir nada, se pusieron en cuclillas junto al muro. Rana apoyó los pies sobre sus hombros y le alzaron lentamente, y así pudo agarrarse al borde del muro.

—Venga, nuevo, sube como he hecho yo, sin miedo.

Rana me agarró la mano desde arriba y en pocos segundos saltamos al pequeño tejado de la parte trasera del colegio. Desde allí, por una ventana que ya habían dejado abierta por la mañana, accedimos al lavabo de chicas del segundo piso; después, al pasillo. Allí ya empecé a escuchar unos sonidos raros.

—Ahora calladitos. Si nos pillan, nos matan. Sígueme. Ve detrás de mí sin hacer ruido. Si te aviso, sal corriendo por donde hemos entrado.

Nos acercamos hasta la parte delantera del colegio, hasta una pequeña oficina. El cuarto tenía una ventana en la parte alta, un respiradero alargado. Había apilados unos cuantos pupitres viejos y Rana trepó por ellos; una vez estuvo arriba, introdujo la cabeza por el agujero.

Se oían risas, gemidos, respiraciones agitadas. Escuché la voz de don Sebastián y me encogí en el sitio. Rana descendió con cuidado. Tenía la cara roja, los ojos casi se le salían de las órbitas.

—Te toca, nuevo. Sube con cuidado. Cuando te avise, baja. Después entrarán Búho y Mulo.

Me ayudó a subir casi hasta la cima. Me agarré fuerte al último pupitre y metí la cabeza por la abertura.

La escena que contemplé me produjo una sensación extraña. Era la primera vez en mi vida que veía a una pareja, un hombre y una mujer, haciendo el amor, desnudos.

La maestra estaba estirada sobre la mesa y el maestro, con su pierna coja delgada, de muñeco, estaba encima. Ella le abrazaba la espalda mientras don Sebastián se movía frenéticamente. Me dieron ganas de reír y tuve que taparme la boca. Saqué la cabeza y vi al Rana sentado en el suelo, con el rostro escondido, moviendo la mano arriba y abajo, nervioso, como poseído. No comprendía nada, tan sólo sentía vergüenza y curiosidad.

Cuando bajé, Rana había acabado, volvía a estar normal. Yo no le pregunté nada, pero mientras salíamos me dijo:

—Tienes que aprender a meneártela, nuevo. Un día de éstos te voy a dar la primera lección. Venga, me parece que la función se está acabando y Búho y Mulo también han pagado la entrada.

Estábamos en el tejado, a punto para descender, y le pregunté:

—¿Y cuándo se acaba la función?

—Cuando fuman, nuevo... Entonces tenemos el tiempo justo para salir.

—¿Y ella? ¿La maestra también fuma desnuda?

—Claro que sí, nuevo. Yo también fumo de vez en cuando.

Ayudamos a subir a Búho y Mulo, que ya estaban impacientes y pronto se escabulleron por la ventana. Rana me miraba de una forma extraña. Yo no podía apartar la escena de mi mente y él lo sabía, entonces me dijo:

—¿No has visto nunca cómo lo hacen los perros?

—¿Cuando se quedan pegados?

—Pues las personas lo hacen igual, sólo que por delante, de cara.

—¿Y por qué?

—Pues porque quieren mirarse a los ojos y besarse en la boca, con la lengua...

Búho y Mulo no tardaron en volver.

—La próxima vez, yo entro primero —decía Mulo al tiempo que saltaba—. Ya estaban fumando. Un poco más y nos pillan.

Aquella experiencia, extraña e inquietante al mismo tiempo, me estuvo dando vueltas en la cabeza durante unos meses. Incluso a veces, cuando recordaba la escena, mi fantasía volaba. Imaginaba que éramos Mariposilla y yo los que estábamos contemplando a los maestros. Ella me miraba de aquella forma en que lo hizo por primera vez en la plaza; entonces me cogía de la mano y me decía algo al oído, me susurraba palabras que no acababa de comprender, pero me gustaban; los dos reíamos y ya no observábamos a los maestros: ahora éramos nosotros los que corríamos bajo los chopos, cerca del río. Ella se acercaba a mí y me besaba en la boca.

Incluso durante las ceremonias religiosas, que en el pueblo se vivían como algo trascendente, mis fantasías con Mariposilla continuaban en marcha.

En las procesiones, en los actos religiosos que eran de obligado cumplimiento para todos los chicos y chicas, durante la misa, mi imaginación forjaba situaciones ficticias que Mariposilla y yo protagonizábamos.

El sexto mandamiento era el más temido y pecaminoso de aquellos años, mucho más que el «no robarás» o el «no matarás». Todo lo relacionado con los actos impuros era pecado mortal. Sin saber por qué, en plena ceremonia religiosa, durante los largos silencios o en las salmodias que repetían las beatas, con el perfume del incienso, imaginaba situaciones donde yo ayudaba a Mariposilla por algo. La razón poco importaba, a veces eran las cosas más absurdas o triviales; lo importante era que estábamos juntos. Ella me miraba, sonreía... Cogidos de la mano, íbamos a ver a los maestros que yacían desnudos, fumando. Mi corazón se aceleraba, notaba la respiración agitada, nos besábamos, le tocaba los pechos. Temblaba, porque en mi pensamiento estaba profanando el sexto mandamiento allí, en el mismísimo templo, con todas las imágenes de los santos mirándome con esos ojos de inexpresivo vidrio frío, mientras el padre Isidro pronunciaba un largo sermón. Yo luchaba contra el sentimiento de culpa que nos inculcaban en el catecismo, en donde se insistía en el hecho de que un pecado podía cometerse de pensamiento, palabra, obra u omisión. Todo era lo mismo. De todas maneras, a mí nunca me terminaron de convencer. Por mucho que insistieran. No acababa de comprender cómo era posible que fuese lo mismo desear la muerte de alguien que matarlo de verdad. ¿Cómo podían considerar esas dos cosas un mismo pecado? Enfrentado a todas esas cuestiones incomprensibles, me cerraba en mí mismo, no escuchaba y lanzaba mi imaginación al vuelo. Me sentía muy feliz dejándome llevar por mis fantasías, pensando en esas excursiones que hacíamos Mariposilla y yo, cogidos de la mano, viajando hacia el país del pecado más terrible, condenado por la Santa Madre Iglesia.

Nunca me confesé de estos pecados de la imaginación, como teníamos la obligación de hacer, contándolo todo con pelos y señales, las cosas reales y también las que imaginábamos. En el confesonario, el padre Isidro nos amonestaba continuamente a este respecto, nos tiraba de la lengua, quería saberlo todo. A mí me daba mucha vergüenza y nunca entraba en esos terrenos pantanosos.

Un día Rana me enseñó a masturbarme. Estábamos en clase cuando el maestro le mandó al trastero a cortar leña. Era el final de la primavera, pero por las mañanas hacía frío y aún se encendía la estufa. Rana y Pastor eran los encargados de la leña. Don Sebastián los alternaba, un día le tocaba a uno y al siguiente al otro. El que cortaba la leña necesitaba siempre un ayudante, y ese día el maestro me nombró a mí:

—Albión, vaya usted con él.

Después de tener apilado un buen montón de leña cortada, Rana me dijo:

—¿Te acuerdas del maestro y la maestra?

En seguida entendí a qué se refería y me sonrojé.

—Anda, nuevo, ¡que no pasa nada! Todo el mundo se la menea, hombre. Cada vez que pienso en ellos tengo que hacerlo. Se me pone dura como el mango del hacha.

Ese día me enseñó. Me dijo que para hacerlo bien tenía que cerrar los ojos y pensar, recordar a don Sebastián y a doña Catalina desnudos.

—Si te los imaginas, los ves. Te lo aseguro. Hazlo y te correrás rápido. Vamos, inténtalo. Mira, como hago yo.

Lo probé varias veces, pero fui incapaz. Estaba demasiado nervioso. Él me miraba con cara de lástima y cuando me di por vencido, me dijo:

—No te preocupes, nuevo. Tienes que practicar como te he enseñado, cerrando los ojos. Ya verás como te sale. Y cuando se ponga dura, con la mano arriba y abajo, sin parar. ¡Ya lo verás! Ahora vámonos, que si nos pilla el cojo haciéndonos pajas, nos mata.

Me sentía terriblemente frustrado. Rana se reía y me iba dando palmaditas en la espalda. Antes de marcharnos le pedí, temblando:

—No se lo digas a nadie.

—No pasa nada, hombre, a mí me costó un par de semanas cogerle el truco. Pero al final se consigue. No te preocupes, para ser un mocoso ya tienes un buen mango. Sólo hay que aprender a ponerlo duro.

—¿Ahora tendré que confesarlo?

—¡Ni muerto! De esto, ni el cuervo ni nadie tienen que saber nada. No metas la pata.

Mientras nos dirigíamos a la clase con unos cuantos leños entre los brazos, Rana me enseñó una treta para librarme del interrogatorio en el confesonario sobre los actos impuros. Algunas veces la utilicé para descargar mi conciencia. Cuando ya había terminado con todos los pecados veniales y el cura me imponía la penitencia de los padrenuestros, con el corazón golpeando dentro del pecho, antes de levantarme, mientras me daba la absolución, decía de carrerilla y casi faltándome el aire: «También he pecado en pensamiento contra el sexto mandamiento», y me marchaba a todo correr.

Durante un tiempo intenté masturbarme por la noche, pero no lo conseguía: sudaba a mares y al final me dormía vencido, desesperado, creyendo que ya no era un hombre, que era un impotente, un capado... Las lágrimas me saltaban de los ojos. Una noche, cansado de intentarlo una y otra vez, en mis imaginaciones entró Mariposilla. Y ese día, pensando en ella, sólo con tocarle la mano, con mirarla a los ojos, tuve mi primera eyaculación. Me sentí satisfecho conmigo mismo, incluso me levanté de la cama y miré un rato por la ventana. Nunca se lo conté a Rana ni a nadie del Décimo. Cuando nos reuníamos para masturbarnos, ellos pensaban en los maestros y yo cerraba los ojos y veía a Mariposilla.

Durante aquellos días, pensaba en ella cada noche. Imaginaba todo tipo de situaciones. Mi fantasía era como un campo abierto sin límites que descubríamos por primera vez los dos: Mariposilla y yo. Todo esto pasaba dentro de mi cabeza, en mis fantasías, porque fuera de ella, en la calle, en la escuela, en la realidad, las cosas andaban por otras veredas. Mariposilla siempre tuvo fama de guapa. Además, el ser la hija del alcalde le daba importancia y todos los muchachos iban detrás de ella. ¿Cómo iba a fijarse en alguien como yo? No destacaba en nada, sólo en leer y en tener memoria, y eso no servía para enamorar a una chica.

Estas fantasías se mezclaban también con las lecturas. Con el tiempo, Mariposilla se convirtió en alguien que yo tenía muy cerca siempre, en mis pensamientos. En las películas de cine que encendía con la lectura de los libros. Poco a poco fui fabricando un mundo, una realidad paralela en donde Mariposilla y yo éramos novios formales, todo el mundo lo sabía y nos respetaba, nos dejaba tranquilos, incluso dormíamos juntos, no pasaba nada, era normal, y allí, en nuestra cama, descubríamos cada detalle de nuestros cuerpos, mientras mi mano, mi hombro dolorido, todo mi ser intentaba de nuevo llegar a ese punto de explosión donde por un momento el mundo completo desaparecía, se desvanecía. Incluso pensaba que durante esos instantes me moría y me convertía en libélula. Y después volvía a nacer y sufría mucho porque escuchaba las palabras del padre Isidro. Luchaba contra el sentimiento de culpa mientras las palabras del cura llegaban a mí como pinchos de alambrada que se hundían en mi cabeza. El cuadro del infierno que había en una de las capillas del templo aparecía en mi imaginación. Veía todo ese valle de llamas y hogueras en donde hombres y mujeres ardían desnudos, con rostros horribles, de sufrimiento. Sentía miedo, me imaginaba bajando por la empinada pendiente de ese valle y, de repente, todo cobraba vida y allí la veía a ella, a Mariposilla, sufriendo, gritando mi nombre.

—¡Sálvame! ¡Pol!

Estaba desnuda y eso provocaba en mí una nueva erección. Saltaba entre las llamas, la rescataba con mis brazos y nos marchábamos de allí corriendo. Así me dormía.

Ésas eran mis fantasías, más poderosas y atractivas que la propia realidad, porque cuando veía a Mariposilla por la calle, cuando estaba cerca físicamente, me temblaban las piernas. Tenía que disimular y me iba corriendo. A lo largo de aquellos años no me atreví a decirle nada. Temía que alguna vez me descubriera mirándola o, lo que era peor, que me descubrieran mis amigos. Eso sería un desastre, algo ridículo, espantoso, una vergüenza insufrible. Yo no tenía ninguno de los atractivos de otros muchachos. Creo que siempre me consideraron un alma cándida, alguien sin agallas, un miedica lector de libros y nada más. De todas maneras, la protección de Rana y mi futuro ingreso en la pandilla del Décimo habían cambiado radicalmente mi situación.

10

Hacia el final del curso, una tarde al salir de clase, Conejo vino a buscarme.

—Venga, ya están todos en el Décimo.

Bajamos por la calle hasta el embarcadero y nos detuvimos delante de la taberna de la Anguila. El rótulo del establecimiento era obra de tío Luis: el cartel, de letras góticas grabadas y después pintadas de negro sobre una tabla de madera, colgaba de unas cadenas por encima de nuestras cabezas, y pude apreciar cómo el paso del tiempo y la exposición a las lluvias, el viento y la niebla estaban borrando varias de las letras.

Siempre que pasaba por allí, recordaba la conversación que habíamos mantenido tío Luis y yo mientras contemplábamos el cartel. Mi tío me decía que, para ser un buen tipógrafo, conocer y practicar la caligrafía era fundamental. Para cada cosa, para cada oficio, para cada persona había un tipo de letra distinto, porque las letras, las palabras, eran algo único, como los seres vivos, los animales, las plantas, los hombres y las mujeres.

—Fíjate bien, Pol, y verás que en la naturaleza no hay ningún ser vivo igual a otro. Cuando entras en un bosque, al principio todos los árboles, las plantas de una misma especie parecen iguales, pero al cabo de un rato empiezas a ver las diferencias, las particularidades de cada uno, pequeños detalles; a veces sólo son matices insignificantes, eso determina su propia singularidad. Es igual que un rebaño de ovejas: parecen todas iguales, ¿verdad? Pues no, todas son diferentes. El pastor las conoce a todas, una a una, incluso les pone nombre. Cada ser humano es especial, único, irrepetible. Y así son también las letras.

Después de este discurso, con mi vista clavada en aquellas letras negras, le pregunté:

—Y las mariposas, ¿también son diferentes, tío Luis? —yo estaba en la edad de hacer preguntas, pero él casi nunca dejaba de contestarlas. El hombre meneaba la cabeza, sonreía y replicaba:

—Claro. A veces nosotros no somos capaces de apreciar las diferencias a simple vista, pero no hay una mariposa idéntica a otra. Además, cada una tiene su misión, cada una poliniza unas flores diferentes. La vida siempre es distinta, en cada ser, en cada detalle.

Al final dijo una frase rotunda, lapidaria, que se me quedó grabada:

—Pol, sólo la muerte lo iguala todo.

Yo contemplaba el rótulo sin parpadear. Veía aquellas letras como si fueran verdaderos seres vivos, mientras pensaba: «Sólo la muerte lo iguala todo». Antes de marcharnos, tío Luis volvió a insistir:

—A este cartel le falta un repaso. La última letra, la A, ¿lo ves?, ya ni se reconoce. Tendré que decírselo al tabernero. ¿Me ayudarás a arreglarlas, Pol?

—Sí —le contesté observando fijamente el cartel. Y al tiempo que levantaba la mano y señalaba hacia arriba le pregunté—: Esa letra, la última, la que ya no se ve… ¿está muerta?

Tío Luis se quedó callado. En ese mismo instante una libélula grande, de alas transparentes que reflejaban los colores del arco iris, revoloteaba delante del cartel y se posó justo encima de aquel signo prácticamente irreconocible. En eso cruzó como un relámpago por mi mente la frase de Rana cuando nos acercamos al cementerio. Aquella libélula era el alma de esa letra muerta, que se había borrado del cartel. El insecto voló hacia lo alto y se esfumó sin dejar rastro. No se lo dije a mi tío, que continuaba mascullando:

—Hay que repasar el cartel. Vaya ideas las tuyas, Pol…

A partir de ese día, cuando veía una libélula, para mí era el espíritu de una letra que acababa de morir. Y el rótulo de la taberna cada vez se tornaba más borroso, ya apenas se podía leer. Siempre que pasaba por allí delante, me detenía un momento a mirar; esperaba ver el alma de las letras volando en forma de libélula hacia el país donde vivían todas las palabras que habían sido borradas.

—Anda, vámonos ya. ¿Qué miras con tanto interés, nuevo? —me preguntó Conejo.

—Nada. Es que mi tío hizo ese rótulo de la taberna.

—Pues tendría que darle otra mano.

—Sí, se están muriendo todas las letras.

—Venga, no digas más bobadas.

Conejo siguió andando deprisa mientras yo, poco a poco, me alejaba de la taberna que para mí era la mismísima posada del Almirante Benbow, un lugar que en *La isla del tesoro* aparecía envuelto por las brumas, con piratas y mapas del tesoro, y en el que yo siempre era Jim, el protagonista.

Enfrente de la taberna estaban las barcas y las falúas. Matías, el barquero, era amigo de mi tío y algunas noches pasaba por casa y se quedaba un rato charlando con él. El barquero era un hombre importante en el pueblo, ya que se encargaba de la barcaza municipal con la que pasaba a los vecinos de una orilla a la otra. La barca estaba sujeta a un gran cable que cruzaba el río y se impulsaba con la corriente y con el timón, un ingenioso sistema que se utilizaba en todos los pueblos que bañaba el Ebro y que, según me contaron, era invento de los moros.

La tarde acababa de empezar y aún había poco movimiento; en un par de horas, cuando la luz cayera, el embarcadero empezaría a animarse: entrarían a puerto las naves de paso, las que seguían río abajo o en dirección al mar o las que llegaban por fin a su destino. Nadie navegaba de noche.

Justo cuando Conejo se daba la vuelta para ver si yo le seguía, Lobo, el viejo patrón, sacó su sillita y se sentó a fumar su larga pipa en la puerta de la taberna.

—¡Eh, muchachos!, ¿dónde vais tan decididos? ¿Queréis que os cuente la historia de la barca del cuerno?

—No, déjanos en paz —le contestó Conejo sin detenerse.

Yo me quedé mirándolo de reojo. El marinero lo advirtió y pareció incomodarse. Vi como los ojos refulgían, negros, penetrantes, en medio de su rostro sin afeitar y lleno de arrugas, bajo la pequeña gorra de visera.

—El mismísimo diablo tocaba el cuerno en la barca. Juro por todos los patrones de mi familia que lo vi con mis propios ojos. ¡El diablo!

Remontamos el camino de sirga, junto al río, que seguían los mulos en el arrastre de las barcas. Escuchaba la voz del viejo marino, Lobo, y para mí era Bill, el pirata de la posada del Almirante Benbow, que siempre cantaba la misma canción:

Quince hombres sobre el cofre del muerto.
¡Yo-ho-ho! ¡Y una botella de ron!
La bebida y el diablo se llevaron al resto.
¡Yo-ho-ho! ¡Y una botella de ron!

—¿Qué cantas, nuevo? —me preguntó Conejo.

—Una canción de piratas.

—Me gusta. Enséñamela...

Al cabo de pocos minutos cantábamos los dos, con una melodía muy simple que yo había imaginado mientras leía *La isla del tesoro.*

Conejo y yo llegamos a una zona de espesa vegetación. Allí la corriente del río se dividía en dos brazos; uno de ellos era grande y recorría el camino de sirga. Aquél era el río propiamente dicho. Nosotros nos desviamos por el brazo más pequeño. Aquí las cañas, juncos, tamariscos y chopos crecían por todas partes. La vegetación formaba una verdadera maraña impenetrable. El pequeño canal de aguas estáticas se estrechaba en algunas zonas.

—El galacho del Ahogado, así llaman a este canal. Se une más arriba con el río, en la playa blanca.

Por fin llegamos a un claro donde el agua se estancaba en un pequeño lago, en el centro del bosque de ribera. A un lado había un chamizo donde se iban amontonando maderos, restos de muebles y toda clase de variopintos cachivaches que las riadas ponían a flote. Por las complicadas leyes de la física de las corrientes de agua combinadas con el puro azar, eran engullidos por el canal que desembocaba en aquella especie de lago insalubre, convertido en sumidero de las erupciones del volcán hídrico de la crecida.

—Allí vive Juanín, el padre de Rana. Ahora debe de estar durmiendo la mona.

Al otro lado destacaba un árbol de gigantescas proporciones, que hundía sus raíces en el estanque y que parecía abrazar con su denso ramaje, como brazos protectores, toda aquella prole vegetal que crecía salvaje bajo su sombra: cañas, juncos, tamariscos. Desde tiempos remotos, los lugareños bautizaron aquel ejemplar como «el chopo padre». Allí en lo alto tenía la cabaña Rana.

Fuimos bordeando el pequeño estanque, entre juncos y otros arbustos de pantano, hasta que llegamos al tronco, en cuya corteza había grabada una gran X.

—¿Lo ves? Por eso nos llamamos el Décimo.

Conejo silbó tres veces y de lo alto cayó una escalera de cuerda. Entonces levanté la cabeza y vi la cabaña del Rana desde abajo. Parecía un carromato que hubiese caído del cielo en ese preciso lugar y que se hubiese empotrado en el enorme tronco. Más que el corazón del chopo padre, era su caja torácica, contrahecha, de costillas de cañas y tablas torcidas. Pero allí dentro latía el centro de operaciones del Décimo.

—Venga, nuevo, yo te sujeto la escalera. ¡Sube! Te están esperando.

Me agarré a los palos que hacían las veces de peldaños. Cuando entré en aquella cabaña, todo me pareció irreal. Me gustó muchísimo. Allí estaban Rana, Búho y Mulo, fumando y tosiendo.

—Nuevo —dijo Rana a modo de saludo, mientras se levantaba de un brinco del cajón sobre el que estaba sentado. Luego se volvió hacia los otros—: ¡Ya tenemos aquí al aspirante! Éste va a ser el primer chapuzón del año. ¡Venga, a desnudarse!

Me arrimé a una de las paredes, junto a un pequeño ventanuco sin cristales, en la que había colgadas pieles de serpiente y de lagarto. En la otra parte se despeñaba todo un arsenal de la guerra civil: balas, bombas de mano, cascos, obuses, bayonetas, incluso una máscara antigás de goma.

—Ésos son los trofeos de guerra —dijo Rana—. Tenemos de todo. Las balas y las bombas son de las trincheras de la vera del río. Las dejaron allí los soldados de los dos bandos en la batalla del Ebro.

Me acerqué a contemplar los trofeos. Los demás empezaron a desnudarse y me increparon:

—¡Venga, nuevo! ¿A qué estás esperando? Quítate la ropa de una vez, queremos ver tu minga.

Todos rompieron a reír mientras se quedaban como Dios los trajo al mundo. Era una calurosa tarde de finales de mayo.

Miré hacia la parte opuesta, donde estaba el agujero de la escalera. Un cañizo servía de puerta. Rana la abrió y un chorro de luz inundó la cabaña.

—¡Al agua, patos!

En la abertura había una tabla que sobresalía, como una repisa. Aquél era el trampolín que se precipitaba al centro del lago.

—No tengas miedo, nuevo. Para ser del Décimo tienes que saltar.

Mulo cogió carrerilla y se precipitó agarrándose las rodillas, en bomba. Pronto escuchamos el chapuzón y los gritos. Después saltó Conejo y Búho le siguió. Rana se puso a mi lado. Yo empecé a quitarme la ropa. La dejé en una pequeña repisa, plegada, como me había enseñado tía Magdalena. Me quité las alpargatas y me quedé completamente desnudo. Rana me miró a los ojos:

—¡No tengas miedo, soldado! La primera vez cierra los ojos, te cogeré de la mano y saltaremos. No te soltaré. El capitán del barco nunca abandona a los marinos. ¿Comprendes, camarada?

—Sí, sí… —le respondí con voz quebrada.

—¿Estás preparado?

Asentí con la cabeza.

Rana me cogió de la mano y corrimos hacia el vacío. Sin pensarlo, me agarré a su cuerpo, tenía mucho miedo. Pero él, fuerte y hábil, equilibró la caída. Entramos en el agua con los pies por delante y no tocamos el fondo. Entonces me soltó.

Salí a la superficie moviendo desesperadamente piernas y brazos. Tragué bocanadas de agua. Cuando me sumergía, Rana y Mulo, que eran expertos nadadores en todas las modalidades imaginables, me agarraban de los pelos, por la cintura, de la mano y me sacaban y me dejaban solo otra vez. Desde la orilla, Búho gritaba:

—¡Como los perros!, ¡nada como los perros, nuevo! ¡Mueve brazos y piernas!

Desesperado, creía que me ahogaba, que moriría allí mismo. Rana y Mulo no se apartaron en ningún momento de mi lado. Mulo gritaba:

—¡Venga, puedes hacerlo! ¡No te pongas nervioso, no pasa nada! ¡Mueve las piernas y los brazos!

Una de las veces que Rana me sacó, me sostuvo a flote. Yo me agarré con fuerza a su cuello.

—¡La madre que me parió, nuevo! ¿Quieres tranquilizarte de una puta vez? ¿Eres un soldado del Décimo o un miedica de Pastor? ¡Nosotros somos del río!, ¡el agua es nuestra amiga!, ¡el río nos protege, corre por nuestras venas, siéntelo!

—¡No, no me sueltes, por favor!, ¡me voy a morir!

—Aquí nadie se muere, soldado. Ahora te cogeré de una sola mano. Con la otra, araña el agua por debajo, con la mano así, como yo, como si fuera un cuenco, como si sacases tierra de un hoyo… Y sobre todo mueve los pies, da patadas, todas las que puedas, no dejes de moverlos... Con la cabeza fuera… ¡Venga, inténtalo! Yo estoy a tu lado, no temas.

Tres días me costó dominarme. Siempre repetíamos la misma operación: saltábamos de lo alto de la cabaña y después a nadar como los perros, con las manos y los pies bajo el agua, sacando sólo la cabeza. Aprendí rápido. A mediados de junio ya me atrevía a bucear. Estaba casi listo para pasar la gran prueba. Eso me dijo Rana la tarde que vi por primera vez a su padre, Juanín, el borracho.

11

Lo vi salir de la cabaña. Se tambaleaba, arrojó una botella vacía en medio del lago mientras vociferaba:

—¡Perro del diablo! ¿Dónde se habrá metido? Sal de una vez. Tengo hambre. Te voy a matar a palos, maldito hijo del demonio. No sirves para nada. ¡Gandul! Yo a tu edad ya trabajaba como un hombre. ¡Sal de una vez!

A Rana le cambió el semblante. Se puso el pantalón rápidamente, abrió una caja del rincón y extrajo algo: un alambre ensartaba una ristra de ancas de rana, peladas.

—Esperad un momento. Que nadie salte al agua, no quiero que él os vea. Ahora mismo vuelvo.

Rana nunca decía «padre» o «madre» como el resto de los compañeros, y eso nos unía: yo tampoco podía decirlo. A mis tíos los quería con locura, pero sabía que no eran mis padres.

Rana se acercó a Juanín despacio, con la cabeza gacha, como un perro sumiso ante su amo. Era otro. Sólo delante de su padre callaba y se humillaba. Cuando pasó por su lado, el hombre intentó darle una patada en el trasero.

—¡El vino! ¡Tráeme el vino, holgazán!

Rana esquivó el golpe a tiempo y se escabulló en el interior de la cabaña. No tardó ni un segundo en dejar delante de la puerta una botella. Nosotros lo espiábamos desde lo alto del chopo. Juanín se sentó en un tronco y agarró la botella con una mano. Tenía la mirada perdida. Estuvo un rato embobado mientras empezaba a salir humo de un tubo de la parte trasera de la cabaña.

Rana salió con un plato lleno de ancas de rana y un mendrugo de pan. Lo dejó todo detrás de Juanín y de un salto se fue otra vez. El hombre, que tenía un aspecto deplorable, sin afeitar y con el pelo sucio, acabó de un trago con media botella. Después se puso a comer. Murmuraba cosas incomprensibles. De vez en cuando gritaba, maldecía a su hijo.

Rana subió de nuevo a la cabaña. Esperamos un rato sin movernos. De repente, Juanín se puso a cantar la canción de Antonio Molina.

—Soy mineroooo...

—Venga, chicos, vámonos —dijo Rana.

El resto de la pandilla ya lo sabía. Ésa era la señal. La canción indicaba el momento preciso en el que podíamos abandonar la cabaña sin peligro.

Aquella tarde nos fuimos a ver las obras de la nueva carretera a su paso por el pueblo: empezaba en el embarcadero y seguía el curso de la avenida del río, un camino que corría paralelo al cauce.

Nos acercamos a la taberna de la Anguila; la calzada pasaría por delante. Había algunos camiones y otras máquinas, obreros con picos y palas por todas partes. La novedad consistía en que todos aquellos obreros eran presos políticos que cumplían condena a trabajos forzados.

Unos cuantos militares los vigilaban, con la escopeta cruzada ante el pecho. Entre aquellos desgraciados, delgados, sin afeitar y con los ojos grandes y desorbitados, había uno que tosía sin parar. Daba incluso más lástima que el resto: mientras los demás picaban piedra, aquel pobre hombre ni siquiera tenía fuerzas para sostener el botijo de agua que iba a buscar al río y que después repartía entre los presos. A cada paso tosía con un desgarro desaforado. Uno de los soldados le dio una patada y cayó al suelo. Todos se rieron.

—¡Tú, cuidado! Ya sabes... Si se rompe el botijo, a picar con el mazo. Será cabrón el comunista, ¡se ha puesto debajo!, ¡ha parado el golpe con el cuerpo para no romperlo!

Todos los de la cuadrilla nos quedamos atónitos al contemplar aquella escena. El pobre hombre había caído de malas maneras, protegiendo con su escuálido cuerpo el botijo. Tenía los ojos cerrados. Parecía que estaba muerto y abrazaba el cántaro de agua como si fuera su propio hijo.

En la taberna de la Anguila, Lobo no hablaba, cosa rara en él. Fumaba en silencio, movía negativamente la cabeza, gesticulaba, parecía maldecir cuando alguno de los soldados la emprendía a golpes contra los presos.

Matías, el barquero, también guardaba silencio. Alguna de las noches que se había dejado caer por nuestra casa yo había oído como mi tío y él comentaban que aquella carretera terminaría con su trabajo. En aquel momento, no supe si su ademán se ensombrecía a causa de las obras o por lo que allí estaba pasando.

El sargento al mando de la tropa estaba hablando con el Lejía, el único legionario del pueblo. Según se contaba, durante la guerra había sido destinado al frente de Madrid, donde una bomba le arrancó el brazo. A su vuelta aún seguía vistiendo el uniforme militar y de vez en cuando, para que nadie olvidara las batallas en las que se había forjado, usaba sus formas castrenses.

El sargento y el Lejía se dirigieron a la taberna a beber y al cabo de un rato salieron, se reían a carcajadas. Nosotros estábamos cerca. El Lejía nos miró con aquella sonrisa falsa y nos dijo:

—¡Muchachos, venid aquí! Hay que enseñarles a cantar a estos rojos.

Rana me susurró muy deprisa:

—Venga, a cantar. Si hacemos lo que nos dice, el manco nos dará caramelos.

El legionario se puso firme. Toda la pandilla del Décimo lo imitó. El sargento ordenó:

—¡Prisioneros, a cantar! ¡Y tú, el del botijo, de rodillas!, ¡a cantar de rodillas!

Todos dejaron los picos, las palas y los mazos, y con el brazo derecho extendido hacia lo alto, como hacíamos cada mañana en el patio del colegio, nos pusimos a cantar. El hombre del botijo tosía cada vez más fuerte, se le ponía la cara de color morado, no podía coger aire.

Mirábamos de reojo al legionario, que no se movía. Parecía una estatua, con la barbilla alzada y concentrado en la canción. Su enorme nuez se movía de arriba abajo mientras iba entonando. Yo no me di cuenta, pero Mulo me tocó con el hombro y me indicó disimuladamente que mirara al Lejía. Entonces vi las expresiones de mis compañeros, todos se aguantaban la risa. Ellos ya lo sabían. El brazo mutilado del Lejía era el derecho, por debajo del codo, y para cantar aquella canción había que alzarlo con la palma de la mano hacia abajo. El hombre, tieso como una caña, extendía su pequeño muñón, cubierto con un calcetín azul del que colgaba una medalla de guerra. Producía un efecto cómico. Incluso el sargento, los presos y los soldados miraban disimuladamente el muñón, que parecía temblar buscando la inclinación correcta a cada golpe de voz del inmutable legionario…

—… Volverán banderas victoriosas…

Cuando acabaron las canciones y los presos retomaron su labor, nosotros, por indicación del Lejía, que con la mano izquierda sacaba un puñado de caramelos del bolsillo, empezamos a insultarlos a grandes voces:

—¡Rojos! ¡Comunistas! ¡Ateos!

Todos gritábamos sin mirar, sin saber qué decíamos, sólo preocupados por recoger del suelo las golosinas que nos tiraba un sonriente Lejía. Nosotros no nos dábamos cuenta, pero el griterío era espectacular. Salieron los hombres que estaban en la taberna de la Anguila y conseguimos atraer la mirada de todos los curiosos, incluso algunas mujeres se asomaron a los balcones de las casas de la avenida.

En ese mismo instante, un coche negro frenó bruscamente justo al lado de las obras. Aquel señor, don Bruno, descendió del vehículo con gesto sombrío. Lo reconocí en seguida. El griterío cesó de repente. El hombre imponía respeto, miraba con desprecio a los presos y también a cuantos estábamos a su alrededor. La expresión de su rostro parecía concentrar toda la cólera y el odio que un hombre es capaz de retener en sus entrañas. Con voz firme y un gesto altivo, casi mirando al cielo, preguntó:

—¿Quién está al mando?

El sargento avanzó un paso y en actitud militar se cuadró delante de él, al tiempo que picaba los talones. La mujer de don Bruno, doña Aurora, salió del coche detrás de su marido. En su cara había dolor, compasión. Ella se quedó contemplando al pobre desgraciado del botijo que andaba por el suelo, arrastrándose por el barro. En ese momento el preso se acercó hasta los pies de doña Aurora y le suplicó:

—Por el amor de Dios, usted es una buena mujer, apiádese de mí. Tengo un hijo y no sé dónde está. Se llama Javier. Haga lo que pueda para que me liberen, tengo que cuidar de mi familia. Soy un buen hombre, no he hecho nada, tan sólo tengo una pequeña imprenta.

En ese momento, todos los que estábamos allí recordamos la trágica historia del hijo de don Bruno, que también se llamaba Javier.

—Javier... —susurró don Bruno como en un lamento imperceptible. De repente, en un arrebato de ira, exclamó—: ¡Hacedlo desaparecer!, no quiero volver a ver a ese impresor nunca más. Javier... —susurró de nuevo mientras cogía a su mujer por el brazo y la ayudaba a entrar en el coche.

El vehículo se perdió de vista por la arboleda y todos quedamos en silencio. Alcé la mirada y atisbé los rostros calle arriba. Junto a un grupo de hombres, labriegos y navegantes, vi una figura que me heló la sangre: tío Luis. Sentí la expresión de su rostro. Estaba muy, pero que muy enfadado. Me hizo un gesto con la cabeza que entendí rápidamente. Me fui sin decir nada, mientras mis compañeros del Décimo continuaban gritando como locos:

—¡Rojos al paredón! ¡Comunistas! ¡Masones!

Palabras cuyo verdadero significado ni yo ni nadie del Décimo conocía en absoluto, pero tampoco importaba con aquella inesperada lluvia de caramelos.

Caminé junto a mi tío sin decir nada. Remontamos la calle y entramos en el taller. Estaba muy enfadado y también triste, y yo no sabía por qué.

Aquella tarde me explicó que nunca nunca debía insultar a nadie, y menos mofarme de los débiles, de los más desgraciados, de los que no podían defenderse. Me habló de la humillación, de la dignidad de todas las personas, de los linchamientos públicos, de la barbarie y también de la piedad y de otras cosas que apenas comprendía.

Me castigó unos días sin salir a jugar. Por la tarde, cuando acababa el colegio, merendaba en la puerta del taller de impresión. Los del Décimo venían a buscarme, me hacían la señal convenida, pero yo desde lejos negaba con la cabeza. Entraba y me ponía a hacer los deberes en la pequeña mesa donde tío Luis tenía los albaranes y las cuentas, y después leía.

Habrían de pasar algunas semanas para descubrir la verdad, para saber a qué obedecía aquella tristeza profunda que vi en el rostro de mi tío. En aquel grupo de prisioneros condenados a trabajos forzados, el hombre del botijo que daba tanta lástima era un impresor llamado Antonio al que mi tío admiraba profundamente, un hombre que había editado en su imprenta poemarios inmortales de grandes autores como Lorca o Alberti, que en aquella época estaban prohibidos. Tío Luis había trabajado con él alguna vez; eran amigos y estaba orgulloso de ello. Sin embargo, cuando yo le vi, sus días estaban contados. Se le veía escuálido, sin fuerzas, tosía con un desgarro que daba miedo. Recordaba la imagen patética de aquel preso tirado en el suelo, aferrando el botijo como si fuera algo más valioso que su propia vida.

A pesar del miedo que sentía, tío Luis se armó de valor: debía hacer algo por su compañero, intentar salvar a su amigo. Habló con el padre Isidro y pidió clemencia para ese preso, se arrodilló delante del párroco. Sólo quería que no muriese como un perro y el cura tenía muchas influencias, ya que uno de sus hermanos era un militar de alta graduación y estaba muy bien situado. Sin embargo, la condena que pesaba sobre Antonio era peor que la de asesinato. Aquel hombre había esparcido, con los libros, la simiente del mal. Cuando acabó la guerra, le pillaron en su imprenta clandestina editando panfletos contra el régimen, incitando a la rebelión. Eso era imperdonable. Mi tío y el padre Isidro hicieron un trato y al final consiguió permiso para visitarlo una sola vez.

Recuerdo muy bien esa noche. Tía Magdalena rezaba, muy preocupada. Me dijo que tío Luis había ido a los barracones de los presos que construían la carretera.

—Hijo mío, hay muchas cosas que tú no sabes. ¡Las calamidades que hemos pasado!...

—¿Por qué ha ido el tío a ver a los presos? —pregunté sorprendido, sin entender el motivo que podía tener para mezclarse con aquella gentuza, con aquellos miserables que trabajaban de sol a sol por un mendrugo de pan y que eran el hazmerreír de todos. Incluso el maestro don Sebastián nos contó aquellos días que la brigada condenada a trabajos forzados que trabajaba en la carretera estaba compuesta por criminales de guerra, asesinos sin escrúpulos que devoraban niños, violaban ancianas, mataban curas y monjas, eran unos esbirros de Satanás... Peor que demonios.

Tía Magdalena negaba con la cabeza y rezaba. Tío Luis llegó muy tarde. Abrió la puerta y se abrazó a su mujer.

—Magdalena, Antonio ha muerto en mis brazos. Le han matado. Cuando yo llegué acababan de darle una paliza de muerte, pero he podido hablar con él antes de que se lo llevaran. Estaba en un extremo del barracón, acurrucado en la paja, tapado con una manta llena de agujeros y de chinches. Ha sido terrible, pero me ha reconocido. Quería abrazarlo, aunque sólo me he atrevido a darle la mano. No podía hablar, estaba temblando, me ha agarrado la mano con fuerza y la ha guiado bajo la manta, entre la paja. Allí estaban estas hojas, son versos.

Tío Luis estaba desolado. Depositó en la mesa del comedor el montoncito de papeles sucios, arrugados.

Tía Magdalena se puso las gafas de aumento y exclamó con un suspiro:

—¡Luis! ¡Si alguien lo ha visto estamos perdidos! Ni el padre Isidro podrá salvarnos.

—Sé que me he expuesto mucho. Le he colocado mi chaqueta encima... Creo que el último esfuerzo, el último aliento de su vida ha sido para poner a salvo estas hojas en el bolsillo interior de mi chaqueta. Ha muerto un gran tipógrafo, el mejor, y ha depositado en mis manos este poema. Me han dicho que lo van a llevar a la fosa común del cementerio. He suplicado que me permitieran hacerme cargo de su cuerpo, de su entierro, pero el sargento me ha dicho que el cadáver pertenece al Estado.

—¿Y qué vamos a hacer?

—Imprimir los versos. Los mandaré fuera, a través de Carlos. El mundo tiene que saberlo.

—Tío, ¿usted cree que ha sido por lo que dijo don Bruno?, ¿cree que ha sido él quien ha mandado que le mataran?

—No lo sé, hijo, no lo sé. Don Bruno odia a los rojos, odia

los libros, a los impresores... No sé si es rencor por lo que pasó con su hijo o si... En cualquier caso, es un hombre muy peligroso. No debes acercarte nunca a él.

Tío Luis calló, no quiso contar nada más sobre lo que había presenciado, pero durante las noches que siguieron a aquélla, antes de acostarme subía al desván y lo veía concentrado, trabajando con la imprenta Babel. Yo conocía su secreto, pero nunca le dije nada. Estaba intrigado por las hojas que nos enseñó. Nunca antes había visto a mi tío trabajar con tanta pasión. Cogía cada letra de los cajones del chibalete con una delicadeza inusual y, como si fuera una piedra preciosa, la retenía unos instantes en la mano. En la componedora se detenía a leer los versos en voz baja:

Yo soy viejo, tan viejo, que el primer hombre late
dentro de mis vividos y veintisiete años,
porque combato al tiempo y el tiempo me combate.
A vosotros, vencidos, os trata como a extraños...

Todo lo hacía con tiento, con amor, despacio. Encuadernó cada uno de los ejemplares del libro de versos con unas cubiertas muy sencillas, pero nobles, y una letra latina preciosa que daba forma al título: «Los hombres viejos», y al nombre del poeta: Miguel Hernández.

Un nombre que yo no conocía entonces, pero que tío Luis admiraba profundamente. Guardó los cincuenta ejemplares del poema en el armario secreto de la parte de atrás del chibalete. Por primera vez me enseñó sus tesoros. Ediciones de cincuenta ejemplares que imprimía en el desván. Días después vinieron las mujeres de los cestos —las primas de mis tíos— y se los llevaron. Hablaban de entregárselos a un tal Carlos que yo imaginé era el mismo que me había visto escondido en el reloj días después de que llegara a la casa, cuando aún no podía ni hablar.

—¿Y qué hacen luego con los libros? —le pregunté a mi tío cuando acabó de despedirse de aquellas mujeres.

—¿Pues qué van a hacer?, ¡leerlos! —me contestó con voz dubitativa, para después añadir—: Todo esto es un gran secreto. Nadie debe saber que aquí arriba imprimimos libros, ni tu mejor amigo, ni cuando te confieses con el padre Isidro. Nadie. Si alguien lo descubriera, me cogerían, me encarcelarían. Me tratarían igual que a esos presos de la carretera.

Lo miré fijamente, recordé la marca del Décimo que me hizo Rana en la yema del dedo gordo, incluso sentí una pequeña punzada. Sabía que aquello que me estaba revelando en aquel momento era muy, muy importante. El secreto más grande de mi vida. Tío Luis asintió con la cabeza, estaba muy serio y me dijo:

—Sé que puedo confiar en ti.

—Lo juro...

—Antonio ha salvado los últimos versos de Miguel Hernández, uno de los poetas más grandes de nuestro tiempo. Gracias a él hemos podido salvar este poema, «Los hombres viejos», que pertenece a uno de sus libros de versos, *El hombre acecha.* Es un poemario que se imprimió en 1939, en Valencia, por encargo del ejército republicano. Los pliegos se quedaron en capillas.

—¿A punto de publicarse...?

—Sí, pero entraron las tropas de Franco. Fueron incautados y después destruidos. Sin embargo, alguien salvó el poemario. Durante estos últimos años se han publicado antologías de Miguel Hernández, incluso he visto editado *El hombre acecha,* pero sin este poema, «Los hombres viejos». Es un poema muy duro, precioso, pero de una gran violencia verbal —dijo mi tío, ensimismado en sus recuerdos. De golpe, salió de sus pensamientos, me cogió por el hombro y me dijo—: Y de los libros que se llevan las primas, olvídate. Tú, a jugar.

Las palabras de mi tío circularon por los sueños de esa noche. Se mezclaban cosas extrañas: el hombre del botijo pisoteado en el suelo, la risa del legionario, la piedra picada por los presos convertida en caramelos, el río, las barcas, Rana, la marca del Décimo, el mismo signo del mapa del tesoro, un tesoro perdido en una isla lejana, el Lejía era John Silver el Largo, el pirata que me hablaba en buenos términos, quería ser mi amigo, el armario secreto del desván repleto de palabras, de libros que eran como joyas, rubíes, monedas de oro, daba vueltas y más vueltas en mi cabeza y al final, por encima de todas esas imágenes, me estremecía viendo a don Bruno. «Hacedlo desaparecer, hacedlo desaparecer», gritaba una y otra vez mientras me miraba de reojo en la iglesia. Me desperté de un brinco, envuelto en sudor.

A la mañana siguiente, tío Luis nos acompañó a misa mayor ataviado con su mejor traje y corbata. Mi tía no dijo nada, pero yo sabía que estaba muy contenta.

También el padre Isidro se alegró mucho de verlo allí junto a nosotros, incluso mi tía Magdalena alzó el cuello un instante con orgullo cuando algunas mujeres cuchichearon mientras nos miraban de reojo.

Esta vez no me dormí, permanecí despierto durante toda la ceremonia. En el sermón de aquel día, el cura habló del perdón, del buen pastor, de las ovejas descarriadas que vuelven al redil.

Tío Luis se puso un poco nervioso; yo lo notaba porque las ventanas de su nariz se hinchaban y resoplaba por ellas. Cuando se levantó para tomar la comunión, su nerviosismo le hizo dar un traspié y tropezar con un reclinatorio. Algunos lo miraron de soslayo y él se sonrojó, pero reaccionó en seguida y se situó en la cola, a la espera de su turno.

El padre Isidro estaba muy contento, parecía más feliz que nunca cuando sacó la hostia del cáliz, redonda y delgada como un céntimo, y la depositó sobre la lengua de mi tío.

—El cuerpo de Cristo.

—Amén.

Ésa fue la primera y la última vez que mi tío Luis fue con nosotros a la iglesia. Unos años después lo supe todo: me enteré de que éste había sido el trato que había cerrado con el padre Isidro.

12

Llegó fin de curso y el primer día de vacaciones. Tío Luis me regaló un libro que marcaría toda mi vida, porque uno de los escenarios en los que transcurría la historia me otorgó el apodo en la pandilla del Décimo.

—Es de un gran escritor estadounidense y te va a gustar.

—Mi preferido es *La isla del tesoro.*

—Lo sé, pero quiero que leas éste: *Las aventuras de Tom Sawyer,* de Mark Twain. En realidad su nombre no es ése, «Mark Twain» es un seudónimo.

—¿Un seudónimo?

—Algunos escritores firman sus libros con un nombre falso. Un alias, ¿comprendes?

—Me parece que ya sé lo que es. Es como Rana, o Lobo, o el Lejía... Aquí en el pueblo casi todos tienen seudónimo.

Mi tío se puso a reír y continuó:

—Sí, algo parecido. Mira, este escritor, Mark Twain, en realidad se llamaba Samuel Langhorne Clemens y trabajó de aprendiz en un taller de imprenta, incluso llegó a ser tipógrafo.

Eso me gustó. Mi imaginación voló, creía que sería una historia de impresores, tipógrafos, desvanes repletos de chibaletes en donde había tipos móviles extraordinarios que tenían vida propia, y aun las máquinas de imprimir eran autómatas que fabricaban libros preciosos con encantamientos de magos y brujas. Mi sorpresa fue mayúscula cuando empecé a leerlo y en seguida me di cuenta de que el libro narraba las aventuras que sucedían a orillas de un gran río, como el que pasaba por nuestro pueblo.

Mi tío, al verme tan aficionado a la lectura, me dijo una tarde:

—Cuando lo acabes, puedes leer otro del mismo autor: *Las aventuras de Huckleberry Finn.*

Sin embargo, a mi tía lo que más le preocupaba era que me obsesionara con el río de la novela y con el que pasaba por el pueblo, y por eso, cada vez que me veía salir a jugar, no dejaba de advertirme:

—No te acerques al río. Si tus amigos van, les dices que no te gusta. Es muy peligroso y cada año muere algún niño ahogado. Si tu tío se entera de que vas al río, te castigará sin salir.

—No se preocupe, tía, a mí no me gusta. Vamos a jugar a las eras. Ya se lo he dicho. Antes de ir a la barca, voy al taller y pido permiso. Matías me deja pasar a veces, hasta me ha dejado llevar el timón.

—No me gusta, Pol, lo hemos hablado muchas veces…

Por las tardes, después de comer, era obligatorio echarse la siesta. Durante aquellas horas, todo el pueblo se paralizaba. No había nadie en las calles; ni los perros callejeros se atrevían a salir. Parecía un pueblo fantasma, sin habitantes, abandonado a pleno sol. Ése era precisamente el momento en el que todos nos escapábamos.

Más tarde, cuando subíamos toda la cuadrilla a la cabaña del Décimo, yo les contaba las aventuras que sucedían en el Mississippi, el río de Tom Sawyer. Todos se sabían el nombre de memoria e incluso durante el verano comenzamos a llamar así a nuestro río, aunque, nunca supe por qué, todos lo pronunciábamos acentuando la última vocal: ¡«Mississippí»!

Y por fin una tarde de finales de junio de 1963 llegó el gran día. Todos los miembros del Décimo menos las chicas, Mariposilla y Hormiga, estábamos convocados en la cabaña del chopo. Había llegado el momento de la verdad. Hacía semanas, desde el inicio de las vacaciones, que nos bañábamos en el río, y Rana siempre nos decía:

—Los de Pastor no pueden entrar en nuestro territorio. Si se quieren bañar tienen las balsas, las acequias, los aljibes, y a nosotros no nos dejan ni acercarnos. El Mississippí es nuestro territorio, tenemos que defenderlo. Ya lo sabéis, a la hora de la siesta todos al Décimo. ¡Es una orden!

Teníamos varias zonas de la orilla donde íbamos a zambullirnos. Aquella tarde el calor era abrasador. Cuando me escapé de casa, con mucho sigilo porque mis tíos dormían y no quería despertarlos, daban las cinco de la tarde en el campanario.

Corrí bajo la sombra de los porches de la plaza. No se veía ni un alma. El silencio era absoluto y el aire, irrespirable. Las olas ardientes de un mar invisible y etéreo golpeaban en mi cara. Una radio lejana emitía la melodía del «Consultorio de la señora Francis», el programa de máxima audiencia.

Oí pasos y miré a mi alrededor. En la esquina topé de bruces con Conejo. Estaba empapado en sudor, la cara colorada, ardiente.

—¡Nuevo!

—Hola, Conejo. ¡Vaya calor!

—Ya tengo ganas de darme un chapuzón.

Continuamos calle abajo hasta el embarcadero. La barca estaba en la otra orilla y eso nos dio cierta ventaja para cruzar aquella zona en obras. Todo estaba parado: máquinas, camiones... Incluso la piedad hacía acto de presencia bajo el martillo abrasador de aquellas horas. Los condenados a trabajos debían de estar descansando en los barracones de madera, bajo los pinos de las afueras del pueblo.

Corrimos dejando atrás las obras y también la taberna de la Anguila, cerrada a cal y canto, hasta coger el camino de la ribera que seguía el curso, río arriba. No queríamos que nos pillaran. Durante aquellas horas tórridas, si algún mayor veía niños cerca del río, siempre se tomaba la molestia de amonestarlos con grandes gritos y amenazaba con ir a sus casas a delatarlos. Éste era un acto de solidaridad colectiva porque el río, traicionero, se llevaba cada año alguna vida.

Ya en el camino de la vereda, entre el denso cañaveral y el bosque de chopos y tamariscos, fue creciendo el monótono concierto de las cigarras. Conejo arrancó una caña verde y me dijo:

—Hoy vas a pasar la prueba. Tú tranquilo, no pasa nada, ya verás. Vamos a ir a la roca del Moro.

La manera en que me habló me dejó intrigado.

—Allí nos bautizamos los del Décimo. Recuerdo el día que me tocó a mí. ¡Uf! Un poco más y...

Me detuve. A la intriga le sucedió el miedo. Conejo se reía al ver mi cara.

—Tranquilo, que no te va a pasar nada, ya lo verás. ¿Te vas a rajar ahora?

La verdad, las piernas me temblaban. Tenía ganas de dar media vuelta y regresar a casa, pero no podía hacerlo, de ninguna manera. Metí las manos en los bolsillos y palpé la bolsita con las letras que me había dado mi tío al principio de curso y que yo siempre llevaba encima. Entonces se me ocurrió una idea. En una de las últimas clases, entre las batallas carlistas de su tatarabuelo, don Sebastián nos había explicado la numeración romana.

Saqué la mano cerrada y le dije:

—Acércate, quiero enseñarte algo.

—Venga, va... ¿qué es? —dijo tirando la caña y abalanzándose sobre mí.

Le puse la mano por delante.

—Espera, espera un momento, no seas impaciente. Es una cosa que te va a gustar y que seguro que nunca has visto.

Ahora habían cambiado los papeles. Era Conejo quien estaba intrigado. Entonces cogí el tipo móvil de metal: una pequeña letra, de una familia elzeviriana, muy machacada. Aquella letra era la que más me gustaba. Se trataba de una x minúscula. Agustín me había contado que la equis en tipografía marcaba la altura de las restantes letras de la misma familia: «la altura de la equis». Además, en números romanos la equis era también el diez, el Décimo. ¡Ésa era la idea!

—Conejo, si me cuentas qué es lo que tengo que hacer en la roca del Moro, te doy esto.

Entonces agarré el tipo móvil por la parte inferior y se lo puse delante de los ojos. El sol lo hacía relucir como si fuera de oro.

—El Décimo... ¡Es la marca del Décimo!

Conejo me miraba boquiabierto, los ojos como naranjas, como si hubiera contemplado algo extraordinario.

—¡Es verdad! Es verdad… ¿De dónde la has sacado? —repitió casi hipnotizado, y alargó los dedos para cogerla.

Rápidamente volví a cerrar la mano.

—El Décimo de oro será tuyo si me lo cuentas.

—Es que, verás… me la juego. Si se entera Rana, me mata.

—¿Por qué va a enterarse? Yo no se lo voy a decir, puedes confiar en mí.

—Está bien, tienes que prometerlo.

—Lo prometo. Te la daré esta tarde si todo sale bien.

Conejo se enfadó, la quería en aquel momento, pero me negué en redondo. Al final se la volví a enseñar y lo convencí. Cerramos el trato. Lo escuché atentamente y después me advirtió:

—¡Ni una palabra!

Cuando llegamos a la cabaña ya estaban todos allí, esperándonos.

Cruzamos por un caminito angosto entre juncos y cañas que nos condujo hasta un sitio en el que yo no había estado nunca. Se trataba de una roca enorme que quedaba un par de metros por encima del río. Todos se quitaron la ropa y se zambulleron. Yo me quedé observando el entorno; miré el río, el caudal a mis pies.

Rana nos congregó a todos.

—Venga, muchachos, todos fuera. El nuevo tiene que pasar la prueba.

Fueron saliendo uno a uno. Me observaban en silencio.

—Tienes que cruzar el río a nado. Ir y volver, y tienes que hacerlo tú solo. Nadie te acompañará.

—¿Cruzar el río? —dije disimulando los nervios, aunque de reojo contemplaba las aguas y no las tenía todas conmigo. Me parecía una barbaridad, era imposible, me ahogaría.

—¿No tendrás miedo? —me provocó Rana. Los demás sonreían, murmuraban alguna cosa. Conejo estaba detrás de todos sin decir nada, haciéndose el despistado—. Si no quieres, ya sabes, te vas para casa…

—Está acojonado —dijo Mulo.

—No se atreverá —añadió Búho.

No quería parecer un cobarde y les respondí sin mucha convicción:

—Lo cruzaré.

—Pues claro, hombre. Tú no te apures, nosotros vamos a animarte desde aquí y si te cansas ya sabes… Te haces el muerto.

—El muerto… —murmuré contemplando el río, lo veía muy ancho y en la parte central la corriente bramaba como un animal enfurecido.

—Venga, ponte en la punta de la roca y lánzate.

—¿Y cuando llegue al otro lado?

—Descansas y luego cuando quieras vuelves nadando. Nosotros, mientras tanto, decidiremos cuál va a ser tu nombre de guerra…

Cogí un poco de carrerilla. Estaba muy asustado. Conejo me había advertido. Me había confesado en qué consistía la prueba y qué era lo que tenía que hacer, pero a pesar de todo yo veía el río muy grande, casi como un mar. La otra orilla no se distinguía. El río bramaba, crecía y crecía delante de mis ojos. Sentí miedo, pero estaba dispuesto a todo.

La cuadrilla empezó a gritar:

—¡Décimo, Décimo, Décimo!

No me lo pensé dos veces y me lancé. El corazón me golpeaba con fuerza dentro del pecho. Cuando saqué la cabeza y empecé a nadar, los chicos continuaban gritando a mis espald

Nadé a estilo perro, como me aconsejó Conejo, concentrado en ir avanzando metro a metro, sin desfallecer. Movía los brazos y las piernas de forma acompasada. Aún podía oír los gritos, pero el ruido de la corriente, el agua que me rodeaba por todas partes, el chapoteo me absorbían por completo. Levanté la cabeza y tuve la sensación de que no me había movido del sitio a pesar de que ya llevaba un rato nadando. No estaba cansado, pero aquello me puso un tanto nervioso y comencé a nadar con más brío. Me esforcé, respiraba más deprisa. Al cabo de unos minutos alcé otra vez la cabeza y no di crédito a mis ojos: la otra orilla estaba ahí delante, a la misma distancia, ¡no me había movido ni un metro! Tuve una sensación extraña, como si estuviera viviendo una pesadilla: corría con todas mis fuerzas y no conseguía moverme del sitio. ¿Qué estaba pasando?

Nadé y nadé sin detenerme. Ahora pensaba que el agua, el río, era mi enemigo y tenía que derrotarlo con mis propias fuerzas, pero me parecía imposible conseguirlo; estaba atrapado dentro de un monstruo infernal. Los gritos de mis amigos se oían lejos, muy lejos; al volverme, vi que había bajado mucho. Entonces me di cuenta de lo que estaba pasando: era la corriente, me arrastraba hacia abajo y no podía hacer nada. No podía luchar, era imposible. No avanzaba, estaba atrapado en mitad del río. Me horroricé, sentí pánico.

Me pasó por la cabeza regresar, dar media vuelta, tratar de nadar hacia la orilla que tenía a la espalda. El miedo se iba apoderando de mí y empezaba a sentirme cansado. Notaba las piernas y los brazos doloridos, pero daba igual el rumbo que imprimiera a mis brazadas: la distancia hasta la orilla era la misma en un sentido que en otro. Rana y el resto corrían por la vera río abajo y me gritaban algo. Me detuve un instante y creí oír:

—Muerto… Muerto…

Eso me provocó aún más pánico. Ya estaba muerto. No podía más. Tragué una bocanada de agua que me cortó la respiración y me hizo toser, una, dos, tres veces... Saqué la cabeza, hice un esfuerzo y cogí aire de nuevo. Ya empezaba a notar el desfallecimiento en las piernas, los brazos. Me vi muerto, ahogado, arrastrado por la corriente y después devorado por las anguilas y las carpas. Había escuchado historias de ahogados que ponían los pelos de punta. Veía la cara de todos los chicos, se reían de mí… Pero allí estaba Mariposilla. Ella me miraba y sonreía, escuchaba sus carcajadas, que se mezclaban con el ruido de la minerva, la máquina de imprimir del taller que manejaba Agustín. Pensé en mis tíos. El desván con la vieja imprenta Babel. El día en que tío Luis me enseñó por primera vez la caracola de las palabras. Agustín, su cara sonriente, con la minerva en marcha y la lanceta o la maza en la mano. Estaba exhausto, ya no oía nada. Sólo veía letras, tipos móviles y la voz de tío Luis: «Somos palabras, el mundo sin letras no existiría». Cerré los ojos y continué nadando sin convicción para mantener la cabeza fuera del agua y respirar. Veía las letras de metal, relucientes, abecedarios enteros, familias de letras diferentes, las que me había enseñado tío Luis: góticas, normandas, romanas, futuras… Las versales, las mayúsculas de la caja alta y las minúsculas de la caja baja iban desfilando ante mis ojos, una tras otra, hasta que por fin me detuve en la equis que me regaló mi tío. Entonces recordé lo que me aconsejó Conejo y me dije a mí mismo que tenía que intentarlo por última vez. Debía sacar fuerzas de flaqueza. Alcé la cabeza, la corriente me arrastraba. Si no conseguía avanzar o retroceder, pasaría por delante del embarcadero, eso si no me ahogaba antes. El río me había arrastrado hacia abajo, estaba casi llegando al pueblo. Descansé un poco las piernas e intenté concentrarme, recordar otra vez las palabras de Conejo… «Tienes que nadar a favor de la corriente, tu cuerpo es el timón y tienes que cortar la corriente en diagonal. ¡En diagonal! Si nadas recto, de cara hacia la otra orilla, la corriente te arrastrará. Mira la equis. Nada como si siguieras una de sus aspas.»

Pero ¿cómo se hacía eso? Tenía que probarlo aunque fuera mi último intento. Al límite de mis fuerzas, giré mi posición, me coloqué en diagonal, sumergí la cabeza y volví a la carga. Después de unas cuantas brazadas levanté el cuello y miré, y por primera vez tuve la sensación de que me había movido. Probé de nuevo, rectifiqué mi posición, cogí la diagonal a favor de la corriente y, esta vez sin sumergir la cabeza, nadé con los ojos clavados en un denso cañaveral que quedaba más abajo. Ganaba metros y más metros, hasta la propia corriente me impulsaba con más fuerza. Mi cuerpo cortaba el agua como si fuese un timón. Estaba cruzando el río y me pareció que era la cosa más fácil del mundo, había olvidado por completo el pánico, el horror que había experimentado hacía tan sólo unos minutos.

Por fin llegué a mi objetivo, pero por los pelos. Desde mi posición veía el embarcadero y el pueblo allá abajo. Estaba agotado y nada más salir del agua me quedé tendido en el suelo, respirando, aspirando bocanadas inmensas de aire, todo el que me cabía en los pulmones. Pero me sentía satisfecho: para mí había sido una proeza increíble y estaba orgulloso. A mis casi finalizados ocho años me sentía todo un hombre. Imaginé que Mariposilla estaba allí conmigo, que ella lo había visto todo, había contemplado mi hazaña y a partir de aquel momento ya tendría derecho a hablarle cuando quisiera y nadie se burlaría de mí. Miré hacia el otro lado y creí distinguir a Rana entre el denso bosque de la ribera. Me señalaba un punto río arriba. Me puse en pie y anduve en esa dirección por el caminito de sirga que utilizaban para arrastrar las barcas y las falúas cargadas con mercancías.

La pandilla estaba en la roca del Moro y nada más verme me hicieron gestos con las manos. A pesar del ruido de la corriente, los oí gritar. Estaba contento, orgulloso. Sabía cómo cruzar el río. Sólo debía calcular bien la distancia, siempre en diagonal. Ir y venir de una orilla a otra trazando una gran equis sobre el río. Remonté unos metros hasta la que me pareció que era la posición correcta y entré en el agua. Mi cuerpo era el timón que cortaba la corriente y con los brazos y las piernas me impulsaba, ganaba metros y más metros y en pocos minutos ya estaba en la orilla opuesta.

Todos me felicitaron, lanzaban gritos de alegría.

—¡Qué susto nos has dado!

—Yo creí que te ahogabas.

—¡Ya eres de los nuestros!

Rana se situó en el extremo de la roca.

—Has pasado la prueba. El río es un animal poderoso, un monstruo infernal, el peor de todos. Hay que saber domarlo como a un caballo y tú lo has conseguido. ¡Ya eres de los nuestros! Eres uno del Décimo. Y ya tenemos pensado cuál va a ser tu nombre.

Se hizo el silencio y después todos a una clamaron a grandes voces:

—¡Mi-si-si-pí!

Ése fue mi nombre de guerra. Así me llamaron todos en el pueblo a partir de esa tarde, acentuando exageradamente la ultima letra. Ése fue mi seudónimo hasta que me marché a estudiar a Barcelona. Yo era Misisipí, el de la imprenta.

13

Aquel verano de 1963 lo recuerdo como uno de los más felices de mi vida. En esa época la calle era de los niños y parecía que el calor nunca se iba a acabar. Ya sabía cruzar el río a nado y eso me daba una categoría especial. Alternaba las escapadas al Décimo, los baños, los juegos en la cabaña, las lecturas y los sueños secretos con Mariposilla con mis lecciones en la imprenta.

Hacía mucho calor y los días se alargaban. El tiempo de diversión se dilataba hasta la hora de las luciérnagas, que marcaba el fin de una intensa jornada de juegos inventados, carreras locas, baños y risas. La noche caía de repente: subía del fondo de algún barranco y se esparcía por el suelo, entre la hierba, iba trepando por nuestras piernas y lentamente enfilaba el tronco de los árboles. Y allí, en los ribazos, brillaban las luciérnagas marcando la senda de regreso a nuestras casas. Volvíamos corriendo como locos y en seguida veíamos las farolas de las afueras, con su luz amarillenta y triste, casi de mentira, perdida en medio de aquellos atardeceres majestuosos de aguas moradas, como las tapas de los libros que me entregaba tío Luis.

Cuando entrábamos por la primera calle del pueblo, la luz de las farolas había crecido y, sin dejar de correr, con el corazón en la garganta porque se hacía tarde, pensaba que cuando se acabara aquel verano se acabaría el mundo.

—¿Dónde te has metido, Pol? Cada día llegas más tarde. Esto no puede ser. Anda, vete a lavar las manos, que la cena está en la mesa y tu tío tiene que hablar contigo.

Después de beberme un vaso de leche, me dejaban salir a tomar el fresco en la entrada de la casa, donde sacaban el banco de madera del taller. Allí hacían tertulia los mayores. Tía Magdalena charlaba con las vecinas y mi tío me hablaba, mientras contemplábamos cómo los lagartos nocturnos cazaban mosquitos en las fachadas iluminadas por las farolas:

—Conserva los libros. Son tu tesoro. Guárdalos en tu habitación después de leerlos, nunca te defraudarán y podrás volver a ellos dentro de unos años. Son nuestros mejores amigos, fieles y callados, siempre están ahí, esperando resucitar.

—Tío Luis, ya he terminado el último y me ha gustado mucho.

—No sé de dónde sacas el tiempo para leer. Últimamente estás todo el día jugando con tus amigos.

—Es que leo muy deprisa —le contestaba yo.

El hombre enarcaba una ceja y me miraba con expresión de desconfianza. Yo apartaba la vista porque nunca le dije que, cuando me cansaba de nadar, me sentaba en un rincón de la cabaña del Décimo y me pasaba muchos ratos leyendo, y algunas veces lo hacía en voz alta, sobre todo los capítulos en los que había acción, peleas o aventuras. Algunos de la pandilla escuchaban la historia. Pero era siempre Rana quien se ponía a mi lado y hacía callar a los demás:

—Silencio… Vamos a escuchar a Misisipí.

A mi tío no le contaba nada de esto, pero por la forma en que me miraba parecía como si ya lo supiera. Yo sonreía, porque para mí era como si tácitamente estuviese dándome permiso para bañarme en el río.

Aquellas noches de verano nos íbamos a dormir tarde, cuando la triste campana de la iglesia carraspeaba las doce, la medianoche, la hora de las brujas. Justo en ese momento, tío Luis me entregaba un nuevo libro:

—Toma, aquí tienes otro.

En mi habitación, acostado en la cama, lo contemplaba. Pasaba los dedos por la cubierta. Estaba encuadernado como todos, de forma impecable. Todas las tapas eran idénticas, de cartón duro, pintadas como las lilas del campo, pero al abrirlos cada uno de ellos contenía una historia distinta que me hacía viajar, que me absorbía. Eran mi gran pasión y cuando los terminaba los iba coleccionando en la estantería de madera que mi tío había fabricado para mi habitación. Allí estaban todos y, aunque no podía reconocerlos por fuera, cuando los tocaba sentía palpitar a los personajes que había dentro.

Algunos de los ejemplares también lucían un precioso dibujo en la primera página. Era una ilustración hecha a mano con plumilla, con tinta de tres colores: negro, azul y rojo.

Uno de los dibujos que más me impresionaron fue el de la novela *Moby Dick,* del escritor norteamericano Herman Melville. Se trataba de una ballena enorme con un ballenero pequeñito, que navegaba casi a cuestas de las olas, como si fueran montañas que partían por la mitad la descomunal ballena.

Antes de empezar a leerlo me fijé en algunos detalles. Rápidamente reconocí el tipo de letra mayúscula que había utilizado el impresor para el título. Detuve mi vista en la composición de la página. Me fijé en los márgenes blancos y generosos a cada lado y en la preciosa letra capitular, como una escultura, una letra con áncoras y arpones que daba inicio al párrafo del primer capítulo. Entonces fui corriendo a la imprenta:

—Tío Luis... las letras del título son romanas y estas de aquí abajo con el nombre del autor también..., pero de caja baja, minúsculas. El resto del libro está impreso con tipos móviles de una familia elzeviriana...

—Ibarra. Son Ibarra de Gans... Un día tengo que explicarte la historia de estas letras.

Agustín, con su bata oscura y su sonrisa en los labios, se sumaba a la conversación:

—Aprende rápido el muchacho...

Tío Luis se alegraba y seguía contándome detalles de aquella edición de *Moby Dick.*

—Es de la misma colección que *La isla del tesoro* y que todos los demás, ¿verdad? —pregunté recordando el formato y el diseño.

—Sí, y además el papel es de una excelente calidad. No como ahora, con este papel paja que no resiste el paso del tiempo. Y para colmo racionado. Parece que hayamos ido hacia atrás.

—Ya no se imprimen libros así, señor Luis —dijo Agustín.

—Como los de antes de la guerra.

La guerra, aquella palabra que se escuchaba tan a menudo. «Antes de la guerra» era para mí una especie de abismo, una barrera lejana que delimitaba dos mundos diferentes. Todo lo de antes de la guerra, fuera bueno o malo, era muy antiguo, viejo, casi olvidado, muerto. Pero estaba siempre ahí, colgado del cielo del pueblo como una nube invisible, amenazando con descargar una tormenta de rayos y truenos. Era como si al final de aquella guerra que estaba en el pensamiento, en las conversaciones, en los silencios y en las conciencias de todos, el mundo hubiese comenzado de nuevo. Como yo, cuando vine a vivir con mis tíos casi dos años atrás.

Hacia finales de agosto, un día, sobre las cinco de la tarde, estábamos todos los miembros de la pandilla del Décimo reunidos en la cabaña y acudió Gallo muy acalorado:

—¡Los he visto! Bajaban con los perros. Van a los pozos de la Marquesa. Estoy seguro, han cogido el barranco del Lobo.

—¿Qué pasa?

—Son los de Pastor, Misisipí —respondió Rana, poniéndose alerta.

—Los pozos de la Marquesa quedan más arriba de la boca de entrada del galacho, en la playa blanca, más de media hora río arriba por la senda de los cañizos —añadió Búho.

—Nunca he estado allí.

—Es la peor zona del río para bañarse. Los pozos de la Marquesa son traicioneros. Pastor es un chulo y me quiere retar —dijo Rana.

—¡Son unos cabrones! Seguro que después van a dejar las banderas —afirmó Conejo.

—Podríamos hacer como el año pasado, esperar a que se metan todos en el agua y esconderles la ropa.

—No —contestó Rana—, no van a ser tan imbéciles. Lo más seguro es que monten guardia, irán preparados y además tienen los perros.

—¿Qué vamos a hacer? —preguntó Mulo.

—No lo sé… —dijo Rana dando una patada a unas hierbas. Se quedó pensativo. Yo tenía una idea en la cabeza, pero no me atrevía a decirla. Rana, que me conocía bien, me miró y me dijo—: Misisipí, te necesitamos. Tú, que eres tan leído, ¿se te ocurre algo?

—Puede.

—¡Habla!

—Podríamos hacer una incursión a su territorio. Si ellos están aquí, seguro que han dejado su cabaña sin vigilancia.

—La vamos a saquear para que se acuerden de nosotros y además nos bañaremos en sus balsas y dejaremos plantada nuestra bandera. Pero alguien tiene que ir a vigilarlos, vamos a echarlo a suertes. Misisipí, tú, que has tenido la idea, vas a ser el juez.

Tal como hacíamos siempre en estas ocasiones, rompí varias gavillas de hierba, una de ellas muy corta. Las igualé por un lado y escondí con la mano el otro. Uno a uno fueron cogiendo hasta que salió el pequeño. Le tocó a Gallo, que se enfadó, pero no tenía más remedio que acatar la elección del azar y se largó.

—Estaremos en la balsa de Pastor.

Llegamos a la cabaña de la pandilla de la montaña. La íbamos a derribar. Eran nuestros enemigos y ellos habrían hecho lo mismo con la nuestra…, pero teníamos mucho calor y continuamos por el camino hasta la balsa.

Después de refrescarnos en aquella agua estancada, verde, oscura y llena de algas, justo cuando estábamos poniéndonos la ropa para ir a la cabaña de nuestros rivales, escuchamos los gritos de Gallo:

—¡Retirada!

Todos echamos a correr en dirección al pueblo. Los seguí sin saber qué estaba pasando. Muy pronto oímos la campana. Búho comentó:

—Venga, el sacristán ya toca el cencerro.

En las afueras empezamos a oír los gritos de las mujeres y los viejos. Cualquiera habría dicho que estaban llamando a todos los chavales del pueblo a la vez. Rana gritó:

—¡Sálvese quien pueda!

Cada uno siguió una dirección distinta. Corrí detrás de Rana, que se desvió hacia el río. Por el camino fui testigo de una escena que me dejó paralizado. Oí a mi espalda un grito de desesperación.

—¡Antón!

Salté al ribazo, entre las hierbas. Allí ya estaba acurrucado Rana. Me miró con cara de sorpresa y me hizo un gesto para que guardara silencio. En aquella parte del camino Marc, uno de la cuadrilla de Pastor, se topó con su propia madre. El muchacho iba corriendo, sudaba, decía cosas incomprensibles. Marc y su madre se abrazaron. Daba la impresión de que la mujer se había llevado un gran susto y ahora, al ver a su hijo, sollozaba de alivio. Cuando se alejaron hacia el pueblo apareció Ricardo, otro de la cuadrilla de Pastor, al que todos llamaban Trampas. Corría como si le persiguiera el diablo. Uno de los hombres que venían de frente se adelantó. Era su padre.

—¡Calamidad! Este chico me va a matar a disgustos. Anda para casa, que tu madre te está esperando.

Se quitó la correa y le fue dando azotes en las piernas detrás de él. Padre e hijo tropezaron con otra mujer que venía por el camino muy acalorada.

—Ricardo, Ricardo… ¿Has visto a Eleuterio? ¿Y mi Eleuterio? ¿Dónde está? Si se entera su padre, lo va a moler a palos.

El hombre dejó de pegar a su hijo. Se quedó quieto con la correa en la mano. Trampas tenía la voz entrecortada:

—Yo no lo sé… Estaba allí con nosotros… Yo no sé nada.

—Anda, ¡tira para casa! —el padre le arreó un correazo y se fueron.

La mujer, sin decir nada más, pasó corriendo junto a los otros hombres. En voz baja le pregunté a Rana:

—Eleuterio es Pastor, ¿verdad?

—Sí.

Rana me hizo un gesto y le seguí entre la maleza. Seguimos los pasos de la madre de Pastor.

La mujer se internó por la senda del bosque de la ribera, que cada vez se hacía más y más estrecha. Se cruzó con otro muchacho rezagado de la pandilla de la montaña y exclamó con espanto:

—¡Eleuterio!

El zagal saltó hacia un lado y siguió corriendo con la ropa en la mano, bañado en sudor, mientras gritaba:

—¡En los pozos de la Marquesa!

Nosotros dimos un rodeo, no tardamos en llegar. Era un paraje precioso, que me dejó boquiabierto. Lo recuerdo muy bien: había unos cuantos chopos de troncos retorcidos y enormes tamariscos, con una capa de hierba muy fina en el suelo como si fuese una alfombra que terminaba en unos zarzales a mano derecha y por el otro lado el río. Por todo el lugar se oía el rugir de las aguas bravas.

De repente la mujer dio un grito estremecedor:

—¡Eleuterio!

Un sentimiento de congoja y pesadumbre nos heló la sangre. Estábamos agazapados entre las ramas de un tamarisco. La madre de Pastor se acercó a un chopo: en una de las ramas colgaban las ropas de su hijo. Las reconoció. La mujer lloraba, gritaba mientras cogía los pantalones, la camisa, la gorra y las alpargatas. Besaba la ropa, la olía, se secaba las lágrimas. Luego le sobrevino un ataque de nervios y se tiraba de los pelos, se los arrancaba y gritaba con toda la fuerza de sus pulmones, hasta quedarse sin aire, y su voz se tornaba seca, afónica:

—¡Eleuteriooooo! ¡Ay, mi hijo! ¡¿Dónde estás, hijo míoooo?!

Los hombres fueron llegando, acompañados del alguacil. Atendieron a la mujer, que ponía los ojos en blanco, mientras otros contemplaban el río como ensimismados. Causaba espanto verla. No me atrevo a decir si sentí ternura, compasión, o alguna cosa parecida. La madre de Pastor, entre sollozos y suspiros, pasó del dolor y la profunda tristeza al odio más irracional. Maldecía el río, el cielo y la tierra, como un carretero. Blasfemaba con voz ronca, como si fuera el mismísimo diablo en persona. Allí delante, el agua de un verde oscuro parecía tranquila, corría indiferente a la tragedia que se desarrollaba ante nuestros ojos. Unos metros más adentro se formaba de vez en cuando un remolino que avanzaba un tramo y desaparecía.

Rana me susurró al oído:

—¿Ves los ojos del agua, Misisipí?

—Son los remolinos.

—Los pozos. Te atrapan, te engullen, no puedes hacer nada. Bueno, yo me he bañado aquí también y…

—¿Qué pasó?

—Ya lo sabes. El río es como un potro salvaje. Hay que domarlo, hay que darle rienda suelta y cansarlo. Si te cansas tú, ya sabes lo que pasa. Hay que dejarse llevar por la corriente, aprovecharla, no luchar contra ella.

—¿Y qué le habrá pasado a Pastor?

Mi pregunta quedó suspendida en el aire. Rana no me contestó. Llegaron más hombres, todos hablaban en voz baja y se fueron distribuyendo por parejas. Cogían cañas y bastones y miraban por la vera del río. Hincaban la punta entre las hierbas, en los charcos de fango oscuro que apestaban a mil peces muertos, putrefactos. La madre de Pastor, acompañada por el alguacil y otro hombre, regresó al pueblo. Casi la tenían que arrastrar. Sus gritos de dolor te desgarraban el alma, no parecían salir de una boca humana. Eran como alaridos de algún monstruo encolerizado. Después se modulaban y le quedaba un aullido muy agudo, como el llanto desconsolado de un recién nacido.

Mientras oíamos los aullidos de dolor que nos paralizaban los sentidos y nos cortaban la respiración, Rana y yo vimos una cosa. La imagen quedó grabada en nuestras retinas y años más tarde siempre la recordamos con un escalofrío. Mirábamos con atención los remolinos. Estábamos como hipnotizados por aquellas espirales que eran engullidas rápidamente hacia el ojo del torbellino y desaparecían con un chasquido extraño, y de pronto irrumpió ante nuestros ojos una enorme libélula de alas transparentes que venía del río. El insecto permaneció inmóvil en el aire, giró en redondo y vino directo a nosotros. Nos quedamos los dos sin aliento. No respirábamos, no movíamos ni un solo músculo del cuerpo. Los gritos de la madre del desaparecido se oían lejos. La libélula voló por encima de nuestras cabezas y se mantuvo unos instantes en el aire, totalmente quieta. Los dos teníamos los ojos abiertos, ni siquiera parpadeábamos. A mí, el corazón me subió a la garganta. El insecto estaba allí sin moverse mientras sus grandes alas transparentes vibraban a una velocidad asombrosa y a su alrededor se formaban dos tornasoles de colores. El tiempo, la vida, el viento, las hojas de los árboles, las cañas, incluso el río, todo se detuvo. No sé cuánto rato estuvimos así, los dos inmovilizados con aquella libélula contemplándonos por encima de nuestras cabezas.

Súbitamente, el insecto alzó el vuelo y se perdió, y todo se puso en marcha de nuevo. Volvimos a escuchar el rumor de la corriente, el aullido débil de la madre de Eleuterio, como si saliera del fondo de un pozo muy hondo. Rana me miró:

—¿Has visto lo mismo que yo?

—Sí —le conteste con voz trémula.

—Era el alma de Pastor. Se ha ahogado —dijo Rana ensimismado, como poseído.

Me dio un poco de miedo. Fueron sólo unos segundos y después se volvió hacia mí, me miró, parecía regresar de un trance. Sus ojos ya eran los mismos, los de mi amigo. Y me dijo:

—Venga, vámonos, Misisipí. Seguro que tus tíos te estarán buscando. Anda, vete para tu casa. No pierdas tiempo o será peor.

En ese momento caí en la cuenta. Si todas las familias habían salido a buscar a sus hijos, entonces mis tíos también.

Me fui corriendo de allí. No me abandonaba la imagen de la libélula, ¿por qué se detuvo justo encima de nuestras cabezas?, ¿era el alma de Pastor?, ¿y Rana?, ¿por qué miraba de esa manera? Con estas preguntas espoleándome, mis piernas saltaban como impulsadas por una energía poderosa. No me sentía cansado, sólo tenía ganas de llegar a casa, esconderme en mi habitación y no salir de ella en días, semanas, nunca.

Cuando divisé las primeras viviendas del pueblo, vi junto a un patio al matrimonio Senmenat. Continué corriendo y unos metros antes de llegar a su altura me refrené y seguí andando. Me miraban sin decir nada, fijamente. No sé por qué, pero tuve la sensación de que estaban esperándome, estaban allí por mí. Me puse muy nervioso, la mirada de aquel hombre era terrible. El señor Bruno apartó la vista, se enjugó el sudor de la frente con un pañuelo. Su mujer suspiraba, con cara de pena, y tuve la sensación de que quería decirme algo, quería llegar hasta mí, abrazarme, pero su marido la detuvo. Yo no sabía qué hacer. Saludé y me fui de nuevo a la carrera.

Entonces vi aparcado el mismo coche con el que se acercaron a las obras el día en que don Bruno se encontró con el impresor amigo de mi tío. Era un viejo hispano-suiza de antes de la guerra que los Senmenat sacaban muy pocas veces y cuando lo hacían era todo un espectáculo, porque les hacía de chófer Miquel, el herrero del pueblo. El hombre llevaba una gorra de plato grande y el matrimonio iba detrás. El automóvil avanzaba muy despacio y los burros, las mulas, los carros se detenían para cederle el paso. El cura, la Guardia Civil, el alcalde, el alguacil, todos hacían la reverencia a don Bruno y a su esposa. El señor de Senmenat siempre miraba por encima del hombro. Los vecinos le saludaban quitándose la boina o el sombrero, todos menos tío Luis, que le evitaba: cuando le veía, daba la vuelta disimuladamente y se iba por otra calle.

Mientras corría, creí oír como la voz apenada de aquella señora me llamaba por mi nombre y como la de su marido le indicaba:

—No, Aurora. No vayas a hacer una locura.

No me detuve, quizás sólo fueran imaginaciones mías. En seguida llegué al taller. En la plaza se congregaban mujeres, ancianos, algún hombre; no vi a ningún niño. Al entrar observé que Agustín estaba en la minerva. Me miró de una forma muy rara. Tío Luis esperaba al fondo del taller con la regleta en la mano. Alzó la vista, muy serio. Entonces me di cuenta de que yo tenía las ropas sucias, llenas de barro y de jirones. Recordé que me había arrastrado entre zarzales, eso me delataba, no podía negar mi culpabilidad.

—¿De dónde vienes?

—No he ido al río a bañarme. Fui después a ver lo que pasaba.

Tío Luis se quedó callado durante un instante. Tenía la boca prieta y los ojos en sangre. Dio varios golpes con la regleta en su mano y por fin me dijo:

—Anda, hijo, vete para arriba. Tu tía está muy preocupada.

14

Y ahí estaba yo, castigado de nuevo, asomado al balcón de la casa de mis tíos contemplando el espectáculo de la plaza y leyendo *Platero y yo,* cuando el maestro don Sebastián me llamó:

—Hombre, Albión. Veo que no ha perdido usted las buenas costumbres. ¿Y qué está leyendo ahora?

—*Platero y yo,* de Juan Ramón Jiménez.

Le respondí contento, orgulloso. Don Sebastián se despidió y siguió andando hasta el bar de la plaza.

Rana venía a verme de vez en cuando y me mantenía informado de las novedades. Nunca subía a casa, se pegaba a la pared de la fachada y desde allí hablábamos un rato.

—Aún no han encontrado el cadáver de Pastor. Lo buscan por todos los pueblos. Si no aparece a lo largo de estos primeros días, cuando el cuerpo lleno de agua sale a flote, ya no lo van a encontrar.

—¿Y le van a hacer entierro?

—Si lo encuentran, primero le harán la autopsia en el cementerio municipal. Yo he visto algunas. Pero si no hay muerto, no hay entierro, Misisipí. Algunos ahogados aparecen al cabo de los meses en el delta, cerca del mar. Otros no aparecen nunca, se los comen las carpas y las anguilas. Si yo me ahogo, no quiero que me hagan la autopsia. Te abren en canal como a los cerdos.

Me estremecí al escuchar sus palabras. Rana hablaba de la muerte igual que de las canicas o del tiempo que hacía, sin darle importancia; eso le daba un gran prestigio entre las pandillas. Pero aborrecía la autopsia, era la cosa que más odiaba de este mundo. Yo le escuchaba ensimismado:

—Óyeme bien, Misisipí, tienes que prometerme que si me ahogo y tú me encuentras, vas a atarme un peso al cuello para que me hunda en el río. Quiero que el agua sea mi tumba.

—Pero, Rana, yo…

—¡Prométela, soldado! Todos los del Décimo lo han hecho.

—¡Lo prometo!

Rana era el único chaval del pueblo que no estaba castigado después de la tragedia de Pastor. Todos los demás recibimos castigos diferentes; algunos sufrieron palizas, otros se quedaron sin ir al cine los domingos. Mis tíos nunca me pegaron, pero me impusieron la pena más larga. Hubiese deseado recibir unos cuantos azotes y salir a la calle; sin embargo, tenía que aceptar su decisión. El balcón era mi cárcel: una prisión privilegiada, porque desde allí contemplaba el ajetreo de la plaza, el ir y venir de agricultores y animales; y cuando un desalmado les atizaba con el palo, maldiciendo al pobre asno que no podía tirar del carro lleno de fruta, al tiempo que blasfemaba con juramentos que hacían santiguar a las beatas que pasaban cerca, sentía una pena inmensa, me agarraba con rabia a los barrotes de hierro del balcón, quería bajar y detener sus golpes, decirle que aquel animal era como mi amigo *Platero.*

Mi tío me contó que Juan Ramón Jiménez editaba sus propios libros, escogía las letras y todo, incluso el diseño.

—Se convirtió en impresor de sus propias obras y sus libros eran siempre un espejo, un modelo a tener en cuenta para los tipógrafos de todo el país. Muchos quisieron imitarle. En nuestro oficio todos copiamos de todos, es nuestra tradición, la originalidad no existe, pero hay que copiar con clase y si puede ser de lugares lejanos, mejor. Ésta es una regla de oro. Los tipos móviles, las familias de letras, hay que buscarlas cuanto más lejos mejor. Y siempre hay que superar la copia, darle tu propia personalidad.

—¿Y usted la supera, tío?

—Algunas veces.

Me contó también que el gran poeta de Palos de Moguer ganó el Premio Nobel de Literatura en 1956, «cuando estaba en su exilio de Puerto Rico». Una palabra nueva para mí.

—Tío Luis, ¿qué es «exilio»?

Él permaneció callado unos instantes, me miró y dijo:

—Nunca te he hablado de la guerra civil, pero supongo que habrás oído cosas, conversaciones...

—Sí. Muchas veces —admití.

—En todas las guerras hay vencedores y vencidos, pero en una guerra civil todos perdemos. Cuando se acabó la nuestra, en el año 1939, muchos de los soldados y también hombres y mujeres civiles del bando perdedor se marcharon del país. Se fueron lejos, al extranjero. Eso es el exilio.

—¿Y por qué tuvieron que irse al extranjero?

—Porque si se hubiesen quedado, los habrían hecho prisioneros o, lo que es peor, los habrían matado. Por eso se exiliaron.

—Pero si ya se acabó la guerra, ¿por qué hay que continuar matando?

—Creo que aún eres demasiado joven para comprender muchas cosas de las que pasaron, muchacho, pero quiero que sepas que, a pesar de lo que oigas en la calle, en una guerra civil no hay ni buenos ni malos, ni vencedores ni vencidos, es la tragedia más grande que le puede pasar a un pueblo porque después ya no queda nada.

—¿En la guerra también mataban a los animales?

—¿Por qué me haces esa pregunta? ¿Quién te ha dicho eso?

—Los viejos de la plaza cuentan cosas de la guerra y a mí me gusta escucharlos. Un día hablaban de una cosa que se llamaba «colectividad» y decían que allí los comunistas lo repartían todo a partes iguales. Las tierras eran de todos, no había propietarios, ni ricos, ni pobres, y si un agricultor tenía una vaca o un burro, lo partía por la mitad para repartirlo entre los que no tenían.

—¿Y qué más cosas has escuchado?

—Muchas. Un día también les oí que habían matado a todos los poetas porque ellos fueron los culpables de todo lo que pasó. Decían que ellos inculcaron esas ideas de Rusia a la gente humilde, a los obreros y los jornaleros que no sabían leer ni escribir.

Tío Luis guardó silencio, me miró con ternura y me contestó:

—Los poetas, los escritores viven siempre en sus poemas, en los libros que han escrito, en sus obras. Aunque ya no estén con nosotros, cuando leemos un verso, el poeta renace en cada lectura. Algún día comprenderás mis palabras, pero quiero que sepas que en una guerra civil todos somos culpables. Los hermanos se matan entre sí defendiendo ideas que ni siquiera conocen, y los amigos tiran a matar porque les han tocado trincheras con banderas distintas, aunque por la noche, a la luz de la luna, se reconocen, se gritan los nombres y los de sus padres, se dan tabaco, papel y se desean suerte. Y lo que es peor, los padres y los hijos se enfrentan a muerte. Después de eso ya no queda nada. Toda la poesía del mundo muere. Pol, no me gusta que escuches a los viejos. Muchas historias se las inventan. Las heridas de la guerra aún están abiertas y la tragedia de ver morir a un hijo, a un hermano o a un padre es algo que no se olvida fácilmente. Aún hay mucho odio y la venganza acecha en muchos corazones. Tendrán que pasar algunas generaciones para que vuelvan a nacer los poetas.

—Tío Luis…

—Dime, Pol.

—Es que quiero hacerle otra pregunta y no sé si puedo.

—Anda, suéltala de una vez.

—¿Mi padre también fue a la guerra?

—No, Pol, te lo he dicho una y mil veces… Tus padres murieron y nosotros te recogimos del convento.

—Y usted, tío Luis, ¿fue a la guerra?

—No, tenía dieciséis años cuando estalló, en 1936 era demasiado joven. Vivía en Barcelona. Después me llamaron a filas, era de la quinta del biberón.

—¿Del biberón?

—Sí, así llamaban a nuestra quinta porque en el año 1939 necesitaban soldados y ya no quedaban hombres. Hasta los viejos marcharon al frente y también reclutaron a todos los que teníamos dieciocho años recién cumplidos. Pero yo me libré. Era impresor, mis padres murieron en un bombardeo en Barcelona y tuve que hacerme cargo de la imprenta. La mayor parte de la quinta del biberón murió sin disparar un arma, algunos no tenían ni fusil; eran carne de cañón, murieron como corderos. Una generación perdida antes de que sus jóvenes se convirtieran en hombres.

—Entonces, usted no era de los de Franco, ¿verdad?

—Ya lo sabes. Y no me gusta hablar de eso.

—Pero en la escuela, algunas veces me insultan. Me dicen que usted es ateo porque no va nunca a misa. Menos mal que Rana siempre me defiende y les atiza. Él siempre me protege.

—Anda con cuidado con ese chico. Ya sabes que a tu tía no le gusta que vayas con él…

15

Al inicio del nuevo curso, don Sebastián vino a hablar con mi tío y le dijo que en un año había avanzado mucho y me pasaba a una clase superior, a tercero. Yo estaba jugando en la escalera y escuché parte de aquella conversación.

—Don Luis, el chico acaba de cumplir los nueve años y ya muestra una memoria extraordinaria, un caso único. Vale para estudiar. Cuando pienso en Pol, en su futuro, siempre recuerdo a mi mejor maestro, don Roberto. Él decía que para estudiar, además de ser listo, había que tener memoria, y por eso me enseñó algunos trucos para recordar los nombres de los reyes godos, a base de inventar palabras con las primeras sílabas. Pero al chico no le hace falta, se lo aseguro. Tiene una memoria prodigiosa. Creo que ha llegado el momento de guiarlo, encauzarlo. Yo con don Roberto lo aprendí todo, todo. Sin él no hubiese llegado a maestro. Don Roberto también era de los suyos, republicano...

—Vaya con cuidado con lo que dice, don Sebastián.

—Puede estar tranquilo conmigo... Además, en el pueblo todo se sabe. Usted es una buena persona y el padre Isidro es su amigo. Aunque no se me escapa que usted es tan ateo como lo fue mi maestro, don Roberto. Su forma de hablar, su mirada, sus gestos... No puede engañarme. Pero a mí no me importa; hay que terminar de una vez con la venganza y el rencor. Todo pasó hace ya más de veinte años. ¡Mas de veinte años de paz! De verdad se lo digo, cada vez que hablo con usted veo a mi viejo maestro don Roberto. Él respetaba que en mi casa fuésemos todos creyentes, carlistas, de misa diaria. Eso le daba igual, siempre repetía que el respeto era la base de la convivencia. Ya no hay maestros como los de la República, ¿no cree?

—Pero ¿qué está diciendo, don Sebastián? ¿Es que quiere comprometerme?

—No, hombre, no. Sólo es lo que pienso. Se lo digo con franqueza. Si el chico estuviera en manos de don Roberto, seguro que sabría encaminarlo, le aconsejaría, le guiaría, pero yo... Hago lo que puedo, ya lo ve. No lo niego, para qué voy a engañarle, usted lo sabe tan bien como yo. Durante la República había cosas buenas, la libertad, los poetas, los intelectuales, nada estaba prohibido, ni libros, ni revistas... Yo soy algo mayor que usted y viví mi juventud intensamente durante esos años. Siempre tuve a mi lado a don Roberto, lo era todo para mí. Él tenía una hija que un día se cambió el nombre y se hizo llamar Libertad. Era de mi edad y nos enamoramos. Nos casamos por lo civil durante los primeros meses de la guerra. Vivíamos juntos, el amor libre... Fuimos muy felices, creíamos que todo había cambiado, que ya no habría más sufrimiento, más miseria, más hambre. Y don Roberto estaba muy contento. Él nos bendijo, vivía con nosotros. Nunca dejó de hablarnos del respeto. Nos daba libros, lecturas que devorábamos. Él fue moldeando mi forma de ser a través de todos esos libros, de sus enseñanzas.

»Libertad y yo nos convertimos en maestros, pero un día se puso el mono azul. Llegó a casa con un revólver. Había estado con ellos, con los del coche de la calavera... Algo había cambiado en ella, su mirada, su voz..., no sé bien qué era. Yo estaba muy enamorado, pero ese día discutimos. Don Roberto también se enfadó mucho con ella, porque no estaba de acuerdo con los desmanes, con el desorden, con los asesinatos. Entonces Libertad se fue con los anarquistas y nos quedamos solos. Creía que después de la guerra todo volvería a ser igual que antes: los poetas, los escritores, los intelectuales florecerían. Un nuevo arte nacería con el Movimiento.

—Don Sebastián, no creo que...

—Espere un momento, don Luis, déjeme terminar. Todo aquel mundo que mi maestro y otros como él, hombres y mujeres de buena fe, construyeron se fue al carajo. La revolución, el desorden, el caos, los desmanes, los asesinatos... Es el precio que hay que pagar. Esa libertad que me inculcó mi maestro acabó en libertinaje. Ése es el peligro, don Luis. No podemos arriesgarnos a que pase de nuevo. Sé que usted me comprende.

»Durante aquellos años, yo era como usted, se lo aseguro. Pero después, cuando estalló la guerra, fue un desastre. Me tocaba ir al frente, pero me libré por la cojera, por la poliomielitis que sufrí de niño. Daba clases en la colectividad, enseñaba a leer y a escribir a viejos, hombres y mujeres analfabetos. Don Roberto me decía que todo se tranquilizaría, que las aguas volverían a su cauce, pero no fue así. Yo vi con mis propios ojos cómo sacaban de casa a hombres intachables, ciudadanos de derechas o de izquierdas asesinados por los anarquistas en plena calle. Y lo peor de todo era que mi joven esposa estaba con ellos. Un desastre. No podíamos continuar así. No lo hice por despecho y él, mi mejor maestro, don Roberto, se enfadó conmigo, me despreció, me negó la palabra, discutimos. Me dijo que había perdido a una hija y ahora perdía a un hijo. Tuve que huir, no podía soportar ver a mi mujer en el coche de la calavera. La odié con todas mis fuerzas. Yo estaba en zona republicana y me acusaron de pertenecer a la quinta columna. Debíamos hacer algo, había que salvar la nación y amputar la gangrena. ¿El respeto? ¿Qué respeto? Los anarquistas quemaron iglesias, mataron sacerdotes, monjas, curas, hombres santos que lo respetaron todo. Todo se vino abajo: las palabras, el respeto, la libertad, la República... Pagaron justos por pecadores. Lloré, lo sentí en el alma cuando lo fusilaron, no se crea.

»Mi maestro no se exilió. Se enfrentó a los anarquistas al principio de la guerra, incluso dejó de hablarle a su propia hija, estuvo en peligro de muerte, amenazado por toda aquella banda de asesinos. Cuando se acabó todo, en 1939, se quedó en su casa; él no había cometido ningún delito, pero estaba marcado. Lo fueron a buscar, lo encerraron durante unos meses y no quiso firmar la declaración aceptando los hechos, aceptando al Caudillo. Murió defendiendo la República hasta el último aliento. Yo sabía que todo era inútil, pero intenté salvarlo. Tenía que hacerlo. Fui a su celda al amanecer y le supliqué, me arrodillé ante él porque era un buen hombre, el mejor de todos. Don Roberto no decía nada, miraba por la ventana; ésa fue su última voluntad: ver el alba del día de su muerte, ver el amanecer del día en que a él le llegaban las tinieblas. Antes de salir de la celda, me miró y me dijo: "De nada me arrepiento. No te guardo rencor, Sebastián, de verdad, mi corazón está limpio y deseo lo mejor para ti. Yo no tengo esperanza en el más allá, mi paraíso está aquí en la tierra, sigue vivo en la memoria, en el recuerdo. Consérvalo. No me juzgues, compórtate como un hombre de principios, fiel a lo que crees, ésta es mi última lección. Tú siempre has sido mi mejor discípulo". "Por favor, don Roberto, firme de una vez y salvará su vida... ¡Por Dios!, ¿por qué tiene que ser tan testarudo?", le repetía yo. Pero él se negó rotundamente. Nos abrazamos y fue entonces cuando me susurro al oído: "Ve a verla, me lo pidió ella, Libertad. Está enterrada en la loma, allí donde ibais de niños. Te quería mucho". Tuvieron que sacarme de allí, lloraba por todos, por don Roberto y también por ella, aún la amaba. Cuando oí los disparos, algo se quebró para siempre en mi interior. Después fui a la loma, al roble. Vi un pequeño túmulo, sin cruz, sin nada. Una fina capa de hierbas y margaritas lo cubría, como si fuera un manto. Allí estaba la piedra plana donde nos sentábamos, allí estaba lo que de ella quedaba.

—Respeto su dolor, don Sebastián. Discúlpeme, no sé qué decirle. No me gusta hablar de la guerra, todos hemos tenido que sufrir.

—No, no, claro... Lo sé, usted, su familia, también pasaron lo suyo, fue muy trágico, pero no he venido aquí para recordarle eso ni para contarle la historia de mi maestro. He venido a hablarle de libros, de lecturas, de poesía.

—No le comprendo.

—Pol es un gran lector, a nadie se le escapa, pero me preocupa. Me preocupa mucho, de verdad se lo digo. No creo que Juan Ramón Jiménez sea una lectura para su edad, un autor que le convenga para su educación.

—¿Pretende decirme que *Platero y yo* es una lectura subversiva, peligrosa para un niño?

—Usted lo sabe tan bien como yo. Sea prudente. Esos libros que lee el muchacho, los de tapas moradas... No, no tengo intención de denunciarlo, claro, por eso estoy aquí. Además, he visto que hasta el momento todas son obras inofensivas, lecturas de juventud, de aventuras: *La isla del tesoro, Moby Dick* y demás clásicos; pero estoy convencido de que el chico va a ir a más. Estoy seguro de que un día, después de Juan Ramón, descubrirá a Lorca, Machado, Neruda, Cernuda, Alberti... Grandes poetas, no lo discuto, algunos muertos, otros vivos. Pero también descubrirá sus vidas, sus historias personales, sus ideas, y entonces empezará a hacerse preguntas.

»Los niños, en su imaginación, necesitan mitos, héroes. La mayoría se conforma con el Capitán Trueno, pero Pol es especial, es muy inteligente, un lector voraz, y me pregunto qué clase de héroes va a forjarse en su mente después de leer a Lorca y de descubrir cómo murió. La mente de un niño no puede comprender como usted y como yo, que vivimos en nuestras carnes todo el horror y también la salvación, la cruzada de la mano de nuestro Caudillo. Tenga en cuenta que sin querer, con toda la buena intención del mundo, puede alimentar un odio innecesario, un espíritu de rebeldía que no conduce a nada. Piense en los veinticinco años de paz.

—No le entiendo... *Platero y yo* y todas esas otras novelas juveniles no están prohibidas, que yo sepa.

—No, claro, pero usted, como impresor, sabe que esas ediciones no han pasado por la censura. Quizás sean obras impresas durante la República. Usted sabe que los fondos que quedaron en todas las editoriales tuvieron que revisarse después de la guerra. Los gremios de libreros intentaron salvarlos, recuerdo bien aquellos años. Hasta que el Movimiento se hizo cargo y se releyeron todas las novelas, los ensayos, los libros de texto, los diccionarios... Tuvimos que empezar de cero. Algunos libreros, con los permisos pertinentes, consiguieron vender las ediciones del tiempo republicano al extranjero, a Sudamérica, pero miles de ejemplares fueron destruidos, guillotinados... lamentablemente.

—Esos libros que lee Pol forman parte de mi colección privada, por eso tienen las tapas idénticas, son ediciones de prueba, de impresión.

—Le comprendo perfectamente. Creo que no me he explicado bien. He venido aquí como amigo. Le he contado algo de mi vida que pocas personas de este pueblo saben de mí. Pero estoy preocupado por el chico, tiene una edad en la que lo absorbe todo y creo que todos tenemos que ser conscientes de que estamos moldeando su espíritu a través de la educación, a través también de las lecturas, de los libros... España, el Movimiento Nacional, necesita de jóvenes inteligentes como él: son nuestro futuro, son los cimientos del nuevo Estado que estamos forjando entre todos y no podemos caer en absurdas tentaciones que luego pueden pagarse muy caras; muy caras, don Luis.

»Piense en mi maestro, don Roberto, en toda una generación de jóvenes que creyeron en la libertad y se precipitaron hacia la anarquía y el libertinaje. Tenemos la experiencia de una guerra. Y la experiencia de más de veinte años de paz. El árbol debe crecer recto y es ahora cuando puede torcerse. Me parece excelente que el chico lea, que aprenda, pero hay que ir con cuidado. Usted debería seleccionar qué libros, qué obras, qué autores puede o no puede leer. Háblelo con su amigo, el padre Isidro, él es de mi misma opinión, se lo aseguro.

La voz de mi tío cambió. Por el tono y la manera de contestar, yo sabía que no estaba diciendo toda la verdad.

—Lo tendré en cuenta, don Sebastián. Gracias por su visita. No se preocupe, hablaré con el padre Isidro y seleccionaremos las lecturas del chico.

Después de esta conversación, mi tío habló conmigo y me prohibió rotundamente que sacara los libros de casa.

—Sé que muchas veces te llevas las novelas a la escuela y también con tus amigos. Hasta ahora he hecho la vista gorda y no te he dicho nada, pero a partir de hoy queda terminantemente prohibido. Leerás los libros en casa y, cuando los acabes, los esconderé en un armario. Sólo yo sabré dónde están.

—¿Los esconderá donde pone los libros que imprime, los papeles prohibidos?

—¡No! —gritó enfadado—. Los esconderé en otro lugar. Ya veré dónde, pero no quiero que nadie sepa nada de los libros que lees. Tienes que prometerme que nunca vas a sacar ninguno de los libros fuera de casa. Los leerás y después me los devolverás. Siempre. Es muy importante.

—Lo prometo.

Cumplí la promesa y en la cartera del colegio el maestro no volvió a ver nunca más un libro de tapas moradas. A veces, cuando me llamaban los amigos y yo estaba leyendo, bajaba con el libro en la mano, pero al pasar por la imprenta, antes de decir adiós a mi tío, lo dejaba en la pequeña oficina donde guardaba los albaranes. Don Sebastián alguna vez me preguntaba con una sonrisa:

—¿Qué estás leyendo, Pol?

—Vidas de santos que me da el padre Isidro —contestaba yo, invariablemente.

Meses después, don Sebastián visitó de nuevo a mi tío en el taller. Yo estaba ayudándole y sabía que venía a hablar de mí, por lo que pedí permiso para irme. Don Sebastián dijo sonriendo:

—No, señor Albión, no hace falta que se vaya. Don Luis, podemos estar orgullosos. Es el mejor alumno de la clase y le vamos a dar un sobresaliente. A principio de curso lo pasé a tercero, pero ahora lo pasaré a cuarto. Creo que usted y su mujer deberían pensar en su futuro. El próximo año tendría que hacer el curso de ingreso al bachillerato elemental. Ya está preparado. El chico tiene una memoria de elefante, don Luis, es algo increíble.

—¿Así que el año que viene ya puede hacer el curso de ingreso?

—Sí, pero aquí en la escuela no lo hacemos. Podría examinarse por libre, creo que el muchacho no tendrá ninguna dificultad.

—¿Usted podría ayudarle? —le preguntó mi tío.

El maestro se puso muy contento, parecía orgulloso. Me miró sin borrar la sonrisa de sus labios y al fin dijo:

—Creo que... sí. Para mí será un honor. Tendría que comprarle los libros del temario. Puede venir a la escuela, como todos, y si tiene alguna duda puede consultarme, el chico tiene capacidad suficiente.

Mientras mi profesor alababa mi inteligencia y se entusiasmaba con mi comportamiento, yo leía a escondidas las novelas que me daba mi tío. En casa, en el desván, en el comedor o en mi habitación, leía la inmensa novela de Tolstoi *Guerra y paz.* Hubiera deseado compartirla con mis amigos, como hice con otras lecturas, pero después de la primera visita del maestro sabía que nunca más podría volver a hablar de los libros de tapas moradas.

Sin embargo, con la llegada del calor y pese a todas las prohibiciones, los miembros del Décimo seguimos compartiendo los baños y el ocio del verano. La cabaña se convirtió de nuevo en nuestro centro de mando. La tragedia del año anterior parecía muy lejana; sólo brotaba en nuestro pensamiento cuando andábamos cerca del cementerio y veíamos una libélula. Entonces, Rana y yo nos mirábamos en silencio, porque creíamos que era el alma errante de Pastor, que aún no se había ido al otro mundo, ya que su cuerpo no había aparecido: se lo había tragado el río y no habían podido darle un entierro cristiano en el camposanto.

Después de un año de lluvias escasas, el río bajó de nivel, en algunas partes incluso lo podíamos cruzar andando. Rana descubrió el cadáver de un ahogado entre las raíces de los cañaverales y los chopos. La Guardia Civil y las autoridades locales rescataron aquel cuerpo descompuesto y lo llevaron detrás del cementerio para hacerle la autopsia. Pronto se corrió la voz por el pueblo de que el cadáver era del muchacho desaparecido.

En todo el día no vi a Rana, que apareció a última hora de la tarde y antes de marcharse me reveló:

—El alma de Pastor me guió. ¡Te lo juro, Misisipí! Estaba en la cabaña y vino a buscarme. Se quedó un rato, volando sobre mi cabeza, como aquella vez. La seguí y ella me condujo hasta allí. Ahora lo van a enterrar, pero primero va a pasar por el tubo…

—¿Por el tubo? —pregunté yo intrigado.

—Sí, hombre, sí. Éste no se libra de que lo abran en canal.

Rana vio mi cara de desconcierto.

—Misisipí, a ver si te enteras de una vez. ¡Al enemigo ni agua! Además, tengo ganas de encontrarme al hijoputa de Pastor en el otro mundo, todo cosido de arriba abajo… ¡Menudo hartón de reír!

16

Cuando llegó el momento, don Sebastián me acompañó a la prueba de ingreso a un instituto de Tarragona en el que estaba matriculado. Yo tenía tan sólo diez años y, desde que había llegado al pueblo, era la primera vez que lo abandonaba. Estaba asustado, pero había estudiado durante todo el año y presentía que pasaría la prueba y que podría empezar a estudiar por libre.

—¿Qué tal le han ido los exámenes, señor Albión?

—Muy bien, muy bien... Gracias a usted seguro que voy a aprobar... —le respondí muy serio. El hombre me miró con cara de desconfianza, como si me burlara de él, pero sonrió y nos fuimos a la estación de autobuses.

Mi tío y él habían decidido que si aprobaba, estudiaría por libre los cuatro años del bachillerato elemental y, como así fue, el maestro se ofreció a ayudarme en algunas asignaturas y sólo me obligó a que asistiera a clase para que no perdiera la disciplina de la escuela. El padre Isidro, por su parte, me prometió que me enseñaría latín, religión y formación del espíritu nacional.

Conforme nos íbamos acercando a la estación, empezamos a oír gritos y sirenas de la policía. Continuamos avanzando, pero en el ambiente se notaba una especie de agitación general. Los transeúntes caminaban deprisa, algunos se metían rápidamente en los establecimientos y comercios que permanecían abiertos. Vimos pasar dos furgonetas de la policía con las sirenas en marcha.

—Mano dura es lo que hace falta —gritaba un señor mayor con los brazos en alto—. Los rojos se han metido en las universidades. El Gobierno tiene que cortar por lo sano. Sí, señor. Si Franco no fuera viejo...

El maestro estaba bastante confuso, no sabía dónde meterse y temía que nos pasara algo; al fin y al cabo, había venido a la ciudad para acompañarme y protegerme. Avanzábamos tropezando con algunos hombres y mujeres que ya empezaban a correr, el griterío aumentaba. Dos jóvenes cogieron a don Sebastián uno por cada lado:

—¡Alto! ¿Adónde va? —le interpelaron al tiempo que mostraban sus placas: eran agentes de policía vestidos de paisano.

—Disculpen. Yo soy de los suyos —exclamó el maestro orgulloso, e hizo el ademán de buscar en la cartera de la chaqueta su identificación.

—¡Estese quieto! —le increparon aquellos dos hombres mientras lo llevaban en volandas contra la pared, contra la que se golpeó la espalda.

Don Sebastián quedó aturdido, temblaba con las manos en alto.

—Miren ustedes, regístrenme… ¡Soy de los suyos!

Uno de los policías le quitó de un tirón la cartera y comprobó la documentación. Al acto lo soltaron, saludaron marcialmente y se excusaron:

—Disculpe, en cualquier caso, haría bien en marcharse de aquí inmediatamente. Llévese a ese niño. ¡Venga!

El maestro se sacudió la chaqueta.

—Está bien. ¡Un respeto, hombre! No me gusta que me traten así.

Los dos policías ni le escuchaban, estaban pendientes de la gente que ya corría a nuestro alrededor, algunos gritaban. Uno de aquellos hombres me agarró por el brazo de malas maneras y me puso junto al maestro. Don Sebastián estaba muy enfadado, tenía la cara colorada, a punto de explotar. No dejaba de hablar, de decir que había estado en la guerra luchando contra los rojos. Yo estaba detrás contemplando la escena: cada vez había más gente corriendo, tropezando los unos con los otros. Los dos hombres nos agarraron con violencia y nos lanzaron dentro de una cafetería que había unos metros más adelante.

—¡No se muevan de aquí dentro! ¡Es una orden! Y la próxima vez que venga no traiga a niños —dijo uno de ellos enérgicamente.

Don Sebastián guardó silencio. Desde allí dentro pudimos ver como una multitud de jóvenes estudiantes avanzaba por el centro de la calzada. Habían cortado el tráfico y gritaban. Algunos llevaban pancartas escritas a mano en las que se pedía la libertad de compañeros encarcelados:

—¡Libertad! ¡Amnistía presos políticos!

Grupos de policía salieron por las calles laterales y cargaron con las porras contra aquellos jóvenes. Les pegaban patadas, golpes en las piernas, en la espalda, no respetaban a mujeres, viejos, niños; ni siquiera a una embarazada que permanecía de rodillas en el suelo. Allí, delante de nuestros ojos, se produjo una auténtica batalla campal. También vi como un policía arreaba a una pobre señora que iba con el carrito de la compra: le tiró por el suelo las patatas, las verduras, el arroz... y se fue a pegar a un joven que había lanzado una silla contra una terraza. Pronto sonaron los disparos. Instintivamente, todos los que estábamos en el bar nos echamos al suelo. Don Sebastián estaba detrás de mí, me sujetaba y creo que estaba más asustado que yo. La refriega duró media hora más o menos. El dueño del bar había cerrado la puerta mientras decía:

—Este año no paramos, cada dos por tres los universitarios salen a la calle a protestar. No sé dónde vamos a llegar. ¡Esto es un desastre! Protestan por todo. Pandilla de holgazanes... ¡Mano dura es lo que falta!

Cuando todo se calmó, salimos a la calle. Aún había parejas de policía por todos lados. En un furgón policial vi a un grupo de jóvenes. Don Sebastián los miró mientras me aseguraba:

—Son estudiantes comunistas. Ya ves lo que ocurre si te metes en esos fregados...

—¿Y qué les va a pasar a todos los que se llevan en las furgonetas?

—Los van a encerrar, es lo que se merecen, un buen escarmiento. Muchos son hijos de papá, gamberros que no quieren aprovechar la oportunidad que les ofrecen sus padres. ¡Anda, vámonos! Menos mal que toda esta revuelta no llega a los pueblos.

Y así era, en efecto. Al menos el nuestro, en apariencia, vivía de espaldas al bullicio de la ciudad. Hacía tan sólo unos meses, a principios de la primavera de 1965, que había llegado la televisión. La primera emisión se hizo en la plaza y fue un fracaso. Pero al cabo de pocas semanas instalaron un repetidor en un monte cercano al pueblo y en el bar de la plaza pudimos contemplar boquiabiertos los primeros dibujos animados en blanco y negro. Las antenas empezaron a poblar los tejados del pueblo. La televisión causó un verdadero impacto en la vida local. Pero todo lo que veíamos, fascinados, dentro de aquella pequeña pantalla nos parecía tan lejos de nuestro mundo, era otro universo, lejano, de ficción, como de película americana. Igual que los libros populares que se publicaban en la época… ¿Por qué las aventuras de las novelas siempre transcurrían en Estados Unidos?, me preguntaba yo algunas veces; incluso había autores españoles que se cambiaban de nombre y adoptaban un seudónimo yanqui.

En el pueblo todo seguía igual, anclado a las viejas tradiciones. Pero en aquella visita a Tarragona que hice con el maestro para hacer el examen de ingreso empecé a darme cuenta de que en las ciudades algo estaba cambiando: la forma de vestir, la forma de hablar, los coches, los anuncios publicitarios, aquella manifestación, los grises pegando a los universitarios, todo aquel ir y venir frenético por las calles de asfalto, de grandes bloques de pisos que crecían en la periferia de la ciudad… En muchos aspectos era como el mundo de la televisión: un mundo que tardaría demasiado en llegar a los pueblos encerrados en esa atmósfera de eterna posguerra.

Semanas después, justo el día en que recibí la noticia de que el tribunal me había puesto un sobresaliente en el examen de ingreso, se inauguró la balsa de riego a las afueras del pueblo. El alcalde, el cura y las autoridades locales anunciaron, con aires de modernidad, que aquella balsa también sería de baño público y que la vigilaría el alguacil. De esta manera, se quería evitar la terrible tragedia que cada año se llevaba la vida de un niño.

Sin embargo, el padre Isidro prohibió tajantemente que hombres y mujeres se bañaran juntos, incluso que se bañaran en la misma agua: en uno de los sermones del domingo había advertido que el agua contaminada por los cuerpos desnudos de las mujeres incitaría a los hombres al pecado, con lo cual los únicos que se atrevían a zambullirse en la piscina eran las pandillas del pueblo, los campesinos, los obreros de la carretera, los hombres jóvenes y algunos soldados que vigilaban a los condenados a trabajos forzados.

Recuerdo que en el taller, mientras ayudaba a mi tío, Agustín con su gracia habitual comentó la noticia, que era toda una novedad y corría como el fuego en las conversaciones de bares, plaza y tiendas, incluso tenía sus detractores, pues algunas voces en el pueblo aseguraban que la balsa sería un nido de infecciones.

—Vaya, hombre, ahora tendremos piscina municipal... Con ranas y algas, todo incluido. Que me digan lo que quieran, pero yo sólo me baño en el río. Todo se lo lleva la corriente. Y si no, que le pregunten al sacristán.

Tío Luis levantó la cabeza, con aquella sonrisa irónica que siempre anunciaba que allí, en aquella última frase, se escondía una historia que tenía miga. Me quedé sorprendido y entré al trapo de Agustín:

—¿Que le pregunten al sacristán? ¿Qué pasó con él?

Mi tío continuó su labor al tiempo que meneaba la cabeza de un lado a otro. Yo había picado el anzuelo y los miraba desconcertado.

—El pobre don Gregorio... —continuó Agustín—. ¿Quién lo iba a decir? Tan sabio como parece, habla no sé cuántas lenguas; incluso alemán.

—¿El sacristán sabe alemán? —dije yo con los ojos muy abiertos.

—Pues claro que sí, Pol... Lo aprendió durante la Segunda Guerra Mundial. Cuando todo el mundo creía que iba a ganar

Hitler. Aquí vinieron algunos oficiales e ingenieros nazis, con la intención de instalar una planta secreta junto al río. Las autoridades los recibieron a bombo y platillo, la plaza estaba a rebosar, toda decorada con banderas de esvásticas, águilas imperiales y demás. La banda municipal ensayó algunas marchas militares nazis. Una semana antes, los de Falange nos enseñaron a saludar a los alemanes y cambiamos el «¡Arriba España!» y el «¡Viva Franco!» por el…

Agustín se cuadró en medio de la imprenta, picó de talones y con el brazo en alto exclamó:

—*Heil, Hitler!*

Tío Luis le dedicó una mueca de desaprobación, pero sabía que ya nadie podía detenerlo.

—Don Luis, el chico tiene que saber lo que le pasó al pobre don Gregorio. Tarde o temprano se lo van a contar y vale más que lo sepa de buena tinta… He oído algunas versiones, sobre todo la de la parroquia, que resultan demasiado condescendientes en su intento de lavarle la cara al sacristán.

—Pero ¿qué le pasó a don Gregorio? —insistí yo.

Agustín esperó un momento la aprobación de mi tío y empezó el relato.

—Cuando llegaron los nazis al pueblo, don Gregorio, que había aprendido el suficiente alemán en tan sólo unas semanas, hizo de intérprete, de traductor. Y aquellos oficiales quedaron tan sorprendidos, tan maravillados por el don de lenguas de nuestro sacristán, que incluso lo invitaron a Barcelona a una recepción, una fiesta por todo lo alto que daba el cónsul.

—¿Una fiesta?

—Sí, de postín, como las que se ven en el cine, con piscina y todo.

—¿Una piscina como la que han inaugurado en el pueblo?

—No, no, qué va. Aquélla era una piscina de verdad, de agua transparente, sin ranas ni algas, y con las paredes de color azul.

—¿Y qué hizo don Gregorio?

—Hombre, Pol, tú ya sabes que aquí, en el pueblo, todos hemos aprendido a nadar en el río. Y cuando en el río tienes ganas de mear, no hay problema porque se lo lleva la corriente. Pues bien, el sacristán, junto con una comitiva del pueblo, fue invitado a la recepción. En aquella fiesta, además de militares también había empresarios alemanes y sus mujeres. Y el sacristán no paraba: hacía de traductor y todo el mundo estaba encantado. Había gente muy importante, de alto copete: embajadores, políticos, obispos… y todos comentaban el don de lenguas del sacristán, todos querían hablar con él, era la estrella, el protagonista. Allí estaba don Gregorio, deslumbrando... Había una gran piscina y mesas alrededor, con sombrillas, mucha comida y bebida.

»El sacristán nunca ha sido bebedor, pero come como una lima. Resulta que el hombre no perdía punto y, mientras traducía y encandilaba a los señores y señoras, se hinchó sin conocimiento. Hacía calor, la fiesta era al mediodía y muchos asistentes se refrescaban en la gran piscina, que tenía una fuente con una cascada en medio. Don Gregorio ya iba preparado y cuando el calor apretó, se quitó la ropa y dejó las gafitas en una de las casetas. Salió con su extravagante bañador adornado con los colores de la bandera española y se metió en la piscina. No nadaba muy bien, pero se mantenía a flote en el agua, aquella agua cristalina con destellos azulados de la preciosa piscina donde nadaban como sirenas las mujeres de empresarios alemanes. Tanto se esforzó don Gregorio en nadar que cuando estaba en medio de la piscina, cerca de la cascada, le entró un retortijón de los fuertes. El hombre se había llenado la panza con todos esos manjares y ahora su barriga necesitaba vaciarse. Estaba a punto de estallar. No podía resistir. Don Gregorio se puso muy nervioso, en esos momentos sólo pensaba en librarse de aquel terrible dolor. Perdió de vista la piscina, a los empresarios y a las valquirias que se acercaban a él nadando a estilo mariposa.

—Vaya, que al pobre hombre se le fue el santo al cielo... —intervino tío Luis, que continuaba trabajando pero no perdía detalle del relato.

—Bueno, el caso es que el sacristán, acostumbrado a bañarse en el río, donde todo se lo lleva la corriente, se situó junto a la cascada y se bajó el bañador. Fue visto y no visto. Pero claro, era una piscina, allí no había corriente y al cabo de un instante emergió un submarino a su lado. Don Gregorio volvió a la realidad de golpe, tan pronto como liberó el dolor de vientre, entonces se dio cuenta: tenía el submarino delante de sus ojos y lo miraba aterrado. Se estremeció. En un principio las mujeres no vieron nada, pero se le acercaban peligrosamente... ¿y qué hizo don Gregorio?

—¿Qué hizo? —repetí yo, intrigado.

—Pues no se le ocurrió otra cosa que intentar hundir aquel submarino que ya flotaba con la proa dirigida a la primera valquiria de ojos azules que venía de cara. El hombre trató de hundir el submarino con las manos: primero un zarpazo que partió en dos la nave, como si hubiese lanzado un torpedo desde el aire. Gregorio sintió pánico, porque ahora tenía dos submarinos a su lado, se habían multiplicado. Y continuó dando zarpazos, se puso más nervioso... Fue todo un espectáculo.

»Los oficiales, los altos cargos y empresarios que estaban fuera de la piscina, al ver aquel torbellino de manotazos sobre el agua, donde sólo se distinguían los colores de la bandera española, identificaron en seguida a don Gregorio. ¡El traductor! ¡El hombre del don de lenguas! Y creyeron que el intérprete se estaba ahogando. Algunos habían observado cómo zampaba hacía tan sólo unos momentos. Todos, sin dudarlo, se lanzaron al agua para rescatar a aquel náufrago, pero unos metros antes de llegar al rescate se detuvieron de repente y comenzó a formarse un gran círculo alrededor del sacristán. Las valquirias que le rodeaban fueron las primeras en dar la alarma: *Scheiss!, Scheiss!;* o lo que era lo mismo, «esto está lleno de mierda».

»Los altos cargos, los empresarios nazis, incluso el embajador, que también se había tirado al agua sin quitarse la faja, en un acto de solidaridad internacional, también gritaron: *Scheiss!* Gregorio paró en seco, miró a su alrededor y vio que los submarinos, todos de un color marrón oscuro, que ya empezaban a emanar gases por la atmósfera, se habían multiplicado: había decenas, todos dando vueltas a su alrededor.

—Sin detalles, por favor... —pidió tío Luis, que se mondaba de risa.

Agustín, inmutable, incluso con la cara seria, siguió relatando los hechos.

—Toda la Marina alemana estaba allí, unos metros alrededor del sacristán, protegido por todos aquellos submarinos... ¡de mierda!

Aquella delirante historia del sacristán, con sus innumerables versiones inventadas, fue la anécdota más repetida durante aquellas primeras semanas de baños en la balsa municipal. Los del Décimo combinábamos los chapuzones en el río con los baños en la balsa: estábamos acostumbrados a las aguas bravas del río y aquellas aguas mansas nos aburrían. Pero también nos divertíamos zambulléndonos en aquella agua verde, sobre todo los primeros días, cuando se puso de moda salir de la balsa a toda pastilla, justo unos momentos antes del mediodía. Todo el mundo estaba al tanto y pendiente. Alguien daba la voz de alarma:

—¡Que viene mister *Scheiss*!

El griterío, las prisas por salir del agua, era general, había empujones, insultos, manotazos y, como si la balsa estuviese empestada, se vaciaba inmediatamente, visto y no visto. Todo el mundo permanecía alrededor, esperando. Entonces sonaba la campana y el alguacil, encargado del baño público, decía:

—Falsa alarma, el sacristán toca el cencerro.

Y todo el mundo se tiraba de golpe otra vez, en un chapuzón general.

Los largos días de verano volaban fugaces entre juegos y lecturas, y antes de que nos diésemos cuenta ya habíamos dejado atrás medio mes de agosto.

Un mediodía, en plena canícula, vi aparecer al Lejía con pantalón corto y descamisado. Venía a bañarse a la balsa. El hombre siempre tenía caramelos y golosinas que repartía entre los niños, así que todos mis amigos del Décimo y de otras pandillas, al verlo aparecer, gritaron su nombre y lo rodearon. Yo me mantuve alejado. No me gustaba aquel hombre y yo no era el único: Agustín y mis tíos tampoco le podían ver. El Lejía, con la cara sonriente, iba repartiendo chocolate y de tanto en tanto me miraba de reojo. Yo no le hice ningún caso y me zambullí en el agua verde de la balsa. Nadé de espaldas, cerrando los ojos. Después, todos los amigos volvimos a jugar, a bucear en busca de piedras que nosotros mismos arrojábamos al fondo.

Ni le oí llegar. En una de las ocasiones en que salí a descansar, sentado en la hierba con los ojos cerrados y el calor del sol sobre mi piel, escuché su voz a mi espalda:

—Oye, chaval, nadas como los peces. Muy bien. Yo a tu edad era el mejor. Me cruzaba el Ebro como quería.

El Lejía me ofreció un trozo de chocolate. Al principio negué con la cabeza, pero la tentación era demasiado fuerte; tenía hambre, llevaba horas nadando y lo cogí.

El otro me sonreía sin parar y prosiguió su charla:

—Ya no puedo nadar. Esos malditos rojos se llevaron mi brazo derecho. Me lo cortaron de un tajo, por lo sano, y lo echaron a los cerdos. Gritaba de dolor, sólo tenía dieciocho años y me había quedado sin un brazo. Cabrones. Me había alistado en la Legión y nos pillaron a todos. Imagínate, aún no había pegado un tiro y ya era su prisionero. Me pegaron hasta hartarse, me insultaron, pero ¿sabes una cosa?, no todos los rojos son iguales, a mí me salvó un comunista del pueblo, ya ves: uno de los soldados que nos apresaron. El tipo me reconoció, estuvimos hablando y por la noche me liberó. Hay algunos rojos que hasta podrían ser como nosotros si quisieran, pero hay que ayudarlos un poco. Si este comunista del que te hablo hubiera querido, yo le habría salvado cuando volvió al pueblo. Pero era un testarudo, no se dejó, prefirió morir antes que cantar el *Cara al sol*, así que no pude hacer nada por él. Los de la Falange lo fusilaron en la tapia del cementerio, junto con otros soldados republicanos que iban llegando del frente cuando se acabó la guerra. ¡Hay que ser imbécil para dejarte matar por no querer cantar el *Cara al sol*! Seguro que a ti no te pasaría, ¿verdad, chaval?

Yo mordía el chocolate, ni le escuchaba, asentía con la cabeza mientras él continuaba hablando con la risa entre los labios.

—Hay que ayudarlos un poco, no sea que cometan locuras. Y para eso estamos los amigos. A mí me salvó la vida un rojo y ahora... yo también quiero ayudarles. Muchas veces hay que hacerlo sin que ellos lo sepan.

Esta última parte de la conversación me dejó intrigado. El Lejía soltó una carcajada cuando advirtió mi desconcierto.

—Tú eres un chico listo. Siempre estás leyendo en la puerta de la imprenta de tu tío, esos libros de tapas moradas... Me tendrías que dejar alguno, a mí también me gusta leer y me tienes intrigado. Como todos son iguales por fuera, nadie sabe qué libro estás leyendo, ¿verdad?

Me sentí incómodo. Los nervios me traicionaron y le contesté sin pensar:

—Ahora ya no... Hace ya mucho que no...

—¿Cómo dices? ¿Ya los has leído todos?

—Sí. Eran de mi tío. Los imprimió él, son de prueba de imprenta. Además, el padre Isidro y el maestro ya lo saben.

—Pruebas de imprenta... Qué interesante. Apuesto una tableta de chocolate a que incluso ayudas a tu tío a imprimir las hojas de la parroquia y los catecismos.

—¡Claro! Ya sé cómo funciona la minerva y compongo en la regleta. No soy tan rápido como Agustín, pero cada día voy más deprisa.

—¡Lo ves! Ya lo decía yo. No me he equivocado contigo, por eso quiero ayudarte...

—¿Ayudarme?

Lejía ensombreció el ademán de su rostro y me susurró:

—He oído habladurías por el pueblo. Dicen que tu tío imprime libros prohibidos en el taller. De vez en cuando vienen unas señoras…

—Son mis tías de Barcelona. Vienen a vernos y a llevarse verduras.

—Sí, sí, claro, ¿cómo no? Mira, chaval, tú me caes bien y por eso quiero ayudarte, pero te tienes que dejar.

—Es que eso de mi tío no es verdad… ¡Se lo juro!

—Lo sé, lo sé, pero tienes que hacerme caso.

—¿Y qué puedo hacer? ¡Yo no sé nada!

—No es fácil y no sé si podría. Es… complicado, sí, complicado. Ésa es la palabra. Sabes lo que quiero decir, ¿verdad?

—Si usted me dice quién habla mal de mi tío, yo…

—¡Huy!, eso es imposible, imposible, chaval. Sabes que yo soy muy amigo de esos hombres que vienen de vez en cuando con el coche negro.

—Los de la brigada.

—Exacto. Si yo quisiera, a tu tío no le pasaría nada.

—Pero no puede pasarle nada. No ha hecho nada. El padre Isidro es su amigo.

—Esta vez no. Esta vez no, lo sé de buena tinta. Pero yo podría… si tú quisieras, podría ayudarlo, ya sabes.

—Está bien, dígame qué quiere que haga.

—Hombre, sólo tienes que enseñarme algunos de los libros que imprime.

—Pero ya se lo he dicho, ya no tenemos más libros de pruebas.

—No, no me refiero a ésos. ¡Qué va! Por ésos puedes estar tranquilo, pero yo sé que hay otros…

—No, en el desván sólo…

El Lejía cerró los ojos, sus labios dibujaron una sonrisa. Sin decir una palabra movió afirmativamente la cabeza y mientras emprendía la marcha iba diciendo:

—Eres más listo de lo que pensaba…

Yo quise ir tras él para terminar la frase, pero aquel hombre ya no me escuchaba. Aun así, corrí unos cuantos metros gritándole:

—¡En el desván, con la vieja imprenta, sólo imprimimos cuentos, hojas sueltas! ¡Me enseña los trucos del oficio!

Pero ya era tarde, el Lejía se había alejado demasiado. Un escalofrío recorrió todo mi cuerpo. No sabía qué hacer. Me encontraba muy mal. Durante el resto de la mañana, ya no me metí más en la balsa. Rana se dio cuenta de que me pasaba algo y me cogió de la mano; tiró de mí hasta meterme en el agua. Nadamos hacia el otro lado y, cuando nos agarramos al borde, me dijo:

—Misisipí, te he visto hablar con el medio hombre, el Lejía. ¿Qué te ha dicho? Te ha cambiado la cara. Sabes que los del Décimo no tenemos secretos entre nosotros.

En ese momento pensé en las palabras de mi tío, en la promesa que le había hecho de no decir nunca nada a nadie, ni siquiera al cuervo, ni siquiera en confesión. Sin embargo, la mirada fiel de mi amigo me empujó a liberarme de aquel peso que acababa de aterrizar en la boca de mi estómago.

Miré en derredor y, disimulando por si alguien nos escuchaba, le dije a Rana:

—Esta tarde a la hora de la siesta te lo cuento todo, a ti solo…

17

Por la tarde después de comer, un poco antes de la hora acostumbrada, me escabullí hacia la cabaña del Décimo. Rana estaba solo. Me esperaba y me escuchó en silencio. Cuando acabé me dijo:

—Van a ir a por él. Estoy seguro. Es mejor que no se lo digamos a nadie. Y tú no hables más con el Lejía, aunque no creo que vuelva a molestarte porque ya tiene lo que quiere; de todos modos ni le mires. Seguro que el medio hombre ya les ha llamado, ahora ya saben dónde hay que buscar.

—¿En el desván?

—¡Pues claro! Te fuiste de la lengua...

—No era mi intención, él ató cabos en seguida, pero yo quería decirle que allí no se imprimían nada más que cuentos...

—Misisipí, seguro que mañana llegan los de la brigada con el coche negro. Tenemos que avisar a tu tío. Déjalo de mi cuenta. Estos días no te muevas de la plaza y, cuando pase a buscarte, estate preparado.

Sin embargo, los hechos se precipitaron. En aquel momento aparecieron Gallo y Búho, muy animados; subieron a la cabaña y, nada más verme, Gallo me dijo:

—¡Hombre, Misisipí!, hay dos coches negros aparcados delante de tu casa, en la plaza.

Creí desfallecer, menos mal que Rana reaccionó a toda prisa. Cogió una cuerda que tenía colgada en la cabaña y dijo:

—¡Vamos, Misisipí! Han venido más pronto de lo que esperaba. Y vosotros quedaos aquí, no os mováis, ¿me habéis entendido?

—Sí, pero ¿qué pasa? —preguntó Búho.

—Quedaos aquí. Nosotros vamos al pueblo y volvemos en seguida. ¡Es muy importante!, tenéis que ayudarnos, pero ahora que nadie se mueva de la cabaña.

Fuimos corriendo al pueblo. Antes de llegar a la plaza, Rana me dio las primeras instrucciones:

—Tendrás que ir al desván. Supongo que sabrás dónde guarda los libros tu tío.

—Sí —respondí.

—Bien, escúchame... Yo iré por detrás de la casa. Tienes que agenciarte unos sacos. Llénalos con los libros y tíralos por la ventana del desván. Yo estaré debajo esperando y los esconderé en la cabaña del Décimo. Si queremos salvar a tu tío, no podemos perder tiempo. Y recuérdalo bien, Misisipí, sólo te entregaré los sacos a ti o a tu tío. Pase lo que pase, no confiaré en nadie más. Soy un hombre de palabra.

—¡Hecho!

Cuando llegué a la plaza, vi al Lejía. Estaba en el bar del centro, en la puerta, apoyado en una de las columnas del porche. Delante del taller había un coche aparcado. Dos forasteros estaban ante la puerta. Había un segundo vehículo frente al Ayuntamiento. Entré y junto a la imprenta encontré a tres hombres vestidos con traje y gabardina. Mi tío y Agustín estaban allí y también el padre Isidro, que discutía acaloradamente con uno de aquellos tipos.

Tía Magdalena había bajado con el delantal, temblaba de miedo. Yo me lancé a sus brazos, disimulé y le dije:

—Me voy a merendar...

Uno de los extraños me miró y sonrió. Yo aparté en seguida la vista y corrí escaleras arriba. No me detuve hasta entrar en el desván: fui directo a la ventana que daba a la parte trasera. Rana ya estaba allí, esperando; me hizo una señal con la mano. Yo me dirigí a la parte posterior del chibalete y abrí la puerta secreta. Allí dentro había varios montones de libros, algunos aún sin cubiertas. Busqué un par de sacos viejos. Los encontré en un rincón, bajo unas cajas de madera. Sin pensarlo dos veces, los llené con todo lo que había allí dentro; luego até las puntas y arrastré hasta la ventana primero uno y después el otro. Me costó mucho levantarlos, los había llenado demasiado, pero saqué fuerzas de flaqueza y por fin conseguí arrojarlos.

Bajé las escaleras a la carrera para que nadie me pillara allí dentro y, justo cuando estaba en la cocina, escuché voces y pasos. Estaban subiendo. Tía Magdalena iba delante, muy asustada. Al verme, me abrazó y me dijo:

—Van a registrar la casa... ¿Qué será de nosotros?

Los tres hombres de la brigada, el padre Isidro, mi tío y Agustín subieron directos al desván. Al pasar por delante de la cocina, tío Luis se volvió. Estaba descompuesto, miraba fijamente a tía Magdalena. Uno de los policías lo empujó con brusquedad:

—¡Venga, al desván! No perdamos más tiempo. Aclaremos este asunto de una vez. Estoy harto de rojos, comunistas y masones. Esta semana ya hemos descubierto dos imprentas clandestinas y ésta va a ser la tercera. ¡Vamos!

Esa forma de tratar a mi tío me indignó, pero por dentro estaba contento. El padre Isidro no decía nada. Entró en la cocina y le susurró a mi tía:

—Magdalena, me parece que… alguien ha delatado a Luis. No te preocupes, haré todo lo que pueda, pero este asunto es muy, muy grave.

Me fui tras ellos. Tía Magdalena lloraba en la cocina y se secaba las lágrimas con la punta del delantal. Empezaron a registrar todo el desván y en seguida uno de los hombres gritó:

—¡Aquí! La encontré.

—La vieja imprenta de la familia… —terció el padre Isidro—. Una reliquia.

—Eso es —confirmó tío Luis las palabras del cura.

—Está muy bien engrasada. Creo que esta máquina, por muy antigua que sea, funciona clandestinamente —dijo el que parecía el jefe de la brigada.

—No quiero que se oxide. Deseo conservarla y para ello hay que engrasarla —contestó mi tío.

—No puede acusar al impresor de nada —añadió el padre Isidro—. Yo mismo firmé el permiso para que pudiera retirarla de la comisaría de Barcelona donde fue incautada en el año 1957, pueden comprobarlo.

—Es un recuerdo de familia. Nada más… —dijo tío Luis, lacónico.

Los tres policías siguieron buscando. Incluso uno de ellos bajó y llamó al resto de la brigada, que estaba en el Ayuntamiento. Pasaron horas revolviéndolo todo y sin encontrar nada. Sólo buscaban por el desván. Lo pusieron todo patas arriba, uno de aquellos hombres llegó a sugerir que tendrían que echar abajo un muro, porque dando golpecitos con la culata de la pistola notó que estaba hueco.

Mi tío, Agustín y el padre Isidro esperaban en silencio. Al final, uno de los tipos, rebuscando por enésima vez, vio el chibalete junto a la vieja imprenta y gritó:

—¡Aquí! He encontrado un armario.

Todos se aproximaron al hombre, que, agazapado, introducía casi medio cuerpo en la parte de atrás del chibalete. Vi la cara de tío Luis y era todo un poema. Yo sonreía. De repente, el policía sacó la cabeza y dijo:

—Nada, piezas de imprenta, marcos de hierro antiguos. Nada.

El jefe de la brigada también se agachó y miró. Pero allí no había ni un papel impreso.

El rostro de mi tío se transformó. Imagino lo que debía de estar pensando. El padre Isidro ya estaba cansado y plantó cara al jefe de la brigada:

—Me parece que esto es un abuso y sus superiores van a tener noticias mías, se lo aseguro. Estas denuncias sin fundamento han de acabar. Le insto a que haga salir de esta honrada casa a todos sus hombres.

El jefe de la brigada estaba nervioso, pero no escuchaba las palabras del cura, miraba una y otra vez aquí y allá; no podía creerse que en el desván no hubiera ningún libro, ni una sola hoja prohibida. No se resignaba, no aceptaba que todo aquello hubiera sido una falsa alarma. Refunfuñaba alterado. Vi su cara de anguila: un animal que muere matando. Las había visto cientos de veces cuando mordían la bola de gusanos que utilizábamos para pescar en el río. De repente, uno de los hombres se acercó con una hoja entre las manos:

—Don Pablo, hemos encontrado esto.

—Mosén Cinto… —murmuró el jefe de la brigada con los

ojos brillantes, contento, esgrimiendo la prueba del delito: un pedazo de papel amarillento y apolillado.

El padre Isidro estaba a su lado.

—Jacinto Verdaguer, el gran poeta.

—Está en catalán. Mal asunto. Tendríamos que comprobar el registro, el permiso, la licencia...

—Si quiere le puedo traducir al español el poema, es inofensivo. Lo conozco: éstos fueron los versos que recitaban los heroicos tercios de Montserrat, los requetés que dieron su vida en la sagrada cruzada por Franco y por España.

—Entiendo el catalán mejor que usted. Yo soy de aquí, pero no lo hablo. El catalán, como todos los dialectos, el gallego o el vasco, están prohibidos, usted lo sabe. Tendré que abrir expediente y el impresor deberá acompañarnos a comisaría. Debemos interrogarlo.

—Esto es un atropello. No pueden acusarlo. Este hombre, Luis Albión, imprime catecismos, libros de religión, hojas dominicales, pastorales para el obispado... Tiene todos los permisos administrativos. ¡Un poema del poeta católico, apostólico y romano Jacinto Verdaguer! Me parece absurdo iniciar un proceso con eso. Además, don Luis Albión trabaja para el lector 36...

Los policías levantaron la cabeza. Se quedaron inmóviles, todos mirando a su jefe, que, al oír estas últimas palabras, cambió la expresión de su cara. Se acercó lentamente a mi tío:

—¿Usted trabaja para el lector 36?

Tío Luis parecía desconcertado. Miró de reojo al padre Isidro, que asentía con la cabeza, y titubeó:

—Sí..., exactamente.

El policía dudó un momento. Tenía las esposas en la mano. El padre Isidro se puso delante del policía y dijo:

—Hábeas corpus.

El funcionario soltó una carcajada que le salió del alma, pero el cura, muy serio, prosiguió:

—Podemos zanjar el asunto aquí mismo... con el hábeas corpus.

El jefe de la brigada continuaba riendo, mientras decía:

—El lector 36... Vaya, hombre, haber empezado por ahí. No se hable más. Hábeas corpus...

El padre Isidro le dio unas palmaditas en la espalda.

—No habrá ningún problema. Ahora mismo le explico a don Luis y acabamos.

El cura le dijo algo a mi tío al oído que le hizo abrir los ojos como platos y le dejó boquiabierto. Acto seguido el párroco le entregó la hoja de papel con el poema de Verdaguer y asintió con la cabeza, lentamente, al tiempo que hacía una pequeña reverencia, como en la iglesia cuando levantaba la hostia antes de dar la comunión.

Tío Luis cogió el papel. Le temblaban las manos, pero cerró los ojos y se lo llevó a la boca. Mordió el borde, lo masticó con repulsión, con asco, pero tragó. Todos lo miraban en silencio. Todos menos Agustín, que apartaba la vista, avergonzado, alicaído. Mi tío fue mordiendo más papel, masticando y engullendo cada vez con más rabia. El jefe de la brigada lo contemplaba con cara de satisfacción. El padre Isidro parecía ayudar a mi tío a engullir las bolas de papel, mientras rezaba en un murmullo.

Las lágrimas acudieron a mis ojos, pero resistí. Lo estaban humillando, lo estaban castigando, como cuando el maestro don Sebastián pillaba a alguien escribiendo palabrotas o cosas obscenas en clase y le obligaba a comerse el papel. Pero en la escuela era diferente: todos teníamos hambre, unos más que otros, incluso a los más pobres les gustaba comer papel. En el patio lo masticaban, también se comían la tiza y la madera de los lápices quedaba roída hasta la mina, pero mi tío, mi tío no se merecía aquello.

18

El padre Isidro acompañó a los policías a la calle. Hablaban entre ellos. No parecían estar muy convencidos de que allí no hubiera una actividad turbia, pero se despidieron amablemente. También Agustín se marchó a su casa. Mi tío estaba nervioso, intranquilo. Bajó a despedirse hasta la puerta de la calle y cuando todos se fueron vino a buscarme. Nunca le había visto así. Me llevó a la cocina y en voz baja pero con mucho énfasis, muy preocupado, me dijo:

—Pol, ¿dónde están?

Me quedé callado.

—¿Dónde están? —insistió.

—Los saqué cuando vi a los de la brigada, antes de que subieran. Los puse en dos sacos y los lancé por la ventana. Rana los escondió. Tengo que contárselo todo, tío...

Entonces le expliqué lo que me había pasado en la balsa con el Lejía. Mi tío, contrariamente a lo esperado, no se enfadó conmigo, tan sólo me dijo:

—No te preocupes, no nos han registrado sólo por eso. Hace tiempo que buscan una excusa para entrar en casa y husmear lo que hacemos con las imprentas. Ahora no quiero que pienses más ni en ese legionario ni en lo que hablaste con él. Ahora lo importante es que nos deshagamos de los libros. ¿Dónde están ahora?

—Los tiene Rana, en la cabaña del Décimo. No se preocupe, nadie los va a encontrar allí.

—Tenemos que sacarlos de inmediato. Están intensificando la búsqueda. En los próximos días van a barrer todo el pueblo, día y noche. Todo. Si alguien los encontrara... Hay que sacarlos de allí rápidamente.

Era la última hora de la tarde. Bajamos al taller y mi tío me dijo:

—Pol, asómate a la plaza y dime si están los coches.

Salí y vi que los de la brigada aún no se habían ido.

—Están aparcados frente al Ayuntamiento. He visto al Lejía en la entrada.

—Lo que me temía. No puedo moverme de aquí, me vigilan. Han tragado porque estaba el cura, pero van a seguir indagando y me temo lo peor. Muchacho, ya eres un hombre. Debo darte las gracias por lo que has hecho hoy; si llegan a encontrar esos libros, me habrían encerrado en la cárcel. Pero tu trabajo aún no ha terminado y creo que puedo confiar en ti. Ahora saldrás a la plaza, como si nada. Tú ve a jugar como siempre. Y cuando anochezca, vas directo a casa de Matías, el barquero, ya sabes dónde vive.

—Sí, en la avenida, cerca de la taberna del embarcadero.

—Llama a la puerta de atrás, ya lo verás, es pequeña, es por donde saca el burro. Da tres golpes secos y dos muy despacio. La puerta se abrirá y tú entras. No tengas miedo, estará oscuro pero Matías encenderá la luz desde arriba. Le dices que tenemos que vernos, que tengo que hablarle, es muy urgente. Él ya sabrá qué hacer, dile que lo estaré esperando aquí en casa.

Hice lo que mi tío me dijo. Salí y me puse a jugar a la pelota en la plaza con algunos amigos del Décimo. Pregunté por Rana, pero nadie lo había visto. Cuando oscureció, fui a ver al barquero.

Después de darle el aviso me marché corriendo. Nadie me vio. Aún no había llegado a casa y Matías ya estaba hablando con mi tío en el comedor, con la luz apagada.

—Luis, me he enterado esta tarde…

—Han hecho un registro en toda regla. Tuve que tragarme un poema. Lo mastiqué bien, pero ésa no es la cuestión.

—Menos mal que no encontraron las obras completas de Balzac, Luis, si no, te ibas a hartar de papel...

—Esto es muy serio, Matías. Todos estamos en peligro, van a indagar, van a ir a por todas. Es muy grave. Con ayuda de su amigo Rana, Pol arrojó los sacos con las últimas obras por la ventana de la buhardilla. Ahora están en la cabaña en la que vive ese crío. Entre los dos me salvaron por los pelos.

—Bien hecho, chaval —dijo el barquero.

Mi tío estaba muy nervioso y le interrumpió.

—Hay que rescatarlos inmediatamente, antes de que aten cabos. El pueblo es pequeño y van a descubrir quién los imprimió. Está metido ese chivato, el legionario. Van a movilizar a todos los de Falange y no van a detenerse hasta el final. Van a llegar incluso hasta las librerías en las que se venden los libros. Saldrán todos los nombres y no les tiembla el pulso cuando torturan. Si no llega a ser por el padre Isidro, esta tarde me llevan por delante y después iremos todos los que estamos en la organización: las primas que recogen los libros, tú, que las llevas en tu barca hasta casa de Carlos, el propio Carlos que se encarga de distribuirlos en las librerías… Creo que no exagero si os digo que hasta Magdalena y Pol están en peligro. Hay que rescatar los sacos, alejarlos del pueblo en la barca y quemarlos. No podemos perder tiempo. Hemos trabajado juntos estos años y no ha pasado nada, pero ahora estamos en la cuerda floja. Debemos salir cuanto antes.

En ese momento, todas mis sospechas se aclararon. Mi tío pertenecía a una organización clandestina que distribuía libros prohibidos por toda España. Probablemente él era una pieza clave, pero todos formaban parte de la trama: las primas, Matías y también Carlos, ese hombre a quien vi en mi casa al poco tiempo de haber llegado, cuando aún no hablaba. Se trataba, según supe más tarde, de un maqui que años después de acabar la guerra cambió de identidad y compró un molino. Desde allí distribuía los libros que imprimía mi tío a librerías de Tarragona, Barcelona, Madrid, Valencia, Bilbao... Libros clandestinos con los que se jugaban la vida. Por eso mi tío no quiso decirme dónde fueron a parar los poemarios de Miguel Hernández que una vez le vi imprimir. Todo era un secreto y el no saberlo me protegía. Entonces le miré. Miré a ese hombre que me había enseñado a hablar y que me había dado todo el amor que un padre puede dar. En su rostro se apreciaba el pavor por lo que nos podría pasar a todos si le atrapaban con las manos en la masa, pero aun así era un hombre fuerte y su mirada estaba repleta de valor. En ese instante, pensé que siempre querría tener la valentía y la fuerza con la que él actuaba. Miré por la ventana y vi que seguían allí los coches aparcados. Probablemente pretendían pillarle en un descuido.

—Usted no puede ir a ningún sitio, tío. Están ahí fuera esperándole. El único que puede ir a la cabaña del Rana soy yo. No le dará los libros a nadie más.

—Tú no puedes exponerte más, Pol. Ya has hecho bastante.

—Yo le metí en este lío y yo voy a sacarle.

—Hay que recoger los libros y meterlos en la barca de Matías. Después hay que viajar hasta un lugar seguro donde se puedan quemar o navegar toda la noche hasta llegar al molino de Carlos, donde se pueden dejar si no hay peligro. Si no van las primas, tendré que ir yo para que Carlos no se asuste.

—No te preocupes por eso, Luis —intervino Matías—. A veces, cuando llevo a las primas con los cestos, antes de llegar al molino de Carlos damos la señal. Sus perros conocen el sonido del cuerno. Cogeré mi barca, no la municipal. La mía la reconocerá en seguida. Haré el viaje en dos horas y por la mañana ya podré estar de vuelta en el embarcadero para trabajar.

—Rana sólo nos dará los sacos con los libros a mi tío o a mí. Le conozco y cumplirá su palabra, aunque lo amenazasen de muerte, jamás daría los libros a otra persona.

—Míralos —dijo Matías observando a los hombres de la plaza—, ahí están. A lo mejor vuelven a venir esta noche a tu casa y es conveniente que estés aquí, Luis. No va a pasar nada. Pol se viene conmigo hasta la cabaña de ese chico, me da los libros y yo se los llevo a Carlos.

Tía Magdalena se metió en la conversación.

—Pero qué locura es ésta, ¿Pol? ¡Ni hablar! Tú no sales de casa.

Me adelanté un paso, llené de aire mis pulmones y mirando a mi tía le dije:

—No se preocupe, tía, precisamente porque soy un niño no pueden hacerme nada.

—Pero se puede esperar a mañana temprano. Tú, Pol, puedes avisar a tu amigo cuando te levantes —dijo ella, y dirigiéndose al barquero añadió con voz firme—: ¡No podéis enviar a un niño!

—Ya no soy un niño, tía. Tengo diez años y sé lo que tengo que hacer. Sólo yo puedo recoger los libros.

—Nueve años, Pol.

—El mes que viene cumplo los once, tía… A esta edad, algunos niños ya faltan días de la escuela para echar una mano en el campo. Mira Rana, a lo mejor al año que viene ya no va a la escuela y se va a trabajar con su padre.

—Magdalena, me da tanto miedo como a ti, pero mañana será demasiado tarde… Estoy seguro. Peligramos todos, Pol también. Si nos pasa algo a ti o a mí, ¿qué va a ser de él?

Mi tía lloraba, no cesaba de repetir una y otra vez que todo aquello era una locura. Mi tío guardaba silencio. Me miraba a mí y a ella, no se acababa de decidir, pero no había otra salida. Al fin me dijo:

—Pol, mírame a los ojos… Si algo sale mal, no me lo perdonaré nunca, nunca, ¿entiendes?

—Sí, tío, no se preocupe por mí. Sabré hacer mi trabajo.

—Magdalena, Pol sólo tendría que ir hasta la cabaña, recoger los sacos y esperar la barca de Matías. Y después volver corriendo a casa. Pol, ¿me has entendido bien?

Tía Magdalena estaba muy enfadada, decía que estaban locos, que era una barbaridad enviarme a mí. Pero ni mi tío ni el barquero la escuchaban ya. Yo me sentía un hombre.

Matías se fue. Dijo que en una hora estaría en el lugar convenido, junto al pequeño lago, al otro lado del chamizo donde vivía el padre de Rana.

—Espera, Pol —dijo mi tía—. Toma, bébete este vaso de leche con ponche y una yema de huevo, ¡vas a necesitar fuerzas!

Los abracé y me fui por la parte que daba a los corrales. Bajamos hasta el taller y por el pequeño almacén de la trastienda, donde se guardaba el papel de la imprenta, abrí el cobertizo y salí pegado a la pared. La oscuridad era absoluta. La luna rozaba el horizonte. Corriendo, sin detenerme por nada, me dirigí a la cabaña del chopo. Me temblaban las piernas. Crucé la maleza y me acerqué hasta la choza. Silbé un par de veces y Rana asomó la cabeza. Aunque yo no le había dicho nada, él sabía que iríamos esa noche a por los libros.

Cuando llegué a la cabaña, le conté lo que había pasado. Con mucho sigilo bajamos los dos sacos. Él me ayudó a llevarlos hasta la otra orilla de la laguna.

—Gracias, amigo. Nos has salvado la vida.

—¿Quieres que me quede contigo?

—No, ya puedes irte. He de estar solo. Si Matías me ve con alguien, a lo mejor no se detiene.

Rana miró hacia todas partes, desconcertado…

—Está bien, me voy a la cabaña, aquí te quedas, pero recuerda lo que voy a decirte …

A continuación se aproximó a mi oído y susurró:

El Décimo es nuestra pandilla,
la X grabada en la piel.
Cruzamos nadando el río…
y en la boca el sabor del papel.

—¡Ánimo, Misisipí!

Mientras veía como Rana regresaba al chamizo, oí el ruido de la barca. Matías llevaba un pañuelo en la cabeza, que le colgaba sobre los hombros. Rana también escuchó el ruido y se dio la vuelta, pero desde su distancia poca cosa podía ver.

—¿Todo bien, Misisipí? —me preguntó entre susurros.

—Sí, vete ya.

Matías y yo cargamos los dos sacos y cuando el barquero se disponía a salir le pedí que me acercara con él hasta la salida del galacho:

—Allí me dejará cerca del pueblo…

Imagino que Matías se dio cuenta del miedo que tenía a volver solo y me respondió:

—Anda, sube. Me parece que ya has hecho bastante por hoy. Sobre todo no hagas ningún ruido.

19

La barca fue descendiendo el río lentamente. En lugar de remar, Matías se impulsaba con una pértiga, un palo largo que clavaba en el fondo y con el que hacía palanca para que nos deslizáramos en silencio, sin topar con ramas ni alborotar a los animales que dormían en los chopos.

Conforme descendíamos la corriente, el galacho, aquel canal de agua que circulaba paralelo al río, se iba ensanchando. Nosotros avanzábamos por la orilla contraria al pueblo. Cerca ya de nuestro primer destino nos detuvimos. Unos metros más adelante, el canal de agua se unía al brazo del río. La luna comenzaba ya a remontar la línea del horizonte y sus rayos se reflejaban en las aguas. Se veían las luces de las primeras casas del pueblo y la farola en la punta del embarcadero, una pobre bombilla perdida en las tinieblas de la noche que no alcanzaba a iluminar las tablas de la barcaza municipal. El barquero impulsó la nave con la pértiga hacia la otra orilla, donde yo debía desembarcar.

De repente se detuvo y volvió a dirigir la barca bajo las ramas de los árboles. Muy pronto vimos unas sombras por el embarcadero y, al momento, el parpadeo intermitente que creaban los haces luminosos de unas linternas al recorrer la maleza...

—Me cago en mi suerte. No son pescadores. Está claro que buscan algo. Es la Guardia Civil, creo que he visto la silueta de los tricornios.

—Sí —le dije temblando de miedo.

—Me será muy fácil impulsarme hacia delante, cuando esté dentro de la corriente del río ya no me verán, pero tú tendrás que bajarte aquí…

—¿Bajar y volver a la cabaña? Parece que hay Guardia Civil por todas partes. ¿No podríamos encontrar un sitio más seguro? Si me ven a estas horas, sospecharán y me apresarán... Irán a por mi tío.

—¿Y ahora qué hago? Maldita sea. No podemos quedarnos más tiempo aquí. La luna pronto estará en lo alto y si continúan buscando, nos descubrirán.

—Pues le acompaño. No tengo más remedio.

—Mierda… ¡Maldita sea mi suerte!… Que sea lo que Dios quiera… Y que tus tíos me perdonen, pero tienes razón, no puedo abandonarte aquí.

Apoyándose en la pértiga, el barquero impulsó la barca hacia el centro de la corriente. Yo estaba acurrucado y sentí miedo. Al pasar bajo las ramas del último árbol que delimitaba el canal, escuchamos el batir de unas alas y un alarido. El animal sobrevoló nuestras cabezas, Matías se agachó y me cogió a mí también.

—Sólo era un búho, no tengas miedo.

Al cabo de unos segundos oímos unas voces:

—¡Alto a la Guardia Civil!

—¡Agáchate, Pol!

Nuestra embarcación ya había cogido la corriente y se deslizaba ganando velocidad río abajo. Escuchamos más gritos, incluso unos disparos y el chasquido de las balas sumergiéndose en las aguas. Matías me arrojó al suelo de la barca y me cubrió con su cuerpo. Pronto el impulso de la fuerte caída de aquella zona nos libró del peligro. Al cabo de unos minutos, Matías volvió a coger la pértiga y encaró la proa hacia el medio del cauce, después sacó los remos. Yo me sentía muy cansado. Asomé la cabeza y vi que nos habíamos alejado del pueblo, las lucecitas centelleaban allá a lo lejos…

—¿Y adónde vamos ahora, don Matías? —susurré para que nadie nos escuchara.

—Vamos rumbo al molino de las Islas, donde está Carlos. Allí hacemos siempre las entregas. No podemos detenernos en ningún otro sitio. Parece que hay Guardia Civil por todas partes. Hoy deben de estar de redada.

—¿En el molino no habrá tricornios?

—Confiemos en que no. Está en la entrada del pueblo vecino.

—Yo lo vi una vez que mis tíos me llevaron de excursión. ¡Es enorme! Las aspas de la rueda son gigantescas.

—Es el molino aceitero más grande de todos estos pueblos… Ya es medianoche, calculo que estaremos allí en torno a las dos de la madrugada. El viaje de regreso nos llevará tres horas, porque iremos a contracorriente, y luego tendré que dejar esta barca escondida antes de llegar al pueblo… No puedo perder tiempo, a las seis de la mañana debo estar en el embarcadero para coger la barca municipal y empezar el trabajo diario como si no hubiese pasado nada. Y a esa hora tú tienes que estar en tu casa a salvo. Ya veremos qué explicación le doy a tu tío… Ahora deben de estar padeciendo, sin dormir, esperándote… ¡Maldita sea mi suerte!

Matías no dejó de maldecir su fortuna durante todo el trayecto. Estaba preocupado por mis tíos y también por cómo iba a acabar la noche. Pese al bramido de la corriente y la maleza espesa que cubría la ribera, de vez en cuando aún escuchábamos algún ladrido o veíamos algún haz de luz rompiendo la noche. Los ojos de Matías no abandonaban el frente y su rostro se relajó cuando por fin nos acercamos a la zona del molino y pudo ver que todo estaba tranquilo.

Falsa apariencia. De repente, una llamarada nos deslumbró. La penumbra que debería haber cubierto el molino de las Islas se convirtió en una masa densa de fuego y humo, y entre el resplandor apareció corriendo y medio desnudo aquel hombre del que tanto habíamos hablado esa noche: Carlos, el maqui.

No llevaba nada en las manos. Tan sólo la velocidad le acompañaba. Se dirigía hacia el río, pero la cara de desesperación no revelaba cuáles eran sus intenciones.

—¡Carlos! ¡Carlos! —gritaba Matías desde la barca—. ¡Carlos!, estoy aquí, soy Matías.

Matías quiso utilizar el cuerno, pero ya era tarde. El hombre se lanzó al río sin tener en cuenta la corriente. Parecía que nos había visto porque intentaba aproximarse a nosotros. Entonces el barquero sí que remó con fuerza para alcanzarle. Una vez estuvimos cerca de él, Matías le lanzó el extremo de uno de los remos. Carlos se agarró a él y en menos de un par de segundos estaba a bordo.

Su cuerpo palpitaba, empapado por las aguas del río y el sudor, y él apenas si tenía resuello para hablar.

—Me han avisado hace una media hora. No he podido reaccionar —explicaba casi sin aliento—. Me han contado lo del desván. Pero lo de esta cacería no ha sido sólo por Luis. Han recrudecido las persecuciones. Todo es obra del TOP, el tribunal especial de represión, acaba de iniciar su actividad. Están viendo que todo se les escapa de las manos y quieren responder con más control, con más violencia. Hoy llevan a cabo una redada exhaustiva, pero habrá más. A partir de ahora va a ser muy difícil que podamos continuar imprimiendo libros.

—Tranquilízate, Carlos, tranquilízate. Al menos ya estás en la barca.

—Cuando me he enterado, he querido rescatar los papeles que pudieran comprometernos y salir huyendo, pero era demasiado tarde y me ha dado miedo. Había muchos nombres, demasiados documentos. He prendido fuego al molino. Ahora tengo que huir. Sabían dónde vivía.

—Remontemos el río. Yo tengo que estar por la mañana en el pueblo. Tal vez te podemos esconder allí.

—Imposible. No puedo dejarme ver por ningún sitio y tampoco puedo permitir que nos vean juntos.

—Entonces, ¿dónde quieres que te dejemos?

—Volvamos a tu pueblo. No os quiero poner en peligro. Si no te parece mal, creo que lo mejor sería que el chaval y tú os quedaseis allí y que yo continuase con la barca. Me alejaré tanto como sea capaz y pasaré a Francia en cuanto sea posible. Ando demasiado implicado en demasiadas cosas y me van a pillar. ¿Puedo llevarme tu barca? Algún día te la devolveré.

—¡Eso ni se pregunta!, dispón de ella como necesites, Carlos. Pero no tienes nada más. ¿De qué vas a vivir?

—Llévese los libros. Aún están aquí —dije yo al tiempo que señalaba los dos sacos que teníamos a nuestros pies—. Si logra venderlos sin que le descubran...

—Tú eres el sobrino de Luis y Magdalena, ¿verdad?

—Sí, me llamo Pol.

—Recuerdo el día en que te conocí, hace unos cuantos años. Entonces ni hablabas.

Carlos me revolvió el pelo y me miró con una ternura desesperada. No podía cargar con los dos sacos. De esa forma no lograría huir.

—¡Tengo una idea! —apuntó Matías—. Mete en este zurrón los libros que te quepan. Después pondremos una piedra en cada uno de los sacos y los lanzaremos al fondo del río. Así tú podrás vender algunos ejemplares y nos desharemos de los que sobren.

Mientras Matías remaba, Carlos y yo abrimos los sacos. Gracias a la linterna del barquero, pudimos iluminar los libros que se encontraban en su interior. *Moralidades,* de Jaime Gil de Biedma, nos alumbró el rostro. Se trataba del último manuscrito de la imprenta Babel. Carlos lo sostuvo un instante entre las manos. Sus ojos se perdieron en las páginas y por un momento dio la sensación de que se había olvidado del molino, del incendio, del cansancio, de la huida...

... hasta el aire de entonces parecía
que estuviera suspenso, como si preguntara,
y en las viejas tabernas del barrio
los vencidos hablaban en voz baja...

—Pol, ¿quieres quedarte con un ejemplar? —me tentó al tiempo que dejaba de leer y metía a toda prisa diez o doce poemarios en el zurrón que le había prestado Matías.

—¡Ni hablar! Esos libros se van al fondo del río —zanjó Matías—. Ahora mismo voy a acercarme a la orilla para que cojáis unas piedras y las metáis en los sacos. Pero tened cuidado. No creo que hayan relajado la persecución todavía.

Carlos y yo descendimos de la barca y llenamos los sacos de piedras. Cuando regresamos al medio del cauce, el maqui arrojó los libros por la borda y, mientras la barca se alejaba a toda velocidad, Matías, Carlos y yo contemplamos como los poemas de Gil de Biedma se hundían para siempre.

De repente la tristeza nos silenció. Poetas, editores, impresores y mucha otra gente habían arriesgado su vida para que aquellos poemas alcanzasen otros ojos, y el murmullo monótono del fondo del mar se iba a apoderar de ellos. Los versos de Gil de Biedma serían devorados por las anguilas y las carpas, y al final aquellos poemarios quedarían convertidos en agua.

—Eso sólo es papel y el tiempo lo deshará —dijo Matías—, pero los poemas están en el aire, Pol. No estés triste. Siempre podremos recuperarlos.

Me pregunté quién sería aquel Jaime Gil de Biedma y qué contendría aquel libro. La censura, lejos de anular mi interés por la lectura, lo excitaba cada día más. ¿Por qué se empeñaban en que no leyéramos ciertos libros? ¿Qué tenían? Tardé tiempo, pero un día averigüé que Biedma se vio obligado a publicar la versión íntegra de *Moralidades* en México, porque en España quedó diezmada por los recortes de los censores. ¿La llevaría hasta el otro lado del océano el maqui Carlos?, ¿acabaría él sus días en Francia tal y como resolvió en cuestión de unos segundos aquella noche? Nunca volvimos a saber de aquel hombre, lo único que imaginamos es que en aquellos días de prohibiciones, en aquellos días en los que leer equivalía a profanar el santuario de lo inmoral, él tuvo la suerte de devorar todos los poemas de *Moralidades* tal y como su autor los había plasmado en el papel.

Un rato después de despedirnos de Carlos y ver como se alejaba en la barca, Matías y yo entramos en el pueblo por la zona de las huertas. Él conocía bien el terreno: el laberinto de pequeñas propiedades que se regaba con el agua de la acequia y que iba serpenteando de aquí para allá. Estaba todo repleto de barro, surcos con tomateras, pimenteros, judías, cebollas, verduras, salpicadas por grandes árboles frutales y enormes higueras situadas al lado de la acequia. Las primeras casas se hallaban cerca. Pronto oímos el canto de un gallo.

Nadie nos vio entrar en el pueblo. Matías se fue andando a paso ligero; llegaba justo a tiempo para iniciar los traslados en la barca municipal. Yo eché a correr hacia casa. No quería ni imaginar el miedo que mis tíos debían de haber pasado durante la noche. Entré por el corral de la parte de atrás y abrí con mucho tiento la portezuela que daba al almacén del papel. Para mi sorpresa, mis tíos me estaban esperando, pero no estaban solos. El padre Isidro se encontraba con ellos.

20

—El asunto es grave, Luis.

El padre Isidro hablaba con preocupación. Cuando entré por la puerta, mis tíos fijaron en mí sus ojos como si tuvieran ante sí una aparición. No podían hacer ningún comentario, porque el cura no debía saber que yo había estado fuera toda la noche; sin embargo, en sus rostros se intuía el sufrimiento de la velada y la intranquilidad por lo que don Isidro les estaba contando.

—¡Pol!, ¿ya habías salido de casa? —intentó disimular mi tía—. No te hemos visto marchar... Este niño se nos está haciendo un hombre demasiado rápido.

Tía Magdalena controlaba el tono de su voz, pero yo notaba que las palabras temblaban en sus labios y que los ojos contenían un llanto que de ninguna manera podía estallar.

—Anda, ve a la cocina, que ahora mismo te pongo el desayuno.

—Deja que se quede, Magdalena. Pablo ya es un hombre, como tú bien dices, y escuchar estas cosas no le irá mal. Ven, Pablo, siéntate a mi lado, desde que has sacado un sobresaliente apenas si te vemos por la iglesia.

Sin decir nada, exhausto y conmovido después de pasar toda la noche en vela a bordo de la barca de Matías, me senté al lado del párroco tratando de lanzar hacia mis tíos miradas cómplices que aplacaran su desasosiego.

—Como te decía, Luis, no quiero alarmaros —prosiguió don Isidro—, pero ayer se marcharon con la mosca detrás de la oreja. Han estado toda la noche de redada y continuarán intensificándose las persecuciones. Parece que el régimen se quiebra y no quieren aflojar el yugo, al contrario, quieren más miedo y más represión. Ahora buscan por todas partes papeles y documentos que puedan incriminar a cualquier persona de moral dudosa... Y a ti te tienen en el punto de mira.

»Según he sabido esta misma mañana, en el pueblo de al lado, en el molino de las Islas, descubrieron a un antiguo maqui. No han podido prenderlo porque escapó antes de que llegara la Guardia Civil, pero se encontraron con el molino en llamas.

—¿Sabe de quién se trataba? —disimuló mi tío, escondiendo la preocupación por todo lo que podía haber pasado.

—No sé, un tal Carlos. No había oído hablar de él antes... En fin, no nos preocupemos por otros. Nuestro problema ahora es que ayer encontraron en tu casa un poema de Verdaguer escrito en catalán.

—Pero, padre, usted sabe que cuando vinimos a vivir aquí lo quemamos todo. Usted mismo lo vio. No quedó ni un solo libro, ni un solo papel escrito.

El cura, con voz pausada, contestó:

—Sí, tienes razón, echamos a la hoguera los dos baúles repletos de libros y revistas en catalán. Esta casa pertenecía a un republicano de derechas. Un catalanista, eso lo condenó.

—Debió de quedar en algún rincón. Además, usted sabe que yo nunca hubiese podido imprimir esa hoja. Entiendo perfectamente el catalán, incluso antes de la guerra; recuerdo que en la imprenta de mi padre, en la calle Aviñón de Barcelona, imprimimos un poemario en catalán, fue el primero... Pero no tengo conocimientos suficientes del idioma para hacer una revisión de imprenta.

—Dialecto, Luis, no te confundas, el catalán no es un idioma: es un dialecto del español que desaparecerá muy pronto de nuestra nación. Aquí, en este pueblo, los vecinos lo hablan; no podemos prohibir su uso en las casas, pero poco a poco se irá olvidando, igual que el gallego y el vasco. En nuestra nación, después de la Cruzada sólo tenemos una lengua, el español, y un solo Dios. Una patria, una bandera, una lengua y un solo Dios. No lo olvides nunca, Luis.

—Lo sé, lo sé, pero...

—Este registro me preocupa. Menos mal que los de la brigada no se han dado cuenta de un detalle trascendente del poema de Verdaguer. Está escrito en el catalán de la reforma del rojo separatista Pompeyo Fabra. Esto es un delito considerado muy grave, mucho más que si hubiese sido un texto antiguo, de antes de la reforma. Pero como no tienen ni idea de nada..., son unos analfabetos. Sólo buscan libros comunistas, panfletos anarquistas: la hoz y el martillo, la cara de Marx, Lenin, Stalin, el Libro Rojo de Mao, propaganda rusa o judeomasónica. En todo caso, Luis, estás en una situación delicada.

—Pero ¿por qué? No lo entiendo.

—Tu pasado no te avala y te van a buscar las cosquillas: alegarán que tu sobrino ha leído ciertos libros que no son versiones aprobadas por la censura; o sacarán a relucir el poema en catalán... Cualquier excusa es buena para ellos y estoy preocupado por vosotros. La verdad es que sólo veo una salida para tu propia seguridad y la de los tuyos. Voy a hablarte claro, Luis, y me tienes que hacer caso. Tú y yo sabemos que los catecismos, los libros de santos, las hojas dominicales que te dan de comer, no lo olvides, no son lo único que sale de tu imprenta. Siempre te he protegido y no quiero saber lo que haces por las noches ni lo que imprimes cuando nadie te ve, pero sí quiero que me veas como un amigo y esta palabra para mí tiene mucha importancia. Yo tan sólo deseo ayudaros, ofreceros una salida.

—¿Una salida?

—Supongo que te preguntarás quién es el lector 36. ¿No quieres saberlo? ¿No quieres saber por qué mencioné este nombre ayer en el registro?

Tío Luis guardaba silencio, el cura continuó hablando:

—Hace tiempo que quería hablarte de esto. En realidad, yo trabajo para el lector 36. Soy uno de sus colaboradores.

—¿Quién es el lector 36?

—Ni siquiera yo lo sé y la verdad, no me importa. A mí me envían los borradores de los libros, los leo y redacto informes. Tú, Luis, eres un hombre culto, inteligente, un excelente impresor, el mejor. Pero en este pueblo hay gente que te tiene ganas, ya lo has visto. No han venido a por ti porque Pol le dijera al legionario nada del desván, han buscado a fondo hasta encontrar el poema de Verdaguer porque alguien los mandó, y ese alguien seguirá molestándote. Tú lo sabes. Sabes que aquello que pasó aún despierta odios. Ahora que los tiempos andan revueltos y que en las ciudades, en las fábricas, en las universidades empieza a haber disturbios, quieren cortar por lo sano las alas de los rojos y tú sabes que hay gente que puede aprovechar esta situación para ir de nuevo a por ti. Sabes que hay gente en el pueblo que no te soporta, ni a ti ni a los tuyos. Ayer pude salvarte aludiendo a tu trabajo con el lector 36 y eso me dio la clave.

Un silencio largo, tenso, se adueñó de la atmósfera. Yo no

entendía por qué había gente que no quería a mis tíos. Nunca vi que hicieran nada que pudiera molestar a nadie.

El padre Isidro continuó:

—Creo que deberías colaborar redactando informes para el lector 36. Esto redimirá tu pasado y salvará tu vida y la de los tuyos.

—¿Usted es censor?

—Yo no diría exactamente eso. Soy colaborador del lector 36 del Servicio de Orientación Bibliográfica, nada más. Yo me veo obligado a llevar a cabo esta acción y, la verdad, a veces pienso que no es tan horrendo como muchos piensan. Las lecturas pueden ser peligrosas, Luis, y nosotros hacemos una labor pedagógica. Tratamos de poner freno a una modernidad que nos deshumaniza. Cada rectificación, cada supresión o sustitución debemos razonarla correctamente, sin errores, con lógica y coherencia para que nadie pueda rebatirlo. No es fácil.

—Entonces, usted indica cuáles son los libros que no pueden publicarse.

—No, tampoco es así. No quiero que me juzgues, Luis. Yo tampoco te juzgo a ti. Hago lo que puedo por el bien común y hago lo que puedo por sobrevivir en este mundo en que nos ha tocado vivir. Mi labor y la de muchos otros no consiste en prohibir, ni en mandar guillotinar un libro. Tal vez eso sería lo más fácil, pero alguien se ha dado cuenta de que era un error. Ahora, a los colaboradores nos piden que asesoremos para reconducir un texto, encarrilar, enmendar, corregir, reemplazar.

—Eso es censurar, don Isidro, y yo no voy a censurar a nadie porque no puedo. ¡No puedo! ¿Quién es el lector 36? ¿Don Bruno? Iré a hablar con quien sea necesario, pero yo no puedo censurar un libro.

—Desconozco la identidad de ese lector. Sé que existe un complejo entramado de lectores en cada zona del país y que en la nuestra, que tampoco sé qué periplo comprende, el lector 36 es quien redacta el informe final. Es un lector con un enorme prestigio dentro del Ministerio de Información, pero nadie sabe su nombre, ni cuál es su verdadera profesión. Podría tratarse de cualquiera: un humilde jornalero, el propio Caudillo, su esposa... Lo que sí sabemos es que en la sede central del Ministerio trabajan los funcionarios encargados de la censura. Éstos, a su vez, tienen lectores por todas partes: lo que se llama el «lectorado».

—Pero qué me está diciendo. ¿Existe toda una organización de censores más allá de los que trabajan en el Ministerio?

—Luis, Luis..., hay tantas cosas que no sabes... Cualquier texto, por pequeño que sea, por insignificante que parezca, ha de obtener el visto bueno del lectorado.

Don Isidro se detuvo. Parecía él quien había adoptado la actitud de confesión. ¿Sería pudor lo que sentía al contar aquellas cosas?

—El lectorado es una especie de tela de araña que recorre todo el país. Un batallón espiritual de hombres que vigilan y combaten las palabras en los textos de la prensa diaria, las revistas, el teatro, el cine, la novela... y de un tiempo a esta parte, de la televisión, de la publicidad que se ha instalado en nuestra vida. En cada rincón de España hay un hombre anónimo que vela día y noche para que las palabras no corrompan nuestra sociedad. Cualquier texto ha de pasar la consulta previa.

—Sí, ya sé qué es la consulta previa. El eufemismo no le quita hierro al término.

—Si te consuela, parece que con la nueva Ley de Prensa e Imprenta que verá la luz en breve lo llamarán «consulta voluntaria».

—¡Consulta voluntaria! Vamos, don Isidro. ¿De veras cree que Miguel Delibes o Carmen Martín Gaite entregarían voluntariamente sus textos para que usted expurgara lo que ellos sienten y lo que desean expresar?

—Luis, ya te he dicho que no te juzgo, pero...

—¡Usted juzga a los demás! —gritó mi tío fuera de sí.

En ese momento, don Isidro se levantó lentamente. Con su boina entre las manos y negando cabizbajo, se dispuso a marcharse. Cuando casi estaba en la puerta, se volvió y nos miró a los tres.

—Yo tan sólo quería ayudar, Luis. Únicamente deseo ayudaros a los tres.

Fue entonces cuando mi tío rompió en un llanto que nadie pudo contener. Tía Magdalena se arrimó a él para consolarle y, mientras le abrazaba, suplicó a don Isidro que se sentase de nuevo y le contara a tío Luis qué era lo que debía hacer. Don Isidro, desde la puerta y aún con la cabeza gacha, empezó a hablar de nuevo, esta vez en un susurro, en una especie de oración íntima.

—Hace unas semanas me llegó una carta. Todos los documentos, los libros que debo leer, llegan por un servicio especial de Correos. En esa carta me pedían que buscara a un lector capaz de elaborar informes tipográficos.

Mi tío no quería mirarle. Estaba hundido en el sillón y apenas si era capaz de controlar los espasmos del llanto.

—¿Qué tendría que hacer, padre? —preguntó tía Magdalena.

—Necesitan un lector capaz de analizar, no los contenidos, sino las grafías, las letras, los signos de puntuación, los números y todas las manifestaciones simbólicas que jamás deben aparecer en una página impresa.

Mi tío pasó del llanto a la risa. Se levantó y se dirigió con cara amable hacia el párroco.

—Don Isidro, ¿pretende que yo extraiga conclusiones de los símbolos escritos? ¿De qué símbolos?

—Muchas veces la infracción no estriba en lo dicho, sino en el modo de decirlo. Por ejemplo, el número dieciocho empleado despectivamente puede considerarse un insulto, ya que tal vez haga referencia al 18 de julio, día del Alzamiento nacional.

—Ya veo —dijo mi tío, derrotado.

—Parece que uno de los lectores señaló con el lápiz rojo la palabra «insólito».

—¿Insólito? —replicó mi tío sin convicción.

—Es una palabra esdrújula. No es lo mismo que una palabra aguda.

—No, claro, es muy diferente.

—Es demasiado rotunda. Se aconseja sustituir por «desacostumbrado», que es una palabra llana. Las esdrújulas pueden resultar agresivas, ofensivas, cortantes, algunas pueden contener una carga de irreverencia, inducen a la provocación, a la rebeldía sutil. Han de vigilarse atentamente, son subversivas.

Tío Luis se acercó aún más a don Isidro y con los ojos inyectados en sangre, y casi mordiendo las palabras, le dijo:

—Júreme que no se está burlando de mí y de mi familia.

Don Isidro echó sutilmente la cabeza hacia atrás, evitando que el aliento cargado de mi tío impregnara su pensamiento, y continuó hablando en un tono monocorde pero incisivo.

—No, Luis, no me estoy riendo de ti ni de tu familia. La sintaxis y la ortografía son tan importantes como la semántica. Es primordial detectar la omisión de signos de puntuación, acentos y demás faltas de ortografía... Un espacio en blanco puede contener una protesta, una ofensa contra el régimen. Pueden ser códigos secretos de organizaciones clandestinas. Hay que escudriñar los mensajes encriptados en los textos, en los juegos literarios. Por ejemplo, cuidado con la sinuosidad de la letra S, el símbolo de la serpiente. Y cuidado con la K, la consonante de Kafka —dijo don Isidro enfatizando aquella letra, que en su boca parecía maldita—. Fíjate bien en su nombre: es un anatema, ¡una blasfemia en sí mismo! Contiene dos K y dos A con una F en medio. Es casi un palíndromo, obsceno, grotesco, irreverente... ¡Incluso ha llamado K a algunos de sus personajes! Es abominable en todos los sentidos. Y no sólo estas dos consonantes. Por norma, hay que tener cuidado con las letras aisladas y en mayúscula, y más si están situadas en las cubiertas. De igual forma, atento a los puntos suspensivos, son signos ortográficos ambiguos, se prestan a la interpretación. Imagínate que con unos puntos suspensivos se está convocando una huelga. ¡Imagínate!

—Así que me propone que elabore informes en los que recopile todos estos detalles y que irán a parar al desconocido lector 36.

—Así es.

—Y con eso usted cree que lograré aplacar la furia del que anda detrás de mí después de tantos años y que no acabaré como Antonio, el impresor, ¿es eso?

—Eso es. El trabajo para el lector 36 será tu salvoconducto. Nadie, ni tu peor enemigo en el pueblo, podrá denunciarte —contestó el cura sin más emoción.

—Magdalena —dijo mi tío sin apartar la mirada de su interlocutor—, prepara café. Don Isidro tiene mucho que contarme.

Mi tío y el párroco se sentaron a la mesa y, mientras ayudaba a mi tía a preparar el desayuno, yo oía cómo seguían la charla.

—Así que todos los textos llegan a través de un servicio especial de Correos. ¿Cuántos recibiré?

—No demasiados, tal vez uno al mes. Cuando te llegan los textos, los revisas, señalas con el famoso lápiz rojo las observaciones pertinentes y haces una valoración que envías a una dirección de correos donde la recogerá el lector 36. Él enviará su informe al lectorado local, que, a su vez, lo hará llegar a la sede central del Ministerio. Éste es el trámite habitual, pero parece que el sistema es más complejo. Por lo que he podido averiguar, todos los documentos se cruzan: viajan desde la sede a la delegación provincial del lectorado, después a las secciones locales... En fin, todo un lío. Si te pones a escarbar un poco, te das cuenta de que España es un ir y venir de textos que todo el mundo lee y valora, hasta el mismo Caudillo, los ministros, los obispos, los altos cargos, gobernadores civiles, militares, sus mujeres... Sí, hasta sus santas esposas tienen potestad y autoridad para solicitar libros, artículos, y garabatearlos con el lápiz rojo antes de que sean impresos. Todos ellos pueden dictar sentencias firmes que muchas veces difieren de las del lectorado. Es a la vez una gran empresa y un gran caos.

—¿Puede retirarse de la circulación un libro que el lectorado haya autorizado si no le gusta a un obispo, o a un jefe de la Falange o a su esposa?

—Ya lo creo que sí. Sólo es necesario demostrar que se es un buen cristiano, un buen patriota.

—Y entonces, ¿qué ocurre?

—Se retira la edición completa de la obra. Los agentes de la autoridad, la Brigada Político-Social, se presentan en los quioscos, en las librerías y en los almacenes editoriales y requisan los libros, que son guillotinados inmediatamente.

—Pero entonces, ¿qué pasa con los lectores que han autorizado su publicación?

—En ese caso se inicia un proceso interno en el lectorado. Se sigue toda la ruta que ha recorrido el libro y todos aquellos que han colaborado de una forma u otra en la autorización de la obra pueden ser sancionados, procesados y condenados a la misma pena que se aplica a los escritores y editores del libro.

—En ese caso... puedo correr un gran peligro. ¿Y si lo que escribo en el informe no les gusta o no les parece correcto?

—No te preocupes, tus informes siempre los leerá el lector 36 y, al parecer, es uno de los lectores más finos de toda la organización. Jamás le han pillado en un renuncio. Ni un solo error en todos estos años. No has de temer nada. Yo nunca he tenido ni un problema. Ahora, lo único que necesitamos es que tu trabajo con este lector de confianza avale tu posición.

Tía Magdalena y yo colocamos las tazas sobre la mesa y dispusimos todo lo necesario para el desayuno, pero mi tío y el cura apenas dejaron de hablar para beber algún que otro sorbo de café.

—Don Isidro, no sé si es preferible seguir comiendo papel en vez de someterme a esta angustia.

—Comer papel. No eres ni el primero ni el último que lo ha hecho, Luis. Es una táctica habitual destinada a castigar los pequeños deslices. Periodistas, redactores, incluso directores de periódicos de una integridad intachable, todos saben qué sabor tiene el papel.

—¡Es absurdo!

—No sé si es absurdo, Luis. Tú conoces la importancia de las palabras. Dentro de ellas se halla la simiente del bien, pero también la del mal. Su mensaje penetra en el espíritu. Pervierte nuestra conciencia casi sin que nos demos cuenta. Manipula el alma y la corrompe.

—Don Isidro, ¿y el escritor no se puede defender? Y el editor que ha decidido publicar la obra, ¿acaso no tiene valor su palabra?

—¡Por supuesto que sí! Los originales que entregan los editores tienen prioridad absoluta. En cuanto llega el original de una editorial, circula rápidamente por toda la red para que lo lean las personas adecuadas. Después se devuelven los textos a los editores con todas las correcciones y sugerencias. Éstos se los pasan a los autores y, si en este proceso hay alguien que no está de acuerdo, se inicia un carteo largo y penoso. Los autores y los editores se defienden con uñas y dientes. Por eso, las sugerencias del lector tienen que estar muy bien fundamentadas, si no, el escritor puede ganar la batalla. Si esto sucede, se impone el silencio administrativo y el libro se publica a pesar de los consejos del lectorado.

—Pero entonces es mejor no justificar demasiado las correcciones. Tal vez sea mejor mostrarse un poco vago en la argumentación...

—No resultaría apropiado para nuestra causa que se impusiera el silencio en muchos de los libros que tú leas, Luis. Ya te he dicho que el lector 36 estará detrás de todo cuanto hagas y no se le escapará ni una, pero procura que tus argumentos resulten convincentes.

—Don Isidro, seamos sinceros: yo no sé si valgo para eso, no sé si podré hacer este trabajo. Usted sabe lo que pienso de la vida y mi forma de pensar, por más que yo quiera maquillarla, saldrá por algún sitio.

—Luis, este trabajo tiene más que ver con el sentido común que con cualquier otra cosa. De todas formas, cuando te llegue un texto siempre debes preguntarte: ¿ataca al dogma?, ¿a la Iglesia?, ¿a sus ministros?, ¿al régimen y sus instituciones?, ¿a las personas que colaboran o han colaborado con el régimen? Y, por supuesto, en tu análisis tipográfico debes advertir de cualquier signo que aliente la actividad sexual. El sexo, en cualquiera de las formas que se presente, está prohibido. Sólo puede hablarse de amor de forma platónica y, sobre todo, indirecta, sin mencionar o insinuar partes físicas o biológicas o prendas íntimas de vestir. También deberás aplicar, como está mandado, los preceptos de la moral católica y...

—Pero yo tengo mi trabajo, don Isidro. No puedo dedicar a esta actividad todo el tiempo que requiere.

—¡Tal vez yo podría ayudarle! —exclamó mi tía.

—Bueno, parece ser que existe lo que llaman «lecturas matrimoniales» —reveló don Isidro.

Todos nos quedamos callados. Nadie sabía muy bien qué decir.

—Es algo muy sencillo y eficaz. Son lecturas indirectas —arrancó el párroco—. Hay colaboradores casados, respetuosos padres de familia que hacen leer los originales a sus esposas mientras ellos las observan atentamente y vigilan sus reacciones.

Mi tío, mi tía y yo seguíamos sin palabras mientras don Isidro, cada vez más seguro de sí mismo y más animado, daba vueltas a un argumento que no sabíamos adónde iba a parar.

—Si las mujeres se ruborizan durante la lectura, esa parte del texto debe ser enmendada. Si el sofoco, la coloración de la tez, se mantiene con ciertas alternancias, se denegará la publicación del libro. El rubor femenino es una prueba concluyente. En el año 54, el ministro Arias Salgado definió la novela como un género que sólo merece la publicación si marido y mujer, en un matrimonio legítimamente constituido, pueden leérsela el uno al otro sin ruborizarse y sobre todo sin excitarse.

En ese momento, mientras el padre Isidro recitaba de memoria las palabras de aquel ministro de Información y Turismo, mi tía explotó en una sonora carcajada que llenó la sala y que contagió el humor de todos los que estábamos allí. De todos menos el párroco, que aún muy serio sentenció:

—La risa es una de las primeras cosas que quieren que anulemos de los textos. La risa, la ironía, no conduce a nada.

—Perdone, don Isidro, no nos volverá a suceder —contestó mi tía, azorada por su espontaneidad y con los ojos inundados de alegres lágrimas que se enjugaba con el delantal.

—Sólo quiero advertiros de que la salida que os propongo es perfecta, pero, Luis, debes tomártela en serio. Piénsatelo y, si decides aceptar la propuesta, ven a verme a la iglesia.

Dos semanas más tarde, mi tío recibía en casa un abultado paquete. Con él y con el famoso lápiz rojo bajo el brazo se trasladó al desván, al lugar donde se escondía de los demás. Pero en esta ocasión, allí arriba, la vergüenza se fue apoderando de él. A partir de aquellos dos días aciagos, mi tío dejó de imprimir textos prohibidos y empezó a redactar informes para aquel lector 36. Con ellos evitaba que un ser despiadado cuyo nombre tardé años en descubrir pudiera denunciarle, encarcelarle e incluso enviarle al paredón.

Don Isidro tenía razón. Muy pocas veces volvimos a ver sonreír a tío Luis.

21

La memoria, más que un punto final, estático, la escena inmóvil de un retrato, es un río, una corriente de agua que siempre está en movimiento, que se regenera con el acto de rememorar. Es capaz de hacernos ver las cosas viejas con ojos nuevos y eso nos abre puertas secretas, conexiones insospechadas, y nos sorprendemos de nosotros mismos porque vamos ampliando o inventando el mismo recuerdo con detalles que nos habían pasado inadvertidos y que nos abren ventanas a mundos ignorados.

Todo cuanto sucedió aquel verano despertó en mí muchas preguntas. Y ahora que vuelvo al pasado, encuentro significativas pinceladas que antes me parecieron insignificantes. Recordamos una conversación, un olor, una escena o una música porque hemos vuelto a ella más de una vez, muchas veces, como en una eterna digestión de nuestros sentimientos.

Sé que por aquellos días perdí la infancia. Tal vez fue en la piscina, hablando con el Lejía en la última conversación inocente que recuerdo en mi vida; o en el desván de casa mientras mi tío, humillado, se tragaba el poema de Verdaguer. ¿Sería la imagen del maqui Carlos huyendo de su casa en llamas, o la de los sacos de libros hundiéndose en el río? ¿Serían las palabras del padre Isidro la mañana en que aconsejó a mi tío que se convirtiera en lector las que me hicieron despertar en una nueva vida?

Una noche, poco después de la visita del párroco, tío Luis subió a mi habitación. Llevábamos días sin hablar. Tras aquella mañana, sólo se había acercado a mí para darme un silencioso abrazo. No ignoraba yo que ésa era su forma de decirme que sabía todo lo que había pasado la noche del traslado de libros y que estaba feliz de que, al menos, siguiéramos los tres juntos.

Tío Luis se sentó en mi cama como hacía cuando me enseñaba a hablar y me contaba cuentos.

—Pol, sé que te haces muchas preguntas. Estos últimos días has escuchado demasiadas cosas y no creo que aún estés preparado para entenderlas todas. La vida te las irá contestando si es que tú se las preguntas, si no, tampoco pasa nada. Tú eres Pol, uno de los niños más inteligentes y amados del mundo, y eso es mucho más de lo que pueden decir muchos niños a tu edad.

—Tío, yo... ¿Qué es eso que dijo usted en el desván el otro día acerca de que vivió en Barcelona?

—Mis padres y los padres de mis padres ya fueron impresores, eso ya lo sabes. Y es cierto que teníamos una imprenta en Barcelona, en la calle Aviñón: imprenta Babel, se llamaba. Esa máquina que tenemos ahora en el desván ha impreso tantos libros, en tantas lenguas y dialectos, como dicen ahora, que ni en toda una vida dedicada en exclusiva a la lectura conseguirías leer siquiera un tercio de ellos. Ha formado parte de la familia durante generaciones y mi padre aseguraba que nada tenía que envidiar en historia a la mismísima imprenta de Gutenberg.

Tío Luis sacudió la cabeza y retomó su discurso:

—En fin, todo cambió con la guerra, claro. Las persecuciones nos obligaron a trasladarnos aquí, al pueblo, que era donde había nacido la tía. Aquí estábamos más seguros. La policía de Barcelona confiscó la imprenta Babel y don Isidro nos ayudó a liberarla. Nos ha ayudado mucho, porque gracias a su protección y a los trabajos que nos encarga hemos podido vivir. Lo único que quiero que sepas con absoluta certeza es que nunca he hecho nada de lo que pueda arrepentirme. A veces, los hombres debemos arriesgarnos por defender lo que creemos. Ahora vivimos tiempos difíciles, Pol. Quizás cuando seas mayor comprendas muchas de las cosas que hago y que dejo de hacer por tu seguridad y por la de tu tía.

No eran muchas las oportunidades de hacer hablar a mi tío sobre el pasado y traté de aprovechar el momento:

—Y en Barcelona... ¿conoció usted a mis padres?, ¿qué…?

… pero, como de costumbre, él zanjó el tema al instante:

—¡Calla! Yo no puedo, no *debo* decirte nada. Mira —me dijo cogiéndome las manos—, un día, alguien me escribió que con los libros aprenderías a ver el mundo con los ojos de los sentimientos. Por eso no quiero que dejes de leer, porque lo importante no es lo que pasó, lo importante es que, pase lo que pase, a ti no te falte ni el amor ni la educación sentimental que nosotros no hayamos sabido darte. Descansa, Pol. Mañana será un día precioso y tú saldrás a jugar a la plaza y cuando llegues a casa, este libro estará a tu lado.

Mi tío me dio un beso y se despidió. Me quedé despierto en la cama. *Cándido,* de Voltaire, reposaba sobre las sábanas. Antes de cerrar la puerta, tío Luis se dio la vuelta y con gesto sombrío dijo:

—Y no olvides devolvérmelo para que lo esconda con los demás.

El día que fui a entregárselo mi tío estaba en el desván. Una sábana blanca cubría la imprenta Babel. Mi imprenta. El artilugio que me conectó a la vida. Allí se quedó, quieta, bajo las sábanas, hibernando.

Me hubiera gustado hablar con tío Luis y confesarle cuánto me había descubierto aquel libro prohibido: parecía la simple historia de un hombre que viaja por el mundo, un alma cándida que acepta su destino, bueno o malo, sin hacerse preguntas. Pero cuanto más avanzaba en su lectura y más pensaba en todo lo que había vivido en los últimos tiempos, más cuenta me daba de que aquellas páginas no eran inocentes. El mundo de Cándido era como el nuestro: hipócrita. Todos fingían no saber y todos ocultaban sus miedos. Sin embargo, en el interior de sus casas o de sus almas todos sabían y todos temían. El mundo que me rodeaba era también un inmenso teatro repleto de Cándidos, comediantes que van dando tumbos sin saber adónde se dirigen.

Entonces entendí el peligro de la lectura. Hasta ese instante, siempre había creído que leer equivalía a sumergirse en un paraíso, dejarse mecer hasta un territorio en el que todo estaba permitido. Nunca pensé que las imágenes que el lector proyecta en su mente se almacenaban en su subconsciente e iban fraguando poco a poco un mundo posible, diferente, un mundo que se imponía con tal fuerza que podía llegar a ser real. Los libros, los periódicos, las revistas eran un arma secreta, la única forma de rebelión.

Todos estos pensamientos me llevaron a ser un lector más atento y más voraz. Pero sobre todo consiguieron que empezara a odiar en secreto todo aquello que representaba el poder omnipotente de la época: la parafernalia de las procesiones, las banderas, los estandartes, los trajes azules, las boinas rojas... Aquella jerarquía incuestionable hacía uso del temor para paralizar a la gente que me rodeaba y que nunca pudo decirme la verdad.

Mi tío no fue una excepción. La imprenta Babel y él callaron para siempre. Y yo pude decir que, por fin, los libros de tapas moradas habían hecho mella en mi forma de ver la vida.

22

Mientras mi tío seguía recibiendo sobres y haciendo informes, yo estudiaba por mi cuenta, asistía a algunas clases y de vez en cuando salía con el grupo del Décimo. Cada día veía menos a Rana, que había empezado a trabajar como albañil.

Nos encontramos una tarde de 1966, hacia finales de curso, al salir del colegio. Ese día llevaba pantalón largo y fumaba sin parar.

—Muy pronto me voy a marchar de este pueblo, Misisipí. Me llevaré a Juanín conmigo. Tú tienes que hacer lo mismo. Hazme caso. Vas a llegar lejos, harás carrera, serás un hombre importante, pero si te quedas aquí te hundirás en la miseria, como todos nosotros. Vete, márchate a otro lugar. Aquí no hay nada, la gente se va a la ciudad. No hay vida. Éste es un pueblo de viejos.

Yo no sabía qué contestarle. Aún me faltaban algunos años para ir a estudiar a Barcelona, tal como me habían dicho tío Luis y tía Magdalena, que, ilusionados con mi porvenir, ya ahorraban para que pudiera continuar mis estudios en esa ciudad.

Me entristecía que ese chaval desarraigado y estrafalario me abandonara. Yo quería a Rana y sentía que él me quería a mí; nos apreciábamos y nos divertíamos juntos. Es probable que no nos contáramos todas nuestras cosas, pero tal vez fue el amigo con quien más confianza tuve. Por eso, antes de despedirme de él quise hacerle una pregunta, quizás la más importante de mi vida. Tragué saliva y le pregunté algo que llevaba años quemándome la garganta:

—Rana, ¿tú sabes quiénes fueron mis padres?

—¡Por fin te has decidido! Así me gusta. Tienes que ser valiente, enfrentarte a la verdad, como si fuera el río. ¿Recuerdas la primera vez que lo cruzaste?

—Sí, pero quiero contarte una cosa. Me ayudó Conejo.

—No hace falta que me digas nada. Si no hubiese sido él, te hubiera ayudado yo o algún otro del Décimo. Conejo me lo contó cuando íbamos a la roca del Moro. Él te dio las instrucciones precisas, las mismas que todos nosotros recibimos para cruzar el río.

—Pero yo creía que…

—¡Nada, hombre! El muy rufián de Conejo consiguió la letra del Décimo.

—¡Me engañó! —no me lo podía creer—. Yo se la di a cambio. Cuando lo vea, se va a enterar.

—Es mejor dejarlo. Hay cosas que vale más no remover, como las aguas de la charca. Si la remueves, sólo bebes barro.

—Tú sabes algo de mis padres, ¿verdad?

—Puede que sí y puede que no. He oído habladurías en el pueblo, pero me parece que todo es mentira. No quiero engañarte ni confundirte ni preocuparte por cosas que a lo mejor sólo se cuentan por contar y no son ciertas, como las leyendas de Lobo.

—Pero algo debió de pasar, Rana. Cuando yo llegué al pueblo no recordaba nada, no sabía hablar… Tuvo que enseñarme mi tío. Bueno, lo lograron entre la imprenta Babel y él.

—¿La imprenta Babel?

—Sí, claro, la vieja máquina del desván, ¿te acuerdas cuando escondimos los libros en la cabaña?

—Sí.

—Pues de ahí salieron.

—Entonces, ¿es cierto? ¿Existe de verdad?

—Pues claro. ¿Qué te extraña tanto? No lo entiendo.

—Verás, es que en el pueblo corren rumores. Dicen que está maldita, que es de los rojos. No puedo explicarte nada más.

—Ahora ya has empezado, no puedes dejarme en ascuas, Rana.

—Está bien. Pero que conste que yo no creo nada de todo eso; para mí que no es más que otra batalla de la guerra. Dicen que la tinta de esa imprenta era sangre, la sangre de los que mataron los rojos, gente del pueblo, familias enteras. Tinta roja con la que imprimieron libros, revistas diabólicas, terribles. Prendieron fuego a la mayoría de esos textos, pero algunos otros se perdieron. Dicen que al que lee una de esas historias se lo lleva el diablo, se vuelve loco y se ahorca como Judas..., pero ya te digo, son sólo habladurías, historias de miedo. No sé por qué te cuento todo esto, Misisipí.

Aquello me hizo reír. ¡Cómo se podían inventar tantas tonterías! ¡Cómo se iba a imprimir con sangre! ¡Cómo podía existir gente tan retorcida!

—¡Mierda!, te he contado demasiadas cosas. Y creo que todas son mentira. Me he ido de la lengua. Olvídalo, ¿vale? La gente que no tiene nada que hacer se inventa historias para meter cizaña, sin más, por envidias, rencores o herencias. Hay denuncias entre hermanos, tíos, primos; por tierras, casas, huertos, propiedades... Mi padre también era rojo, ya sé que no tienen cuernos y rabo como dicen por ahí. De todo habrá... Estuvo en la cárcel y cuando lo soltaron se casó con mi madre. Ella murió cuando yo nací.

Eso yo ya lo sabía, pero aun así extrañaba oírlo por boca de Rana. Nunca le había gustado hablar de su familia y pensé que aquélla era la primera vez en todos esos años que le oía pronunciar la palabra «padre» al hablar de Juanín.

—Son todo tonterías —admití.

—Ya te lo he dicho. Ni caso. La gente habla de cualquier cosa y se inventa historias. ¿No tendrás miedo?

—No, hombre, no. Yo sé que en esa imprenta nunca se ha impreso con sangre.

—En el pueblo también se rumoreaba que tu padre era el hermano de don Luis, pero no se sabe nada, porque ellos no se criaron aquí.

—No, mi tío vivía en Barcelona. Eso sí que me lo han contado. Llegó durante la guerra, pero... ¿qué es eso de que mi padre era el hermano de mi tío? ¿Me estás diciendo que mi tío es mi tío... *de verdad*?

—Te digo lo que he oído. Si es o no una tontería, ya es harina de otro costal. Pero bueno, dicen que por eso te adoptó. Ya ves.

—¿Y qué más has oído? —le seguí preguntando con angustia.

—¿Qué más voy a oír? Chorradas. Que tu padre y tu tío trabajaban en Barcelona, en un taller que imprimía para los rojos. Y que al terminar la guerra vinieron aquí por el padre Isidro. Él los protegió. Pero creo que tú naciste en Barcelona.

—¿Cuándo? ¿Antes o después de que mis tíos llegaran al pueblo?

—¡Yo qué sé, Misisipí, no fastidies! Es todo un lío. De todos modos, sólo hay un hombre en el pueblo que puede darte alguna pista sobre lo que pasó.

—¿Un hombre?

—Sí. Y no es tu tío, no me mires así. Es alguien que tienes muy cerca... Pero no estoy seguro y este asunto es muy delicado, no puedo decírtelo con certeza. Si me equivoco, se puede armar una muy gorda. Creo que en este tema nadie puede ayudarte, tú mismo debes descubrir la verdad.

—¿El padre Isidro? Tiene que ser él. A veces habla con mi tío de cosas que no comprendo, pero yo sé que tío Luis es buena persona y que el cura intenta protegernos.

Nos quedamos un rato mirando el río. Estábamos sentados en el tronco de la cabaña, con las piernas balanceándose en el abismo. Nos sentíamos seguros y a gusto. Sabíamos que en breve dejaríamos de disfrutar de aquellas charlas.

—Cuéntame más, ¿qué más se dice?

—Uf, no sé nada más, Misisipí. Aquí, en este pueblo, las paredes escuchan. No puedes fiarte ni de tu mejor amigo.

—Anda, venga, si no me lo cuentas tú, ¿quién lo va a hacer?

—¡He dicho que no sé nada más y basta! Y tampoco te fíes de lo que yo te cuento. Yo sólo escucho los chismorreos de las viejas. Vete tú a saber.

—Bueno, yo de ti sí que me fío. ¿Sabes una cosa? Nunca te lo he dicho, pero te pareces a Huckleberry Finn, uno de los amigos de Tom Sawyer.

—De ese libro sacamos tu nombre, ¿eh, Misisipí? Lo recuerdo muy bien. ¿Y qué tal es ese Huckleberry?

—Es el mejor personaje. Libre, como tú. A mí también me gustaría serlo. Quizás algún día pueda.

—A veces, Misisipí, hablas como un viejo. Eso me gusta. Seguro que es por los libros que lees, se te quedan las palabras en la memoria y luego las sueltas aunque no las pienses. Pero otras veces creo que vas a espabilar muy tarde. En cambio, yo no he tenido más remedio que madurar antes de tiempo. Anda, vete para casa. Y ya sabes, si deseas algo, no te rindas, lucha. Y si me necesitas, ven a buscarme. Siempre me encontrarás, viejo Misisipí.

Descendí del árbol y mientras caminaba hacia mi casa oí:

—¡Esas aventuras ya se acabaron para mí!

Miré hacia arriba y ahí estaba Rana. Mi amigo. Nunca volvería a tener otro igual. Yo sabía que aquello era una despedida, y cuando volví la cabeza para seguir la marcha, los ojos se me empañaron sin querer. Sabía que ya no le vería más. Fue mi mejor amigo, más que eso, mi hermano mayor.

No quise darme la vuelta. No me había dado vergüenza que se burlara de mí delante de toda la clase cuando me la jugó con don Sebastián y la cola de muérdago blanco, ni que asistiera a los torpes estertores de mis primeras erecciones, ni que me viera patalear como un pollo indefenso aprendiendo a nadar…, pero ese día me dio vergüenza que me viera llorar. Así que, dándole la espalda, levanté la mano y le grité:

—Adiós, Huckleberry.

23

Cuando abrí la puerta del taller, Agustín y tío Luis estaban escuchando la radio. Parecía que comentaban la nueva Ley de Prensa e Imprenta, la ley Fraga que tan poco tiempo llevaba en vigor: desde el 15 de marzo de ese año 1966.

—¡Bueno, poco a poco cambiarán las cosas! —exclamó Agustín, que no conocía las nuevas tareas de mi tío como lector de la censura.

—Ya veremos —masculló tío Luis—. No te hagas ilusiones. Creo que todo continuará igual. Es sólo cuestión de formas. Esta gente no va a soltar prenda, que los conozco, Agustín.

De hecho, nadie le había dicho a mi tío que tuviese que cesar su actividad clandestina, ni siquiera don Isidro le había comentado nada; al contrario, el párroco seguía pasándose por el taller para hablar con él y supongo que para intercambiar opiniones sobre el trabajo que iban haciendo. Mi tío era cautivo de aquella situación y la angustia que se reflejaba en su gesto indicaba la desconfianza en aquella nueva ley que con tanto brío de modernidad se había aprobado.

Después del adiós de Rana me sentía confuso y triste. Si lo que se decía en el pueblo sobre mi origen era cierto, tío Luis me había engañado. ¿Sería posible que ellos fuesen mis verdaderos tíos?, ¿que él fuese en verdad hermano de mi padre? Durante un tiempo traté de sacar el tema con el padre Isidro, con Agustín, con tía Magdalena, casi con cualquiera que pudiese darme más información, que pudiese brindarme una nueva hebra de la que ir tirando en busca de mis raíces; y aunque en el fondo sabía que me iba a resultar imposible sacarles nada, también tenía la certeza de que sólo era cuestión de tiempo. En cualquier caso, las preguntas fueron amortiguando sus gritos y poco a poco volvieron a convertirse en un murmullo sordo.

Aquel verano fue muy distinto a los anteriores. Me sentía distante de todo y de todos. Parte de la culpa recaía en la marcha de Rana: fue un duro golpe que en aquel momento no quise aceptar. Los días pasaban y ya nada me parecía igual que antes. No quería pensar, me refugiaba en los libros, pero las historias tampoco podían llenar el hueco que te deja un amigo de verdad.

No sé si fue por empatía con mi tío, siempre sumido en esa tristeza que le roía las entrañas, o por todos los cambios que se estaban produciendo en mi interior, en mi pensamiento y también en mi cuerpo, pero durante aquellos meses restantes de 1966 me acuartelé en un estado de pesimismo casi permanente. Nada me atraía, me parecía todo tan vano, tan insulso que me dejaba llevar por esa monotonía de la vida de un pueblo que parece anclado en las cosas más vulgares.

Sobre todo, lo que sentía era una tremenda nostalgia de la época en la que estaba Rana. Creo que una parte de mí se fue con él, pero sus palabras no me abandonaron jamás: «Misisipí, si deseas algo, no te rindas, lucha», y me preguntaba en silencio: «Pero ¿qué es lo que deseo?, *¿qué?*». Y al cabo de un rato me poseía un estado de consternación que nunca antes había sentido. ¿Qué es lo que deseo?

Esa pregunta y otras parecidas llegaban precisamente en la edad de la confusión, la adolescencia. A los catorce, la biología ya bulle en tu interior como una manada de búfalos que nada ni nadie puede detener.

Los dos años siguientes a la marcha de Rana proseguí mis estudios y apenas salí de casa salvo para dar alguna vuelta con los del Décimo. Más o menos por esa época comencé a escribir mis primeras líneas: palabras destinadas a ordenar mis pensamientos. Por supuesto, continué devorando libros: sólo de esa manera conseguía evitar enfrentarme a todas aquellas quimeras adolescentes que se desencadenaron después de que el líder del Décimo se marchara. Empezando por la aceptación de esa ausencia inevitable y pasando por todos los interrogantes sobre mi propia vida, la situación de tío Luis y también todo lo que sentía por aquella muchacha, Mariposilla, que continuaba presente en mis sueños, tal vez con más insistencia que antes. El adiós de Rana hizo que me obsesionase con que un día ella también se marcharía para siempre, y ese pensamiento destrozaba mi única alegría. Entonces me repetía en silencio: «Tú no te marcharás, tú no, tú no. Siempre volverás al pueblo y yo estaré aquí, esperando, esperando».

Una tarde de invierno la vi andando por la calle. Iba sola, y se acercaba directa hacia donde yo estaba. Era la ocasión. Tenía que detenerme, saludarla y decirle algo: preguntarle por los estudios, por los libros que estaba leyendo... Fabulaba con la posibilidad de intercambiar lecturas, pero me puse tan nervioso que no sé qué me pasó. Al ir a su encuentro, tropecé en el bordillo de la acera y casi me caigo; me ruboricé. Lo único que oí fue su risa y sus palabras:

—Misisipí, siempre despistado. No vas a cambiar nunca.

No recuerdo qué le contesté, aunque es mejor así. Mariposilla se detuvo y yo no sabía dónde meterme, me sentía mal, me dio mucha vergüenza parecer un idiota delante de ella. Sin embargo, cuando empecé a notar que controlaba el rubor, vi que me sonreía como aquella primera vez:

—A ver si nos vemos y me dejas alguno de tus libros.

—Sí, sí, claro —intenté reaccionar, tragué saliva, ya estaba decidido a decirle algo más, pero ella continuó su camino.

Yo me quedé allí, temblando, con el pulso acelerado. La miré unos segundos, deseando que se volviera sólo una vez. «Sólo una vez, una vez, una vez... Venga, Alba.» Y antes de doblar la esquina, como si hubiese escuchado mi pensamiento, se dio la vuelta muy rápidamente y me dijo:

—Adiós, Pol.

Ese adiós me dejó por los suelos, me faltaba aire. Estaba confuso, pero me había llamado por mi nombre... «Adiós, Pol.» ¿Qué quiso decir? Ella sabía que yo la estaba mirando, por eso se había girado, y yo estaba allí, aguardando que lo hiciera. «Adiós, Pol.»

Me hice ilusiones, pensaba que tenía alguna esperanza y estaba decidido a lanzarme en la próxima ocasión. Aquellas últimas semanas incluso tía Magdalena advirtió el cambio en mi estado de ánimo. Silbaba por la casa, canturreaba aquellos versos que compuso Rana mientras esperaba a que la barca de Matías me recogiera la noche del registro:

El Décimo es nuestra pandilla,
la X grabada en la piel.
Cruzamos nadando el río...
y en la boca el sabor del papel.

A pesar del mal tiempo y de la niebla de aquellas Navidades, los días me parecían más luminosos. Deseaba salir a la calle y buscar a Mariposilla, que para mí ya era sólo Alba; hacerme el encontradizo y hablar con ella. Pero no había manera: cuando me decidía, aparecía Hormiga o Alba se iba de repente porque la llamaban. Sé que se daba cuenta de que yo estaba a punto de decirle algo; me miraba y se reía, y yo me atormentaba pensando que lo hacía a propósito para verme sufrir.

Cuando me quedaba solo, me torturaba pensando que no sería capaz, que nunca encontraría el momento, la ocasión. Entonces, mi estado de ánimo cambiaba: tan pronto cantaba de alegría, pensando que quizás por la tarde, con los amigos, podríamos quedarnos un rato solos, como al cabo de unos instantes me sumía en la tristeza pensando que ella no sentía nada por mí, que todo eran imaginaciones mías y que quizás se estaba burlando. Hasta que por fin escuché la terrible noticia: Alba se había ido a pasar los últimos días de vacaciones con unos tíos, lejos del pueblo. En ese momento sentí que la perdía para siempre. Me recriminaba la falta de valor, el no haber sido más resuelto. Creía que había desaprovechado la ocasión de mi vida y estaba de un mal humor insoportable. Quedarme solo era aún peor: el desánimo me postraba.

Uno de aquellos días por la noche encontré encima de mi cama un nuevo libro de tapas moradas. Se trataba de *Las desventuras del joven Werther*, que el escritor alemán Goethe había publicado en el siglo XVIII. Empecé a leerlo y no me detuve hasta que lo acabé. Aquella noche no bajé a cenar, no dormí y al despuntar el alba sentía que yo sufría tanto como el joven Werther por un amor que no me atrevía a declarar. La lectura había acentuado mi angustia, de hecho, casi me deleitaba en ella. El protagonista de la novela tenía un halo de malditismo con el que rápidamente me sentí identificado. La desesperación de aquel joven era idéntica a la mía. Nadie le comprendía y la mujer a la que amaba no parecía corresponder su amor. El joven Werther acababa suicidándose. ¿Y yo? ¿Qué era para mí el suicidio?

Desesperado, salí de mi habitación. Quería despejarme, dar una vuelta. Después de pasar toda la noche en vela, embebido en las páginas de aquel libro, con los ojos llorosos y totalmente enajenado, necesitaba respirar aire fresco, tranquilizarme.

Cuando bajé las escaleras, vi que mi tío estaba sentado en el salón. Era muy pronto, apenas había amanecido, pero él ya estaba allí, sin leer, sin escribir nada. Parecía que tan sólo esperaba. Pasé por su lado con la intención de dirigirme a la puerta. No quería hablar con él ni con nadie, pero cuando estaba a punto de agarrar el pomo, oí su voz:

—¿Has leído el libro que te dejé?

Sus palabras me clavaron delante de la puerta. Mi tío debió de adivinar que no había pegado ojo, que algo me pasaba, y continuó:

—No sé quién es ella y no quiero que me lo cuentes si no te apetece, pero... Goethe se arrepintió de escribir esa novela que, en su época, indujo al suicidio a muchos jóvenes. Esta noche ya has tocado fondo. Aléjate del abismo y enfréntate a la vida. Los libros, las novelas nos ayudan a entender el mundo para que aprendamos a no cometer los mismos errores de los personajes, a los que el autor siempre lleva a situaciones límite en su recreación literaria. Sólo es un juego, Pol, y así hay que entenderlo. La vida no es una novela... Anda, muchacho, no pongas esa cara. Ya verás como todo se soluciona, debes confiar en ti mismo. Si te lo propones, puedes conseguir lo que quieras.

Tras escuchar sus palabras permanecí aún un rato recostado en el umbral, sin decidirme a salir a la plaza. Estaba agotado, no obstante, al fin me animé a dar una vuelta. Hacía mucho frío. Sin darme cuenta, mis pies me condujeron río arriba hasta aquella zona, los pozos de la Marquesa, donde los remolinos se habían tragado a Pastor.

La vegetación de la ribera, exuberante en verano, ahora parecía un cementerio de esqueletos vegetales. Todo se mostraba yerto, las bajas temperaturas habían congelado la humedad y la escarcha blanquecina de un día tras otro recubría los troncos, las cañas, los juncos, la capa de hierbas secas del suelo. La niebla, con sus tenues manos etéreas, calaba hasta los huesos y añadía un punto de irrealidad espectral al paisaje.

Me aproximé hasta la orilla y durante un rato contemplé esos ojos de agua, la corriente, su fuerza, su ímpetu, y pensé en muchas cosas. En esa época las palabras de los padres, los mayores, todo lo que me había dicho tío Luis no contaban para nada, sólo los consejos de los amigos dejan huella en nosotros, y en aquel momento yo no tenía ninguno a mi lado.

Enfrentarme a la muerte, que me esperaba a tan sólo unos metros, me excitaba. Me llamaba, escuchaba su voz suave, que me susurraba con la eterna canción de la corriente: «Ven, ven, ven a mis brazos, yo puedo curar todos tus temores». Sentí la tentación de hacer una locura. Tuve un arrebato, uno de esos arranques del ánimo que en aquella época de adolescencia y juventud podían convertirme en un volcán en erupción, un volcán que a lo largo de los años he aprendido a contener.

Cogí un puñado de piedras planas, guijarros de río, y las fui lanzando una tras otra, tal como me había enseñado Rana. Sus cantos chocaban contra el agua, hacían sopas, daban saltos. Las palabras del líder del Décimo me ayudaron otra vez en ese terrible momento, casi al límite del abismo: «Misisipí, si deseas algo, no te rindas, lucha».

Después de *Werther* llegaron otras novelas. En un par de noches leí *El retrato de Dorian Gray,* de Oscar Wilde. La historia me atrapó en sus garras. Me sentía como Dorian e incluso hice mía la frase de lord Henry Wotton, el aristócrata que ejerce un influjo decisivo sobre el protagonista: «Lo único que vale la pena en la vida es la belleza y la satisfacción de los sentidos».

El joven Dorian Gray apareció ante mis ojos como un modelo digno de ser imitado: la verdad no era nada, sólo existía la apariencia; el espíritu de las cosas estaba en su piel, en la parte exterior, en su belleza. Dorian se situaba en las antípodas de Werther, el atormentado y firme defensor de los sentimientos que puso fin a sus días por amor. Por contra, Dorian disfrutaba de la vida, de los placeres, se convirtió en un libertino adulador y eran sus amantes, las mujeres a las que él había seducido con promesas de amor eterno, las que se suicidaban cuando les decía que ya no las amaba, que las abandonaba porque se había cansado de ellas. A Dorian sólo le preocupaba la satisfacción de los sentidos, el placer, no el daño que pudiese causar. Por eso hizo un trato con el diablo: sería el retrato que le pintó su amigo Basil el que envejecería en su lugar, y de ese modo él jamás perdería su juventud y su belleza.

Recuerdo que algunas veces, mientras mi tío estaba trabajando en el taller de Gráficas Albión, yo subía al desván sin que me oyeran y levantaba con los dedos, muy levemente, la sábana que cubría la imprenta Babel: pensaba que ése era mi retrato, que aquella máquina empezaría a envejecer, a cambiar de aspecto a medida que yo fuese convirtiéndome en un ser maligno, un monstruo depravado como Dorian. No podía resistir esa visión de mí mismo y al instante me estremecía, apartaba mis dedos y corría de nuevo escaleras abajo, hasta el comedor, en busca de terreno firme.

24

Tras las vacaciones de Navidad, Alba regresó de la visita a sus familiares, pero nuestra situación no mejoró. De vez en cuando la veía y nos saludábamos, a veces incluso nos parábamos a hablar, pero nuestra historia no pasaba de ser una suma de encuentros insulsos entre supuestos amigos.

Mientras tanto, mi casa se había convertido en un lugar oscuro y triste. Desde que mi tío trabajaba de censor apenas hablaba con él y Agustín era la única persona que de vez en cuando conseguía arrancarme una sonrisa, en especial cuando venía Gregorio, el sacristán, a traer algún encargo del padre Isidro.

¡El sacristán! Vaya personaje. Hablaba poco, sin embargo, lo miraba todo con sus ojillos escrutadores. A mí me sonreía tenso e intentaba descubrir si estaba leyendo algún libro. La gente del pueblo lo trataba como un bicho raro: a veces era un imbécil, más bobo que Cenubrio, el tonto del pueblo, y otras, era el más sabio de todos.

Agustín siempre lograba ponerle nervioso: se burlaba un poco de él, lo enredaba como quería y Gregorio abría los ojos, desconcertado, creyéndose a pies juntillas todo cuanto el otro le contaba.

—Oye, Gregorio —le dijo Agustín una tarde—, ya puedes ir preparándote. Me han dicho que el mes que viene los americanos van a instalar una base militar en el pueblo. Yo que tú aprendía inglés, Gregorio, y también indio, porque creo que aquí van a mandar oficiales indios.

—El inglés ya lo controlo. Además, conozco el acento yanqui, pero el indio... Tendría que saber la tribu. ¿La sabe usted, don Agustín?

—Los primeros en llegar van a ser los siux, y también comanches y cherokees. Creo que algún ingeniero es apache.

El pobre Gregorio sudaba a mares, se sacaba el grasiento pañuelo del bolsillo, que desprendía aromas de incienso y de cera, mientras murmuraba el nombre de las tribus y resoplaba porque quizás eran demasiados los idiomas que debía aprender y poco el tiempo para hacerlo. Agustín continuó la broma y antes de que el sacristán se marchara le dijo:

—No estaría de más que aprendiera usted ruso. Tengo entendido que van a venir ingenieros de Rusia, disidentes, claro...

—Sí, eso he oído decir yo también. Ruso, voy a aprender ruso.

Gregorio se marchó apresurado mientras Agustín, para mofarse aún más del sacristán, le recomendaba:

—Hable usted con el cartero. Él se sabe de memoria todas las tribus de indios americanos, incluso conoce los nombres de todos los pistoleros... ¡Y no se olvide usted de los rusos!

Sin borrar la sonrisa de su cara, Agustín se volvió hacia mí.

—Me parece increíble, un hombre como él, que sabe hablar siete lenguas sin contar las de aquí, ¿cómo puede creerse una cosa semejante? Es capaz de aprender ruso en menos de una semana. Como se entere el cura de que el sacristán aprende ruso, lo excomulga.

Y se echó a reír a carcajadas.

Sin darme cuenta, un día me cayeron los exámenes encima. En esta ocasión, en vez de don Sebastián me acompañó a Tarragona mi tío. Cuando acabó la prueba, me invitó a comer en un restaurante cerca del mercado y por la tarde regresamos al pueblo.

Íbamos ya camino de la estación, charlando sobre mis respuestas del examen, cuando un señor de aspecto timorato se aproximó a nosotros y se dirigió a tío Luis con voz discreta. Apenas nos dimos cuenta de su presencia, ya que su discreción y el tono bajo de su voz lograban que pasara inadvertido.

—Don Luis, don Luis, ¿se acuerda de mí?

Mi tío se volvió para atender esa mano en el hombro que le reclamaba.

—Don Venceslao —reconoció casi para sus adentros, asustado, incómodo.

—¿Cómo está, don Luis? Me enteré de todo, de lo del registro, de lo de Carlos. Ha sido una desgracia. Seguimos recibiendo algunos libros, pero no los suyos.

—Chsss —aunque apenas se le oía, mi tío le indicaba con la mano que bajase la voz. Éramos tres personas y estábamos hablando por la calle, y de registros. Aquello podía ser un peligro.

—Lo siento, lo siento, pero ¿por qué no viene a la librería? Ya sabe que está aquí al lado.

—No podemos, don Venceslao. Créame que lo siento, pero...

—No tema, las cosas están más tranquilas.

—Me temo que...

—Yo nunca he estado en una librería, tío —intervine yo para que cediera—. Cada vez que venimos aquí, vamos con tanta prisa…

—Es que…

—Venga, hombre, no podemos seguir discutiéndolo aquí de pie.

Don Venceslao Torres, así se llamaba el dueño de la librería Ítaca, cogió a mi tío por el brazo y le arrastró hacia su establecimiento. Estaba situado en una calle céntrica de la ciudad y sus enormes escaparates reclamaban mi atención, repletos de libros. Mediado 1967, la novedad era *Gritos del mar,* un libro de artículos de José María Gironella, que había cosechado gran éxito con la trilogía formada por *Los cipreses creen en Dios, Un millón de muertos* y *Ha estallado la paz.* En la librería trabajaban dos empleados: una chica de unos dieciocho años y un señor mayor. Ambos atendían a los clientes mientras mi tío y Venceslao hablaban en la trastienda. Yo me fui tras ellos.

Dedicaron un rato largo a ponerse al día de todas las novedades. El lugar era un cuarto oscuro, iluminado por una lámpara eléctrica de flexo situada encima de una mesa pequeña. Todo estaba repleto de libros colocados en estantes. Entre los cientos de volúmenes, reconocí algún pliego de mi tío.

—Tío, ¡Miguel Hernández!, *¡Los hombres viejos!*

—Chsss —volvió a callarnos—. ¡Calla esa boca!

—No se preocupe, don Luis. Los empleados son de confianza y los clientes también. No todos, pero muchos de los que entran saben lo que tenemos en la trastienda.

—¿Llegó a recibir *Moralidades,* de Gil de Biedma? —pregunté por si Carlos había tenido suerte y había logrado distribuir aquellos ejemplares.

—Sí, pero la versión expurgada. Creo que la otra se imprimió en México... ¿No quiere llevarse ningún libro, don Luis?

—No, se lo agradezco. Veo que aquí las cosas están más tranquilas, pero en el pueblo aún hay mucho miedo. Los que mandaban aún mandan y mandarán, don Venceslao.

—De todas formas, si algún día necesita cualquier cosa, o si su sobrino necesita leer algún libro especial, ya sabe dónde acudir. Todos los libreros que vendíamos sus libros le echamos mucho de menos.

—Muchas gracias. Todo lo que dice es muy halagador... Y ahora nos tenemos que marchar. Ha sido un placer volver a verle.

—Alegre esa cara, don Luis. Está usted hundido, avejentado. No debe dejar que le ganen la partida. ¡No van a poder con nosotros!

Tío Luis le dedicó una media sonrisa, palmeó levemente su espalda y con toda discreción y algo de miedo por parte de mi tío abandonamos la librería.

Aún hoy en día me pregunto qué debió de sentir al advertir que él había sido el responsable del absurdo informe tipográfico de algunos de aquellos libros. Ni siquiera quiso mirar en las estanterías para ver cómo se habían editado finalmente aquellos títulos. Salimos corriendo, como a hurtadillas, de la librería Ítaca.

25

Recuerdo que al año siguiente fuimos de nuevo a Tarragona para hacer el examen de reválida. En invierno empezaría el bachillerato superior. Ese verano me di cuenta de que la época estival había perdido el encanto que tenía en la primera infancia. Ya no era lo mismo, nadie acudía a la cabaña. Yo me dejé caer por allí algunas tardes, solo. Reparé algunas tablas, corté nuevas cañas para el techo... Me sentía bien allí, era mi refugio. Y fue en esa cabaña donde garabateé los primeros versos de adolescente en un cuadernillo pequeño, a lápiz. Ése era mi secreto, mi espacio de libertad, donde aún podía soñar y depositar en esos poemas largos y demasiado afectados todas las quimeras que me cubrían el corazón.

Durante ese año, la pandilla del Décimo se fue disgregando lenta pero inexorablemente: Gallo se marchó a estudiar a la universidad laboral, ya que había conseguido una beca, quería ser mecánico, decía que tenía mucho futuro; Conejo, todavía con su equis siempre en el bolsillo, trabajaba día y noche en el taller del carpintero; a Rata le veía de vez en cuando, pero siempre habíamos estado más distanciados; Búho pasaba alguna vez por casa y nos dábamos un paseo juntos; Mariposilla y Hormiga estudiaban en un colegio de monjas de la ciudad.

Uno de los libros que más me gustaron en esos meses fue *El extraño caso del doctor Jekyll y* mister *Hyde,* de Stevenson, el mismo autor de *La isla del tesoro* que tanto me había gustado unos años atrás. También leí a Joseph Conrad: *Lord Jim* y aquel precioso relato titulado *El corazón de las tinieblas.*

Ahora sé que todos esos libros que leí durante aquellos años de turbulencia me ayudaron a superar mis traumas. Mi viva imaginación se reflejaba en esos espejos de palabras que son las novelas y ellas me ayudaron a verme, a conocerme a mí mismo. Los duendes que habitan con nosotros, y que se manifiestan especialmente cuando nuestro cuerpo y nuestra mente cambian tan deprisa, tenían nombres, y yo tenía las palabras, los libros, todas esas historias para conjurarlos y gobernarlos.

Durante las fiestas mayores de 1969 pillé la primera cogorza de mi vida. Nunca podré olvidar esa fecha. Después de aquella competición absurda, sólo aguantamos Conejo y yo. Cada copa del explosivo cóctel que engullía despertaba el sabor de esa amargura que sentía por dentro y creo que fue eso, la tristeza, la rabia, lo que me ayudó a mantenerme en vertical. Luego en el baile me sentí como el mismísimo Dorian: adulador, amable, cínico, superficial. Las palabras fluían de mi boca, bromeaba con todo el mundo y me sentía bien, a gusto conmigo mismo. Mis ojos brillaban. Recordaba frases de libros y las lanzaba con gracia, entrelazaba unas con otras y eso impresionaba a mi público, seducía a quienes me escuchaban.

Casi todas las familias del pueblo tenían su palco en el entoldado, alrededor de la plaza convertida en pista de baile. La orquesta tocaba canciones melódicas y creo que aquella noche saqué a bailar a todas las chicas, incluso a algunas mayores que yo; nada me daba miedo, estaba imponente. El alcohol me había dado el coraje necesario. Desde los palcos, las viejas me miraban sorprendidas y yo podía oír sus cuchicheos:

—Mira, Carmela, ¿has visto al chico de la imprenta?

—Cómo ha crecido. Pobre Magdalena, este año tampoco tiene palco. Su marido no sale de casa.

—Míralo, nunca lo hubiese imaginado. Si es el de la imprenta y parecía una mosca muerta. ¡Fíjate en cómo baila!

Me daba completamente igual lo que dijeran, lo que pensaran; me reía de todos mientras daba vueltas y más vueltas con Hormiga, que, sofocada, intentaba aguantar mi paso, pero no podía, se mareaba como una sopa y yo aceleraba aún más los giros.

Bailé con todas menos con ella, con Alba, que era lo que más deseaba en el mundo. Así de retorcido, de complicado era todo. Yo fingía estar contento, feliz, pero cada vez que en el espacio de mi visión entraba ella o su sombra o su risa, el Werther que llevaba dentro luchaba por salir y anular a Dorian. Dando vueltas y más vueltas bajo las luces y los banderines de colores, con la música a mi alrededor, vendí mi alma al diablo y en la locura etílica me convertí en el mismísimo mister Hyde.

Cuando acabó la primera parte del baile, salí de la pista. No vi a Conejo, pero me uní a un grupo de jóvenes dos o tres años mayores que yo. Me invitaron a beber, fumaba sin parar, soltaba tacos, contaba chistes verdes, decía procacidades, obscenidades que ni yo mismo sabía que pudieran pronunciarse; se me avivó el ingenio sádico, perverso. Todos estaban contentos, se reían a carcajadas de las burradas y las burlas que salían de mi boca y me trataban como si tuviera su edad, uno más de ellos, me admiraban y se lo pasaban en grande. Ya había dado el estirón y me sentía un hombre hecho y derecho. No sé exactamente qué me dieron a beber, pero lo engullí de un trago haciéndome el gallito.

Al principio no pasó nada, todo era igual que antes. Sin embargo, cuando la orquesta empezó a tocar otra vez, no sé lo que me sucedió: me quedé allí, en aquella barra del bar, totalmente inmóvil. Ya no había literatura en mi cabeza, se había quedado vacía. Todos entraron de nuevo al baile y yo dije que iría más tarde. Esperé, y justo en el momento en el que todos estaban dentro, di un paso, pero noté que me tambaleaba.

—Vaya tranca que ha pillado el de la imprenta —dijo el camarero—. ¡Cuidado, chaval, que te vas a abrir la cabeza!

Ésa fue la última frase que escuché. No me atreví a volverme. Di unos pasos a tientas. Iba de una esquina a otra, haciendo un esfuerzo increíble por mantenerme de pie, en equilibrio. Avancé por la calle apoyándome en las paredes de las casas. No podía llegar, todo me daba vueltas, mi estómago iba a estallar de un momento a otro y casi a cuatro patas me metí por un callejón sin salida que daba a unos corrales, cerca de la plaza, donde no había luz y todo estaba en penumbras.

Vomité. El vértigo que sentía era tan grande que no podía ni abrir los ojos, me encontraba fatal. Todo mi cuerpo se arqueaba con unos espasmos imposibles de detener. Pensé que moriría allí mismo. Me senté en el suelo y entonces las vi: Hormiga y Alba me habían seguido hasta allí.

Intenté incorporarme, apoyando las dos manos contra la pared, pero no podía, todo mi cuerpo oscilaba de un lado a otro. Por fin creí mantener el equilibrio y respiré hondo, decidido a ser el de antes: reclamaba la gracia, la superficialidad cínica y perversa de Dorian o la loca pasión de Werther. Los dos personajes daban vueltas dentro de mi cabeza. Y de repente ya no había nada, se habían marchado, sólo quedaba un zumbido.

Ellas dos se acercaron sonrientes, burlándose. Yo traté de serenarme y al final me armé de valor: me lancé hacia delante y, como si fuese un rapsoda medieval, ejecuté una serie de grandes reverencias que a punto estuvieron de terminar con mis narices en el suelo. Mientras ellas se mondaban de risa, hice un esfuerzo increíble para articular la voz, pero no pude, de repente no supe cómo hacerlo y aquello me asustó muchísimo.

Me quedé sin habla, bloqueado. La cabeza se me iba, volaba, se me nublaba la vista. ¡Había perdido las palabras! Ellas me miraban perplejas, sobre todo Mariposilla, mientras Hormiga le decía:

—Venga, vamos, está borracho.

—Ve tú, yo voy ahora.

Nos quedamos solos y entonces el mundo se esfumó bajo mis pies. No recuerdo nada más. Ignoraba cuánto tiempo estuve inconsciente; sólo recuerdo que oí una voz muy lejana que insistía una y otra vez:

—Regresa, vamos. Despierta, por favor, no me hagas esto. Misisipí, estoy a tu lado. Aunque Rana se haya ido, yo estoy aquí, contigo, somos del Décimo. Yo también llevo la equis grabada en la piel. Vuelve de una vez. ¡Despierta!

Abrí los ojos y ella estaba allí, a mi lado. Yo tenía la cabeza sobre su regazo. Distinguí a Conejo, Búho y Rata, de pie, hablando acaloradamente.

—¡Vaya pedal lleva Misisipí! Lleva tres horas ahí tirado. Tenemos que avisar a sus tíos.

—No se despierta. Abre los ojos, pero no se despierta. La madre que me parió, ¡será cabrón! ¿Pero tú has visto lo que hacía en el baile? Se burlaba hasta de don Bruno.

—Parecía otro. El cabrón bailaba como Fred Astaire, ¿dónde habrá aprendido a bailar así?

—¿Y ahora qué hacemos? Si no despierta habrá que avisar a alguien.

En la penumbra de aquel callejón, derrotado y apenas libre del embrujo etílico, oía las voces de mis amigos mientras ella me miraba, me acariciaba la cara, el pelo. Se escuchaban a lo lejos los compases de una canción melódica de aquel tiempo, una canción romántica que yo odiaba a muerte pero que en aquel instante me pareció bonita. En sus dedos, en sus manos había tanta ternura... Me sentí casi un niño y busqué en la mirada de Alba los ojos de mi madre; esa cuyo abrazo busqué tantas noches cuando el pánico me hacía temblar entre las sábanas, antes de que mis tíos se hicieran cargo de mí y la imprenta Babel me devolviera la voz, las palabras. Deseé quedarme ahí hasta el final de los días, no despertar jamás. Duró unos segundos, pero recuerdo que, a pesar de lo mal que me sentía, allí junto a ella pensé que era el hombre más feliz de la tierra y aquél me pareció el despertar más maravilloso del mundo. Creo que es esa mirada la que desde entonces y con el correr de los años he perseguido siempre, en cada mujer que he amado.

Si con la marcha de Rana descubrí que ningún libro podía sustituir a un amigo, en el regazo de Alba descubrí que ningún libro podía sustituir a la vida. Y ahora estaba ahí delante, esperándome: tenía que vivirla.

—¡Ya se ha despertado! —avisó ella al resto del Décimo.

—¡Hombre, Misisipí! ¡Por fin de vuelta al mundo de los vivos! —comentó Búho.

—¿Cómo estás? —preguntó Conejo.

Todos se agolparon a mi alrededor. Alba y Conejo me ayudaron a incorporarme. Bebí agua, mucha, me dolía todo el cuerpo y aún sentía un ligero mareo.

—Bien. Estoy bien —dije.

—¡Serás cabrón! ¡Menudo globo que te has pillado!

—¡Como un cosaco!

—Si quieres te acompañamos a casa, el baile está a punto de terminar…

—No, no, dejadme, ya estoy bien. Puedo ir yo solo.

Entonces ella pronunció las palabras que me habían rescatado de mi inconsciencia:

—Misisipí, aunque Rana no esté, nos tienes a nosotros, somos tus amigos, nunca te abandonaremos. Somos del Décimo, no lo olvides.

Nos dejaron solos y ella me acompañó a casa. Sonaban ya los últimos acordes, cuando empiezan los popurrís y el delirio de la fiesta, y los últimos reclaman una última canción, y luego otra, y otra más para que nunca se acabe la noche.

Caminamos juntos en silencio. Yo temblaba, estaba muy nervioso, excitado. Levemente rocé su mano y ella no la apartó. Cogidos de la mano cruzamos la plaza. La luz de la farola parpadeaba y se apagó de repente. Ella sonreía y yo no podía articular palabra: todo mi ser estaba concentrado en los dedos, en la mano que acariciaba su piel.

Alba y yo nos quedamos allí, junto a la farola apagada. Se oían risas, gritos lejanos, canciones, la música sonando a nuestro alrededor; el viento agitaba las banderitas de colores que cruzaban la plaza, de extremo a extremo. Tragué saliva e intenté calmarme.

Alba se volvió hacia mí. Yo me perdí en sus ojos. No sé qué le dije, no hilvanaba bien las frases y ella se dio cuenta.

—¿Sabes una cosa, Pol? —me dijo de pronto—. Siempre he pensado que tú ibas a ser escritor, un gran escritor.

Yo la miraba sin saber muy bien cuál debía ser mi respuesta, qué esperaba ella que hiciese. Me sentía tan inútil. En ese instante no hallé palabras en mi pensamiento. Temblaba de miedo porque no quería escuchar un lejano «hasta mañana». Entonces me di cuenta de que nuestras manos seguían enlazadas, se acariciaban sin cesar, y en un arrebato de valor que no tenía cogí a Mariposilla por la cintura, me arrimé a ella y le di un beso, el primer beso de mi vida. El beso que no se puede olvidar, el que siempre acaba volviendo a la memoria, al olfato, a los labios. La besé durante un tiempo eterno y lo único que nos despertó del hechizo fue la luz de la farola, que en ese momento parpadeó y se encendió sobre nuestras cabezas.

Por un momento todo desapareció de mi vista. No sabía qué estaba haciendo allí y por qué, sólo la veía a ella: sus ojos, bajo aquella luz azulada, con un fondo de coloridas banderas. Permanecí así un rato, como un pasmarote, inmóvil, mirando a mi alrededor sin ver nada salvo a ella. Lentamente fui bajando de mi nube, reaccioné, sí, porque vi como un coche entraba en la plaza por la esquina. Ella lo reconoció y antes de largarse me dijo:

—Mañana por la tarde en la cabaña.

Cuando el vehículo pasó por mi lado, pude ver de reojo a don Bruno; sus ojos fijos en mí tras el cristal. Era el tío de ella, de Alba, y no sabía si aquello podría traerme problemas. Me asusté... ¿Nos habría visto? Mi tío nunca dejó de advertirme: «Aléjate de él». Pero yo me sentía un hombre. Le di una patada a una piedra que había justo a mi lado y que fue a rebotar contra una de las arcadas, luego salté y me fui corriendo. Nada me importaba don Bruno, lo que sentía por ella era mucho más grande y me daba fuerzas para enfrentarme incluso al más poderoso del pueblo si hacía falta.

26

A partir del primer beso, todo —las mañanas, la lectura, el verano, la vida—, absolutamente todo cambió. Nunca una mujer sabrá cuántos pensamientos, cuántas rutinas pueden transformarse a la entrada de sus labios. Ni siquiera recuerdo qué novela leía en esos momentos: *¿Don Quijote de la Mancha?*, ¿sería ésa? Creo que sí, pero no estoy seguro. Es un libro al que he vuelto en más de una ocasión y creo que por aquellos días fue la novela que mi tío me dejó sobre la cama. Recuerdo que mis ojos sobrevolaban las palabras, pero no las leía. Pasaba páginas enteras sin captar la historia. Una y otra vez me veía obligado a comenzar desde el primer capítulo, hasta que me hartaba y obedecía el reclamo de la imaginación, que me conducía al escenario del primer beso. Si estaba acompañado, procuraba apartarme, y si no podía, delante de todo el mundo me quedaba con los ojos fijos en algún punto, permitiendo que mi mente volara al río, a su cuerpo, a su abrazo, a su olor. Entonces me invadía una oleada de placer y debía cerrar los ojos para que nadie notara cómo se me dilataban las pupilas.

Las últimas semanas de aquel verano, Alba y yo tratábamos de vernos por la mañana, por la tarde, a veces a mediodía, cuando todo el mundo dormía la siesta. Nos escapábamos de nuestras casas y nos reuníamos en la cabaña del Décimo.

Mi tía se daba cuenta de lo que pasaba porque alguna vez me pilló con la mirada perdida y el plato intacto encima de la mesa.

—Pol, anda, come, que cada día estás más alto y más delgado. Necesitas alimentarte, no puedes seguir así. No comes, no lees... llevas semanas con el mismo libro. ¿Estás enamorado?

Yo parpadeaba y por un momento volvía a la realidad.

—¡Tía!, ¡qué dice!, es que este libro es duro de roer...

—¿No te gusta el *Quijote*?

—Me gusta, me gusta, pero todo el mundo se ríe del pobre hombre.

—Anda, come y calla. Tanto leer y no sabes ni lo que dices...

Me hubiera gustado decirle a mi tía que ni el *Quijote*, ni las aventuras de Zipi y Zape... Su sobrino estaba viviendo su propia novela y no quería salir de ella. Me hubiera gustado gritarle que estaba enamorado de la chica más maravillosa del mundo y que ella estaba enamorada de mí, pero aunque a Alba no le importaba que la gente supiera que nos amábamos, a mí me daba miedo que, siendo menores como éramos, alguien pudiera denunciarnos. Yo estaba a punto de cumplir los quince años y Alba hacía unos meses que los había cumplido. Aún no era edad de ventilar nuestros sentimientos, porque si lo hacíamos, nadie nos iba a dejar tranquilos. Nos instalamos en la clandestinidad y allí vivimos a gusto nuestra recién estrenada pasión.

Un día tío Luis, alerta como siempre a todo cuanto sucedía en casa, se llevó el libro de Cervantes de mi mesilla de noche mientras yo estaba fuera y lo sustituyó por *The Catcher in the Rye.* Años después su traducción se publicaría en España con el título *El guardián entre el centeno,* pero por aquel entonces Alba y yo tuvimos que apañarnos con el libro original y el diccionario bilingüe con el que ella estudiaba en su colegio de monjas. Así, entre su lengua de trapo inglés y la ayuda de aquel traductor de pacotilla, las últimas semanas de aquel verano devoramos la novela de Salinger. Era fresca y fuerte, potente. Nos encantaba cuando Holden, el adolescente protagonista, decía sin medias tintas que «lo que me flipa en un libro es que, cuando has acabado de leerlo, te gustaría que el autor fuera un gran amigo tuyo y pudieras llamarle por teléfono siempre que quisieras».

Alba y yo fantaseábamos con la posibilidad de llamar al tal Salinger y hablar con él. ¿Quién sería? Nadie sabía nada de este hombre ni de esta novela, que durante mucho tiempo fue considerada un «libro maldito».

—Si pudiéramos hablar con Rana... Se parece tanto a Holden, ¿a que sí?

—¡Es verdad! —exclamó Alba—, habla como él.

Recuerdo la última tarde que estuvimos juntos. Nuestra cabaña estaba ahí en lo alto y se reflejaba en el pequeño lago, entre las ramas y las cañas. La tarde era tranquila y se levantó viento de levante, ráfagas que subían desde el mar, río arriba, para refrescar las calurosas noches de un verano que llegaba a su fin para nosotros.

Una mañana, antes de lo previsto, Alba se fue y me dejó una nota en la cabaña.

«Vuelvo pronto. Antes de que el río se hiele estaré de nuevo en el pueblo. Escríbeme. Cuéntamelo todo.»

27

Todo aquel año nos fuimos viendo a escondidas. Ella estudiaba fuera y procuraba regresar al pueblo siempre que podía. Los primeros meses sin Alba resultaron desesperantes, pero el recuerdo de nuestro último encuentro, el sabor de su piel y ese instante de placer inmenso perduraban como una marca de nacimiento. A veces estaba leyendo, cerraba el libro de repente y miraba sin ver, más allá de las cosas. Y sonreía a las nubes, al pájaro que se detenía un instante en la ventana, a la estrella de la noche… y soñaba que ésa era la estrella que Alba también contemplaba justo en ese momento, mientras, como yo, pensaba en nosotros. Las primeras mañanas de invierno busqué en la niebla su cara, en cada sombra que se cruzaba. Ya faltaba poco para las Navidades, pero a mí el tiempo de espera se me hacía interminable.

Las cartas eran muy largas, nos lo contábamos todo: cada sueño, cada cosa que sentíamos, que vivíamos, era tan importante que lo supiera con urgencia el otro como si nuestro futuro dependiese de ese detalle insignificante. Todo cuanto ocurría en el pueblo le interesaba, quería que se lo contara al detalle, porque los árboles que talaban, los ligeros cambios en las aceras, el derrumbe de una casa, las barcas que se morían en el embarcadero, nos parecía que era como si la mismísima muerte hubiese entrado sin permiso en nuestro reino y se mostrara en esos pormenores de la realidad siempre cambiante.

Yo, mientras tanto, forjaba en mi pensamiento nuevas escenas de amor, de aventura, de guerra o de duelo. Ella siempre era la protagonista. La veía en mi mente de todas las maneras posibles; incluso llegué a estremecerme el día en que inventé una escena en la que yo estaba muerto y ella lloraba y lloraba sobre mi tumba. Esa emoción mórbida me hacía sentir compasión por mí mismo, saboreaba en mis labios las lágrimas inventadas y después, cuando me daba cuenta de la locura que estaba imaginando, apartaba estos pensamientos y me reprochaba el haber inventado una cosa tan terrible.

No podía alejar de mí la imagen de ella desnuda, como nunca la había visto, caminando por la calle conmigo tras sus pasos en un intento de cubrir su desnudez. Ella seguía andando y la gente pasaba a nuestro lado sin vernos, y ella reía y reía, y me abrazaba, y hacíamos el amor en mitad de la plaza; y era como una manera de decirle al mundo que se amara como hacíamos nosotros, que no era ningún pecado, porque siempre nos habían mentido, nos habían inculcado desde muy pequeños un absurdo sentimiento de culpa... Besarse, acariciarse, fundir los cuerpos hasta la extenuación era la cosa más bella y bonita del mundo. Y volvía a enfadarme conmigo mismo, con mi pensamiento, que casi siempre unía mi amor por Alba con la muerte.

Me pregunto ahora, cuarenta años después, por qué el amor y la muerte desean estar tan cerca. La fuerza del sentimiento te lleva a la eternidad, la potencia de las emociones te anula, o será que la adicción a lo más sagrado reclama de ti hasta el último aliento y tan sólo en la muerte descansa.

Y por fin llegó un nuevo verano. Fue allí en la cabaña donde construimos nuestro pequeño mundo. Al principio de nuestra relación nos daba miedo dejarnos llevar y que aquellos arrumacos adolescentes se convirtieran en algo más. En aquellos años poco o nada sabíamos del sexo. En nuestra educación era algo sucio, perverso, maligno, y aunque nosotros nos reíamos de los discursos del cura y de los mayores, desprenderse de todos esos prejuicios grabados con hierro candente en nuestro yo más profundo no resultaba sencillo. Adentrarse en el sexo equivalía a abrir la puerta de un territorio prohibido, un espacio de nuestros sentidos que permanecía completamente en tinieblas.

Ahora que recuerdo aquellos encuentros, irrumpe en mi memoria la tarde en que descubrimos por vez primera nuestros cuerpos desnudos…

Nuestras risas rebeldes ya no servían. Teníamos que dar un paso más, los dos lo sabíamos y sin decirnos nada esa tarde decidimos ayudarnos el uno al otro. Sin parpadear, mirándonos a los ojos fijamente, nos despojamos de la ropa. Yo no podía dejar de temblar; pensé que era como cuando estaba en la cabaña con la cuadrilla, desnudo y a punto de lanzarme al vacío.

Ella guió mis manos y las colocó sobre sus pechos. Yo no sabía cómo acariciarlos. Notaba sus pezones tersos, pequeños, como dos punzones en el corazón de mis palmas, que no podían contenerlos. La abracé, suspiré y sentí toda su piel. Su cuerpo pegado a mí era un manto invisible que me envolvía una y otra vez. Podía percibir los torbellinos de calor, como el aliento de mil voces que se propagaba por mi cuerpo y penetraba en el corazón de cada célula, y todo mi ser se desintegraba. Noté que algo que llevaba dentro de mí despertaba, se liberaba de repente. Y me susurraba: «No luches, no hagas nada, Pol. Déjate llevar, como la corriente…». Y reaccioné. Me di cuenta de que esa voz era la de Alba.

El sabor de su piel, el olor de su cuerpo, sus cabellos, su espalda, sus piernas, su vientre estaban ahí esperando mis torpes manos, mis dedos, que se deslizaban sin querer, sin saber dónde buscar, con la desesperación del que acaba de descubrir aquel inmenso tesoro que ha perseguido toda su vida y que tendrá que dejar allí porque sabe que nunca podrá llevárselo, no tiene fuerzas para arrastrarlo y quiere acariciarlo aunque sólo sea una vez antes de marcharse y perderlo, abandonarlo para siempre. Así mis manos, en un arrebato de pasión, tocaban, acariciaban, poseían cada rincón inexplorado. Pero una y otra vez sucumbía ante el poder de sus labios. No puedo explicar con precisión por qué, pero siempre sentí una especial debilidad por ellos; me convertían en nada y en todo a la vez. Literalmente desaparecía, me disipaba; toda mi fuerza, toda la tensión, todo el impulso casi violento que sentía arder en mis entrañas caía derrotado, de rodillas a sus pies, vencido ante el poder omnipotente de sus besos, que absorbían toda mi alma.

Cerré los ojos y me estremecí al notar que estaba entrando por primera vez en ella, muy despacio, casi con miedo de romperla. Ese sentimiento de profanación me convirtió por unos instantes en un furtivo, un bandolero fuera de la ley y del orden que cabalga libre por la sierra. El sentimiento de culpa se alejaba mientras escuchaba los suspiros de Alba. Su boca entreabierta exhalaba y daba forma a la única palabra que ha sido siempre la misma en la voz de todas las lenguas del mundo. Era una perla, nacida de sus labios, y me llamaba hacia un placer prohibido y desconocido. Empecé a sentir oleadas de placer por todo mi cuerpo, como un cosquilleo que iba recorriendo mi columna, mis piernas, mi pecho hasta evaporarse en el fondo de mi mente. Me impulsaba a continuar y continuar, sin detenerme. Jadeaba y bebíamos de nuestro aliento como sedientos, perdidos en el desierto de nuestros cuerpos. Ella susurraba.

—Despacio, despacio...

Y eso me frenaba, me contenía, esperaba unos instantes sin saber qué hacer, desconcertado porque no sabía si era dolor o placer, tristeza o felicidad. Y volvía a pegarse contra mi cuerpo con nuevo ímpetu y, con una lágrima en la mejilla, me susurraba al oído...

—Pol, te amo.

Había cerrado los ojos. Ella continuaba abrazada a mí con fuerza, casi con rabia... No podía hablar, me faltaba el aire. Un zumbido se apoderó de mis sienes y entonces, por un instante, sentí que habíamos desaparecido los dos juntos. Éramos dos cuerpos; sin embargo, compartíamos una sola alma que volaba y volaba y se perdía con sus alas transparentes. Y al cabo de unos instantes desperté sobresaltado:

—¿Alba? ¿Estás llorando? ¿Te he hecho daño? Creí que...

—No seas tonto, no es nada, Pol... Son lágrimas de felicidad. Ahora sé que te querré siempre.

Nos besamos una y otra vez, acurrucados el uno junto al otro protegiéndonos del mundo, de una lluvia invisible de seres extraños que nos miraban desde lo alto. Nuestros dedos entrelazados en un nudo absoluto que nos fortificaba contra esas fuerzas externas empeñadas en mirarnos con desprecio, sí, pero también con envidia. Nuestro abrazo era más poderoso que el mayor de los ejércitos de hipócritas y de jueces.

El silencio nos atravesaba de parte a parte como una brisa callada. Escuchábamos el latir tranquilo de nuestros corazones y eso lograba que nos sintiéramos felices juntos, en un estado de placidez, de relajación que nunca había sentido antes: era como encontrar el equilibrio perfecto entre la vida y la muerte.

La pandilla del Décimo, nuestros buenos amigos, se convirtió en cómplice de nuestra relación. Nadie debía saberlo porque todos eran conscientes de que nunca, jamás, hubiesen consentido que Misisipí el de la imprenta, el sobrino de Luis Albión, el rojo comunista, el ateo, el protegido del cura, saliese con la hija de don Tomás, el alcalde, el jefe de la Falange local… Era una barbaridad. Un sinsentido.

Con Alba no tenía secretos y por eso un día hablamos del asunto que siempre me provocaba desazón: el peso que mi tío y mi familia cargaban sobre sus hombros. Ésa era la prueba de que las capas de silencio que se cernían sobre el pasado nunca iban a limpiarse.

—No sé qué pasó con mi familia durante la guerra —le confesaba yo—. Sé que vivían en Barcelona y que lograron refugiarse en este pueblo gracias a don Isidro, pero también sé que el cura se cobra el favor a diario.

—¿Qué quieres decir?

El dolor y la humillación refrenados desde la noche en que mi tío comenzó su labor como lector para la censura salieron a borbotones delante de Alba. Con la misma impaciencia con la que un día nos habíamos quitado la ropa, empecé a contarle todo lo que ocurría en mi casa.

—Ocurrió hace casi seis años...

Las palabras se iban llevando consigo parte de la angustia que oprimía el ambiente de mi casa. Estaba seguro de que yo no me enteraba ni de la mitad de las presiones que mi tío recibía, pero hablar con Alba me permitía ponerle un traje al fantasma, llamarlo por su nombre y sus apellidos, enfrentarme a él, aunque sólo fuera verbalmente. Poder decir palabras como «rojo», «censura», «recortes en los textos», «informes»... Todos aquellos términos se habían apoderado de mi cabeza, alimentados por la expresión que cada día a la hora de comer y cada noche a la hora de cenar veía en los rostros de mis tíos, y por la tristeza que se apoderaba de todos nosotros cuando, al caer el sol, tío Luis emprendía el camino al desván sin hacer el más mínimo ruido. Ni el pasar de las hojas se escuchaba. Tampoco había vuelto a oír el traqueteo de la vieja máquina. Tan sólo el *toc, toc, toc* de sus zapatos al subir las escaleras mientras mi tía y yo recogíamos la mesa y el *toc, toc, toc* de sus zapatos al irse a dormir.

—Pero eso no será para siempre, ¿no? ¿No puede dejar de hacerlo?

—Debe tener cuidado. El Gobierno odia a los impresores y más si son rojos. Hace unos años mataron a Antonio, un impresor amigo de mi tío...

—¡Pero a tu tío no le van a matar!

—¿Ah, no?

—¿Quién haría algo así?

—Tú dices que tu padre no se entiende con él y tienes razón. Ni tu padre ni tu tío.

—¡Pero ellos no van a matarle!

—¿Cómo puedes estar tan segura?

—¡Porque nunca han matado a nadie!

—¿Y tú cómo lo sabes?

—Ningún miembro de mi familia ha matado a nadie, Pol —dijo Alba con el gesto serio y enfadada—. En mi familia ha muerto mucha gente a manos de los rojos y tú lo sabes. Mis tíos son huidizos y parcos, pero son tremendamente religiosos, y de mis padres puedo decir lo mismo.

—Alba, no te enfades —la cogí por la barbilla y la obligué a mirarme. No podía ni pensar que aquella conversación desembocaría en un disgusto capaz de estropearnos las vacaciones...

28

Durante aquel año, mis tíos empezaron a hablar de mandarme a Barcelona para que estudiara el curso de preparación universitaria. Querían que me marchara del pueblo y que empezara una carrera. Yo aún no tenía decidido qué quería estudiar, ni siquiera si quería estudiar. Se me hacía un mundo empezar de nuevo, abandonar mi hogar y a mi familia. Pero tío Luis y tía Magdalena insistían, no me podía quedar allí, el pueblo no era futuro para nadie. Yo, mientras tanto, pasaba los días esperando a Alba y escribiendo. Empecé a escribir casi por casualidad, primero rellenaba hojas y hojas en las que le describía a Alba cómo era mi día a día y luego empecé a escribir las aventuras que había vivido con mis amigos del Décimo.

Alba leyó todo lo que le pasé y, con su entusiasmo habitual, me animó a realizar el proyecto: escribir un libro sobre el pueblo. A mí me hubiera gustado encerrarme día y noche con un papel y un lápiz y poder así ocupar las semanas que ella no estaba, pero en realidad pensaba que aquella historia no era solamente mía, sino de todos, de toda la pandilla. Y fue ella quien me sugirió que podríamos hablar con el resto del grupo para que cada cual aportara algún capítulo. Entre los dos escogimos el título: se llamaría *Historias del Décimo* y decidimos que se lo íbamos a dedicar a Rana, que fuese su voz, desde la distancia, la que contara todas aquellas aventuras de nuestra infancia, que ya nos parecía tan lejana, tan remota.

Durante todos aquellos meses, Alba me demostró su gran capacidad organizadora. Antes de marcharse, habló con todos los de la pandilla y acordaron que se comunicarían por correo. Todos estaban de acuerdo, se entusiasmaron y en tan sólo un par de meses ya tenía un relato de cada uno: impresiones del pueblo; alguna leyenda del viejo Lobo; anécdotas de Gregorio, el sacristán, y las mentiras que le habían colado; la descripción de cuando llegó la televisión al pueblo y la primera sesión en la plaza, que resultó un fracaso estrepitoso, pues en la pantalla no se pudo ver nada; una crónica de Hormiga en donde hablaba de todo aquel ambiente de navegantes fluviales que por aquel tiempo ya declinaba con la inauguración de la carretera y de aquella nueva fábrica que habían levantado a la orilla del río y que en esos momentos ya se había convertido en la fuente de subsistencia local.

Me resultó muy fácil enlazar todas las historias, ponerlas en la voz de Rana, y antes de Navidad tenía un primer borrador escrito a mano.

Con las primeras luces que se encendieron por las calles y los primeros villancicos sonando en los comercios, Alba volvió al pueblo.

La gente cantaba por todas partes y las madres preparaban el caldo para la sopa de galets. Hacía un frío de muerte. Mi tía y yo decorábamos la casa y nos preparábamos para la cena de nochebuena. Entonces me asomé a la ventana para colgar unas guirnaldas y ahí estaba ella. La vi al otro lado de la plaza, esperando, congelada. No sé cuánto tiempo debía de llevar allí, con sus mitones y su gorro. Me hizo un gesto con la mano y salió corriendo hacia la cabaña. Mi tía estaba preparando el nacimiento; yo quería seguir ayudándola, pero me escabullí sin decirle nada. Por el camino podía oler su rastro, le seguía la pista y cuando llegué, en un segundo sentí que el tiempo no había pasado, que entre una y otra visita a la cabaña nada había existido.

La pandilla del Décimo nos reunimos durante las vacaciones. Entre Alba y Hormiga habían pasado a máquina el texto en una semana: de una extensión que rondaba las cien páginas, con papel de calco para tener más de una copia. Todos lo leyeron y les gustó muchísimo, estaban ilusionados. Con Alba y conmigo se comportaron como buenos amigos: nos cubrían las espaldas. Estaban con nosotros de vez en cuando y bromeaban al respecto, pero también nos dejaban solos y comprendían que siempre quisiéramos estar juntos, ajenos al resto del mundo, aprendiendo el juego del amor sin prejuicios, sin tabúes y olvidándonos de nuestras familias, de nuestros amigos, de todo el pueblo, del mundo entero.

Fuimos felices aquellas fiestas, incluso en aquellas ocasiones en que alguno de la pandilla se dejaba caer por la cabaña del chopo y al oírle llegar teníamos que correr como locos para vestirnos. Alguna vez nos tocó desnudarnos de nuevo porque nos equivocábamos con la ropa interior y, en esos momentos, no podíamos resistirlo y volvíamos a hacer el amor, olvidándonos de quién nos esperara abajo. Nos amábamos como si el mundo fuera a acabar en ese mismo instante.

Los días pasaron volando. La noche que inauguraba el nuevo año 1971 lo celebramos con los amigos en un almacén: compramos bebida, turrón y con un tocadiscos bailamos toda la noche. Antes de marcharnos le pregunté a Alba:

—¿Sabe tu padre lo de nuestro libro?

—Trato de que mi padre no se entere de gran cosa. Es muy estricto y prefiero que no sepa nada, si no, me hará la vida imposible. Le envié una carta desde el colegio diciéndole lo que había escrito con unos amigos del pueblo, sin dar nombres, y...

—¿Y?

—Prefiero que sea una sorpresa. No quiero decir nada hasta estar segura.

—¿Segura de qué? ¡Venga, mujer!... ¿Cómo puedes tener secretos conmigo? Cuéntame qué te ha dicho tu padre sobre nuestro libro.

—El otro día me sorprendió por casa, en su máquina de escribir, y leyó un trocito. Le ha encantado.

—¿De verdad?

—Yo le he explicado que era un libro de todos, de la antigua pandilla... ¿Y sabes lo que me ha dicho?

—¿Cómo voy a saberlo?

—Me ha dicho que tenemos que hacer un libro de verdad, que podemos imprimirlo. Quiere presentar una propuesta en el pleno para imprimir unos doscientos ejemplares y cuando acabe el próximo verano, quiere hacer una fiesta en el Ayuntamiento y presentarlo. Es nuestra historia, contada por los jóvenes del pueblo. Se la va a dar al maestro y...

—¡Alba, eso es genial! No entiendo por qué no has corrido a contármelo. ¡Es genial! ¡Vamos a imprimir nuestro libro!

—Es que quería hacerlo cuando todo estuviera atado, que fuese una sorpresa. No corramos, primero él va a hacer la propuesta, a ver qué opinan, aunque espero que todo el mundo diga que sí.

—Y lo imprimiremos en Gráficas Albión.

—Eso no lo sé, Pol.

—¿Cómo que no lo sabes?

—Pues que no lo sé.

—¿Por qué? ¿Alguien ha dicho algo?

—No, pero ya sabes que tu tío y mi padre no se llevan muy bien, no sé si lo querrán imprimir en vuestra casa.

—¡Ése es el problema, Alba!, que entre unos y otros le están amargando la vida a mi tío. Todo el mundo le ha hecho el vacío, los de un lado y los de otro. Da igual que haga todas las hojas parroquiales para don Isidro o que lave su nombre imprimiendo los textos de la diócesis... Nada es suficiente. Él siempre será del bando «de los malos» y, para colmo, ahora se avergüenza delante de los rojos…

—Está bien. Tienes razón, se lo diré. Si tenemos una imprenta en el pueblo, ¿para qué vamos a buscar otra?

—¿Y qué va a contestarte?

—Ya se verá… De todas maneras, podrías hablar con tu tío. Que toda la pandilla se implique y entonces…

Así lo hicimos y dos días después organizamos una visita a la imprenta de mi tío. Antes de la cita quise tantear el terreno. Aquel día, en la imprenta, Agustín trabajaba en la minerva y mi tío, con la regleta en la mano y las gafas caídas en la punta de la nariz, cogía tipos de los cajones del chibalete con gran rapidez.

—Tío Luis, quiero hablarle de un asunto. Quiero pedirle

permiso para imprimir una historia. Ayer estuve hablando con la pandilla y...

Se lo conté y él me escuchaba sin dejar de trabajar, como haciéndose el despistado, enfrascado en sus asuntos; esperó un rato antes de contestarme.

—Me parece una buena idea, pero yo tengo trabajo. Agustín os ayudará. Si puede echaros una mano cuando no esté en la fábrica o cuando no tenga trabajo, yo encantado de que aprendáis a imprimir. Ya lo sabes.

—Pues claro —dijo Agustín—. Venid y yo os enseño cómo tenéis que hacerlo. Esto es fácil, pero hay que trabajar con respeto.

—Entonces voy a llamar al resto para que vengan, están en la plaza.

Corrí a buscarlos. Todos entraron en la imprenta como en un santuario. Despacio, callados, con cuidado de no romper ninguna máquina o traspapelar alguna hoja de papel.

—No os preocupéis —exclamó Agustín—. ¡No se comen a nadie! Pasad. Vaya, Conejo, vas a ser más alto que tu padre...

Conejo se ruborizó. Era uno de los mayores del grupo y los granos de su rostro y su altura indicaban que en su interior se estaba librando una batalla feroz.

—A ver, ¿qué queréis imprimir?

Le enseñé orgulloso las páginas a máquina, con unas improvisadas tapas que Hormiga había preparado; el título escrito con letra grande, a tinta.

—*¡Historias del Décimo!* Vaya con la pandilla, os vais a hacer famosos —dijo mientras ojeaba los papeles—. Veamos... ¿Querréis poner una foto en la portada?

—¡Lo que queremos es que quede de lujo, Agustín! —dije

yo. Quería un libro deslumbrante por dentro y por fuera. Sin duda.

—¿Y ya sabéis qué tipo de letra queréis, qué familia? Supongo que Pol os habrá sugerido alguna cosa, él conoce el oficio.

—Pues no, aún no hemos pensado el diseño, está recién terminado. Queremos saber si se podría publicar, si costaría mucho; nos haría mucha ilusión a toda la pandilla.

Agustín no me escuchaba. Miraba a mi tío y sonreía. Sin más nos dijo:

—¿Sabéis qué aseguraba el gran maestro?

—¿Quién es el gran maestro? —preguntó Hormiga intrigada. Yo ya sabía la respuesta y sonreía orgulloso.

—El maestro don Luis Albión, faltaría más, el mejor impresor del mundo.

... ese gran impresor que, sin embargo, no se dio siquiera por aludido: continuaba trabajando al margen de nuestra charla.

Agustín se aclaró la garganta, miró de reojo a su maestro e intentó imitar la forma curiosa que tenía mi tío de convertir cualquier comentario en una clase magistral. Levantó la barbilla, perdió la vista en el infinito y, como si fuera un profesor, inició su discurso:

—Las letras son como personas desnudas... Los tipógrafos, los impresores, tienen que vestirlas, ponerles trajes. Cada época tiene sus modas. Los trajes cambian. Y los libros, que son las casas de las letras, también han cambiado con el tiempo... La arquitectura de la Edad Media es muy distinta de la actual. Pues bien, hay que tener siempre presente que una historia cambia según el tipo de letra que utilizas: la misma palabra con distintos tipos móviles transmite distintas cosas. Estos conceptos, esta manera de entender la tipografía, es muy reciente, demasiado: hasta principios de siglo todo esto importaba bien poco a los impresores, editores y tipógrafos. No se cuidaban las cubiertas. Se cosían los pliegos y nada más. Todo cambió con el modernismo.

—¿El qué? —preguntó Gallo.

—El modernismo. Fue una moda, una corriente artística que entró en nuestro país por Barcelona y revolucionó el mundo de la imprenta. El modernismo llegó de París, de Viena, de Berlín, de Londres... Lo llamaban Art Nouveau. De repente, se empezaron a decorar los libros.

—¡Eso ya nos lo contarás! —exclamé yo, haciendo que el compañero de mi tío bajara de las alturas—. ¿Cuánto nos va a costar imprimir este libro?

—¿Costar? Hombre, barato no es, pero... podemos encontrar un papel que no sea demasiado caro.

—¡Queremos lo mejor, Agustín! —exclamé.

—Lo mejor, lo mejor... Eso lo tendrás que hablar con tu tío. No está el horno para bollos.

Yo busqué a mi tío con la mirada, pero él ya se había marchado. Aquella chiquillería era demasiada felicidad y lo que antes hubiera sido motivo de entusiasmo era en aquellos días causa de distanciamiento.

El día de Reyes, Alba nos dio la sorpresa a todos: su padre, el alcalde, y el pleno del Ayuntamiento estaban de acuerdo en imprimir nuestro libro. *Nuestro libro.* Las palabras en boca de Alba nos hipnotizaron a todos. La historia de nuestra pandilla y del pueblo en el que habíamos vivido iba a quedar reflejada en unas hojas impresas, dentro de una cubierta que guardaría los años que habíamos vivido juntos y las historias que nos habían sucedido. Era nuestro libro, pero también era de todos los que nos habían acompañado, ayudado a madurar, enseñado a vivir. Era el libro de Rana. Y era el libro del pueblo.

Sin embargo, semanas después, cuando todos se marcharon del pueblo, Alba me comunicó la noticia por carta. Había discutido con su padre. Don Tomás había puesto una condición para que el proyecto de *Historias del Décimo* siguiera adelante: el libro no se imprimiría en Gráficas Albión.

No sabía cómo reaccionar, sentí rabia, odio contra toda esa maldita gente que siempre, siempre, siempre fingía, escondía la verdad. Estaba harto de tanta mentira. Pero al otro lado de la balanza se encontraba el resto de la pandilla: todos estaban tan ilusionados con la idea de ver publicado *Historias del Décimo,* que tuve que tragar, como siempre. Así se lo comenté en una carta a Alba: «No seré yo quien impida que el libro se publique». Ella sabía que yo había llevado casi todo el peso en la redacción de la historia, sabía que aquella decisión me había dolido en el alma. Pero ahora sé que en mi decisión había también egoísmo: hasta ese momento todo había sido maravilloso y no quería darle más vueltas a un asunto que podía estropear mi relación con ella.

Nuestro libro ya corría por el pueblo, era un secreto a voces. Por Alba supe que su padre se lo dio a leer a don Sebastián y que a éste le encantó. Le emocionaron algunos pasajes y con su lectura se acordó de un pueblo que, tal y como se contaba en el libro, empezaba a desaparecer. Don Sebastián se lo pasó al padre Isidro y éste nunca supimos a quién.

Mientras Alba y yo íbamos ensanchando las fronteras de

nuestra relación, el libro del Décimo se imprimía en un lugar que desconocíamos, pero que era seguro para el régimen, para la jerarquía del pueblo y para nuestra relación. Se había escapado de nuestras manos y, aunque nunca se lo dije, aquella treta consistorial me dejó un resquicio de amargura.

29

Un día, cuando ya había empezado el verano, Juan, el cartero, entró en el taller con los ojos clavados en su novela del Oeste. Yo estaba ayudando a mi tío en ese momento…

—Hombre, Pol, ya me han dicho que tú y tu pandilla estáis escribiendo un libro.

—Pues sí. Será una obra colectiva.

—Es el chismorreo que estos días corre por todo el pueblo… —Juan levantó los ojos y me miró con una sonrisa pícara—. Y parece que la hija de don Tomás lleva la voz cantante. Debe de ser una chica muy lista, además de muy guapa.

Al escuchar aquello se me cayeron al suelo unos cuantos tipos móviles. Mi tío se dio la vuelta y me miró. No sabía si la dureza de su expresión venía motivada por el nombre que había escuchado o por el estruendo de los tipos móviles al golpear contra el suelo; podían haberse dañado al caer. Juan rompió a reír mientras sacaba unas cartas de la saca.

—Pero seguro que si Alba ha escrito ese libro, es porque la ha ayudado algún amigo suyo, que también va para escritor. ¿Me equivoco, Pol?

Habría deseado que la tierra me tragase allí mismo. El cartero se daba cuenta de mi nerviosismo, pero aun así no cesaba de pincharme sin dejar de sonreír. Mi tío, callado, proseguía su labor: por el momento, aunque el corazón parecía que me iba a salir por la garganta, yo no había abierto la boca.

—Pondría la mano en el fuego por que sé quién es ese escritor misterioso que la ayuda...

Me volví hacia él, cogí aire y solté sin pensarlo:

—A mí no me venga con cuentos, señor Juan. Yo soy de la cuadrilla y he participado en el libro como uno más, pero no tengo nada que ver con Alba. Es una niña de papá, una pija, y no me cae nada bien. Se lo digo de verdad: si por mí fuera, ya no sería de la cuadrilla, que se vaya con los suyos...

Hablé con un tono despectivo que exageré en exceso y que tanto mi tío como el cartero captaron en seguida.

—¡Bueno, hombre, bueno, no te pongas así! Ya encontrarás otra chica escritora, como tú. No te preocupes. Ahora se ha puesto de moda, mira Corín Tellado, tiene más éxito que mi ídolo, Marcial Lafuente Estefanía.

—Ya se lo he dicho, señor Juan: el libro lo estamos escribiendo entre todos y Alba se da muchos humos, pero es más tonta que María de la O y, además, se cree que porque su padre es el alcalde ya tiene derecho a apropiarse del libro. Esta tarde se van a enterar los de la pandilla. Vaya pánfila está hecha. Se lo digo yo, que la conozco: es tonta y corta. Seguro que con las monjas saca buenas notas porque su padre es alcalde.

—Tranquilo, Pol, ¡no te pongas así! Tenía entendido que todo lo del libro estaba muy claro y que lo ibais a imprimir aquí, en la imprenta.

Aún no había salido de un apuro y el cartero ya me había metido en otra situación embarazosa. Titubeé desconcertado:

—Sí, al principio sí, pero es que..., no sé. Verá, ahora se lo explico.

Mi tío se dio cuenta de que la situación era cada vez más comprometida y me echó un capote:

—Estuvieron aquí todos los de la cuadrilla durante las vacaciones de Navidad y hablaron con Agustín. Les tenía que ayudar él, pero ahora, con el trabajo en la fábrica, casi no se acerca por la imprenta y yo no podría, no tengo tiempo. Ya lo ve, señor Juan, el trabajo se amontona.

—No trabaje tanto, don Luis... Hay que vivir. No es bueno estar siempre encerrado entre cuatro paredes.

El cartero se marchó calle abajo, con la novela en una mano y la saca mal sujeta en la otra, como siempre, tropezando con todo y con los ojos centrados en la historia del wéstern americano que le tenía sorbido el seso.

Sin levantar los ojos de la imprenta, mi tío me advirtió:

—Ten cuidado con esa niña. Está bien que seáis amigos, tienes que ser amigo de todo el mundo, pero cuidado con Alba: su familia no nos quiere.

Yo asentí y continué trabajando como si fuera a acatar su consejo, pero por dentro tenía un tremendo pesar. Era un cobarde. Había despreciado a Alba, me había mofado de ella, de mi gran amor, de la persona a quien más quería en el mundo, y me preguntaba una y otra vez por qué lo había hecho. Los dos sabíamos que de momento era conveniente que todo el mundo nos tomara sólo por amigos, dos niños que crecen juntos en la escuela y después cada uno sigue su camino. Los dos asumíamos esta situación, pero en aquel momento pensé que había exagerado la mentira.

Sabía que lo había hecho por tío Luis. Ni el alcalde ni don Bruno, nadie de la familia de Alba se hablaba con mi tío. Ellos y todo lo que representaban eran la causa de que mi tío se hubiera recluido en una especie de cárcel voluntaria. Sin embargo, me avergonzaba de las palabras que había pronunciado contra Alba. «¿Cómo he podido despreciarla así? ¿Por qué?» Mis pensamientos me incomodaron y tuve que marcharme de la imprenta.

—Ahora vuelvo, tío. No se preocupe, esta tarde terminaré el trabajo.

Mi tío me observaba en silencio. Dejé la regleta, me limpié las manos tal como me habían enseñado a hacer tío Luis y Agustín, con jabón y serrín, para limpiar los restos de tinta y, sobre todo, eliminar el plomo. Me dirigí a la puerta, pero antes de cruzar el umbral, me di cuenta de que a Juan se le habían caído algunas cartas a la entrada del taller. En un principio las dejé encima de la mesita para dárselas al día siguiente, pero luego pensé que tal vez aún podría alcanzarle por la plaza. Me las metí en el bolsillo y me fui. Me hubiera gustado pillarle por banda y cantarle las cuarenta: ¿cómo se atrevía a ponerme en ridículo y tirarme de la lengua? Quería decirle que después de tantos años caminando por el pueblo, no se enteraba de nada de lo que pasaba y era un zopenco, sólo interesado en sus malditas novelas del Oeste.

Atravesé la plaza. La vieja campana, con resonancias de latón viejo, oxidado, parecía ahogarse antes de llegar a la última campanada del mediodía. Andaba deprisa y a cada paso me encendía más y más. Me molestaba todo. «Maldita campana. He sido un imbécil… ¿Cómo he podido negar, despreciar así a Alba?»

Mientras caminaba iba buscando al cartero por todas las calles, pero ya no pude encontrarle, así que me marché a la cabaña. Quería estar solo un rato. Pensar. Darme cuenta de lo que había dicho y de que mis palabras estaban provocadas por el miedo. Todo el mundo tenía miedo y yo me había contagiado. Cuando el cartero empezó a hablar, sin pensarlo dos veces, yo sentí sus palabras como una acusación y me defendí. ¡Tendría que haber defendido a Alba!, pero saqué pecho por mí y por mi familia.

Alba se pasó por la cabaña. Esos días estaba en el pueblo y a veces, antes de la comida, nos encontrábamos en ese lugar que tanto nos gustaba a los dos. No era preciso ni que nos avisáramos. Como un imán, esa cabaña nos atraía y, si llevábamos tiempo sin vernos, sabíamos dónde podríamos encontrarnos.

Cuando la vi, la cogí de la mano y me la llevé lejos de allí. No quería que nadie del Décimo nos sorprendiera: quería hablar con ella a solas, por eso la conduje hasta un lugar desconocido, inaccesible si uno no conocía el camino. Tardamos unos veinte minutos en llegar. Caminamos por una estrechísima senda que me descubrió Rana: un paso de jabalíes y de raposas que de noche bajaban a beber agua del Ebro. Atravesamos la densa barrera de altísimas esparragueras espinosas que se enroscaban entre los árboles como serpientes deletéreas y por fin llegamos a la pineda... Unos cuantos pinos viejos, enormes, de troncos retorcidos, habían arrebatado a los chopos y a las cañas su espacio vital hasta la mismísima vera del río. Un recodo donde las aguas entraban mansas, verdes y plateadas por los destellos del sol. Alba se quedó impresionada por aquel lugar:

—Era el lugar preferido de Rana, sólo me lo enseñó a mí. Él venía aquí a buscar muérdago blanco de estos pinos para hacer el visco, la cola para cazar pajarillos...

—¡Esto es precioso!, parece una esquina del Jardín del Edén.

Aprovechamos el tiempo como viejos amantes que hace un siglo que se desean, pero al quedarnos recostados sobre la tierra, Alba notó en seguida en mi rostro que algo pasaba, una huella de turbación.

—¿Qué sucede? Estás como distraído, tienes la cabeza en otro lugar… Has estado todo el tiempo sin decir ni pío. ¿Estás pensando en lo que pasará después del verano, cuando tengas que ir a Barcelona?, ya verás...

—¡No me pasa nada!

La cosa quedó así, pero ella no estaba muy convencida. Cuando nos estábamos vistiendo, siempre con el tiempo justo, cayeron al suelo los sobres que llevaba en el bolsillo del pantalón. Alba se dio cuenta y los recogió rápidamente. Leyó en voz alta los nombres de los remitentes y dijo divertida, mientras barajaba los tres sobres:

—¿Los abrimos? Seguro que son cartas de amor.

—Déjalos —le dije impetuoso, mientras se escapaba con las cartas en la mano—, tengo que dárselas al cartero. Se le han caído esta mañana en el taller.

—Mmm, hay una de don Isidro…

—Alba, devuélvemelas, por favor, no nos metamos en líos.

—La envía a Madrid...

Mientras yo intentaba quitarle la carta a Alba, ella miraba al trasluz el delgado sobre, tratando de vislumbrar su contenido: parecía contener unos papeles doblados.

—¿Te imaginas que es uno de esos informes?, ¿uno de los documentos que me dijiste que don Isidro y tu tío tenían que preparar?... ¿No te gustaría leerlo?

—No digas tonterías, Alba, seguro que es una carta para la diócesis, o yo qué sé.

—No, está dirigida al Ministerio...

En ese momento le arrebaté el sobre. La situación empezó a darme miedo, pero me atrajo la posibilidad de leer lo que había allí dentro.

—¿A quién se la remitirá en el Ministerio?

—No lo sé. Abrámosla.

—Parece una misiva que se envía a un castillo.

—¿Un castillo?

—Así es como imagino yo el lugar al que llegan los informes. Un castillo sin ventanas, una inmensa fortaleza con infinitas salas, puertas, laberintos de pasadizos que conducen a oscuros despachos en donde trabajan los censores... Veo a esos hombres con sus trajes negros, leyendo en esos salones oscuros, bajo la suave luz de una lámpara, con el lápiz rojo en la mano, tachando palabras y más palabras en completo silencio y cuando escuchan un ruido, el crujir de una puerta, el susurro del aire que atraviesa los corredores, levantan la cabeza asustados, todos tienen miedo de todos, tienen terror, pánico a equivocarse en sus informes. Se controlan unos a otros, no se conocen entre ellos —dije enajenado por todo lo que había pasado esa mañana e intentando imaginar un proceso sin fin.

Un ligero tembleque se apoderó de mis manos, como un relámpago.

—Pol, sólo tenemos una manera de saberlo... ¡Ábrela! Quizás podamos descubrir algo, ayudar a tu tío.

—Pero ¿qué estás diciendo? Si nos descubren abriendo las cartas de don Isidro, no sé lo que nos puede pasar. Además, es confidencial, debo devolverla, nunca he hecho una cosa así.

—Sí, claro. Yo tampoco voy abriendo las cartas de los demás, pero no sería tan raro que una carta se extraviara en el castillo,

¿no? Cómo van a saber si la hemos leído, tampoco sabrán si la quemamos.

—Pero…

Dudaba. Levanté la vista un instante y recorrí todo el lugar con la mirada: el color del agua tenía todos los matices del verde; los enormes pinos de alrededor; el canto de algún pájaro lejano. Y ella estaba allí, tan hermosa, tan bella… Como Eva ofreciéndome una manzana.

—Ábrela de una vez… ¿Qué nos va a pasar?

Me acerqué al río y mojé la yema del dedo en el agua para despegar la cola con mucho cuidado. Al fin lo conseguí y saqué del interior dos hojas.

—Venga, a qué esperas, léelas.

En efecto, se trataba de un informe de censura en el que el padre Isidro analizaba una novela, *El volcán*, de Klaus Mann, donde afirmaba con rotundidad: «La obra no debe publicarse bajo ningún concepto porque atenta directamente contra la moral católica». Y en una última frase remataba: «Es un panfleto libertino, anarquista. Denieguen el permiso sin ninguna concesión».

Introduje de nuevo las dos hojas dentro del sobre y me lo guardé en el bolsillo. Sólo pensaba en volver a casa, poner un poco de cola en el sobre y devolvérselo al cartero. Sin embargo, mientras regresábamos en silencio hacia el pueblo, Alba propuso una opción bien distinta:

—Podríamos hacer algo. Tenemos la carta abierta.

—No te comprendo…

—Creo que se me ha ocurrido una manera de intentar ayudar a tu tío.

—¿Cómo?

—Cambiando el informe del cura. Está escrito a máquina. Escribamos otro. Un informe a favor del libro.

Estábamos arrastrándonos de rodillas por el estrecho túnel entre zarzales. Yo iba delante. Me detuve, volví la cabeza y la vi sonriendo.

—Imagina: uno de los lectores de ese castillo tuyo se ha equivocado. Da el permiso para publicar una novela y tendrá que pagar por ello.

—Pero, Alba, ¿en qué podría algo así ayudar a mi tío?

—Según lo veo, si un lector falla, lo más normal es que le llamen al orden y le denieguen más informes. Y si tu tío colabora con el cura, pero al cura no le llega nada más… pues también se acabaron los informes para él, ¿no?

—¿Y qué pasa si lo hacemos y en lugar de eso que tú dices terminan metiendo al padre Isidro en la cárcel?

—¿Cómo le van a meter en la cárcel por un informe? Es un capellán con las espaldas cubiertas por su hermano, un alto cargo del ejército.

—Alba, por extraño que te parezca, estas cosas pasan.

Agazapados en la maleza, a punto ya de salir a un claro, de repente tuve una idea:

—¿Sabes lo que pienso? Nadie va a meterse con el cura nunca, pero lo que sí es cierto es que si mandamos un informe favorable, se publica la novela y alguien la lee cuando ya esté publicada, no pensarán que ha sido el cura quien les ha colado una novela inmoral; más bien pensarán que hay algún topo en el pueblo que está interceptando los informes. Entonces seguro que ya no les volverán a mandar nada, ni a don Isidro ni a mi tío.

—¡Eso sí tiene sentido! Sólo tengo una duda... Si hay tantos lectores como dices, alguno se dará cuenta de que este informe es incorrecto. ¿No me dijiste que había un tal lector 36 al que no se le pasaba una?

—Tal vez sea un mito, ¿no?, igual nadie se entera de nada. ¿Quién es el lector 36? No creo ni que exista.

—Si colamos ese informe como si fuera un submarino en el centro del castillo, tal vez lo derrumbemos...

—Tenemos que redactar el informe cuanto antes, Alba.

—Puedo hacerlo yo misma en la máquina de escribir del despacho de mi padre, durante la siesta. Ellos duermen en los cuartos del primer piso y estaré sola. Seré muy breve, creo que bastará con indicar que la novela puede publicarse. Claro y conciso… Después meto la hoja en el mismo sobre, le doy un poco de cola y listo. Confía en mí, sabré hacerlo bien. Y puede que así salvemos a tu tío.

—Entonces, yo mañana le devolveré las cartas a Juan, como siempre, como si no hubiera pasado nada.

—¡Exacto, Pol! ¡Vamos a derrumbar el castillo!

La suerte estaba echada y ahora sólo teníamos que esperar y esperar a que el libro se publicara.

30

A mediados de agosto, Alba convocó a todos los del Décimo para anunciarnos algo importante:

—Mi padre me ha dicho que el Ayuntamiento se hará cargo de la impresión del libro, y tienen la intención de dar una fiesta para presentarlo y ofrecérselo a todo el pueblo. También nos quieren hacer una foto a todos juntos para ponerla en la contracubierta.

—¿Una foto nuestra? ¡Vamos a ser famosos!

—Podría ser aquí en la cabaña —dijo Conejo, y Gallo contestó:

—Yo creo que deberíamos hacerla en un lugar en el que se identificara nuestro pueblo.

—Bueno, qué más da… Ya discutiremos eso.

—¿Y cuándo va a ser la fiesta? —pregunté a Alba.

—Me ha dicho mi padre que a mediados de septiembre.

—Me parece perfecto. Empezamos el curso a primeros de octubre. Ya tenía ganas de que todo este asunto del libro saliera por algún sitio —afirmó Hormiga.

Aquellos días se organizó un revuelo por el pueblo: los trabajadores de la fábrica fueron a la huelga. Todo el mundo estaba al tanto de que Agustín era su cabecilla, pero de momento no habían cargado contra él, tan sólo estaba en el punto de mira.

A diferencia de los años anteriores, el mes de agosto se nos hizo demasiado largo. Mis tíos y yo ultimábamos los preparativos para mi estancia en Barcelona, donde ya me habían admitido en un colegio mayor. Alba no estaba preocupada por nuestra separación, pensaba que nos mantendríamos en contacto a través del correo y que quedaríamos para coincidir en el pueblo.

Por otra parte, todos esperábamos impacientes por ver nuestro libro impreso y asistir a la fiesta, de la que ya se rumoreaba que sería por todo lo alto. Las autoridades querían participar en el evento. Don Sebastián iba a intervenir en el acto pronunciando unas palabras, puesto que todos habíamos sido sus alumnos; el padre Isidro se creía con todo el derecho y el deber de hablar, como aseguró en un sermón dominical en el que felicitó la iniciativa de aquel grupo de jóvenes que, en lugar de holgazanear y escuchar esas músicas modernas del diablo, escribían un libro que sería la memoria del pueblo; y por supuesto también el alcalde, según me contó Alba, tenía en su poder una copia de nuestro manuscrito, que leía y releía con el propósito de prepararse a conciencia un parlamento que impactara a la audiencia. Después de la presentación, don Tomás había preparado todo para que actuara la banda del pueblo y se repartieran dulces y mistela; mientras, nosotros dedicaríamos libros, como los escritores de verdad.

Se acercaba el día esperado, quedaba tan sólo una semana y la expectación flotaba en el ambiente: mujeres, viejos, niños, todos nos paraban por la calle y nos preguntaban cosas, nos sentíamos importantes; hasta la señora Rita, la vecina, que ya casi no podía andar por el reúma, quería estar en primera fila el día de la presentación.

Todos los del Décimo quedábamos a diario. Para no hacernos pesados, procurábamos no hablar del libro y de nuestros nervios más que entre nosotros, así que nos pasábamos el día juntos repasando todo cuanto restaba por hacer y rememorando lo que ya habíamos hecho.

Unos días antes de la presentación mi tío me pidió que le acompañara a Tarragona. Tenía que ir a ver al notario y de paso, dijo, podíamos pasar por la librería Ítaca para comprar algún libro, si me apetecía. Me alegró ver a tío Luis tan animado, ya no parecía tener miedo de pasar por la librería de Venceslao Torres. A lo mejor la gente tenía razón y, lejos de lo que yo veía a mi alrededor, las cosas estaban cambiando.

—Sí, gracias, tío. Hay algunos títulos que me interesan.

—Pues no se hable más. Por la mañana cogemos el autobús y a las seis de la tarde estamos de vuelta.

No sé si fueron imaginaciones mías. Estaba tan contento pensando en que la fiesta y el libro eran ya una realidad que me pareció que mi tío había esbozado una mueca en forma de sonrisa.

Salí corriendo hacia la cabaña donde me esperaban mis amigos para compartir con ellos el momento de felicidad y me sumé a la euforia general; Alba estaba comunicando excelentes noticias:

—El libro está a punto de llegar. Mi padre ha visto un ejemplar de prueba y me ha dicho que la portada es preciosa y... ¡Sorpresa! ¡En la contraportada aparecemos todos aquí, bajo el chopo!

—¡El Décimo! —gritamos locos de alegría.

¿Qué nos pasaba? Nos sentíamos en una nube: arriba, arriba, cada vez más arriba. Un vértigo de emoción me tenía secuestrado: tío Luis estaba contento; Mariposilla, a mi lado; mis amigos, felices; el pueblo, expectante...

La mañana en la que salimos hacia la ciudad me quedé dormido durante el trayecto de ida. No había podido conciliar el sueño en toda la noche y el traqueteo del autobús me relajó. Al llegar, mi tío me despertó y después de tomar unos cafés en un bar nos dirigimos al notario. En la ciudad todo estaba cambiando muy deprisa: había más coches, el tráfico era denso y en la atmósfera también se notaba la transformación. Le esperé en la puerta de la notaría, donde estuvo muy poco tiempo, y después nos dirigimos a pie hasta la librería Ítaca.

En cuando nos vio aparecer, don Venceslao dejó lo que estaba haciendo y se acercó a saludarnos:

—Hombre, ¡don Luis Albión! ¿Cuándo fue la última vez que le vi?

—Hace unos años ya, don Venceslao.

Mientras hablaban yo me perdí por la librería. Mis ojos iban como locos de una estantería a otra, leyendo, devorando títulos: poesía, novela, cuentos, ensayo… En seguida me di cuenta de que esta sección era quizás la más grande y además congregaba a la mayor parte de la clientela. Leí algunos títulos y me sorprendió comprobar que muchos de ellos eran ensayos de contenido político. Qué diferente a la librería que habíamos visitado un tiempo atrás. Ahora, en las estanterías asomaba tímidamente la algarabía y la emancipación que se vivía en las calles y en las casas. Autores como Vargas Llosa, Julio Cortázar, Borges…, todos reposaban con tranquilidad en la librería, y a don

Venceslao se le veía satisfecho de sus libros y de los autores que empezaban a despuntar.

—La novela sudamericana está de moda, don Luis. Empezó con Vargas Llosa, que ganó el cuarto Premio Biblioteca Breve de la editorial Seix Barral, y sigue interesando a todo el mundo.

—Sí, oí hablar de *La ciudad y los perros* hace un tiempo, pero bueno, nosotros tenemos a nuestro Marsé. *Últimas tardes con Teresa* es una novela preciosa, tremenda, ¿verdad? ¡Qué bien refleja nuestra época!

—Sin duda, ese hombre está dando mucho que hablar. Ya sabe que es de aquí, de Tarragona.

—Sí, por eso me encanta leerle.

Yo seguía mirando los anaqueles abarrotados de libros, de autores cuyos nombres eran nuevos para mí: Carlos Fuentes, Julio Cortázar, Borges, García Márquez...

—Llévate éste, Pol, no te arrepentirás —dijo Venceslao mientras retiraba un volumen de la estantería. En la cubierta se podía leer: *Cien años de soledad.*

—Sí —coincidió mi tío, al tiempo que se ponía las gafas y revisaba la página de créditos del libro—. Ésta es una primera edición de editorial Sudamericana. Esta editorial es argentina, ¿no?

—Sí, pero el autor es colombiano.

—Lo sé, he oído hablar de él. Esta novela... ¿de qué año dice que es?

—Se publicó en el 67 y se está vendiendo muy bien por todo el mundo.

—Buena noticia, don Venceslao, con el agobio literario que ha habido en los últimos tiempos, ¿verdad?

—Vamos saliendo adelante, don Luis. Se están haciendo muchas cosas y sobre todo en la Ciudad Condal... ¡Huy!, si la viera usted ahora, se sorprendería. Siempre ha sido una ciudad literaria, pero ahora algo se está moviendo. Ha sido allí donde ha surgido todo este *boom* de la novela hispanoamericana. Parece mentira: se ha convertido en la capital literaria del mundo, y eso que es una ciudad que vive bajo la vigilancia de la censura, como las demás, sin libertad de prensa, con libros secuestrados... Demasiado poder en manos del lectorado y de las redes nacionales del Servicio de Orientación Bibliográfica.

Me sorprendió la referencia directa de don Venceslao. Aunque era algo de dominio público, las alusiones al lectorado eran muy poco frecuentes. Vi como mi tío se estremecía y al instante buscaba dar un giro a la conversación, con voz templada:

—Supongo que en el auge literario de la ciudad también habrá cumplido su papel la gran tradición de impresores que ha habido siempre en Barcelona...

—Tiene razón, don Luis, desde luego. Empezando por usted y su familia, faltaría más. Muchas editoriales se han desarrollado a la sombra de grandes impresores y tipógrafos.

—Ya lo creo, fíjese por ejemplo en hombres como Carlos Barral: se ha convertido en un verdadero mecenas de la literatura, sobre todo de la hispanoamericana.

—Sin embargo, tuvo en sus manos *Cien años de soledad* y rechazó su publicación...

—Bueno, bueno. A cambio, gracias a él tenemos a Marsé.

—Tiene razón. Es un gran editor, igual que lo fue Josep Janés.

—Qué gran editor era, y cuánto amor por los libros —reconoció mi tío, al tiempo que trataba de digerir retazos de memoria—. Tuve el honor de conocerle en persona, era muy amigo de mi padre... La última vez que nos vimos fue pocos meses antes de su muerte gracias a una buena amiga de la familia:

Anna Britges, ¿la conoce? Aprendió con él a moverse en el mundo editorial y llegará a ser una gran editora.

—He oído hablar de ella. Está claro que la mujer cada vez ocupa un lugar más importante en el universo editorial. ¿Qué me dice de Carmen Balcells?

—¿Balcells? No la conozco.

—Pues apúntese ese nombre. Es una agente literaria. Trabajó con Barral durante un tiempo y luego se independizó. Ahora la llaman la Mamá Grande: todos los autores a los que representa la veneran y gracias a ella muchos autores latinoamericanos se han dado a conocer en España. Es una de las artífices del *boom*... El mundo está cambiando, don Luis, y Barcelona es el epicentro del seísmo literario.

—Como en la época modernista, ¿verdad? Entonces los artistas destacados eran Rusiñol, Casas, Picasso, pero también había un terremoto artístico en la ciudad.

—Sí, tiene razón, Barcelona, la ciudad del arte. Ahora son los miembros de la *gauche divine* los que abanderan las vanguardias: escritores, escultores, fotógrafos, pintores, poetas, arquitectos... Y todos luchan contra el franquismo —susurró don Venceslao, con más desvergüenza que miedo, aunque llevado por una costumbre que apenas podía abandonar.

—La bohemia de los últimos tiempos, don Venceslao.

De pronto la dependienta se volvió hacia nosotros.

—¡Agua, don Venceslao! Están aparcando en la acera. ¡La puerta de la trastienda!

—¿Otra vez? ¿Será posible?

Don Venceslao corrió a cerrar la puerta para evitar que la policía franquista descubriera el almacén clandestino. Pude ver que la puerta que separaba el lugar donde había libros prohibidos del resto de la librería estaba camuflada en su parte exterior por un armario repleto de volúmenes admitidos.

Cuando entraron los dos agentes del Tribunal de Orden Público, don Venceslao se adelantó a saludarlos con una sonrisa en la cara y expresión conciliadora. Hablaron un momento y acto seguido el propietario de la librería los acompañó a uno de los estantes, de donde cogieron unos cuantos libros. También se llevaron algunos de los escaparates.

La chica que nos había avisado se acercó de nuevo con una caja de cartón y unos albaranes en la mano. Aquellos dos hombres miraron los albaranes, contaron los libros uno a uno, los requisaron y vimos como los introducían en el maletero del coche. Acto seguido se despidieron amistosamente del librero y desaparecieron por la avenida.

Don Venceslao había perdido la lozanía que mostraba minutos antes y una expresión ambigua, mezcla quizás de desconcierto, enojo y también satisfacción, cruzaba su semblante.

—Parece que se van agrietando los filtros de la censura: de tanto en tanto pasan libros «conflictivos», usted ya me entiende. Cierto es que el TOP sigue al quite (éste es el segundo título que retiran en una semana), pero soplan aires de cambio, se lo digo yo, don Luis. ¡Tenga confianza!

Yo observaba a aquel hombre, que parecía leer las dudas en la mente de mi tío y que continuaba su discurso de protesta:

—Yo, estos secuestros cada vez los entiendo menos —aseguraba—. Esto es un caos. Creo que con la nueva Ley de Prensa la ambigüedad es mayor que antes. Ningún editor está seguro de nada.

—El Fraga Iribarne quiso regular el sector —intervino tío Luis—, pero ahora, con el nuevo ministro, Alfredo Sánchez

Bella, parece que el Opus ha entrado de lleno en la cultura y se ha intensificado la censura.

El hombre se secaba el sudor de la frente.

—Ya veremos qué pasa, don Luis. Esta situación es ridícula y lo ridículo no se eterniza en el tiempo, ¿no cree?... Hoy acaban de llevarse una novela que hace tres días me trajo el distribuidor con todos los trámites del MIT, con el visto bueno de los censores. Al parecer tenía todos los permisos y la editorial lo ha impreso y distribuido... Pero a alguien de arriba, un pez gordo, le ha caído la novela en las manos y la orden ha sido fulminante: ha llamado por teléfono al MIT y la han secuestrado... ¡No ha durado ni dos días en los escaparates!

—¿Qué novela era?

El librero permaneció unos segundos en silencio. Recuperó algo de la alegría de los minutos anteriores a que llegaran los agentes y nos guiñó un ojo.

—No he enseñado todos los albaranes. Me he guardado algunos ejemplares en la trastienda. Venga conmigo y se la mostraré. Creo que últimamente vendo más libros en la trastienda que en el mostrador...

Entramos en la trastienda. Don Venceslao se acercó a un montón de cajas, apiladas en equilibrio inestable, y del interior de una de ellas extrajo un ejemplar de *El volcán*, de Klaus Mann.

—Miren, dijo el librero, este autor ha estado prohibidísimo en España durante años, pero la censura no se dio cuenta y coló este título, ja, ja, ja —soltó una sonora carcajada—. Si el pobre hombre levantara la cabeza... Era el hijo de Thomas Mann y vivió un tiempo en Mallorca. Un escritor exquisito y ya ve...

Mi corazón se aceleró y en mi cara se instaló una gran sonrisa. Me di la vuelta y apreté los puños con rabia en un gesto de triunfo. «Alba, ¡lo hemos hecho!», quería gritar. Salimos de la trastienda. Yo miraba los libros expuestos, pero no podía concentrarme, imaginaba lo que pasaría y en silencio me repetía: «Alba, míranos, lo hemos conseguido… ¡El castillo se derrumba!».

En cuanto salimos de la librería, regresamos al pueblo, y una vez allí me faltaron piernas para acercarme hasta la cabaña. Como de costumbre durante los últimos días, los miembros del Décimo estaban juntos, discutiendo sobre si teníamos que hablar todos en la presentación del libro o sólo uno. Yo le guiñé el ojo a Alba, que estaba muy concentrada en la discusión. Ella me mandó un beso…

Al terminar decidieron que yo tenía que hablar en nombre de todos. La propuesta fue de Hormiga. A mí me daba igual, sólo quería quedarme con Alba para poder contarle lo que había pasado con *El volcán*, y cuando por fin pudimos zafarnos de los demás, la abracé y le dije al oído:

—¡Lo conseguimos! ¡Colamos el libro prohibido y se han dado cuenta!

—¡Pol!, ¿y qué va a pasar ahora?

—No lo sé, pero han retirado la novela… ¿Te das cuenta?

31

Faltaban sólo dos días para la presentación del libro cuando anunciaron que los trabajadores de la fábrica habían convocado una nueva huelga. Llegaron al pueblo dos furgonetas con agentes del orden público para controlar a los manifestantes. Ese mismo día, de buena mañana, el padre Isidro entró en el taller muy excitado mientras yo ayudaba a mi tío con la imprenta:

—¡Luis! ¡Luis! ¡Acaba de ocurrir algo terrible! ¡Terrible!

—Tranquilícese...

—¡No me lo creo! ¡No puede ser! Están por todas partes, Luis.

—Pero cálmese, hombre. ¿Qué ha pasado?

—Uno de mis informes ha sido falsificado. Alguien interceptó la carta que envié al lectorado y cambió el informe.

—Pero, don Isidro, ¿cómo ha podido suceder algo así?

—No lo sé, Luis. Sólo sé que remití un informe al Ministerio y alguien lo reemplazó por otro de contenido contrario. Ahora mi compromiso con nuestra vital labor ha quedado en entredicho y yo...

—Pero, don Isidro —le atajó tío Luis—, usted me aseguró que el lector 36 revisaría nuestros informes, ¡la responsabilidad final es suya!

—Por lo que me han dicho los de la Brigada Político-Social, el informe ni siquiera llegó al lector 36: quien lo falsificó no introdujo en el encabezamiento habitual la referencia del lector de zona, así que el contenido del sobre pasó directamente al controlador ministerial. Éste, para evitar demoras y trabajo administrativo que imaginó accesorio y en cualquier caso fatigoso, le dio crédito y puso en marcha el proceso de publicación… Ya se habrá ganado una buena reprimenda e imagino que una sanción adecuada, por supuesto, pero yo también he tenido lo mío. Los de la brigada me han interrogado, han investigado todos mis papeles, y la conclusión ha sido aún peor de lo que podía imaginar, ¡algo horrible, Luis!

—Don Isidro, cálmese, por favor.

—¡Han detenido a Gregorio! ¡Él ha sido el culpable!

—¿Gregorio? Pero ¿cómo es posible? ¿Su sacristán?

—Él es mi secretario, el que me lleva todos los asuntos, entrega las cartas a Juan, se encarga de los papeles... Cuando me preguntaron quién había entregado el sobre, les dije que había sido él. Entonces se dirigieron hasta su casa y también le interrogaron.

—¿Y usted cree que…?

—¡Han registrado su casa! Y ¿sabes qué?

Mi tío callaba, boquiabierto.

—¡Gregorio estaba estudiando ruso! ¡Es un infiltrado!

—¿Ruso?

—Sí, Luis, ruso... ¡Tenía al enemigo en casa!

—Pero...

Mi tío no daba crédito a sus oídos. Recordaba la broma que Agustín le había gastado al sacristán. El pobre hombre había empezado a estudiar ese idioma, que ya suponía el de los nuevos imperialistas. Yo no perdía detalle de cuanto hablaban tío Luis y don Isidro, pero no quería levantar los ojos de la componedora. Tenía las manos frías y un sudor helado me atenazaba el cuerpo. Gregorio, el sacristán, detenido... Debía hacer algo, no podía permitir que aquel hombre continuara retenido por lo que no había hecho.

Mi tío exclamó con gesto grave, tan pronto como ató cabos:

—Padre Isidro, creo tener una explicación sobre todo este asunto.

—¿Cómo dices? —preguntó el cura mirándolo fijamente.

—Me refiero al tema del ruso. Fue una broma que le gastó Agustín, usted ya sabe cómo es Gregorio: todo se lo toma en serio.

—¿Una broma?

—Sí, y ahora lo siento en el alma. Pobre hombre… Agustín le dijo que tenía que aprender ruso y él se lo creyó a pies juntillas. No puede ser un espía comunista. Se lo aseguro. Me parece que cometen un error.

—Con estas cosas no se juega, Luis. ¿Aprender ruso?

—Agustín le comentó que los americanos iban a venir muy pronto. Que igual instalaban una base militar aquí… Y también le sugirió que aprendiera ruso, por si nos invadían.

—Quiero tu declaración firmada, y también la de Agustín… ¡Ahora mismo! —el rostro del padre Isidro no escondía su irritación—. Le van a interrogar, pero quizás pueda interceder por él, aunque lo dudo… Esto es muy serio, Luis.

Mi tío estaba preocupado. Se quitó la bata manchada de tinta y, mientras se lavaba las manos, me dijo que fuera en busca de Agustín. Salí corriendo y fui a su casa. Los obreros de la fábrica seguían en huelga y Agustín estaba reunido con el comité: era el líder, el portavoz de los trabajadores.

Le llamé, le dije que era urgente y en un aparte, mientras el grupo continuaba discutiendo, le expliqué todo cuanto había pasado. Cuando regresamos a la imprenta, otros dos hombres acompañaban al cura. Mi tío estaba redactando la declaración. Aquellos dos hombres se pusieron al lado de Agustín. Éste la leyó con calma y después firmó. Y una vez hubo estampado su rúbrica en el documento, uno de los matones procedió a su arresto. Le obligaron a darse la vuelta y le esposaron; fue visto y no visto. Todos nos quedamos helados. En ese momento, tía Magdalena acababa de bajar y se quedó con la boca abierta.

—¿De qué se me acusa?

—Al cartero se le cayó el sobre en esta imprenta y ustedes se lo devolvieron al día siguiente. Está acusado de falsificación de documento público, instigación a la huelga y pertenencia al partido comunista...

—¿Falsificación de documento público?

Uno de los agentes descargó brutalmente su puño en la clavícula de Agustín, que hincó la rodilla en el suelo.

—¡De rodillas, comunista!

—¿Por qué? —saltó mi tío enfrentándose a los dos hombres.

El padre Isidro trató de detenerlo.

—¡No, Luis!

Uno de aquellos agentes le dio a mi tío una patada en el estómago y él cayó al suelo retorciéndose de dolor. Yo estaba allí de pie, contemplándolo todo; mi cuerpo comenzó a temblar. Quería lanzarme sobre aquellos hombres, pero el miedo me paralizaba. Tía Magdalena ayudaba a incorporarse a mi tío, que no podía respirar. Mientras aquellos dos hombres sacaban a Agustín de la imprenta a empujones, con el padre Isidro tras sus pasos, nosotros tres nos quedamos allí, abrazados, llorando.

Todo había sido por mi culpa, pero no podía decirlo, no tenía fuerzas.

Por la tarde, el padre Isidro acudió al taller con Gregorio. Mi tío ya se había restablecido, pero no bajó a trabajar. El sacristán tenía en su cara un rictus de dolor y amargura: las largas horas de interrogatorio no se habían limitado a las palabras; le habían golpeado una y otra vez con una toalla mojada y enrollada, en busca de una confesión de culpabilidad que no llegaba. El hombre nos enseñó los moratones: tenía la espalda y las piernas negras, hinchadas.

—¡Me han engañado! —gritaba el hombre—. ¡Sí! ¡Me han engañado y me han metido a mí en el lío! Pero voy a descubrir cómo ha sido, ¡y ustedes pagarán por ello! ¡Todos! No sólo Agustín. El sobre salió de esta imprenta. Ustedes han levantado una calumnia contra mí, ¡y me las pagarán!

En su mirada se reflejaba una determinación que hasta ese momento yo nunca le había visto. Estaba obsesionado, ofuscado, sólo repetía una y otra vez:

—Me las pagarán.

Yo contemplaba la escena desde una esquina del comedor y antes de que se marcharan me despedí y salí corriendo.

Caminé sin detenerme durante toda aquella tarde. Me cruzaba con la gente, algunos me saludaban, pero yo tenía la cabeza en otro sitio, pensando, culpándome por nuestra locura. Queríamos salvar a mi tío, pero lo habíamos complicado mucho más. Un desastre, y todo era por mi culpa. Debería haber impedido que Alba cambiase el informe, fui un iluso, un imbécil, con fuego no se podía jugar y ahora, ahora... El pobre

Agustín, mi amigo Agustín, encerrado por algo que no había hecho, aunque aquellos hombres hacía tiempo que andaban detrás de él, era yo quien les había servido la excusa en bandeja. Se lo habían llevado en el furgón y aún no teníamos noticias de él.

Mis pasos me encaminaron sin yo pretenderlo hasta las afueras del pueblo. Llegué casi al cruce donde estaba el cartel con el yugo y las flechas, un poco oxidado y medio recostado en el ribazo. Aquél era el símbolo de todo ese poder que ya odiaba con todas mis fuerzas. Me desvié por un camino lateral y seguí caminando sin parar, sin saber adónde dirigirme. Muy pronto vi llegar de frente un grupo de bicicletas que se detuvieron junto a mí. Eran Gallo, Conejo y Búho, que habían salido a dar un paseo.

—Hombre, el gran Misisipí caminando solo —dijo Conejo.

—¿Se puede saber adónde vas? Dentro de una hora tenemos reunión en el Décimo y no puede faltar nadie, mañana es la presentación.

—Ya lo sé —contesté intentando disimular mi estado.

—Pues vas en dirección contraria. Además, si tú eres el que va a hablar en nombre de todos, te toca prepararte el discurso y tendremos que ayudarte.

—Está bien. No voy a fallar, nos vemos a la hora convenida en el Décimo.

—Venga, allí te esperamos —se despidió Búho.

Mis tres amigos se fueron con las bicicletas. Yo salí de la senda y remonté una pequeña loma de matojos y espliego coronada por grandes bloques de roca virgen que había sido una cantera de piedra hasta hacía bien poco. Otro de los oficios devorados en las fauces de ese progreso que parecía que iba a transformar todo nuestro mundo en cemento, asfalto, plástico, acero inoxidable, humo de fábricas, coches y el ensordecedor ruido de las máquinas. Veía el pueblo a mis pies y el río serpenteando entre las huertas verdes. Más allá divisaba las cumbres de los montes del Priorato que se teñían de un color azul oscuro, y al otro lado, la sierra de la Fatarella en la Tierra Alta. Respiré profundamente, aspiré el olor a espliego: traía a mi memoria la fragancia de las sábanas que mi tía colgaba a secar en el solano de la parte trasera de la casa. Me gustaba aquel olor a limpio, llenaba mis pulmones, cerraba los ojos y corría entre las sábanas que acariciaban mi rostro; era como adentrarse en un palacio.

Estuve pensando, reflexionando una y otra vez: «¿Qué puedo hacer? Tengo que arreglar esta situación de una vez por todas. No puedo permitir que acusen a Agustín de una cosa que no ha hecho. No me lo perdonaría nunca, nunca. Todo lo que tanto odio, la hipocresía de esa atmósfera opresiva del pueblo, el miedo a decir la verdad, el continuo fingir y fingir y soportar el peso de la mentira…». Todo eso, de alguna manera, se estaba adueñando de mí, sin querer, de forma inconsciente. Me horroricé al pensar que había sido capaz de despreciar, de negar a Alba, el gran amor de mi vida, y que ahora podía dejar a Agustín en prisión. ¿Por qué era tan difícil llamar a las cosas por su nombre? ¿Por qué teníamos que escondernos, ocultarnos, avergonzarnos de lo que sentimos, de lo que somos o de lo que pensamos? Y al fin llegué a una conclusión. En mi mente se iban aclarando las ideas y, sí, había encontrado una solución.

La voz de Alba me apartó de mis pensamientos. Se hallaba con la bicicleta al pie del camino. Conejo, Gallo y Búho le habían dicho que estaba por allí y había venido a mi encuentro.

Dejó la bicicleta en el suelo y vino hasta mí corriendo.

—Alba, ¿qué haces aquí?

—Pol… me he enterado de todo y he venido a buscarte, no te dejaré solo. ¡Fui yo quien escribió ese informe!

—Tú no tienes la culpa de nada, Alba… —repliqué enfadado y continué—: Sólo me faltaba eso, que te sientas culpable. No, no, no, eso no.

—Está bien, Pol, tranquilo. ¿Qué vamos a hacer? ¿Cómo vamos a decirles que fuimos nosotros? ¿Cómo vamos a decir que el pobre Agustín no tiene culpa alguna?

Me situé de espaldas a ella: ante mí, el pueblo parecía tranquilo desde la distancia. Lo contemplé una vez más. Ya tenía una solución, al menos eso era lo que creía. Estaba desesperado y debía intentar alguna cosa, pero ella, Alba… Ella no podía saber nada, no podía complicarla en ese asunto, de ninguna manera. Sólo me concernía a mí; tenía que resolverlo yo, sin ayuda de nadie, y menos de Alba. Me giré de repente y le mentí:

—Nada, no podemos hacer nada. Y ahora márchate, nos esperan en el Décimo. Yo iré desde aquí, bajaré directo a campo traviesa.

Alba cogió mis manos, nos abrazamos, nos besamos y me susurró:

—Estamos juntos en esto, Pol, hasta el final. Y si nadie nos entiende, nos marcharemos tú y yo muy lejos de aquí. Viviremos nuestra propia vida y seremos felices.

Yo no supe cómo decirle que no a eso.

32

Y llegó el tan esperado día de la presentación. Por la mañana vimos las cajas con los libros en el autobús municipal. Todos estábamos allí y nada más descargarlos, bajo la farola del centro de la plaza, abrimos una de las cajas y…

Fue algo maravilloso. Recuerdo que nos miramos uno a uno en silencio. Alba y yo estábamos juntos y nos dimos la mano disimuladamente. Nuestro libro, recién impreso, estaba allí, era real, se podía tocar, se podía oler y sobre todo se podía leer. Era nuestro y esa idea era tan fuerte que parecía el milagro más maravilloso de la tierra. Allí estaban las cajas en el suelo, junto a la farola, y nosotros nos mirábamos unos a otros sin decir nada, cada uno con su libro en la mano, como hipnotizados, poseídos por un hechizo que había detenido el tiempo.

Nuestra alegría resultaba tan desmesurada que nuestros sentidos casi se habían bloqueado. Fue Conejo quien empezó a decir despacio y muy bajito:

—Décimo, Décimo, Décimo…

Y todos nos unimos a él, subiendo poco a poco el volumen de nuestras voces, gritando cada vez más fuerte, más rápido, hasta que nuestro alarido retumbó por toda la plaza. Saltábamos, nos abrazábamos, parecíamos locos de atar. Yo compartía esa alegría con todos, pero otro pensamiento ocupaba mi cabeza: la noche anterior me pesaba en los párpados; mis tíos habían hablado para tranquilizarme y asegurarme que las aguas volverían a su cauce, que en unas semanas Agustín estaría en la calle y yo me iría a estudiar a Barcelona. Lo tenían todo previsto: la vida debía recuperar sus rutinas y sobre todo yo tenía que prepararme para el gran día: el de la presentación del libro a la que ellos, por supuesto, me acompañarían.

—Aunque sea lo último que haga en esta tierra, no te dejaremos solos, Pol.

—Pero, tío, le han pegado.

—Olvídalo, olvídalo. No podrán vencerme. Sé que estos últimos años mi carácter... Lo sé, pero no te hundas jamás. ¿Me oyes? ¡Jamás! Hay que levantarse siempre, Pol, una y otra vez. Puedes estar orgulloso de quien eres. ¡La cabeza bien alta! No empieces ninguna guerra, hijo mío, pero termínalas todas, hasta el final. No hagas daño a nadie, pero... ¡ay! Si alguien te desprecia por una peseta, tú desprécialo con un céntimo, ¡menos aún! Levanta el ánimo. Orgulloso, sí, pero humilde, sin alardear de lo que sabes o de lo que tienes o de lo que puedes hacer. Y no le vuelvas la espalda nunca a un pobre. Que tus ojos no se deslumbren ante el poder o la riqueza del mundo, Pol. Debajo del traje de un general, de un obispo o de un rey hay un hombre como tú y como yo que también tiene miedo. Nunca te arrepientas de ser quien eres, hijo mío.

Mientras escuchaba a mi tío, reconocí otra vez a ese sabio loco de mi infancia que hablaba como si yo fuera un adulto, aunque yo, entonces, no comprendiera nada. Pero en este momento sus palabras alcanzaron mi corazón con la fuerza de un aliento que podría derretir la barrera de nieve más alta del mundo.

—Gracias, tío —le dije, y el hombre me miró apesadumbrado.

—Todos nos equivocamos alguna vez; somos humanos, Pol... Nunca llegué a imaginarme lo amargo que es el sabor del papel.

Mis tíos se fueron a dormir y me quedé solo con mis pensamientos en la habitación. En mi mente retumbaba esa frase, no podía dejar de oírla. *El sabor del papel. El sabor del papel. El sabor del papel...* Esperé a que se durmieran y descalzo, a tientas, subí al desván.

Estaba todo muy oscuro, pero conocía el lugar como la palma de mi mano. Cerré con cuidado los postigos de las ventanas y encendí la bombilla. De repente, la imprenta Babel quedó iluminada bajo una sábana blanca. Me sentí como aquel día, cuando mi tío me la mostró por vez primera: esa imprenta me devolvió al mundo, me devolvió la voz, las palabras... Y ahora en mi interior la invocaba como si fuera un dios, una divinidad que me ayudaría de nuevo. La necesitaba y la sentía como una vieja amiga, como si fuera el mismísimo Rana. Ahora la imprenta Babel me daría de nuevo la voz, las palabras necesarias para salvar a mi amigo Agustín, para que la verdad llegase a cada rincón de nuestro pueblo.

Sin pensarlo dos veces, tiré de la sábana y comencé a trabajar como me había enseñado mi tío, componiendo directamente en la regleta las frases que ya tenía en mente, línea tras línea, hasta que completé una página.

Al día siguiente, con las cajas de libros entre los brazos, pensaba en todo esto mientras trasladábamos los ejemplares al Ayuntamiento. Nos recibió el concejal de Cultura, don Álvaro. En breves palabras nos explicó el protocolo de la presentación que en unas pocas horas tendría lugar ahí delante, en el cine.

—¿Y cuándo vamos a firmar libros? —preguntó Rata.

—Después, al final. Cuando se repartan las pastas y el vino dulce —explicó el concejal.

A mediodía comí deprisa y mal, supongo que como toda la pandilla. Era nuestro gran momento. A las siete de la tarde estallaron uno, dos, tres, cuatro cohetes en el cielo azul. El estruendo espantó a los perros callejeros y allí quedaron suspendidos en el aire los jirones de humo de la pólvora, efímeros como pompas de jabón que explotaran en las manos.

Mi tía se había puesto todo el arsenal de joyas de la familia. Yo conocía de memoria la historia de cada una de esas alhajas, el nombre completo de abuelas, bisabuelas y tatarabuelas protagonistas de aquellos relatos de familia de tintes prehistóricos. Tío Luis se acababa de afeitar. Ya se escuchaban voces en la plaza y me asomé a medio vestir.

—Venga, Pol, ponte la chaqueta y la corbata. Si tienes que hablar en público, la buena presencia abre puertas, no lo olvides.

—Ya voy, tía.

Las autoridades nos recibieron en el despacho del alcalde. Nos saludaron con respeto, con ligeras inclinaciones de cabeza. El padre Isidro estaba allí; también don Tomás, el alcalde, que llevaba su pequeña vara de mando entre las manos. Me fijé en Conejo, peinado a lo Rodolfo Valentino: llevaba colgado de una cadena de plata el tipo móvil que le di años atrás y lo lucía con orgullo, era nuestra marca: la marca del Décimo.

Y Alba estaba preciosa; era toda una mujer. Reía por nada, estaba espléndida con todos y a mí me miraba de vez en cuando y me sonreía de una forma que sólo yo conocía. Me temblaban las piernas, los labios, la voz al saludarla, disimuladamente, sin ninguna efusión. Su padre me dio la bienvenida con un rostro frío, casi distante: fue sólo un momento, apenas un saludo de compromiso, mientras que con los demás se mostró cordial, parlanchín, atento en sus preguntas por la familia... Sólo don Sebastián, cuando estrechó mi mano, me dijo:

—Señor Albión, es usted todo un hombre. Sea comedido en su discurso.

Por la cara que puso, por la intención y el tono de voz, entendí a qué se refería. Me mordí el labio inferior, pero ¿qué se había creído? Era una rata asquerosa, un adulador, un cobarde que ya no llevaba la camisa azul como antes porque entre sus virtudes también estaba el cinismo y, como muchos hombres de la época que presentían el final del franquismo, estaba dispuesto a sobrevivir y a vestirse cuantas camisas hiciera falta.

Una nueva tanda de cohetes estalló en el cielo y los cristales del Ayuntamiento temblaron. El gentío abarrotaba la plaza, no cabía un alma. La banda municipal entonó una marcha militar. Eran las ocho en punto y, en el campanario, los ladridos de la campana se perdieron bajo el volumen del griterío. Salimos del Ayuntamiento en comitiva, con el alcalde al frente llevando a su hija del brazo. Después, el cura, el maestro, concejales. Cada uno acompañaba a uno de los autores. Yo iba al final con don Francisco, el concejal que se hacía cargo del cementerio y la limpieza municipal. Creo que lo hicieron a propósito, y por si fuera poco, detrás tenía a la pareja de la Guardia Civil vestida de gala. Cerraba la procesión el matrimonio Senmenat: don Bruno y su esposa, y a éstos les seguía la banda y los gigantes y cabezudos.

Cruzamos la plaza. El alguacil y el enterrador abrían paso con la ayuda de algunos hombres de la brigada municipal. Allí estaban concentradas todas las almas del pueblo: viejos y jóvenes, hombres y mujeres, rojos y nacionales, ricos y pobres...

El corazón de la pandilla latía al ritmo del bombo de la banda, que tocaba uno de los miembros de la antigua cuadrilla de Pastor. Le arreaba unos mazazos que hacían temblar los tímpanos. Las puertas del cine se hallaban abiertas de par en par y justo encima un cartel rezaba: «Hoy, a las ocho de la tarde, gran presentación del libro *Historias del Décimo.* De los autores locales...», y allí estaban nuestros nombres. El mío, claro, figuraba el último, casi ilegible, en una esquinita.

Entramos y dentro del local ya había gente mayor sentada. Vi a la señora Rita, la vecina, que me saludó con un gesto; la peluquera había sudado mares para plantarle una especie de moño hueco que ella lucía orgullosa. En el escenario había una gran bandera española y otra de Falange. Detrás de los dos estandartes se desplegaba el escudo del pueblo. Evaristo, el pintor local, se había esmerado en su trabajo: una barca fluvial parecía saludarnos con la vela cuadrada hinchada al viento. Al frente del escenario, una mesita y tres sillones. Todas las luces estaban encendidas para alumbrar la profusa decoración, generosa en flores naturales y tiras de papel rescatadas de las fiestas mayores.

El alcalde, el cura y el maestro subieron ceremoniosamente a la palestra y su gesto despertó los primeros aplausos. El alguacil nos sentó abajo, en la primera fila de la platea que ya tenía reservada, tal como nos habían dicho. En el momento oportuno, él nos indicaría que subiéramos al escenario. Yo me quedé en la silla del pasillo, había elegido ese lugar a propósito. En esas mismas hileras se encontraban los concejales, el juez de paz, el médico, don Bruno y su señora, la pareja de la Guardia Civil y los matrimonios principales.

Cuando ya estábamos todos sentados, miré atrás y vi que ya cerraban las puertas, pero la multitud aún luchaba por conseguir un asiento libre. El alguacil trataba de poner orden, aún tardarían unos minutos en empezar los discursos. Estaba previsto que primero hablara don Sebastián. La banda inició una nueva marcha militar. Entonces me dije: «Éste es el momento», me armé de valor, respiré profundamente y encontré los ojos de Alba antes de excusarme:

—Voy un momento al baño, tengo la boca muy seca —le dije a Conejo, que estaba sentado a mi lado.

—Pero ¿qué dices, Misisipí? ¡Esto está a punto de empezar!

—Sólo será un momento. Bebo un trago de agua y vuelvo.

Me levanté deprisa y salí de allí apartando a la gente. Vi a mis tíos. Tía Magdalena me dedicó un gesto de sorpresa: «¿Adónde vas?», parecía decir. Tío Luis me sonrió con timidez. Yo levanté la mano, me zambullí entre la gente y, como pude, salí a la calle.

Me encaminé hacia mi casa a la carrera. En mi camino me cruzaba con los rezagados, entre los que vi a Juan, el cartero.

—Pol, pero ¿adónde vas? ¿No tendrías que estar dentro?

—¡Ahora vuelvo!

—Menudo escritor estás hecho...

Abrí con la llave, subí los escalones de cuatro en cuatro, directo al desván. Cogí el fajo de hojas que había impreso la noche anterior y bajé. Esperé unos minutos hasta que vi entrar a los últimos en el cine. La luz era la perfecta: el intervalo justo antes de que se encendiera la farola, la hora de las luciérnagas. Tendría que correr a toda pastilla y al mismo tiempo ir lanzando los papeles. Salí de casa, cerré y me situé en la esquina de la calle, bajo los porches. Eché un vistazo, no vi a nadie y me lancé a la carrera como un loco. No sé cuántas vueltas di, pero tras de mí todo iba quedando sembrado de pasquines. De vez en cuando escuchaba los aplausos, los gritos, la banda… Todo el pueblo estaba congregado en el cine. Cuando acabé con los folletos, me metí por una calle lateral, al lado del cine. Respiré, recuperé el aliento. Me limpié el sudor con el pañuelo y al paso entré otra vez en la sala.

Estaba hablando don Sebastián. La gente me miraba desconcertada, pero todos me abrieron paso y volví a sentarme en mi sitio:

—¿Dónde te habías metido, Misisipí? El maestro te ha mencionado varias veces —me dijo Conejo entre susurros.

No le contesté. Alba suspiró al verme desde el otro lado. Con un gesto me preguntó dónde había estado. Yo negué con la cabeza y le sonreí.

Cuando el padre Isidro tomó la palabra, un murmullo sordo se propagó entre las filas de butacas: nos estaba dando un sermón, casi el mismo que pronunciaba cada domingo. La gente se cansó y aplaudió antes de tiempo, cada vez que el cura respiraba y se aclaraba la voz. Él se dio por aludido, sonrió forzadamente y concluyó.

El alcalde tomó la palabra, se frotó nervioso las manos, se levantó y empezó su discurso. Al principio se puso un poco nervioso, lo suyo no era la oratoria. Leyó algunos párrafos del libro y nosotros nos miramos satisfechos. Después se introdujo de lleno en el texto que tenía escrito. Me volví y Alba me hizo un guiño que entendí a la perfección: todo lo que decía su padre lo había escrito ella. Yo me dejé llevar y me emocioné.

Las palabras del alcalde levantaron aplausos y vítores, sobre todo del sector de la Falange...

—¡Viva nuestro alcalde! ¡Arriba España!

Por primera vez escuché voces disidentes entre el público, que los hizo callar.

—¡Volverán las oscuras golondrinas! ¡Que se callen de una vez!

Hubo silbidos, algunos gritos...

—¡Cállense, coño!

La cosa no fue a más gracias a que, en ese momento, la banda retomó su papel protagonista con una nueva melodía: cambiaron las marchas militares por el ritmo de un pasodoble de moda que todo el pueblo acompañó con las palmas.

Había llegado el momento. Ahora el alcalde iría pronunciando nuestros nombres y uno a uno tendríamos que subir al escenario para un breve parlamento y al final hablaría yo en nombre de la pandilla. Con todo el ajetreo, no tenía nada preparado, pero, de hecho, ya sabía lo que tenía que decir. Lo había pensado mientras imprimía esos pasquines que ahora cubrían la plaza. Ahí lo decía todo: Agustín era inocente y lo habían acusado para quitárselo de encima, pues era el líder de los sindicalistas en la fábrica, pero no tenían ninguna prueba contra él y aquella excusa que habían utilizado no se tenía en pie. Era un absurdo, como todo lo que pasaba en nuestro país. Y yo solito me declaraba culpable de haber cambiado el informe. Después acusaba al Ayuntamiento, al Gobierno, de haber humillado y golpeado a mi tío y al pobre Agustín sin ninguna razón.

Al final, cuando acabaron los aplausos, los gritos y las palabras, Conejo, Búho, Rata, Mulo, Hormiga y Mariposilla subieron al escenario. Y me tocó salir a mí. Todo estaba perdido. Sabía que me descubrirían y eso me dio un respiro de tranquilidad: ya no me estaba jugando nada.

—Pablo Albión —dijo el alcalde.

Alba puso mala cara al oír el nombre que salía de labios de su padre, noté su reacción en seguida y vi cómo me miraba: no las tenía todas consigo.

Subí despacio las escaleras de madera y observé durante unos segundos a todo el pueblo. El silencio era absoluto. Alguien de atrás gritó:

—¡Venga, Misisipí!

La gente aplaudió y algunos rieron la gracia. Contemplé las caras de todos los hombres y mujeres. No podía esperar más y me lancé. Empecé con los saludos protocolarios y agradecimientos de cortesía por todo el esfuerzo porque al fin la historia del Décimo fuese una realidad convertida en libro. Después fui directo al grano: hablé de toda la cuadrilla y de cada uno dije algo especial, pero me detuve en Rana, el amigo ausente, aquel muchacho rebelde, despreciado por todos, que vivía casi como un mendigo en aquella choza con su padre, el borracho Juanín, un rojo que tras cumplir condena en prisión no pudo soportar ver como su esposa moría en el alumbramiento de Rana. El silencio del local era absoluto…

—Rana, nuestro líder, nos abandonó hace unos años, pero todos los del Décimo lo recordamos y este libro se lo dedicamos a él, aunque esté lejos y nunca se entere. Él y su padre tuvieron que marcharse, como muchos otros se vieron obligados a emigrar al extranjero o a las ciudades porque aquí no hay trabajo. Quizás les vaya mejor que si se quedan aquí, en este pueblo que es el mío y que no cambiaría por ningún otro, pero que desgraciadamente vive sujeto al yugo del miedo.

Nadie debió de entender mis palabras, porque todo el mundo aplaudió con fuerza. A Mariposilla sólo la mencioné de paso. Y sin pensarlo más me puse a hablar de la cuadrilla, de lo bien que lo pasamos en la cabaña y de las cosas que nos sucedían.

Sin darme cuenta me metí a la gente en el bolsillo: se enternecieron cuando expliqué una u otra anécdota. Incluso el alcalde cambió de cara. Asentía feliz con la cabeza y aplaudía. La señora Rita lloraba de alegría y le faltaban pañuelos de puntilla para enjugarse las lágrimas. Yo estaba seguro de lo que decía y conducía el discurso a mi antojo, por el camino programado. Me encontraba muy a gusto. Miré a don Bruno: también él sonreía de tanto en tanto, sobre todo cuando narré la anécdota del muérdago blanco.

Todos —rojos y falangistas, pobres y ricos, jornaleros o propietarios, comerciantes, obreros de la fábrica, navegantes sin trabajo…—, todos sin excepción olvidaron quiénes eran y se dejaron embargar por la emoción. Lo estaba haciendo muy bien y el primer sorprendido era yo mismo, pero no podía dilatar más aquel discurso nostálgico, alegre y triste a la vez. Yo estaba allí para decir otra cosa:

—Y antes de acabar quiero contarles algo…

No me dejaban continuar. Tuve que repetir las últimas palabras un par de veces. Al fin, me puse muy serio y aguardé a que se hiciera el silencio absoluto. Entonces elevé mi voz:

—Voy a contarles la verdad.

Todos me miraban extrañados; sobre todo porque había cambiado radicalmente el tono de mi discurso.

—Soy Misisipí, el de la imprenta. Mis padres… sí, mis padres, don Luis y doña Magdalena, son las personas más buenas y maravillosas del mundo. A ellos se lo debo todo. Ellos me enseñaron a ser fuerte, respetuoso, amigo de mis amigos... Y también me enseñaron a aceptar la responsabilidad de mis actos y a llevar la cabeza alta. Por eso voy a contarles la verdad, tal como les he prometido.

»Nunca he sido una persona valiente. En las peleas del patio de la escuela, en la calle, en las discusiones, en los juegos, en los bailes, siempre me quedé atrás. Algunos quizás digan que soy un cobarde, puede que lo sea, porque después de luchar día tras día, noche tras noche contra el miedo, algunas veces creí enloquecer. Y, ¿saben una cosa?, esa locura que nace desde el terror y el pánico es lo que hace que un hombre, un chico como yo que ha vivido la mayor parte de su vida en este pueblo que ya es el suyo, se atreva a decir la verdad.

El silencio parecía grabado a fuego en los rostros de todos los asistentes. En un instante pasó por mi cabeza todo cuanto había sucedido. Tenía que tirar del velo, igual que la noche anterior había tirado de la sábana que cubría la imprenta Babel para que pudiera hablar.

—He prometido que diría la verdad y quiero hacerlo en unas pocas palabras. Unas palabras que el mundo entero está empeñado en esconder. Quizás las hemos olvidado porque los prejuicios las han secuestrado del diccionario o porque tenemos miedo de pronunciarlas.

Esperé unos segundos, tratando de concentrar toda la atención de la sala y grité:

—¡Te quiero, Mariposilla! ¡Alba, eres lo mejor de mi vida! ¡Te quiero y te querré siempre y nadie, nadie podrá separarnos jamás!

El silencio fue tan largo que me pareció eterno. Me sentí muy solo. Miré a los ojos de Alba y ella me devolvió el calor de la vida.

Nadie se atrevía a reaccionar, pero la tormenta se aproximaba, podía olerla en el aire, como el olor de la tierra mojada. Un grito de ira, de odio, de rabia contenida durante mucho tiempo rompió brutalmente el silencio. La voz procedía de las primeras filas. Estaba un poco deslumbrado por las luces, pero vislumbré su figura, de pie, y reconocí su rostro: se trataba del mismísimo don Bruno:

—¡Juré que te mataría a ti y a toda tu familia! ¡Hijos de puta! ¡Cumpliré la promesa! ¡Rojos de mierda! ¡No toques a mi sobrina porque te mataré!

Se armó un escándalo monumental. La gente empezó a gritar, todos a la vez, todos contra todos. Discutían, se lanzaban insultos guerracivilistas, los viejos odios renacían, las venganzas salían a la luz pública. La división era visceral, incluso la banda se vio dividida: contrabajo, trompeta y platos tocaban *La Internacional*; el resto de los músicos, clarinetes y bombo, el *Cara al sol*. Aquello fue el colmo. Algunas personas salían a la plaza y volvían a entrar desconcertadas con mis pasquines en la mano. Y en medio de aquella algarabía, la voz del legionario vociferaba desde el fondo de la sala:

—¡El de la imprenta! ¡Misisipí! ¡Ha sido él, lo he visto, él ha tirado estos papeles!

Todos los del Décimo se volvieron hacia mí extrañados. Hormiga estaba indignada y Alba me miraba a los ojos sin entender nada. Su padre la tomó por un brazo y la alejó. Mientras se marchaba, lloraba sin entender lo que había hecho, pero emocionada por mis palabras.

Mi tío acudió al rescate. Yo estaba aturdido y contemplaba sin reaccionar el monumental griterío. Ya no escuchaba las palabras de nadie: ni las de mis amigos ni las del alcalde, que me insultaba mientras alejaba de mí a Alba.

—Ésta la vas a pagar muy cara, muy cara...

El cura y don Sebastián intentaban poner orden sin éxito. Un silencio glacial, pastoso, se instaló en mi mente y me alejé del escenario. Lo contemplaba todo desde fuera, desde otro lugar.

—Vamos, Pol. Venga, hijo, tenemos que salir de aquí, esto es una batalla campal.

Nos abrimos paso entre la multitud, que continuaba enfurecida, gritándose su odio. Pero ya nadie nos hacía caso, parecían haberse olvidado de nosotros.

La noche cubrió el pueblo y la gente se fue dispersando por la plaza. Desde casa aún oía los gritos. Yo estaba mudo, sentado en una silla del comedor. Mi tío permanecía en pie frente a mí, pero tampoco se atrevía a decir nada. Yo miraba el viejo reloj de pared, mi aliado en los tiempos del mutismo de mi infancia, y con la mirada seguía los compases del péndulo: tic, tac, tic, tac...

Cuando mi tía entró en el comedor y nos mandó a la cama, oímos golpes en la puerta. Entraron en tropel: el alcalde, el alguacil, algunos concejales, el Lejía y miembros de la Falange local. Los tres juntos, mi tía, mi tío y yo, nos acurrucamos en un rincón del comedor. Actuaban como locos, nos insultaban, nos amenazaban mientras lo destrozaban todo como salvajes: derribaban muebles, arrojaban sillas... Todo lo lanzaban por el balcón. Revolvieron la casa mientras gritaban:

—¡Vamos a encontrar toda la propaganda comunista y daréis con vuestro culo en la cárcel!

Por la puerta aparecieron también el padre Isidro y don Gregorio. El cura en seguida se puso delante, protegiéndonos de aquellos bestias que alzaban las sillas contra nosotros antes de tirarlas por el balcón.

—Por favor, cálmense, cálmense. Ya está… Todo se va a aclarar, váyanse a sus casas. Señor alcalde, por favor, conténgase…

—¿Que me contenga? Te crees que porque llevas sotana vas a protegerlos toda la vida. ¡Ahora no, ya no! Este rojo de mierda dice que quiere a mi hija… ¡Desgraciado! ¡Te voy a dar una paliza de muerte yo mismo! ¡Desgraciado! ¡No te acerques más a mi hija! ¡Rojo! Teníamos que haberte matado hace años, sí, muchos años…

—Cállese de una vez —dijo el cura con voz enérgica.

Esas palabras sosegaron un poco los ánimos del alcalde, pero los demás continuaban implacables su búsqueda. Uno de aquellos salvajes arrancó el reloj, que estaba enganchado en la pared con una tabla de madera, y lo estrelló con todas sus fuerzas contra el suelo.

—¡Mira qué arsenal! ¡Aquí tiene los libros! ¡Te vamos a joder, comunista de mierda!

Allí había escondido mi tío los libros de tapas moradas, los que había ido leyendo durante mi infancia y adolescencia, mis preciosos libros… Yo contemplaba aterrado cómo se lanzaban sobre ellos y los tiraban por el balcón. Volaban delante de mis ojos y creí que mi vida se iba con ellos al abismo.

De repente mi tío salió del rincón en el que estaba agazapado. Tía Magdalena intentó contenerle, pero no pudo. Con un gesto de inusual pavor en su mirada empezó a vociferar:

—¡No los tiréis todos! ¡*La isla del tesoro*, no, *La isla del tesoro,* no, por favor!, ese libro no.

Pero todo les daba igual. Siguieron lanzando todos los libros sin importarles lo que aquel título o cualquiera de los demás significara para mi tío o para mi familia.

En ese mismo instante, Gregorio bajó del desván muy excitado, vociferando:

—¡La imprenta, a la calle, tiradla por el balcón! ¡A la calle!

—Gregorio, pero ¿qué está diciendo? —le recriminó el cura.

—¡Fueron ellos, por su culpa me insultaron y me golpearon! ¡La imprenta maldita, por el balcón!

El padre Isidro se santiguó, se volvió y nos habló allí, en el rincón del comedor:

—No sé si voy a poder contenerlos, lo de hoy ha sido terrible... Haré lo que esté en mi mano, pero tendríais que marcharos del pueblo, aunque sólo sea un tiempo. Don Bruno cumplirá su palabra tarde o temprano.

—Nosotros no nos vamos, don Isidro, y si tienen que venir a matarnos, cuanto antes mejor. Hemos pasado por todo, pero no nos marcharemos del pueblo.

Mi tía reaccionó. Me cogió por el brazo y me dijo:

—Sígueme, Pol.

El cura se interpuso cuando uno de los hombres iba a arremeter contra mí.

—El marica este... ¡Me lo voy a cargar!

Bajamos corriendo las escaleras y salimos a la calle. La pareja de la Guardia Civil rondaba la puerta del Ayuntamiento. Estaban fumando recostados contra la pared y nos miraban sin decir nada. Detrás de mí escuché el ruido de la vieja imprenta Babel precipitándose al vacío y estallando delante de la puerta de casa con un estruendo terrible, mientras Gregorio desde el balcón reía como una hiena:

—¡Mía! ¡Ya es mía, ya es mía!

Mi tía me arrastró directamente a casa de la vecina, su amiga, la señora Rita.

—Duerme aquí esta noche y mañana por la mañana a primera hora coge el autobús a Barcelona. Toma, aquí tienes algo de dinero. No te preocupes por nada. Mañana por la mañana llamaré a los hermanos del colegio y ellos te irán a buscar a la estación. Aunque llegues unas semanas antes, no pasará nada.

—Tía, ¿qué les pasará a ustedes? ¿Qué le harán a tío Luis?

—No nos va a pasar nada, Pol. Se llevarán alguna cosa, pero el padre Isidro nos protegerá, siempre lo ha hecho. Nos humillarán, pero al cabo de unos días, una semana, todo olvidado. El tiempo lo cura todo y en unos meses ya nadie se acordará y todo continuará igual.

—Tía, lo siento tanto... Creí que...

—No digas nada, Pol. Nosotros te queremos. Tu tío ha sido hoy el hombre más feliz del mundo porque has hecho lo que debías hacer. Has tenido mucho valor al decir lo que sentías. Vete de este pueblo, hijo, y no vuelvas: este pueblo no te merece. Eres demasiado bueno, demasiado limpio y nadie te comprendería. Vete y no mires atrás.

Nos abrazamos y me besó en la mejilla.

Desde la habitación donde pasé aquella triste noche se escuchaban los ruidos que provocaba todo lo que arrojaban por el balcón. Cada golpe lo sentía en mi cuerpo. Cansado, vencido, mis párpados se cerraron de madrugada.

Un rayo de sol me despertó y me levanté con un sobresalto.

—Pol, venga, me he dormido. Dios del cielo, venga, el autobús te espera en la plaza.

Me vestí rápidamente. La señora Rita me hizo beber un vaso de leche caliente que engullí de un trago.

—Adiós, señora Rita, y gracias por todo.

El vehículo estaba aparcado con el motor en marcha junto a la farola de la plaza y justo tapaba la fachada de mi casa. Corrí hasta el autobús. En la puerta el cartero hablaba con el chófer:

—Hombre, Pol, ya era hora. Si no es por mí, pierdes el autobús. Hoy me he retrasado un poco con las sacas de correspondencia.

—Gracias, señor Juan.

—No hay de qué, muchacho. Que tengas mucha suerte, y sobre todo, escribe. Ayer te escuché y me impresionaste mucho, sabes hablar y creo que serás un buen escritor. Algún día quiero presumir con tu novela por las calles de este pueblo. Será la primera vez que me pase al enemigo, te lo prometo. Cuando empieces a publicar, abandono a mi ídolo, Marcial Lafuente Estefanía. Le he sido fiel durante muchos años…

Juan me ofreció su mano y la estreché. Cuando subía los peldaños metálicos, el cartero se marchaba por la plaza con las sacas vacías en el hombro, hablando solo:

—Pol Albión, escritor. Ya lo veo en todos los escaparates, me lo imagino, sí, señor. Este chico va a llegar muy lejos, muy lejos.

El conductor cerró la puerta y, mientras me devolvía el cambio del billete, comentó:

—Este cartero está como un cencerro… Como un cencerro.

Iba solo en el autobús, ningún pasajero me acompañaba. Caminé hacia el fondo y me senté en los últimos asientos. Aparté las cortinas rojas, mugrientas, que cubrían las ventanillas traseras. Y miré.

Hubiera querido morir, pero las pistolas de Werther ya no servían para calmar el dolor que me incendiaba por dentro. Hundirme en un remolino, morir ahogado en el fondo de un abismo… No, no, no era eso, era el deseo de desaparecer, de no dejar ningún rastro, ni recuerdos, ni memoria de mi existencia. Todo estaba allí, vejado, humillado, ultrajado. En la casa de mis tíos, el balcón abierto batía sus puertas al viento y enfrente yacían un montón de trastos, de muebles: a un lado, la vieja imprenta Babel aplastada en el suelo y por allí esparcidos los libros, mis libros de tapas moradas, tirados en medio de la calle: el viento levantaba las hojas y las páginas corrían como locas. Un perro callejero los olfateaba, los mordisqueaba, como probando su sabor. Me resultó insoportable. Cerré los ojos y grité con todas mis fuerzas:

—¡Arranque de una vez! ¡Arranque!

El autobús se puso en marcha muy despacio y se deslizó calle abajo hacia la salida del pueblo. Entonces la vi, no sé si fue un espejismo, pero la reconocí. Estaba allí, recogiendo los libros de tapas moradas en mitad del vendaval que hacía agonizar el verano. Ella, Alba, apretaba los libros contra su pecho y lloraba.

—Por Dios, Alba, no, no, no… Tú no sufras…

Pegué mi cara al cristal y lloré, lloré con toda mi alma, con todo mi ser, con toda la amargura de la que puede ser capaz cualquier ser humano. Me desgarraba las entrañas, me partía en dos, en mil pedazos y las lágrimas corrían por mis mejillas y era incapaz de detenerlas. Me acurruqué en el asiento, aferrando con las manos y los brazos las rodillas, apretando con todas mis fuerzas. En un segundo volví a mi infancia, cuando no hablaba. Y me juré a mí mismo que nunca, nunca volvería a pronunciar una palabra.

BARCELONA 2009

V

La historia del Décimo. La historia de la única infancia que recordaba. Sentado en el despacho de mi casa de Barcelona miraba la pantalla del ordenador. El cursor aún temblaba y mis manos también. No sabía cuántos días había tardado en escribir mi vida, digiriendo las emociones que un día tuve que tragar sin ninguna explicación. Probablemente llevaba más de setenta y dos horas encerrado, arrebatado por una parca que deshilvanaba con pasión.

El despacho se hallaba en penumbra y el teclado, agotado por el golpeteo frenético. Ya no sabía qué más podía escribir, y sin embargo, no había hecho sino airear los rincones en los que guardaba el recuerdo de unos días aprendidos de memoria. Todo tal y como pasó, así lo encontré doblado y guardado en el pensamiento.

A lo largo de todos estos años había querido olvidar, pero en esta ocasión el mecanismo que rige la supervivencia había dicho que no, lo había gritado una y otra vez. Y por eso, tal y como me pidió Anna Britges, había sido capaz de escribir mi historia. Sin embargo, en toda ella no apareció ni una clave del olvido de la época oscura en la que me fueron arrebatadas las palabras. Tan sólo se hizo evidente el silencio que unía el principio y el final de mi vida. El silencio. Yo lo había transformado en melancolía, en nostalgia, en tristeza, pero lo único que pesaba en mis hombros cargados, en el caminar pausado, en la soledad que siempre me acompañaba era el silencio.

Me sentía exhausto. Tendría que haber dormido veinte horas seguidas, pero no lo hice. No lo podía hacer. Aún no. Almacené en mi lápiz óptico todo cuanto había escrito, cogí mi chaqueta y me marché a la calle. Debían de ser alrededor de las ocho de la tarde. Era invierno y la gente volvía de trabajar. Me senté en mi coche y respiré hondo. Llevaba lo que ella me había pedido. «Escribe», me había dicho, y había escrito todo lo que sabía. Arranqué el coche y me sumergí en el tráfico de la ciudad. No podía ver bien. Después de tantas horas contemplando la pantalla luminosa, el horizonte urbano se desdibujaba y se convertía en un amasijo de destellos y colores que se disparaban delante de mis ojos.

No sé si llovía, creo que no. Hacía frío y el vaho cubría los cristales de los automóviles. No veía los rostros de los conductores, pero a lo lejos escuchaba los gritos y las protestas de los cláxones. Unas señales y otras iban empujando mi coche mientras yo pensaba en ella, en Anna. Tal vez su intención al decirme que escribiese no era que indagase en mi vida en el pueblo, sino más bien en el tiempo en el que fui un recién llegado a Barcelona. Cuando me instalé en el colegio mayor donde estudié los siguientes cursos y viví durante aquellos años de convulsión política, de lucha antifranquista, hasta que un día me marché.

Mis tíos venían a verme, pero nunca me hablaron de todo lo que pasó ni tampoco de ella, de Alba. Veía en sus ojos, en sus caras, esa expresión que yo conocía tan bien, que había descubierto en la vida del pueblo, en sus gentes: otra vez el miedo, el pánico. Las personas se acaban acostumbrando al terror, forma parte de sus vidas, conviven con él como si se tratara de un pariente muerto que los conoce, una sombra que deambula por la casa, por las calles y las plazas, siempre vigilando sus conciencias, día y noche, agita sus sueños, sus pensamientos más oscuros, sus imaginaciones; una sombra siempre presente para acusarlos, amenazarlos, incluso antes de que uno se decida a dar un paso adelante y enfrentarse a la verdad. El único escudo protector contra ese temor era el silencio, la resignación muda, la amnesia. Y frente a ese muro no había nada que hacer.

Después de aquel mes de septiembre de 1971 nunca me dejaron regresar al pueblo y cuando escribía cartas a algunos amigos para que me desvelaran el paradero de Alba, todos decían lo mismo: «Ha desaparecido. Se la han llevado lejos. No hemos vuelto a verla por el pueblo». Tampoco mis tíos me rescataron de la incertidumbre. Al principio me dijeron que Alba estaba encerrada en su casa, que no la dejaban salir, y más tarde me contaron que don Tomás la había llevado a estudiar fuera del país. Fue entonces cuando una idea se apoderó de mí: «Alba ha muerto».

No podía llorar. Tal vez era porque las lágrimas se quedaban cortas. Salía a la calle y buscaba mariposas, buscaba las más grandes, las que más colores tuvieran, las que aletearan con más velocidad. Pensaba que ellas me conducirían hasta Alba. ¿Quién le pondría el nombre de Mariposilla? Nunca se lo había preguntado. Probablemente fue Rana. Me reía pensando en los nombres que Rana ponía a todo el mundo y entonces me daba cuenta de que aquél era mi mundo: Rana, Gallo, Hormiga, Conejo, Rata, Mulo, el Décimo, la charca, el río, Mariposilla. Me reía de todo y me daba cuenta de que la vida que vivía no era la mía; la vida se había quedado en aquella cabaña del chopo y seguro que a ella podría volver un día. Mis amigos, mi infancia. Yo tenía una vida. Algún día volvería a ella y allí estaría Alba, con su pelo largo, su piel tersa. Alba no podía haber muerto. Su cuerpo sin vida nunca se aparecía en mis sueños, no la podía imaginar muerta, por eso estaba viva.

Con su recuerdo a mi lado comencé a estudiar. Quise sacar las mejores notas, más que sobresaliente, más que matrículas. No hablaba con nadie. Me encerraba en mi cuarto y estudiaba, estudiaba. Quería aprobar todo e ir a por Alba, donde estuviera. Seguro que la habían escondido en algún sitio, seguro que habían sobornado al pueblo entero para que nadie me dijera nada, para separarnos. Yo se lo había dicho y ella nunca me había creído: «Tu familia y la mía no nos querrán ver juntos». Ella decía que no, pero era la verdad. Alba no podía estar muerta, la habían matado para mí, pero yo iba a terminar el curso, a conseguir un buen trabajo y a volver a por ella, estuviese donde estuviese.

Un día, antes del primer examen del año, me hallaba estudiando en mi cuarto, ensoberbecido por la razón, por el expediente académico que estaba consiguiendo, por los conocimientos que asimilaba como un azucarillo en un café caliente. Miré por la ventana. Era primavera. Los cristales estaban abiertos y entraba la brisa que anticipa el calor, la humedad. Me sentí de nuevo en el pueblo, cerca del río. Cerré los ojos y me transporté: el griterío de los amigos, los cuerpos desnudos, el agua. En ese instante, una libélula detuvo su vuelo delante de mi mirada. Permaneció aleteando un rato, unos segundos eternos, a la altura de mis ojos. Las alas transparentes formaban una masa cristalina que adornaba el cuerpo agusanado. No entró en la habitación, se dio la vuelta y desapareció, se marchó lejos. La perdí de vista. No supe cómo reaccionar, así que me quedé inmóvil, callado, casi sin respirar, y en mi cabeza sólo bullía un pensamiento: Alba había muerto.

De repente desapareció la euforia. La persona a la que amas es la persona para la que vives y yo ya no vivía para nadie. Tenía miles de preguntas, pero ninguna respuesta y nadie capaz de dármelas. Giré la cabeza hacia la mesita de noche; hubiera dado cualquier cosa para que al menos alguien hubiera dejado sobre ella un libro de tapas moradas que me ayudara en aquel momento, pero ni siquiera eso tenía. Mi tío no volvió a darme ninguno de aquellos libros y nunca como en aquel momento sentí cuánto los añoraba, cuánto los necesitaba: el calor de su lectura había sido el regazo que había acunado mi vida y calmado mi ansiedad.

Me refugié en la biblioteca del colegio, triste sustituto de aquella que rescató mi infancia. Estaba repleta de libros, casi todos de religión: san Agustín, santo Tomás y Escrivá de Balaguer. Pero en un rincón descubrí un tesoro perteneciente a un antiguo grupo de teatro del colegio: las obras completas de Shakespeare. Las devoré. La pasión de aquellos libros era la pasión muerta que yo sentía. Shakespeare y el ajedrez me acompañaron durante mi duelo.

Mi tía me llamaba por teléfono periódicamente y en una de esas conversaciones por fin me atreví a decirle todo lo que pensaba y al final le pregunté:

—¿Por qué?

No contestó, y cuando le conté cuál era mi presentimiento sobre Alba y le pedí sin palabras que me devolviera la esperanza, tomé su silencio por la confirmación de mis peores sospechas y mi infancia se alejó un poco más y se llevó parte de mí con ella, con Alba, con el yo que debería haber sido.

Durante aquel curso mis tíos vinieron a visitarme a Barcelona varias veces. Le pregunté a mi tío por qué no me seguía dando libros y me dijo que se los llevaron todos la noche en la que volvieron a registrar la casa.

—Se llevaron todo, Pol. El rencor puede más que ellos.

—Leo en la biblioteca.

—Eso está bien. Lee a Dumas, te encantará. Lee *El conde de Montecristo,* pero no se te ocurra vengarte de nadie, ¿eh?

A mis tíos les alegraba que yo estuviera en aquel colegio. Tenían confianza en mi educación y pensaban que estaban haciendo lo que debían. En verano, los padres les propusieron trasladarme a un convento en el Pirineo y ellos aceptaron. Yo peleé por regresar al pueblo. Era el verano del 72, el primero que iba a pasar fuera, pero no hubo manera: me vi obligado a quedarme en un convento donde lo único que podía hacer era cerrar los ojos y recordar otras canículas más estimulantes que aquélla. Sin embargo, poco a poco me di cuenta de que la memoria se iba deshaciendo de la emoción que anima las escenas que evocamos. A veces veía a Rana dirigiendo una expedición por el bosque, pero ya no sentía aquel miedo reverencial que me acercaba y me alejaba de él. Veía a Agustín, pero su risa no confortaba mi soledad.

Un día recibí una llamada. Estaba estudiando en mi habitación y el padre Lorenzo me avisó. Bajé hasta la planta baja y cogí el teléfono. Pensé que serían mis tíos, pero no, era Hormiga. Su voz me llenó de felicidad. Hormiga, la mejor amiga de Alba. Las preguntas se me agolpaban en el pensamiento, quería saber de ella, del pueblo, del Décimo, pero sobre todo quería saber de Alba. Ella lo intuyó, no hizo falta alargar la conversación; después de los primeros saludos lo soltó como si le quemara en la boca:

—Alba ha muerto, Pol.

Yo me quedé en silencio. Sabía que cuando aquello había sucedido, yo había sentido una fuerte intuición, pero hasta que Hormiga no pronunció esas palabras los sentimientos no habían podido precipitar, tomar forma.

Mi Alba estaba muerta. Un accidente de coche había sido la causa. Hormiga me dijo que desde que yo me marché no volvió a ser la misma, que la obligaron a estudiar en un internado de Suiza y que cuando volvía al pueblo durante las vacaciones era un fantasma que paseaba por el río.

Una y otra vez recorría la distancia que hay entre la cabaña y su casa. Parecía que allí estuviera guardado el misterio de su vida. Una de las veces, al volver al centro del pueblo, un coche la atropelló. Pasó mucho tiempo en coma, pero al final no se pudo hacer nada.

Mientras Hormiga hablaba, yo ya no podía escuchar. Creo que le colgué sin siquiera despedirme de ella. En mi cabeza tan sólo pude imaginar el fantasma de Alba, su sombra deambulando por el bosque, paseando por las calles del pueblo, rememorando nuestros encuentros.

En ese momento pensé que los dos éramos dos cuerpos sin vida. ¿Qué vida era la mía si ella ya no estaba a mi lado, si nunca iba a volver a verla?

Ya nada me importaba, ni mi pasado ni mi futuro. Sin Alba, la vida ya no era vida y tan sólo me quedaba poner en marcha el reloj de la cuenta atrás, igual que había hecho ella.

Durante meses no hice nada, ni siquiera los estudios me interesaban, ni aprobar, ni los exámenes ni la carrera. Empecé a frecuentar los bares de las facultades y a jugar al ajedrez: el juego absorbía mi vida completamente y lo demás casi ni me preocupaba. No me importaba. Me dejaba llevar y obedecía sin decir nada, como un autómata. Sólo me satisfacía jugar, enfrentarme a un contrincante y vencerle… Jaque mate.

«Jaque mate», ésa era la palabra mágica, tenía que cerrar una puerta tras de mí sin mirar atrás y así lo hice. Un día me marché; tenía varias razones para hacerlo: había entrado en quintas, debía empezar a pedir prórrogas por estudios, pero al fin tendría que hacer el servicio militar y eso era lo último que pasaba por mi cabeza. Pero quizás el motivo principal de mi huida fuese el vacío que sentía en mi interior. Me convertí en desertor. Les escribí una carta a mis tíos y les dije que sabía que Alba había muerto. También les comuniqué que había decidido marcharme del país. No quería olvidar, tampoco quería aferrarme al pasado, tan sólo quería que el tiempo transcurriera y que, veloz, me acercara a la muerte. Una vez estuviera fuera del país, me pondría en contacto con ellos y eso hice. Nunca me echaron en cara mi decisión; al contrario, me ayudaron siempre y me alentaron a seguir estudiando. Había iniciado la carrera de Filosofía, pero la dejé a la mitad. Aquel verano me instalé en París. Tuve algunos problemas para que me hicieran llegar el currículo académico, pero al fin lo conseguí. Al cabo de un año, cuando ya dominaba el idioma, reemprendí los estudios y me licencié. Después deambulé por algunos países y finalmente me instalé en Estados Unidos.

Por mi mente pasaban fugaces los capítulos de esa época de mi vida que formaban parte de otra historia… Una historia que quizás algún día tendría que contar. Había vuelto al punto de partida y sabía, tenía la certeza, de que esa parte de la verdad que me faltaba la atesoraba Anna Britges.

Me concentré, en un esfuerzo por localizar la casa en la que vivía mi editora. La llamé al móvil para que me indicara dónde estaba y tan sólo contestó:

—Portal cuarenta y cuatro.

Anna me abrió la puerta y me condujo hasta su despacho: un salón convertido en una especie de laberinto de mesas y libros apilados por doquier. Ella siempre decía que le gustaba vivir en el caos y que el caos también tenía un orden secreto. Unas grandes cristaleras modernistas coronaban el respaldo de su sillón y por ellas se colaba la oscuridad de la noche, que tintaba el pelo de mi editora. Su mirada recayó sobre el lápiz óptico que con un golpe dejé encima de la mesa, pero antes de que yo dijera «por fin, aquí lo tengo. Ahora tú tienes que cumplir tu parte del trato», sus palabras se adelantaron.

—No necesito leer lo que has escrito, Pol.

Anna calló durante unos segundos. En esos instantes pude ver como observaba mi piel sin afeitar, mi mirada cansada, mis manos crispadas en un puño.

—Si lo sabes todo, también sabrás que decidí olvidar, no quise mendigar mi pasado. Me robaron la vida cuando era un niño y me la volvieron a robar cuando empecé a ser feliz. No quise que me hicieran más daño... Pero esta carta, Anna, la carta de mi tío...

La voz de Anna logró infiltrarse en mis pensamientos y me sacó de un laberinto de preguntas. Me pidió que me sentara:

—Para mí es muy difícil decirte lo que te tengo que decir... Creí que nunca llegaría este momento, pero tu tío me dijo hace tiempo que llegaría y no se equivocó, no se equivocaba casi nunca. Yo le di mi palabra y la he cumplido, hasta hoy.

—¿Le diste tu palabra? Me siento defraudado. Entonces mi

vida, mis libros... ¿Todo es una farsa, una construcción? ¿Hay alguien que me haya dicho la verdad? Tú ya me conocías cuando te envié mi primera novela, sabías quién era y no me dijiste nada.

—Sí, sabía quién eras. Te dije que conocía a tu tío y era verdad, le conocía.

—¿Qué hiciste? ¿Una obra de caridad? ¿Compasión por un huérfano?

—No, espera. Yo te ayudé, está claro que sí, pero porque creí en ti, creí en tu obra. No te mentí y no me he equivocado, no se puede engañar a miles, millones de lectores.

—¿Quién eres, Anna? Por favor... ¡Ya no quiero más mentiras! Tú eres... eres mi, mi...

—¡Basta! —me interrumpió Anna.

Le costó unos segundos reaccionar. Yo estaba de pie y la miraba, temblando. Cuando por fin reunió toda su fuerza, comenzó a hablar:

—Yo conocí a tu madre aquí en Barcelona en el año 1954. Nos hicimos muy amigas. Yo tenía veinte años y era la secretaria del famoso editor Josep Janés, te he hablado algunas veces de él. Cuando la conocí, ella estaba embarazada de ti, Pol. Era muy joven y tremendamente hermosa. Se instaló en un pisito del Ensanche, con una tía de tu abuela, creo. Entonces las imprentas y las editoriales tenían mucha relación y a menudo yo me encargaba de acercarme a recoger las galeradas de los libros o a entregar algunos pagos.

—¿Y mi padre?

—Se llamaba Marcos y era el menor...

—Tío Luis era su hermano, ¿verdad?

—Sí, se llevaban tres años. Marcos, tu padre, tenía un corazón enorme, era encantador, sí, y además muy guapo, apuesto, inteligente. Tu abuelo, tu tío y tu padre trabajaban aquí en Barcelona, en la imprenta de la familia, la habían heredado de tus antepasados.

—¿La imprenta Babel?

—Eso es. Tu padre y tu tío imprimían con ella en el taller de la calle Aviñón. Tu abuelo les enseñó el oficio, pero llegó la guerra... Al principio no se marcharon de Barcelona; tu abuelo era republicano, pero nunca estuvo de acuerdo con los desmanes anarquistas. Al estallar las primeras revueltas, lo primero que hicieron todos los partidos políticos republicanos y anarquistas fue incautar imprentas. El servicio de propaganda era imprescindible, fundamental. Todos creían que había llegado la revolución. Algunos codiciaban la imprenta Babel, pero nadie consiguió quedársela. Tu abuelo conocía a gente importante, diputados de diferentes partidos, y le protegieron. Muy pronto empezaron a trabajar para la Generalitat republicana: carteles, libros para el frente... La imprenta funcionó hasta el 39, justo unos días antes de que entraran las tropas nacionales. Fueron años muy duros, lo peor fueron los primeros días de guerra. Los anarquistas iban por las calles de la ciudad con las pistolas en la faja, con sus coches negros, buscaban curas, monjas, burgueses... Los mataban en plena calle, eran auténticos pistoleros que aterrorizaron a toda la ciudad impunemente, nadie se atrevía a cortarles las alas. El Gobierno, la Generalitat, la policía eran incapaces de detenerlos.

»Tu abuelo era respetado por los anarquistas y estaba protegido. Él aprovechó esa circunstancia para salvar muchas vidas, entre ellas al padre Isidro, a quien escondió un tiempo en el taller. Cuando las aguas se calmaron, ambos le ayudaron a escapar al sur de Francia, con un salvoconducto que firmó el *conse-*

ller de Gobernación de la Generalitat. Tu abuelo también era muy amigo de Josep Janés y entre los dos sacaron del país a muchos falangistas que después de la guerra tuvieron cargos en la dictadura de Franco.

»Hacia el final de la guerra, en uno de los bombardeos de la ciudad, una explosión mató a tus abuelos en plena calle. Fue una desgracia terrible. Tu tío y Marcos se quedaron solos, tenían diecinueve y dieciséis años. Tu tío por esa época conoció a Magdalena, que trabajaba de enfermera aquí en Barcelona; se la presentó el cura porque tu tía y él eran del mismo pueblo, y se hicieron novios. Empezaron a vivir juntos y en seguida se casaron por lo civil. Pero cuando se acabó la guerra, cogieron prisioneros a tu tío y a tu padre. Habían trabajado para la Generalitat, ¡para la República! Hubo algunas denuncias y eso se consideraba suficiente para justificar un fusilamiento aunque los dos fueran menores de edad.

»Tu tía Magdalena se quedó sola, cerró el taller y regresó con sus padres al pueblo y allí se encontró de nuevo con el padre Isidro, que ya había vuelto de Francia. Cuando le contó que Luis y Marcos estaban encarcelados, el cura no lo dudó un segundo: fue a Barcelona, contactó con todos los falangistas que había salvado tu abuelo y sacó a los hermanos Albión de la cárcel. Había muchas personas que se sentían en deuda con tu abuelo, era una persona íntegra, un republicano convencido, un hombre de bien. Muchos testificaron a favor de tu tío y de tu padre.

—Entonces, ¿mi tío se fue a vivir al pueblo con tía Magdalena?

—Sí, pero antes el padre Isidro los casó por la Iglesia…

—¿Y qué pasó con mi padre?

—Él también fue a vivir al pueblo. El cura los ayudó a buscar una casa, un lugar adecuado donde abrir un taller de imprenta.

Encontraron la casa en la plaza, creo que era de un hombre de la Lliga. Después, con los permisos convenientes, alquilaron un camión que transportó todas las máquinas de la imprenta desde aquí hasta el pueblo. Se las llevaron todas menos…

—¿La imprenta Babel?

—Sí, la imprenta se quedó en la calle Aviñón, junto con los libros que pudieron salvar. Los escondieron todos en el taller, camuflados en un armario. La imprenta era una reliquia familiar que ya no utilizaban. Cerraron esta casa y se fueron a vivir los tres al pueblo, bajo la protección del padre Isidro. Tu tío Luis y su hermano Marcos, tu padre, empezaron a trabajar para la Iglesia. Desde pequeños fueron grandes lectores, de ideas republicanas, demócratas, aborrecían el fascismo, pero tu abuelo les inculcó el respeto hacia los demás y la no violencia; el abuelo era un pacifista convencido. Luis y Marcos se adaptaron a la vida del pueblo. Tus tíos no tuvieron descendencia y eso apenaba mucho a Magdalena. Marcos se hizo todo un hombre: apuesto, inteligente, enamoraba a todas las chicas. De vez en cuando venía aquí, a Barcelona, y regresaba al pueblo con una pila de libros bajo el brazo. Fueron pasando los años…

—¿Y mi madre? —pregunté yo impaciente, cortando el hilo del relato. Anna tomó aliento. Sabía que lo que iba a decir era lo que alguien tendría que haberse atrevido a desvelarme muchos años atrás, pero ni siquiera ella pudo hacerlo por miedo a las represalias, por miedo a que aquel hombre cumpliera con su palabra:

—Tu madre era la hija pequeña de don Bruno.

Ahí estaba la frase. El misterio que durante años se había mantenido escondido, agazapado, asomando la cabeza por un lado y otro, pero sin llegar a rasgar el silencio. Mi madre era la hija pequeña de don Bruno, de aquel hombre que desde el primer día en que mis ojos se cruzaron con los suyos en la iglesia me penetró con la mirada. Era una mirada que decía algo más. Él era mi abuelo, ése era su secreto. Pensé en ella, en doña Aurora, en el cariño que me transmitía, en el día en que se alegró al ver que mi cuerpo no era el de Pastor, hundido en el río en los pozos de la Marquesa...

—¿Don Bruno mi abuelo? Espera un momento... Ese hombre, ese...

—Sí, Pol, deja que te cuente la historia.

—Ese hombre me daba miedo. Cuando me fui del pueblo, amenazó con matarme... ¿Cómo podría ser mi abuelo? Ahora lo comprendo... ¡Alba era hija de la hermana pequeña de don Bruno! Entonces ella... ¡Alba y yo éramos familia! Ella es... era... Alba era...

Mi cabeza se negaba a establecer los lazos de sangre que nos unían. No tendía puentes, los derribaba con todas sus fuerzas, mientras a mi alrededor todo se venía abajo. Sólo una frase podía lograr que apartase esa idea de mi mente y Anna dio con ella:

—Tu madre se llamaba Inmaculada.

Yo había oído hablar de ella en el pueblo; decían que era muy guapa y que su hermano los salvó a ella y a los padres de los rojos.

—¡Cómo la recuerdo, Pol! Se enamoró perdidamente de Marcos, ya desde muy pequeña. La primera vez que se fijó en él, lo vio delante del taller. Ella leía todo lo que podía para poder hablar con tu padre. Cuando me lo contaba, yo me moría de la risa... Esa chiquilla pasaba las horas leyendo para que Marcos le hiciera caso. Él también se enamoró de tu madre, pero ella era aún una niña, aún no había cumplido los catorce años cuando se conocieron. Se notaba, claro: todo el mundo en el pueblo veía la atracción irresistible de esas dos almas gemelas, estaban hechos el uno para el otro. Ése fue el problema: don Bruno se enteró de que su hija y el rojo de la imprenta estaban enamorados. Tu madre tenía un carácter fuerte y le plantaba cara a su padre, pero don Bruno la castigaba si la veía tonteando con el muchacho. Al final... —Anna rompió a reír—. Lo creas o no, tu madre me contó que tuvieron que aprender el lenguaje de los sordomudos para poder comunicarse. Estaban tan enamorados, Pol.

—Mis padres... Es la primera vez que alguien me habla de ellos, Anna.

—Sé que tú siempre recordarás la figura de tus padres con dolor, pero ellos se querían tanto y eran tan divertidos... A mí me encantaba estar con ellos y cuando podía me escapaba a la imprenta. Nos hicimos muy amigos. Incluso recuerdo que me enseñaron a hablar como los sordomudos, años después aún lo recordaban. Se divertían muchísimo, tu madre me contaba anécdotas de esa época de su adolescencia, cuando se comunicaba con Marcos en plenas fiestas o en la iglesia. Nadie les entendía, era su secreto y ellos eran felices.

»Cuando tu madre era una adolescente, tu padre ya era todo un hombre, mucho mayor que ella. Una noche, alguien los vio y corrió a contárselo a don Bruno, que no estaba dispuesto a consentir tal afrenta. Se llevaron a Marcos al río y le pegaron una paliza brutal, casi lo matan. En el pueblo todo el mundo sabía quién había sido, pero todos callaban y nadie salió en su defensa; todos sabían que tu padre, el bueno de Marcos, era incapaz de hacerle nada a ella, ni siquiera tocarla. La respetaba demasiado. Marcos caía bien a todo el mundo y en el pueblo sabían que se estaba cometiendo una gran injusticia. Casi lo matan de la brutal paliza que recibió, lo amenazaron, tenía que irse del pueblo. No sabes cómo eran las cosas entonces, Pol. Tú aún viviste momentos duros, pero aun antes... Marcos se marchó del pueblo una mañana, huyendo de don Bruno, que quería matarle.

—Yo también tuve que irme, igual que él...

—Lo sé, Pol, tu tío me lo contó todo.

—¿Qué hizo mi padre?

—Lo mismo que tú: poner rumbo a Barcelona. Llegó aquí en 1950 y con el dinero que tu tío le dio abrió de nuevo el taller en la ciudad. Empezó a trabajar con la imprenta Babel, la vieja imprenta de la familia. Pero estaba demasiado enamorado de Inmaculada. Trató de buscar novia, casarse, como hubiesen hecho otros, pero él no pudo. Se mantuvo fiel a sus sentimientos y esperó a que ella creciera un poco.

»Durante esa época solitaria en la ciudad, tu padre empezó a relacionarse con algunos hombres que se movían en la clandestinidad, actuando contra el régimen. Marcos, como tu tío, trabajaba para la Iglesia. El padre Isidro lo había recomendado. Cuando hizo un poco de dinero compró una imprenta y utilizó la Babel para las publicaciones clandestinas. En febrero de 1951 se imprimieron en esta imprenta las octavillas de la primera gran huelga después de la guerra civil.

—¿La huelga de los tranvías de Barcelona?

—El país estaba en la ruina, las fronteras cerradas al exterior. El nivel de paro era alarmante, la gente no podía ni comer y el gobernador de Barcelona, Díaz Alegría, autorizó la subida del precio de los tranvías. Tu padre fue uno de los activistas más importantes de aquel movimiento de protesta que secundó toda Barcelona. Los tranvías circulaban vacíos y toda la ciudad iba al trabajo a pie, sin protestas, sin gritos. Eran manifestaciones calladas, de gentes vencidas, sin derechos, sin libertades, sin pan, ni aceite, ni nada. Tu padre, por seguridad, se trasladó al pueblo unas semanas. Dijo que estaba enfermo y canceló temporalmente todos sus trabajos. Cuando llegó al pueblo empezaron las tensiones con tu tío. Los dos eran republicanos, pero Marcos creía que había llegado el momento de actuar. La situación era muy comprometida, pero tu tío lo escondió y como él no salía del desván, nadie le vio.

»Tu padre vivió en el desván unas semanas después de la gran huelga en marzo del 51. Desde allí, por la pequeña ventana, contemplaba la plaza a escondidas y una tarde vio a tu madre. Don Bruno pretendía casarla con un joven de otro pueblo, heredero de una importante fortuna, un terrateniente. Cruzaba sola la plaza y él se quedó mirándola. Inmaculada sintió algo extraño. Notó que había vuelto y que la estaba observando, aunque no supiera precisar dónde ni cómo. Entre los dos existía un lazo muy fuerte, invisible. Entonces tu madre levantó la vista y lo vio en la ventana. Fue sólo un momento, un instante mágico: tiempo después me aseguró que el mundo, el tiempo se detuvo. Tu madre miró hacia un lado, hacia el otro, no había nadie, hacía mucho frío, era un día de brumas altas y todo estaba congelado... Tu madre me contó toda esta historia y me dijo que en aquel momento, con su lenguaje secreto, acordaron que se verían aquella misma noche aunque sólo fuera un instante.

Anna descansó un momento. Yo estaba pendiente del relato, escuchando con todos los sentidos.

—Y se vieron... ¡Ya lo creo! Él tuvo que volver a marcharse a Barcelona, pero mantuvo el contacto con ella por carta. Tres años más tarde, tu padre tuvo que volver a refugiarse en el pueblo y fue entonces cuando Inmaculada se quedó embarazada.

—De mí.

—De ti, Pol. Lo supo dos meses después. Tu padre ya estaba de nuevo en Barcelona, no sabía nada y tu madre intentó esconderlo hasta que fue descubierta. Don Bruno se enfureció, pareció enloquecer. Trataron de obligarla a confesar quién era el padre, la amenazaron, pero ella no dijo nada: para lograrlo hubiesen tenido que matarla. ¡Era testaruda! Entonces la enviaron a Barcelona, con una tía. Tu madre se convirtió en una madre soltera repudiada por la sociedad, por la Iglesia de aquella época.

—¿Y le dijo algo a Marcos, a mi padre? ¿Lo fue a buscar? Estaban los dos aquí, en Barcelona…

—Sí, ellos se veían a escondidas en la imprenta. Yo fui su cómplice durante un tiempo. Ella y tu padre fueron muy felices, eso puedo asegurártelo. Recuerdo el día en que naciste, a finales de septiembre de 1954. El plan de don Bruno era que te dejaran en un convento y las monjas te dieran en adopción. En aquellos tiempos era lo que se hacía: una madre soltera era la peor de las vergüenzas. El niño, fruto del diablo, según decía tu abuelo, nunca sería aceptado por la familia. Don Bruno ya lo tenía todo arreglado. Habían dicho a las amistades en el pueblo que la niña había estado estudiando en diferentes colegios para señoritas y que regresaría para casarse con el rico terrateniente.

Anna guardó silencio, se levantó y caminó lentamente por aquella sala… Yo no decía nada, estaba como aturdido.

—Lo único que le falló a don Bruno fue que tu madre no quería separarse de ti por nada del mundo. Tu abuelo mandó a buscarla, pero tu padre, con ayuda de algunos amigos, os fue escondiendo en varios lugares de Barcelona. Aquellos días la policía no dejaba de hacer visitas a la imprenta Babel, vigilaban día y noche a tu padre. Don Bruno era un hombre muy poderoso, tenía muchas influencias y nunca aceptó que su hija estuviera con un rojo. Juró que mataría a Marcos y que si la encontraba con él también la mataría a ella, a su propia hija, y a ti...

—¿Por qué tanto odio, Anna?

—Don Bruno perdió la cabeza cuando mataron a su hijo. Juró venganza y tu familia pagó los platos rotos. Tu padre buscó la protección de un amigo, un falangista que había salvado tu abuelo durante la guerra, en Barcelona. Marcos, para protegeros, dejó todos sus trabajos en la clandestinidad y trató de ser lo más transparente que pudo en sus encargos, mientras preparaba una huida definitiva, el exilio. Pero las cosas se complicaron, fueron pasando los meses y tu madre y tú, después de andar de un piso a otro por toda Barcelona, os instalasteis en la misma imprenta Babel. Tu padre preparó un cuarto camuflado detrás del almacén. Durante un tiempo pareció que la persecución se había relajado, pero no. Nunca dejaron de vigilar la imprenta.

Anna volvió a perder el hilo de sus pensamientos y se quedó como ensimismada mirando el jardín, aunque al cabo de unos segundos continuó:

—Recuerdo dónde vivíais, estuve allí muchas veces. Tu cuna se encontraba junto a la vieja imprenta y al lado la cama de tus padres, una mesa, un armario y tres sillas. Recuerdo muy bien a tu madre. A pesar de todo, sus labios nunca perdían la sonrisa, era ella la que tenía que animar a tu padre y a todos. Era la mujer más buena y más fuerte que jamás he conocido. Tú eras muy feliz, nadie te escuchó llorar. Tu madre decía que parecías tener conocimiento y no llorabas para no delatarlos. Muy pronto empezaste a andar, con un año ya correteabas, jugabas con las letras, con los tipos móviles de la vieja imprenta: era tu juguete preferido, te escondías detrás de ella, te montabas encima como si fuera una carreta.

—¿Y qué pasó?

—Por fin, a través de ese amigo falangista, consiguieron disponerlo todo: los tres os iríais muy lejos, al extranjero, primero pasarías la frontera por los Pirineos y después en barco hasta México. Pero…

—Los descubrieron, ¿verdad?

—Hubo detenciones en Barcelona. Años después de la huelga de 1951 aún perseguían a la gente; la resistencia contra el franquismo en aquel tiempo era una temeridad. La dictadura golpeaba con mano de hierro, todo el mundo estaba aterrorizado. Alguien, un amigo de tu padre, cantó sometido a terribles torturas, lo denunció. Tú acababas de cumplir tres años, llevabais aquí encerrados muchos meses. Una tarde se presentó la policía: derribaron la puerta y subieron por las escaleras. Fue terrible, una tragedia. Los policías querían disparar contra tu padre y cogeros a tu madre y a ti para dejaros a cada uno en su destino, pero Inmaculada intentó proteger a Marcos. Las balas alcanzaron a los dos. Murieron abrazados. En el barrio todo el mundo se alarmó. Comenzaron los gritos y alguien nos avisó. Estábamos en la editorial cuando nos dijeron que os habían disparado. Mi jefe y yo fuimos corriendo a ver lo que pasaba.

Anna calló. Me miró con los ojos nublados.

—La escena era dantesca. Todavía hoy, cuando la recuerdo, no sé qué pensar, me provoca escalofríos. Todo estaba cubierto de sangre. La imprenta goteaba y al lado los cuerpos de tus padres yacían fundidos en un último abrazo. Y tú, Pol..., tú no lloraste. Aquellos hombres te habían cogido en brazos y tu cara de horror explicaba el escenario. Me abrí paso entre los policías y te arrebaté de sus brazos. Tus ojos estaban vacíos, el golpe fue tan brutal que te quedaste sin habla.

—Sin palabras… —dije en un aliento.

Anna vio mi cara y se detuvo unos minutos. Se sentó de nuevo, esperó un buen rato hasta que mis ojos volvieron a la realidad y luego con voz tranquila, sosegada, prosiguió su relato:

—Tu tío y el padre Isidro tuvieron que venir a reconocer el cadáver de Marcos. Don Bruno y su mujer también reconocieron a tu madre, pero no quisieron saber nada de ti. Tu abuelo dijo que el niño era fruto del diablo y se negó a verte. Tus tíos reclamaron tu adopción, pero don Bruno se opuso frontalmente, incluso amenazó con que si el niño aparecía por el pueblo lo mataría con sus propias manos. Don Bruno había perdido un hijo y acababa de perder a su hija, no le quedaba nada y estaba fuera de sí. Tus tíos insistieron una y otra vez, no podían abandonarte. Esperaron a que se calmaran las aguas, pero tuvieron que pasar muchos años hasta que por fin, gracias al padre Isidro, se arregló todo para que pudieras salir del orfanato en el que te ingresó don Bruno y fueses a vivir al pueblo.

—¿Y qué pasó con la imprenta? ¿Por qué estaba en nuestra casa?

—El padre Isidro ayudó a tu tío a reclamar todas las propiedades y al final logró llevarse la imprenta al pueblo.

—Fue allí, en el desván, donde empecé a hablar. Esa imprenta fue mi cuna, lo ha sido todo para mí. Tengo que recuperarla, quizás ya no sirva para nada, pero ahora entiendo por qué mi tío me pide que la recupere. Él me quiso tanto que sacrificó su vida por mí. Ahora comprendo muchas cosas, todos los silencios… Comprendo el gran amor y el miedo terrible que sintieron mis tíos… El pánico que yo sentía por las noches no era nada comparado con el suyo. No podían contarme la verdad; sin embargo, don Bruno lo sabía, siempre estuvo al acecho, ese hombre nos odiaba.

—Murió hace unos años, no demasiados.

—¿Tan peligroso hubiera sido que me contaran la verdad?

—Pol, la vara con la que ahora medimos el peligro no es la misma que se utilizaba en la época. Se impuso el silencio: que nadie diga, que nadie hable, que nadie moleste, no vaya a ser... y así, durante años. Nadie se atrevía a denunciar. El miedo se instaló en los pueblos, las ciudades, entró en las casas, en la vida de mucha gente de nuestro país, cientos de miles de hombres y mujeres, los vencidos. La vida llegó a parecer un regalo y tus tíos querían ofrecértelo. Merecías vivir y ellos hicieron todo cuanto estuvo en su mano por ayudarte. Por eso, cuando empezaste a escribir, me llamaron y yo tuve el privilegio de poder sacar a la luz las historias de aquel niño que estuvo a punto de morir. Cuando leía tus libros y los veía llenos de vida, pensaba que aquello era un milagro y que la fuerza de tu escritura salía del rincón oscuro en el que durante años habías almacenado todas estas historias. Cuando vi tus libros expuestos por primera vez en las librerías, pensé que aquello era un milagro. Un viejo amigo de la familia, un librero que se llamaba Venceslao, me llamó para preguntarme si aquel Pol Albión del que habíamos publicado una novela era el sobrino de Luis Albión. No sabes la alegría que sentí al decirle que sí, que eras tú

—¿Venceslao?, ¿el dueño de la librería Ítaca? Yo conocí a ese librero. ¿Sabes lo que nos pasó con él?

Mientras le contaba a Anna que Alba y yo habíamos interceptado el informe sobre el libro de Klaus Mann, ella se reía pensando en aquellos niños que querían salvar a don Luis y en aquel librero.

—¿Tú sabes quién era Venceslao? —me preguntó.

—Bueno, era un librero, ¿no?

—Y algo más.

—¿Qué más?

—Era censor.

—¿También?

—Todo el mundo era censor, pero su caso era muy curioso. Por una parte, era un colaborador de tremendo prestigio para el Ministerio, era el lector 36.

—¿¡El lector 36! ¿Venceslao era el lector 36?

—Sí, era un censor muy…

—Sí, sé perfectamente quién era el lector 36, pero nunca imaginé que era ese hombre. Alba y yo pensábamos que no existía, que era el fantasma de un castillo.

—Él hacía un doble juego. Por una parte era censor, pero por otra leía para enterarse de las cosas que se censuraban. Atacaba al sistema desde dentro. Según parece, se había ganado la confianza del Servicio de Orientación Bibliográfica y nadie le tosía, pero al mismo tiempo que mandaba informes exquisitos que nadie discutía, «distraía» el manuscrito el tiempo preciso para que algún copista conchabado le proporcionase una copia fidedigna y completa. Después, remitían el original al Ministerio y a su vez hacían llegar la copia a algún otro intermediario, quien lo trasladaba a una imprenta de confianza como la de tu tío, y de ahí salían los libros prohibidos hacia toda España.

—Pero mi tío no sabía que don Venceslao era el lector 36.

—No lo supo durante mucho tiempo. Don Venceslao no

quiso desvelarle a nadie su identidad, pero pasados los años sí que se lo confesó. Supongo que él también le debió de contar que había sido parte del lectorado.

Por mi mente pasaron los rostros de don Venceslao Torres, Carlos el maqui, el barquero Matías, las primas de mis tíos… y una ancha sonrisa comenzó a dibujarse en mi cara. Por un lado, me sentía indignado por todo lo que durante años había ignorado, pero por otra parte me di cuenta de que durante aquellos últimos días había vuelto a la vida. Tal vez desde mi primera experiencia como escritor, desde que vi mis novelas publicadas, no había sentido un alivio tan profundo, una sensación de que todo tenía un único sentido, y como en un susurro pronuncié los versos de Kavafis:

—«... y siendo ya tan viejo, con tanta experiencia…» —Anna se sumó a mi murmullo y juntos concluimos:

—«... sin duda sabrás ya qué significan las Ítacas».

—Anna —dije yo en un arrebato—, te necesito por última vez. Tienes que acompañarme. Debo regresar al pueblo. Si mi tío me pide que vuelva, después de tantos años impidiéndomelo, tengo que volver. Tal vez la imprenta Babel no es más que un reclamo para que regrese y descubra algo más. La última vez que la vi estaba desvencijada en la plaza del pueblo. ¡He de encontrar la imprenta!

VI

Las luces penden en las brumas de la ciudad que Anna y yo abandonamos a toda prisa, a través de las venas de asfalto. Había algo en el coche, en la combustión, en el trillado ruido del motor que lo convertía en caballo, potro salvaje que cruza el prado en busca de la manada. Pisé el acelerador, ella me miró desde el asiento del copiloto.

Todos los viajes nos hacen sentir más vivos. Aunque no vayamos a ninguna parte. Aunque todas las partes estén en ese punto del horizonte que nunca alcanzamos. Deseaba tanto ver de nuevo las calles, la plaza, las casas, el pueblo... Y sobre todo deseaba encontrar la vieja imprenta, la única seña de identidad que me unía a mis raíces.

En ese instante mi pensamiento sólo se dirigía al pretérito tiempo de la infancia. Había olvidado mi condición de escritor y aunque sabía que le debía una respuesta a Anna sobre mi novela *Alpha* y la intención de publicarla en formato digital, nada de todo eso me preocupaba. Sin embargo, parecía que el destino me obligaba a saldar las cuentas pendientes entre mi familia y mi presente. Mi historia empezaba al lado de una imprenta y la vida me empujaba a cerrar el círculo de los libros, a traicionar mi origen aceptando la muerte del papel.

—Anna, no lo hemos vuelto a hablar y te agradezco que hayáis respetado el silencio de los últimos días, pero ¿te das cuenta?, tengo la sensación de que si acepto la edición digital de mi libro, me traicionaré a mí mismo, a mi familia. Estaré dictando la sentencia de muerte de todo ese mundo de imprentas, de libros de papel que son mi vida... No sé qué hacer, me siento confuso.

—Sé a qué te refieres, Pol. No creas que no lo he pensado y no creas que Gema y yo no lo hemos hablado. No le he contado nada a nadie de tu vida y de la situación por la que estás pasando, pero sí les he pedido tiempo. Gema es una mujer inteligente y creo que ella se dio cuenta de que no te sentías cómodo con la propuesta. Siempre puedes decir que no y, desde luego, siempre se puede optar por hacer una edición digital y una en papel. Ahora no pensemos en eso. Ya tomarás la decisión cuando te sientas seguro. Lo que sí debes saber es que, hagas lo que hagas, yo estaré contigo hasta el final.

El final. Esa palabra quedó suspendida unos segundos en mi mente. Los árboles junto al asfalto pasaban veloces por la ventanilla, como los días, las horas, los minutos. Siempre vamos hacia algún final. Sin embargo, en esta ocasión también viajaba hacia el principio.

Los bosques, las montañas de la lejanía y las bandadas de cormoranes marinos que suben tierra adentro desde el delta, siguiendo el río, dibujando en los cielos esa punta de flecha que atraviesa las nubes, anunciaban nuestra llegada a la cuenca fluvial.

Las lluvias intensas de los últimos días habían limpiado la atmósfera y se levantó un airecillo, una brisa que ampliaba la claridad de la lejanía. Conduje durante un par de horas y al llegar a la cima del puerto me detuve.

—¿Por qué frenas?

—Baja, será sólo un momento. Quiero enseñarte el paisaje. Esta cima es como una puerta al cielo.

Dejé el vehículo en el arcén y nos alejamos un poco.

—Es precioso, Pol.

Las casas se veían agrupadas a la vera del río. El campanario se recortaba en las aguas del Ebro, que serpenteaban entre las huertas, las tierras de aluvión, ahora abandonadas en su mayoría.

Señalé con el dedo el singular campanario, el más alto y esbelto de toda la comarca, construido en piedra y acabado en forma puntiaguda.

—Es precioso… —exclamó Anna.

—Vamos, estoy impaciente por llegar.

Nos metimos de nuevo en el coche y descendimos hasta el fondo de la depresión. Tras cada revuelta del camino, ¡zas!, caía delante de mis ojos un fotograma. Me colaba en el cine de la plaza, escuchaba la risa de Rana, veía la cabaña, el río, la pandilla, libros y más libros, las manos de Alba... Mariposilla.

Casi de repente, el coche topó con la invisible barrera de las afueras. Una nueva urbanización se alzaba en aquel terreno que antes estaba formado por bancales de olivos y almendros. Allí vivían los operarios de la fábrica. Más allá, las casas viejas del pueblo y, destacando entre ellas, el campanario. Di varias vueltas a la rotonda que desviaba la circulación en diferentes calzadas. Una iba hacia la nueva urbanización, la otra continuaba por el tramo que bordeaba el embarcadero, esa carretera que yo vi construir a las brigadas de trabajos forzados. Allí un cartel: «Casco antiguo». Giré con brusquedad el volante. La hierba casi cubría el viejo asfalto, hacía tiempo que nadie utilizaba aquella vía.

Entré por una de las calles. Todo estaba vacío. El sol pegaba contra las paredes de las casas. Ni un alma, ni un perro... La hierba ocupaba las aceras, incluso las fachadas parecían cadáveres desintegrándose a plena luz del día. Detuve la marcha. Anna me observaba.

Llegamos a la plaza: allí estaban los porches, el bar, el Ayuntamiento, la iglesia. Todo cerrado a cal y canto. El corazón urbano detenido, desangelado. Aparqué el coche delante del taller de impresión. Ya no había cartel, alguien había arrancado el rótulo de letras góticas donde se podía leer «Gráficas Albión»; se veían las marcas en la pared, los agujeros. Una ligera brisa arrastraba unas matas, las hacía rodar y rodar por la plaza y luego se perdían calle abajo.

—Todo esto está abandonado... Aquí no vive nadie —murmuré.

Me volví; detrás tenía la entrada del taller, arriba el balcón, las paredes de nuestra fachada se desconchaban como lo hacían las del resto de las casas. Sólo la iglesia parecía estar habitada. Ésa es la impresión que tuve en aquel momento mientras mi mente viajaba en el tiempo y volvía a ver la agitación de la plaza: los hombres saliendo del bar, un payés cruzando con el carro, niños jugando a la pelota, el autobús que llegaba y se detenía en la farola del medio que ahora ya no estaba... ¿Qué había pasado?

—Vamos, Anna. Hemos venido aquí para buscar esa imprenta.

Tenía ganas de ver el taller, el comedor, mi habitación, el desván, el balcón desde donde contemplaba la plaza. Durante los años de ausencia, la memoria había reconstruido una y otra vez cada detalle, cada rincón de ese lugar.

Noté la llave en el bolsillo y me dio la sensación de que pesaba tanto como el saquito de tipos móviles que mi tío me dio el primer día que fui a la escuela. «Guarda estas letras en el bolsillo y si tienes miedo, cógelas. Ellas te van a hacer fuerte, no debes temer nada.»

Mi mano buscó el contacto de la llave; en su lugar noté el contorno de la X que hacía las veces de llavero y en seguida me sentí de vuelta a mis ocho años, mi primer día de colegio. Tía Magdalena me estaría esperando con el delantal puesto, con aquellos ojos grandes y grises y sus manos, su piel brillante e impregnada de aroma a manzanas.

La puerta se atascó y chirrió al empujarla. A mano derecha, la entrada al taller, y enfrente las escaleras que subían al salón. Todo estaba en penumbras, pero la memoria se encendía y se apagaba y en ráfagas intermitentes veía imágenes, saltos, golpes en la puerta de madrugada, gritos, el estruendo de la riada en las noches de otoño, silencios en mis huidas al Décimo, al río, una estela de pasquines con la verdad bajo el brazo, escrita en un papel que cubría cada peldaño, una cascada que muy pronto se propagaría por toda la plaza y entraría dentro del cine...

El polvo lo inundaba todo, como el olor de la humedad. Antes de subir, eché un vistazo al taller. Allí estaba la minerva oxidándose, las otras máquinas, los chibaletes repletos de letras. Sentí un nudo en la garganta.

Con mucho cuidado y aprovechando el resplandor de la puerta de la calle, entramos en el salón. Se hallaba vacío, no había muebles, no había nada. Todo me pareció más pequeño, lo veía teñido con la ceniza de una fogata recién apagada, pisoteada. Sin darme cuenta alumbraba el pasado con la fosforescencia de una llamarada que por un instante materializaba una escena, una evocación que a toda velocidad se consumía en los ojos.

—Aquí no hay nada, Pol.

—Está claro que aquí no vamos a encontrar la imprenta, pero pensaba que mi tío me habría dejado algún mensaje, alguna pista...

La mesa, la lámpara de araña que sólo se encendía en ocasiones excepcionales, todo estaba en mi memoria, también el reloj y por un instante me pareció que los libros de tapas moradas seguían allí. Sin embargo, en seguida escuché la voz de mi tío gritando «*La isla del tesoro* no, *La isla del tesoro* no», y los recordé cayendo a la calle desde el balcón, delante de mis ojos, para estrellarse contra el suelo de la plaza. Sus palabras volaron hacia el país donde iban a parar todas las letras borradas, las palabras y los textos prohibidos, secuestrados, guillotinados, tachados con el lápiz rojo, censurados por las dictaduras, no sólo la franquista, sino todas las tiranías que han gobernado a los hombres desde la noche de los tiempos.

Miramos por la cocina, la habitación de los tíos, la mía. Tocaba las paredes, las golpeaba en busca de huecos, armarios secretos. Todo vacío, una casa encantada, hechizada, aunque los destellos de la nostalgia continuaban mostrándome presencias efímeras de otro tiempo. Anna abrió los postigos del balcón y un hachazo de sol seccionó las penumbras. Esa herida de luz permaneció ahí, rasgando el aire del comedor. De repente, en ese chorro luminoso, miles y miles de motas de polvo diminutas tomaron cuerpo. Infancia, adolescencia, todo el calor de la vida que en otro tiempo llenó la casa estaba en esas partículas en suspensión, desintegrándose, a la deriva.

La atmósfera del desván había invadido toda la casa. Los dos dirigimos al mismo tiempo la mirada hacia el piso superior. Habíamos oído la llamada secreta de las sombras que se deslizaban otra vez hacia la buhardilla.

—Ya sólo nos queda el desván. A lo mejor mi tío me ha dejado algo arriba, donde estaba la imprenta. Vamos, sígueme...

Conforme Anna y yo subíamos al desván, me vi con la caracola en la mano mientras tío Luis me contaba las cosas como si fuera un viejo catedrático.

La puerta del desván se encontraba rota y atascada. Tuve que arrancar una de las tablas para poder entrar. Todo aquel espacio estaba detenido como en una postal antigua. Incluso al respirar esa atmósfera nos dimos cuenta de que el aire que entraba en nuestros pulmones era de otro tiempo. El caos, la desolación eran absolutos: restos de muebles, cachivaches, sillones volcados, mesas rotas, un armario recostado contra la pared, montones de papeles podridos por todas partes. Restos de un naufragio. Parecía que mis tíos lo hubieran dejado todo intacto después de aquella noche de pesadilla en la que profanaron la casa. Como si hiciera años que nadie hubiera puesto un pie en ese lugar.

—No puede ser. Mi tío tiene que haber dejado algo, una señal, un libro, una página, algo..., un papel.

Habían arrastrado el chibalete de madera, pero como no pasaba por la puerta, parecía que habían decidido dejarlo allí abandonado, como un barco fantasma navegando en un lago de aguas estáticas, sombrías.

Fui directo al ala oeste del desván: las sábanas estaban por el suelo cubiertas de polvo, se lo habían llevado todo, todo el metal, incluso los tipos móviles que se encontraban en el viejo chibalete de madera carcomida.

Sentí una enorme pena, pero asumí mi derrota: todo perdido, allí ya no había nada, no quedaba nada. Cuando ya nos disponíamos a marcharnos, recordé una cosa.

—¡Espera un momento! Miremos en la pared donde estaba el chibalete. Mi tío guardaba ahí las obras clandestinas que imprimía.

Me dirigí hacia el armario que se escondía en la pared e introduje las manos.

—Nada, aquí ya no hay nada… ¡Nada! Anna, ¿qué estamos buscando aquí? Esto es una tontería. Mi tío debió de perder la cabeza en los últimos años. Después de la muerte de mi tía casi ni hablamos. Supongo que le hubiera gustado que recuperara la imprenta, pero probablemente desapareció y punto. No creo que pueda encontrarla.

Bajamos al comedor y, aunque mis ojos ya se habían adaptado a la luz, no reconocían el espacio porque todos los muebles fueron lanzados brutalmente por el balcón y el nuevo escenario permanecía mudo para mí.

—Vamos a la calle. Todo esto es muy extraño… Tiene que haber alguien que nos diga algo. ¿Dónde pudieron esconder la imprenta?

—Aquí, en tu casa, no está. Hemos mirado todos los rincones, por todas partes.

Eché la llave cuando salimos: por toda la plaza retumbó el cerrojo, el eco se perdía entre los viejos porches de piedra y después todo quedó en silencio. Volví a guardarla en mi bolsillo. De repente, Anna y yo nos miramos: se oían unos pasos; alguien se aproximaba por una de las calles.

Salí al centro de la plaza y vi una figura encorvada: un anciano caminaba con un palo, una gayata.

—¡Eh, oiga! ¡Perdone usted!

El hombre se detuvo, estaba unos diez metros por delante de nosotros, justo en la boca de la calle que bajaba al embarcadero.

—¿Qué desea?

—Soy Pol, el sobrino de don Luis.

—¿Misisipí?

Hacía tanto tiempo que no escuchaba ese nombre que me pareció que la voz que lo pronunciaba venía del pasado.

—¿Juan? ¿El cartero? —pregunté intrigado.

—Veo que conservas tu buena memoria...

—¡Juan! ¡Me alegro tanto de verle!, pero el pueblo... Aquí ya no hay nadie. Gallo, Conejo, Búho, Hormiga... ¿Qué ha pasado con todos los de mi generación? La pandilla, ¿se acuerda?

—Se fueron todos... Ni los perros se quedan aquí.

—¿Y Agustín? ¿Y el Lejía, el barquero, el sacristán...?

—¡Huy, Agustín!

—Mis tíos me dijeron que salió de la cárcel.

—Ya lo creo que salió, no pasó mucho entre rejas, gracias a Dios... Los viejos se han ido muriendo, me esperan allá arriba, en el hotel Inri —sonrió—. Los jóvenes se fueron. Agustín también se fue. Él no era de este pueblo y no lo soportaba. Y lo de Gregorio fue terrible, una desgracia. Se subió a la torre. Todos estábamos en la plaza. La Guardia Civil intentó abrir la puerta para que no se tirara. Gregorio gritaba, decía cosas que nadie entendía: «¡La imprenta, la imprenta! He vencido». Al parecer, se resbaló y se cayó. Otros dicen que se tiró. Fue estremecedor. Se precipitó desde arriba y lo tuvieron que recoger con una pala.

—¿La imprenta? ¿Gritaba «la imprenta»? Él debió de quedarse con todo. ¿Y mi tío qué decía?

—Tu tío estaba muerto en vida. Desde la muerte de Magdalena ya no hizo nada a derechas. Incluso desde antes, desde que se lo quitaron todo. No se salvó nada, ni sus libros, nada.

—¿Y la imprenta? Yo la vi aquí en la plaza aquella mañana. Usted tiene que acordarse, estaba aquí con las sacas de correspondencia en el autobús, lo recuerdo muy bien. ¿Dónde está esa imprenta? Es muy importante para mí. He venido a buscarla.

El anciano lector de novelas del Oeste se puso a reír.

—Esta memoria mía, todo se me va y luego vuelve, pero tú, Misisipí, cuando te he visto, ¡tú pareces el mismo!

—¡Señor Juan! —grité fuera de mí. Anna me agarró por detrás.

—Pol, es un anciano.

—Sí, sí, disculpe…

El cartero cambió su expresión, su rostro se iluminó de repente:

—Sí, ahora lo recuerdo. Tu tío murió en vida desde aquel día. No se salvó nada, bueno, aquella niña, sí, recuerdo su nombre… ¡Mariposilla!, ella recogió los libros, yo la ayudé a llevarlos allí a aquella cabaña… Sí, ahora lo recuerdo… Pero la imprenta…, la vieja imprenta de tu tío al menos suena. Sí, es lo único que suena en el pueblo.

—Pero ¿qué está diciendo?

El hombre continuó su marcha, se reía, hablaba solo:

—Ya lo creo que suena, sí… Aquella imprenta. ¡Y cómo canta!

Juan parecía conversar con alguien a su lado, como María de la O, la bruja a la que perseguíamos por el pueblo. Yo estaba transportado, ya no le escuchaba. Sin pensarlo dos veces cogí a Anna del brazo:

—Anna, mi tío dejó esta llave de la casa dentro de la carta. El llavero es una X, el símbolo del Décimo. Creo que puede haber una clave en la cabaña. ¡La cabaña!, claro, ella llevó los libros allí. Yo la vi, lo recuerdo. Yo vi como recogía los libros. Venga, vamos. Es posible que estén allí. No es la imprenta, Anna, pero son mis libros. Mi tío me conduce hasta la cabaña.

Corriendo todo lo que nuestras piernas nos permitían, que no era mucho, guié a mi editora hasta el embarcadero. Creo que en ese momento ella tenía más ganas que yo de llegar al Décimo.

En la carrera el paisaje se transformaba, volvía a verlo todo con ojos de niño, de adolescente, me convertía en Misisipí, el de la imprenta, aquel muchacho loco de amor por Mariposilla. Ahora tenía que ir a la cabaña del Décimo porque ella estaba allí, me esperaba con todos esos libros.

—Pol —dijo Anna sin resuello—, no sé si voy a poder seguirte…

—Un esfuerzo más..., sólo uno más.

—Prométeme que no vas a hacer ninguna locura.

—Anda, no nos detengamos.

Pasamos por delante de la taberna de la Anguila y vi otra vez el cartel con aquellas letras muertas que mi tío ya nunca volvió a pintar. Allí estaban las barcas, todo el ambiente de navegantes y el viejo Lobo sentado en su silla y fumando su larga pipa: «Eh, muchachos, ¿queréis oír la historia del cuerno del diablo?», y mis labios volvieron a cantar la vieja canción de Bill, el pirata de la posada del Almirante Benbow de *La isla del tesoro.*

Con la respiración entrecortada, caminando muy aprisa, canturreé:

Quince hombres sobre el cofre del muerto.
¡Yo-ho-ho! ¡Y una botella de ron!
La bebida y el diablo se llevaron al resto.
¡Yo-ho-ho! ¡Y una botella de ron!

Anna me miraba sin decir nada, la anciana procuraba seguir el ritmo de mis pasos, que cada vez se aceleraban más y más.

Pronto tomamos el camino de la vera, por el estrecho recodo que la maleza cubría en algunas partes. Un largo y sinuoso pasadizo de ondulantes paredes verdes. Me sorprendió la fortaleza de Anna. Cuando ni siquiera ella pensaba que tenía fuerzas, me alentaba a continuar.

—Ya estamos cerca. Sí, recuerdo muy bien todos estos cañaverales. ¿Ves? Allá al fondo están los chopos y el lago —y cuando acabé de decir esto, sin detenernos apenas, sólo para tomar una bocanada de aire, recordé cuando le di a Conejo el tipo móvil, la equis, y también a mi viejo amigo Rana, que me decía: «Nada, Misisipí, nada con todas tus fuerzas, tienes que domar a la corriente».

—Ya estamos, detrás de esos tamariscos…

Descansamos un instante para recuperar el aliento, dimos la vuelta y…

¡Qué cambiado estaba todo! La maleza, la vegetación había invadido cada rincón. El lago había desaparecido: ahora crecían juncos, zarzales y cañas entre pequeños charcos de aguas putrefactas. El olor de la eterna descomposición de las plantas acuáticas. Todo estaba muerto. Me sentí perdido en las profundidades de una selva, en uno de aquellos templos que la vegetación exuberante ha devorado, ha convertido en parte de su estómago. Los vestigios humanos ya no son nada porque la naturaleza es más poderosa que el orgullo de los hombres.

Miré más allá y vi las ramas secas del chopo padre. Estaba muerto, pero la marca del Décimo aún permanecía grabada en su tronco. Una pareja de cuervos salieron volando. Me abrí paso como pude, cortando ramas y cañas hasta llegar a la base, y uní la palma de la mano a ese símbolo que tantos recuerdos encerraba. La marca del Décimo era la llave que abría mi pasado. Por un momento deseé más que nada en el mundo que así fuera.

—Espera… ¿qué haces?

—Tienen que estar aquí arriba —respondí yo mientras comenzaba el ascenso.

—Pol, cuidado, ya no tienes edad.

Trepé por el tronco del chopo, me agarré a él con todas mis fuerzas y por fin entré en la cabaña. Estaba tan cansado que me faltaba el aire. Me recosté contra las tablas, cerré los ojos, el corazón iba a estallarme, había hecho un esfuerzo brutal. Poco a poco me fui calmando. El silencio me envolvía. Muy lentamente abrí los ojos y contemplé la cabaña.

No había nada, todo estaba lleno de maleza, montones de hojarasca y restos de cañas y tablas de algunas partes rotas. Todo estaba tan viejo. El techo abierto, las tablas medio podridas crujieron. Allí peligraba y fui consciente de mi locura. Anna gritó desde abajo:

—¡Me has prometido que no harías ninguna tontería, baja!

—Sólo será un momento —grité yo—. ¡Era nuestra cabaña!

Mis ojos contemplaron la fría realidad: allí no había nada, una tabla cayó al vacío. Sentí un poco de miedo, todo crujía. De un momento a otro aquellas cuatro tablas que mantenían la cabaña encastrada en el tronco cederían por mi peso y todo se vendría abajo. Anna tenía razón. Era una locura, debía bajar.

—¡Pol, por favor, tengo miedo, esto se va a caer!

—Estoy bien, un segundo…

Me levanté despacio y miré. Por una de las aberturas, al fondo de unos postes cubiertos de enredaderas, distinguí los restos del chamizo del padre de Rana.

Busqué con nerviosismo, pero allí no había nada; seguro que

al viejo cartero le fallaba la memoria. Me recriminaba a mí mismo por mi ingenuidad. Había sido un imbécil, me había dejado llevar por una ilusión, una fantasía. De todas maneras, si alguien había dejado algo allí, después de casi cuarenta años ya no quedaría nada.

Avancé a gatas, no me fiaba, sentí miedo, estaba justo delante de la abertura inferior por donde había subido, allí estaba el tronco. Tenía que agarrarme y bajar otra vez con mucho cuidado. Me deslicé hacia un lado con precaución. Y una de las tablas se hundió bajo mis pies. Me agarré a los lados, por suerte, el travesero de madera reposaba contra la base del tronco y aguantó mi peso.

—¡Pol, te vas a matar! —gritó Anna fuera de sí.

Me aferré de nuevo a una de las tablas que parecían seguras. Tenía que marcharme de allí cuanto antes: de un momento a otro, la cabaña se vendría abajo conmigo dentro. Levanté la cabeza y vi un montón de hojarasca y cañas que se deslizaron por la abertura y cayeron al vacío. Al chocar contra el suelo se oyó algo extraño. Me agarré, abracé con todas mis fuerzas el tronco del chopo y empecé a bajar.

—¿Estás bien?

—Sí. Ya bajo.

—¡Ve con cuidado!

Desde el tronco, mientras apoyaba los pies en los nudos, vi como Anna husmeaba entre el montón de hojarasca que acababa de caer de la cabaña.

—¡Pol, aquí hay algo!

Un nuevo crujido me espantó cuando di un salto y toqué el suelo con los pies. Me acerqué hasta donde estaba mi editora.

—Es una caja de madera. Con el golpe se ha roto y hay algo dentro, una especie de lona.

Quitamos entre los dos la hojarasca y las cañas y arrastramos la caja hasta que nos alejamos de la parte inferior del tronco. Aquella cabaña estaba a punto de caernos encima.

Con la respiración entrecortada por el esfuerzo hurgué entre las cañas, las hojas y la podredumbre que lo cubría todo. Arranqué con nerviosismo las tablas podridas de la caja.

—Cuidado, Pol, no vayas a cortarte...

No la escuchaba. Por fin agarré la lona y tiré de ella con fuerza. Era una vieja saca de correspondencia. Debajo había otra.

—Parecen unas sacas de correos —dijo Anna.

—Sí, están llenas —contesté cuando mis manos tocaron algo. Lo cogí y lo extraje de la saca—. Son... Anna, son los libros de tapas moradas —dije susurrando para rápidamente estallar en un grito—: ¡Mis libros de tapas moradas!

No podía creérmelo. ¡Imposible! ¡No daba crédito! Estaba muy excitado, nervioso.

No cabía ninguna duda: la humedad había doblado un poco las puntas de las cubiertas, las aguas moradas cambiaban de color en algunas partes, pero eran ellos, ¡todos!

Me arrodillé junto a Anna, que guardaba silencio a mi lado. Abrí uno de los libros y leí la primera página: *La vuelta al mundo en ochenta días*. ¿Qué me estaba pasando? ¿Por qué temblaba mi mano cuando se introdujo de nuevo en la saca y apareció *Las desventuras del joven Werther*? Sin decir nada, conteniendo los océanos, la tormenta que estaba a punto de desatarse en mis entrañas, extraje *Cándido, Platero y yo,* la *Odisea,* la *Ilíada...*

La emoción era tan grande que había olvidado dónde estaba. Anna se unió a mi urgencia y empezó a meter ella misma las manos en la lona. *El guardián entre el centeno,* el libro que tradujimos Mariposilla y yo en aquella misma cabaña. La sentí junto a mí y sonreí mirando el cielo entre las ramas del chopo. Sentí su cuerpo, sus besos, sus caricias aquellas largas tardes de verano. Sólo fue un instante, cuando la brisa se abrió pasó entre la maleza. La quise tanto y después... ¿Por qué? ¿Por qué me alejé de lo que más quería? Estaba loco de amor y el quebranto fue tan doloroso que nada podía sanarlo. Ahora podía sentirla, era ella la que con su aliento, con la brisa, recorría mi cuello, mi piel y cerraba la herida. La gratitud que sentí me hizo sonreír, sin palabras, sin gestos. Todo estaba allí materializándose en cada hoja muerta, en las ramas caídas, en los cañaverales, en el río, y sin embargo yo la sentía dentro, en cada latido. Recordé la terrible mañana en que me marché del pueblo. No fue ningún espejismo, era ella, estaba de rodillas apretando uno de aquellos libros contra su pecho y recordé a Juan, el cartero, él la ayudó a rescatarlos y dejarlos aquí, escondidos.

Fui sacando los libros y depositando cada una de esas historias con mucho cuidado sobre la hierba verde, como si fuesen auténticos seres vivos que dormían plácidamente el sueño frágil del silencio; eran de cristal y contenían en su interior pedazos de una vida que yo había sentido vibrar. Anna me miraba y rompió el silencio.

—Pol, estos libros los imprimió tu madre. Yo estaba allí cuando Marcos y ella sacaron las hojas de la imprenta Babel, ahora lo recuerdo perfectamente.

—La imprenta Babel... Mi juguete.

Miré y sus ojos eran tan transparentes, tan cristalinos, que me sumergí en ellos: viajé con el hálito invisible de ese viento que te eleva y te eleva hacia un lugar que sólo existe en la imaginación y cuando todo desaparece a tu alrededor, las palabras pierden el significado y se transforman en una música, una melodía que te desgarra el alma, porque en ese instante es la cosa más real y más viva que jamás pueda sentirse.

—Tenemos que encontrar *La isla del tesoro.* Aquella noche mi tío pedía que no tiraran por el balcón *La isla del tesoro*. Tengo un presentimiento. El tesoro está marcado con una equis... ¡ésa es la clave!

Volví a tantear el interior de la saca en busca de mi infancia, que se abalanzó sobre mí cuando leí en la portadilla el título de la novela que, por fin, tenía entre las manos: *La isla del tesoro.*

Aquél fue el primer libro que me dio tío Luis, la puerta de entrada a un universo fantástico del que nunca pude ni quise huir, y de pronto descubrí entre las páginas un papel doblado. Parecía una carta. Con las manos temblorosas la abrí y leí en voz alta:

Querido Luis:

Decir miedo, desesperación, no tiene ningún sentido para nosotros que imprimimos cada letra, cada página de estos libros con el corazón, pensando, imaginando cómo será dentro de unos años nuestro hijo Pol.

Marcos y yo sabemos que tarde o temprano nos van a apresar y tal vez nos maten. Mi padre se ha vuelto loco. Quiere acabar con la vida de Marcos y también con la mía porque ya no me considera su hija, más bien piensa que soy una mujer poseída por el mal. Según me ha dicho mi madre, su única obsesión en los últimos tiempos es que nosotros desaparezcamos y que Pol ingrese en un orfanato, que le esconda como si fuera una vergüenza, pero para mí Pol es la vida, la alegría, el futuro.

Si nosotros morimos, es probable que mi padre se salga con la suya y haga desaparecer al niño. Tal vez lo deje al amparo de unas monjas que enderecen su «maligna» personalidad, o quizás, directamente, le mate. ¿Quién sabe? Suenan duras estas palabras, pero después de estos años de persecución cruel nada me extrañaría de él.

Por eso es muy importante que, si pasa algo, vosotros os hagáis cargo de Pol. Y más importante aún es que nunca desveléis su identidad, que nadie, ni siquiera él mismo, sepa quiénes son sus padres, quién es su abuelo, quién es él. Solamente vuestro silencio puede salvar a mi hijo. En lo único en lo que pienso es en el pequeño Pol. Tal vez la vida no me permita criarle, educarle, verle crecer…, pero yo sé que Magdalena y tú lo haréis por mí, por nosotros.

Mi deseo es dejaros estos libros. Sus historias contienen la educación sentimental que tal vez yo no pueda darle. Sé que nada sustituye a una madre, pero si yo no estoy cerca cuando viva sus primeras aventuras, cuando tenga sus primeros amigos o cuando sufra el amor por primera vez, al menos os tendrá a vosotros y si las palabras no os llegan, quiero asegurarme de que tendrá la voz de aquellos que escribieron sobre los sentimientos eternos.

Y ya para terminar, querido Luis, quiero agradecerte todo lo que has hecho por Marcos y por mí. Ojalá el futuro nos encuentre celebrando la alegría, pero si no es así, recuerda, por lo que más quieras, nunca desveles la identidad de mi hijo, ni siquiera a él. El silencio es su salvación. No creas que estoy desesperada, es la lucidez la que me guía en esta última voluntad.

Con cariño y agradecimiento,
Inmaculada

Anna se volvió, incapaz de contener su emoción. Delante de mis ojos tenía esa verdad que había perseguido durante toda mi vida. Sin saber aún muy bien por qué, arranqué un pedazo de esa carta. Ella me miraba desconcertada, pero no se atrevió a decirme nada.

De repente una campanada sonó a nuestro alrededor, la reverberación duró unos instantes. El sonido era tan nítido que los dos nos quedamos aturdidos. Un nuevo golpe de metal invadió el bosque. El eco perduró a nuestro alrededor como una melodía que trasciende los sentidos, como una antigua canción que queda en el recuerdo. El sonido limpio y afilado de las campanadas nos poseía, nos atravesaba... Y fue entonces cuando recordé las palabras del cartero: «La vieja imprenta es lo único que suena en el pueblo...».

Con los ojos muy abiertos me levanté, atento al tañido que se perdía en la lejanía, y murmuré:

—Gregorio, el sacristán...

—¿Qué estás diciendo, Pol?

—Ahora lo comprendo todo: el día que registraron la casa vi al sacristán en el balcón, con los ojos inyectados en sangre. «¡Ya es mía, ya es mía!», gritaba... Ahora sé lo que pasó con la vieja imprenta Babel.

—No te comprendo.

—Fue el sacristán. Gregorio se vengó y la fundió para convertirla en...

—¿Campana?

—¡Exacto! ¡El sonido de esa campana es el sonido de la vieja imprenta Babel!

El pulso me estallaba con cada campanada, tan, tan, tan. El pueblo vacío se inundaba con el sonido del metal fundido y yo allí, junto a mi editora y con la carta de mi madre en las manos, sentía que acababa de nacer a una vida plena. En esas líneas estaban mi madre, mi vida, el pueblo, tío Luis, tía Magdalena, la pandilla y ella, Alba. Todo el silencio y también la última revelación formaban parte de mi cuerpo y de cada uno de mis gestos.

Quizás fue una locura, pero en ese momento necesitaba que toda esa vida se convirtiera en algo real, algo sólido que pudiera tocar, oler, sentir con el tacto, con el gusto. Y ese pedazo de papel que acababa de arrancar de la carta daba forma a lo que sentía. Me lo acerqué a los labios, cerré los ojos… y recordé a tío Luis en el desván, tanto tiempo atrás, con un pedazo de papel entre las manos, condenado, humillado... Necesitaba sentir lo mismo. Quinientos años de historia, la era de Gutenberg, de libros de papel que habían significado una verdadera liberación del espíritu de los hombres. Todo eso formaba ahora parte del pasado. Quizás ya nunca más se levantarían piras con libros porque las palabras serían un luz en las pantallas, pero pasara lo que pasara con los libros, con los míos y con todos los que quedaban por venir, las historias seguirían palpitando en el corazón de la gente y seguro que se abrirían paso en esos nuevos espacios de libertad. Todo ese mundo de libros, de imprentas, se hallaba encerrado en ese pedazo de papel que temblaba en mis manos. Era una comunión con el pasado, con la verdad que había perseguido con tanto anhelo, con todos esos libros prohibidos.

La imprenta Babel continuaba repicando, lanzando miles y miles de palabras, de historias, de fantasía, de amor y de muerte al aire mientras yo masticaba el papel amargo una y otra vez, tratando de aliviar el desconsuelo de tantos hombres y abriendo los pulmones a un nuevo mundo en el que deseaba que nunca se volviera a imponer el silencio.

FIN

NOTA FINAL

En el prólogo del libro *Estrictamente prohibido. Reportajes censurados y otros relatos de la España negra* (Prensa Ibérica, 1998), del periodista Eliseo Bayo, experto en censura franquista, el autor explica anécdotas de su propia experiencia con la censura de posguerra. En la página 17, en referencia a una de las obras censuradas, titulada *El miedo, la levadura y los muertos*, nos muestra una copia literal del informe que en su momento hizo el censor y que dice: «(...) En consecuencia, y desde un plano estrictamente jurídico, procede la Acepción del Depósito, directamente, o bien a través del Silencio Administrativo, tal como aconseja el Lector 36 en su preceptivo informe».

Continúa el prólogo: «No sabemos quién era ese "Lector 36", pero su cifra sirve al menos para saber que había otros 35, si no más, ocupados en los mismos menesteres».

Ésta es la referencia que me ha servido de inspiración para crear el personaje del lector 36.

Uno de los libros que he utilizado en el vaciado de información para la documentación de *Imprenta Babel* es *Tiempo de editores. Historia de la edición en España 1939-1970* (Destino, 2002), de Xavier Moret. En la portada figura una frase que he utilizado en el capítulo en el que el padre Isidro propone a don Luis convertirse en censor y que dice así: «La novela es un género que sólo merece la publicación si marido y mujer, en un matrimonio legítimamente constituido, pueden leérsela el uno al otro sin ruborizarse mutuamente y sobre todo sin excitarse». Según el autor, Dionisio Ridruejo atribuyó esta frase a Gabriel Arias Salgado, ministro de Información y Turismo en 1954.

Toda la obra de Moret es interesantísima, ya que permite pulsar las dificultades que editores y escritores tuvieron para publicar libros durante la posguerra. Tanto es así que en las páginas de *Tiempo de editores* hay incluso listas de autores prohibidos: Zola, Rousseau, Voltaire, Gorki, Balzac, Salgari (en concreto la serie *El Corsario Negro*), Sender, Lerroux, Prudenci Bertrana, Dale Carnegie (por ser autor de un libro sospechoso titulado *Triunfo de la democracia*).

Poco a poco, la censura fue tomando cuerpo de institución y en los años cincuenta ya no sólo circulaban listas de autores prohibidos, sino también normas que prohibían la publicación de libros con una determinada (y amplia) temática: «Todas las obras contrarias al Movimiento Nacional, anticatólicas, teosóficas, ocultistas, masónicas, las que ataquen a países amigos, las escritas por autores enemigos del nuevo régimen, las pornográficas y pseudocientíficas-pornográficas, las de divulgación de temas sexuales, las antibélicas, las antifascistas, marxistas, anarquistas, separatistas, etcétera». El mundo editorial se convirtió en un páramo en el que publicar resultaba casi un milagro. Siguiendo con el libro de Moret: «La censura estuvo vigente hasta 1976, si bien es cierto que empezó a relajarse un poco en los años sesenta. A lo largo de su historia, la censura dependió de distintos organismos. Entre 1939-1941 se ocupaba de ella el Ministerio del Interior; entre 1941 y 1945, la vicesecretaría de Educación Popular de Falange; entre 1945 y 1951, el Ministerio de Educación; y de 1951 a 1976, el Ministerio de Información y Turismo. A partir de 1966, con la nueva Ley de Prensa que promulgó el ministro Fraga Iribarne, la censura previa pasó a ser "voluntaria", aunque no desapareció del todo hasta 1976...". Este excelente trabajo de investigación hace un recorrido por las editoriales más importantes de la época.

Otra lectura imprescindible para comprender los intrincados laberintos del «lectorado», las actuaciones del censor y el funcionamiento del temible lápiz rojo es *La represión cultural en el franquismo* (Anagrama, 1977, 2002), de Georgina Cisquella, José Luis Erviti y José A. Sorolla.

El libro habla de la censura en los diez últimos años del franquismo, desde la ley Fraga de 1966 hasta 1976. Todos los capítulos son interesantes, pero hay anécdotas especialmente curiosas como la que hace referencia al jefe de censura de Barcelona, Demetrio Ramos, en la página 50: «Ramos les aseguró tener un método infalible para descubrir la moralidad o inmoralidad de las obras: se las hacía leer a su mujer y observaba si ella se ponía colorada».

La realidad de lo que se explica en *La represión cultural en el franquismo* supera la ficción en todos los capítulos y llega incluso al delirio cuando el autor nos muestra una entrevista entre el escritor Isaac Montero, que acababa de publicar su novela *Alrededor de un día de abril*, y el censor que revisó el texto:

—«Insólito», no —dijo—. «Insólito», no, evidentemente.

—¿Y por qué no «insólito»? —le respondió el autor.

—Hombre, «insólito» es una palabra demasiado rotunda. Mejor «desacostumbrado», por ejemplo.

—Son sinónimos —volvió a contestar Montero—. No cambia en nada el sentido de la frase.

—Sí cambia; claro que cambia. «Insólito» es una palabra esdrújula. ¿No se da usted cuenta?

—Sí, desde luego.

—Los esdrújulos siempre proporcionan un matiz malsonante, agresivo. ¿No se da cuenta, de verdad? Sí, hombre, usted lo sabe mejor que yo. El problema no está en lo que digamos, sino en las formas.

Quiero referir aún un último hecho que encuentro en el weblog del escritor gallego Ramón Nieto en referencia a una novela que intentó publicar con la recién estrenada ley Fraga. Se trata de la obra que lleva por título *La señorita B*. La novela fue publicada por fin en 1971, tras siete años de silencio, pero a las pocas semanas de aparecer en las librerías fue secuestrada por la policía franquista por orden del TOP (Tribunal de Orden Público). La sentencia era muy clara: guillotina para el libro, cárcel para el autor. En 1974 la obra fue publicada en una versión reelaborada y modificada por la censura de la época. El autor se vio obligado a cambiar una letra de la portada, concretamente se debía suprimir la letra B. Y fue editada con un nuevo título: *La señorita*.

¿Por qué se suprimió la letra B del título? Resulta que el censor le dijo al propio Nieto que esa letra en la portada tenía que eliminarse porque estaba seguro de que en aquella enigmática B había algo subversivo. Esto ocurría en 1974, a las puertas de la democracia.

Ante estas actuaciones de la censura que van mucho más allá de mi capacidad para entender el absurdo, sobran las palabras.

Para la escritura de esta novela ha sido imprescindible la visita a diversas imprentas. En todas ellas he podido impregnarme del ambiente, empaparme de tipos móviles y de olor de tinta. Además, también he consultado diversos manuales de tipografía. Quiero señalar especialmente un libro, un ensayo del escritor Andrés Trapiello, *La imprenta moderna. Tipografía y literatura en España, 1874-2005* (Campgràfic, Valencia, 2006).

Todos estos libros me han acompañado en la tarea de informarme sobre cómo vivieron escritores, editores, impresores y libreros los años de la censura. Sin su lectura no hubiera podido escribir *Im-*

prenta Babel, pero, como en todas las ficciones, la principal fuente de información ha sido la memoria. La historia de Pol y su familia bebe de los recuerdos de mi infancia y adolescencia en el pueblo de Ascó. Por allí pasaba y pasa el Ebro, el río que para nosotros era una especie de divinidad, siempre presente en nuestras vidas, en nuestros juegos. Justo en aquellos años recuerdo que llegaron los hombres de una poderosa multinacional americana, la Westinghouse, con los maletines cargados de dólares y la intención de comprar tierras para construir una fábrica de chocolate. Estábamos empezando la década de los setenta y por aquellos días mi pueblo descubrió que lo que los americanos querían instalar a orillas de nuestro río no era una fábrica de chocolate, sino una central nuclear. Allí se inició el movimiento antinuclear, con mi padre, Juan Carranza, y el cura mosén Miquel Redorat a la cabeza y allí el pueblo y yo mismo abandonamos la infancia y la inocencia.

Por supuesto, los antinucleares perdimos la batalla y la familia se tuvo que exiliar de Ascó. Esta óptica del exilio es la que finalmente me abrió la brecha de la novela, y a través de ella he intentado viajar en el tiempo a mi pueblo, Ascó, a la vieja casa, a la sastrería donde había una tertulia y donde aprendí a contar historias, y sobre todo al desván, porque era allí donde subía, casi a escondidas, a leer novelas. Todo aquel universo local, el paisaje, el río pletórico, el Ebro, que nos atraía como un imán, desapareció con la instalación de la nuclear... Un mundo de libros de papel que se desvanece. En definitiva, el paraíso de la infancia que todos hemos perdido.

ANDREU CARRANZA FONT, 2009